HOLLY BLACK
THE CRUEL PRINCE

荆棘王冠

[美]霍莉·布莱克 著
龙江 译

台海出版社

北京市版权局著作合同登记号：图字 01-2020-4977

THE CRUEL PRINCE: Copyright © 2018 by Holly Black
Published by agreement with Baror International, Inc., Armonk, New York, U.S.A. through The Grayhawk Agency Ltd.
Simplified Chinese edition copyright © 2023
China Pioneer Publishing Technology Co., Ltd
All rights reserved.

图书在版编目（CIP）数据

空境之诗. 荆棘王冠 /（美）霍莉·布莱克著；龙江译. -- 北京：台海出版社，2023.8
书名原文：THE CRUEL PRINCE
ISBN 978-7-5168-2757-4

Ⅰ.①空… Ⅱ.①霍… ②龙… Ⅲ.①长篇小说—美国—现代 Ⅳ.① I712.45

中国版本图书馆 CIP 数据核字（2021）第 278010 号

空境之诗. 荆棘王冠

著　　者：	[美]霍莉·布莱克	译　　者：	龙　江
出 版 人：	蔡　旭	责任编辑：	俞滟荣

出版发行：台海出版社
地　　址：北京市东城区景山东街 20 号　　邮政编码：100009
电　　话：010-64041652（发行，邮购）
传　　真：010-84045799（总编室）
网　　址：www.taimeng.org.cn/thcbs/default.htm
E - mail：thcbs@126.com

经　　销：全国各地新华书店
印　　刷：大厂回族自治县德诚印务有限公司
本书如有破损、缺页、装订错误，请与本社联系调换

开　　本：	620 毫米 ×889 毫米	1/16		
字　　数：	297 千字	印　张：	20	
版　　次：	2023 年 8 月第 1 版	印　次：	2023 年 8 月第 1 次印刷	
书　　号：	ISBN 978-7-5168-2757-4			

定　　价：59.00 元

版权所有　　翻版必究

...

献给卡桑德拉·克莱尔
我终于将她吸引进了精灵世界

THE CRUEL PRINCE
—— 第一卷 ——

天生精灵血统的小孩，
绫罗与绸缎享之不尽，
食物和木柴用之不竭，
总能实现内心的向往，
金子叮当将衣袋装满，
年方七岁就花烛洞房。
每个精灵都可以拥有，
两匹矮马和十只绵羊，
每个精灵都自有住房，
或用砖垒或采石花岗，
他们食浆果无拘无束，
我喜欢做个精灵小孩。

——《我喜欢做个精灵小孩》
（罗伯特·格雷夫斯）

序　幕

　　令人昏昏欲睡的星期日下午，林荫大道上，有个男人正犹豫不决地站在一栋房子前面。他身材甚高，身穿一件棕色长外套。他没有开车，也不是坐出租车来的，周围的邻居谁也没见他沿着人行道走到这栋房子前。他只是突然出现在那里，仿佛是从阴影里走出来的。

　　他走到门前，举起拳头准备敲门。

　　屋子里面，茱德正坐在客厅的小地毯上蘸着番茄酱吃鱼条，鱼条是用微波炉加热的，热得半生不熟。她的孪生姐姐塔琳躺在沙发上，含着大拇指睡着了，身上裹着一条毯子，嘴边还沾着一点水果潘趣酒。沙发那头，她们俩的姐姐薇薇安正坐在那里看电视。薇薇安的眼睛酷似猫眼，此时瞳孔收紧，仿佛眼球裂开了一道缝，看上去十分怪异。电视里放着动画片，一只老鼠正竭力逃脱猫的追捕。看到老鼠似乎在劫难逃，马上就要被猫抓住时，薇薇安笑了起来。

　　薇薇安长得跟别的姐姐都不一样。而且，虽然七岁大的茱德和塔琳长得一模一样——都有一头浓密的棕色头发，一张心形脸蛋——同为姐妹的薇薇安跟她们也长得不像。不过在茱德看来，薇薇安那猫一样的眼睛，以及她那长着淡淡绒毛的耳朵尖，并不比别人在镜子里的样子奇怪多少。

　　附近的孩子总是躲着薇薇安，他们的父母也常常忧心忡忡地低声谈论她。虽说茱德有时候注意到了这一点，她也不认为这有什么大不了的，因为大人总是那副忧心忡忡的样子，而且总聚在一起嘀嘀咕咕。

　　塔琳打了个哈欠，伸了伸懒腰，把脸躺到薇薇安的膝盖上。

　　外面烈日当空，骄阳似火，车道上的沥青都快被烤化了。割草机发出嗡嗡声，后面的池塘里传来孩子们的戏水声。爸爸在他的铁匠作坊里，妈妈在厨房里做汉堡。一切都是这样无聊，一切又是这样美好。

听到有人敲门，茱德跳起来去应门。她希望是街对面的女孩，来找她玩电子游戏，或者邀请她去游泳。

高个子的男人站在门口的脚垫上，俯视着她。天这么热，他竟然穿着皮风衣！他的鞋底钉着银掌，所以脚步声十分沉重。他跨过门槛进了屋。茱德仰望着他那笼罩在阴影里的脸，不由得浑身一颤。

"妈妈，"她喊道，"妈——妈，有人来了。"

妈妈湿着两手从厨房里出来，边走边在牛仔裤上擦手。看到那人，她顿时脸色煞白。"回你的房间去。"她颤声吩咐茱德，"快去！"

"这是谁的孩子？"那人指着茱德问道，他的口音听起来有些古怪，"你的？还是他的？"

"谁的都不是。"妈妈甚至没有看向茱德，"她，谁的孩子都不是。"

但这不是实话。茱德和塔琳长得很像她们的爸爸，人人都这样说。茱德朝楼梯走了几步，可她不想独自待在房间里。薇薇安，茱德想，薇薇安会知道这个高个子男人是谁。薇薇安会知道该怎么做。

可是，茱德发觉自己腿脚酸软，似乎一步也无法移动了。

"我见过许多不可思议的事情。"男人说，"我见过橡树萌发之前结出的橡子，我见过火焰燃烧之前迸发的火花，可我从没见过这样的怪事——一个女人死而复生，一个孩子凭空而来。"

妈妈看上去似乎无言以对。她紧张得身体不住颤抖。茱德想去抓住妈妈的手，可她又不敢去。

"贝尔金告诉我能在这里找到你，当时我还不相信。"那人的声音柔和了一些，"在我那烧成一片焦土的庄园废墟上，有一具凡间女子的骸骨，肚子里是她尚未出世的孩子，那真的很有说服力。战士从战场归来，却发现他的妻子被烧死了，还怀着他唯一的继承人，那一刻他的生命仿佛也被烧成了灰烬。你能体会他当时的心情吗？"

妈妈摇了摇头，但是似乎不是在回答他，而是试图将他的这番话从脑海里甩掉。

那人上前一步，妈妈退后一步。那人的腿好像有毛病，走起路来有些僵硬，似乎每走一步都会隐隐作痛。门厅里比门口亮一些，茱德发现那人的皮肤微微发绿，看起来非常古怪。而且，相对于他的嘴来说，他的下牙齿似乎也太大了。

突然，茱德发现他的眼睛跟薇薇安的眼睛极其相似。

"跟你在一起，我永远也不会开心。"妈妈对他说，"你们的世界不适合我这样的人。"

那人对她凝视良久，最后说："你发过誓的。"

妈妈扬起下巴。"可我后来取消了誓言。"

那人的目光转向茱德，表情僵硬。"一个凡人妻子的承诺有什么价值，我想我现在知道了。"

妈妈转过身来，看到茱德还在这里，显然十分吃惊。看到妈妈脸上的表情，茱德转身冲进了客厅。

塔琳还在睡觉，电视机依旧开着。薇薇安抬起一双猫眼看茱德，眼皮半开半阖。"谁在门口？"她问道，"我听见有人在争吵。"

"是个可怕的男人。"茱德上气不接下气地告诉她。尽管才跑了几步，茱德的心却跳得飞快，"妈妈让我们上楼去。"

妈妈只是让她上楼去，可她才不管这么多呢！她不会独自上楼的。薇薇安叹了口气，从沙发上直起身子，接着摇醒了塔琳。塔琳爬起来，睡眼蒙眬地跟着她们走出客厅，走到了门厅里。

她们走向楼梯时，茱德看见爸爸从后花园里走进屋子。他手里拿着一把斧头。他曾专门去冰岛的一家博物馆里研究过一把斧头，现在手里拿的正是依照它的式样锻造出来的复制品。看见爸爸拿着斧头并不奇怪，因为爸爸和他的朋友们对古代兵器非常着迷。他们常常在一起谈论什么"物质文化"，绘制各式各样的制剑草图。奇怪的是爸爸拿斧头的方式，就像他要——

爸爸抡起斧头，猛地向那人劈去。

在管教三姐妹时，爸爸从没动手打过她们，哪怕是她们闯下了大祸。他不会伤害任何人——绝对不会！

可是——可是——

斧头从那人身边劈过，砍进了门框里。

塔琳发出一声刺耳的尖叫，双手猛地捂住了嘴巴。

那人抽出一柄弯剑，那仿佛是一柄来自故事书里的剑。爸爸正努力从门框里拔出斧头，但那人举起剑，一剑刺入了爸爸的肚子，弄出了好像是树枝折断的声音，接着爸爸发出一阵野兽般的号叫，倒在了门厅的地毯上。以前，只要她们在门厅的地毯上弄上一点儿泥土，妈妈总要大喊大叫地抱怨一番。

鲜血染红了地毯。

妈妈失声尖叫。茱德、塔琳和薇薇安也尖叫起来。似乎每个人都在惊声尖叫——除了那个男人。

"到我这里来。"他直视着薇薇安说。

"你——你这个魔鬼！"妈妈大叫着向厨房退去，"他死了！"

"别从我身边离开。"那人对她说，"不要那样做。你已经背叛了我，要是再跑，我发誓我会——"

但妈妈真的跑了起来。就在她快要拐过屋角的时候，那人赶上去，一剑刺入了她的后背。妈妈一下子跌坐在厨房门口的油毡上，胳膊猛地甩向前，碰掉了冰箱门上的磁贴。

空气中弥漫着浓郁的血腥味，就像灼热的湿金属的味道，又像妈妈的锅刷的味道——妈妈常常用锅刷清洁煎锅上那些顽固的食物残渣。

茱德冲向那人，抡起拳头捶打他的胸膛，抬起脚猛踢他的腿。她甚至没有感到害怕。她不确定自己还有没有感觉。

那人任由茱德踢打。有好一阵子，他只是呆呆地站在那里，仿佛无法相信自己都干了什么，仿佛希望自己能收回刚刚过去的五分钟。然后他颓然倒地，单膝跪着，抓住茱德的肩膀，将她的胳膊按到身子两侧，让她没法继续捶打自己，但他一直都没有看她。

他一直注视着薇薇安。

"你是被人从我身边偷走的。"他对薇薇安说,"我来带你回你真正的家——灵境丘下的精灵国。在那里,你会享尽荣华富贵。在那里,你会跟你自己的族人一起生活。"

"不,"薇薇安用她那细弱的嗓音严肃地说,"我决不会跟你去任何地方。"

"我是你的父亲,"他说,嗓音尖利刺耳,仿佛鞭子凌空抽打的声音,"你是我的继承人,我的血脉。在这件事上,你必须服从我——别的事上也一样。"

薇薇安没有动,但她咬紧了牙关。

"你不是她父亲!"茱德冲那人喊道。即便他跟薇薇安有着同样的眼睛,她仍然拒绝相信这一点。

那人抓住她肩膀的手更用力了,她疼得叫了一声,但依旧毫不示弱地瞪着他。以前,在这种瞪眼较量中,她总是大获全胜。

最终还是他先移开了视线,转而看向塔琳。塔琳跪在地上,一边哭一边摇晃妈妈,仿佛要唤醒妈妈,但妈妈始终没有动一下。爸爸和妈妈都死了,他们再也不会动了。

"我恨你。"薇薇安恶狠狠地对那人说,话音中的那股子狠劲儿让茱德听了觉得很痛快。"我会永远恨你。我发誓。"

那人依旧面无表情,不为所动。"无论如何,你都得跟我走。还有这两个面黄肌瘦的人类小孩,你们也要做好准备。少打包几样东西。我们天黑前就出发。"

薇薇安扬起下巴。"别烦她们。如果你非要这样,带我走,把她们留下。"

他抬眼瞧了薇薇安一会儿,鼻子里哼了一声,"你是要保护你的妹妹们吗?那你告诉我,你打算让她们去哪儿?"

薇薇安没有回答。她们没有祖父母,也没有亲戚——至少她们一个也不知道。

他回头面对茱德，放开她的肩膀，站起身来。"她们是我妻子的孩子，所以我对她们负有责任。也许你觉得我冷血无情，是一个怪物，一个杀人犯，可我从不推卸责任。你也不应该推卸责任，因为你是她们的姐姐。"

多年以后，茱德回忆这段往事时，总是回想不起收拾行李的部分。巨大的惊吓仿佛将那几个小时彻底抹杀了。也许是薇薇安找来袋子，将她们最喜欢的图画书和玩具，连同照片、睡衣、衬衫和外套一起装进了袋子里。

也许是茱德自己收拾的行李。她也不能确定。

她无法想象，当她们的父母的遗体在楼下逐渐变冷的时候，她们是怎样收拾好行李的。她想象不出那是一种什么感觉，过了这么多年，茱德再也体会不到那种感觉了。时间冲淡了父母惨遭杀害时的恐惧，连那一天的记忆也变得模糊了。

她们收拾完行李，跟着那人来到屋外，只见一匹黑马在草坪上吃草。黑马眼睛很大，眼神温柔，霎时间，茱德心中一酸，她真想冲过去搂住它的脖子，将自己沾满泪水的脸埋进那丝绸般光滑的鬃毛里。可她还没来得及这样做，那人就将她和塔琳先后抱来甩到了马鞍上，仿佛她们只是两件行李。轮到薇薇安时，他将她轻轻抱起来放到自己身后。

"抓紧了。"他说。

飞去精灵世界的一路上，茱德和她的两个姐姐都没有止住哭泣。

第一章

精灵世界里没有炸鱼条,没有番茄酱,也没有电视机。

第二章

我坐在垫子上,一个小精灵在给我从前往后编辫子。她长指上的指甲很尖,我疼得直咧嘴。她的黑眼睛盯着镜子里我的眼睛,镜子放在梳妆台上,底座像是两只爪子。

"还有四天才是比武大会呢。"小精灵说。她名叫塔特,是马多克家的奴仆。在还清欠马多克的债务之前,她得一直在这里干活。从我小时候起,一直都是她照顾我。她在我的眼睛上抹上刺痛皮肤的精灵药膏,给了我"真正的视力",让我能看穿大多数魔法;她将晒干的花楸果串起来,戴在我的脖子上,让我能抵御各种魔法。她还帮我擦干湿哒哒的鼻子,帮我擦掉靴子上的泥土,提醒我袜子反着穿——这样我就不会在森林里迷路了。"不管你有多心急,都不能让月亮快些出来,或者快些落山。今晚你要努力给将军家增光,我会尽量把你打扮得漂亮一点。"

我叹了口气。

她对我的坏脾气从不迁就。"跟至尊王的大臣们在灵境丘共舞是一种荣幸。"

仆人们总喜欢跟我说:尽管我是一个不忠的妻子跟别人生的野种,是个身上没有一滴精灵血液的凡人,可我却得到了跟血统纯正的精灵孩子同样的待遇,所以我是多么幸运啊!他们也总跟塔琳说类似的话。这话让我听得牙痒痒,恨不得咬他们一口。

"我知道,"我只能这样说,毕竟她也是一片好心,"那简直太棒了。"

精灵无法说谎。他们对措辞非常关注,却往往忽略说话的语气,没有在人类中生活过的精灵尤为如此。塔特点点头表示赞同,两只眼睛犹如潮湿的黑玉珠,瞳孔和虹膜都是漆黑一团。"也许会有人向你求婚,那样你就会成为至尊宫廷的永久成员。"

"我倒宁愿靠自己来赢得一席之地。"我说。

塔特停下手上的动作,手里拿着一根发簪——也许她在考虑要不要用发簪戳我一下。"别犯傻了。"

跟她争论没有任何意义,跟她说我母亲那场灾难般的婚姻也没有任何意义。对凡人来说,只有两种方式可以成为至尊宫廷的永久臣民:一是嫁入宫廷;二是练就某种出色的技能,比如冶金术、琉特琴演奏,或者别的什么绝技。我对第一种方式没有兴趣,所以只好寄希望于自己足够有天赋,能够采用第二种方式。

塔特将我的头发编成复杂的辫子,让我看起来就像头上长了角,然后又给我穿上一件蓝色天鹅绒连衣裙,但这些都无法掩盖我的本来面目——人类。

我知道,能和上层精灵的孩子们一起被抚养长大,对我来说是一种荣耀,一种天大的荣耀,一种我永远也不配享有的荣耀。

我身边的人都在不断地提醒我,让我很难忘记这一点。

"我在你的辫子上扎了三个结,希望能给你带来好运。"塔特说。

她匆匆走出门,我叹了口气,从梳妆台边起身,走到我那张铺着织锦的床上,摊开四肢趴在上面。我已经习惯有仆人伺候了。小精灵和淘气精灵,地精和蟋蟀精,蛛丝翅膀和绿指甲,角和獠牙。我在精灵世界生活了十年,对这些东西早已见怪不怪了。在这里,我才是个奇怪的东西,长着圆圆的指头和耳郭,生命短暂得犹如蜉蝣。

而对人类来说,十年是一段漫长的时间。

马多克把我们从人类世界偷走之后,将我们带到了他在因斯麦尔岛上的庄园里。因斯麦尔岛又名"权势之岛",是精灵国至尊王的大本营。出于荣誉感和责任感,马多克将我们——薇薇安、塔琳和我——抚养长大。即便从精灵的习俗来看,我和塔琳也是妈妈背叛他的证据。但我们仍然是他妻子的孩子,所以他必须解决抚养我们的问题。

马多克是至尊王的将军,常常外出为国王四处征战。尽管如此,我们还是得到了很好的照料。我们在填充着蒲公英种球的柔软床垫上睡觉。马多克亲自指导我们作战技能，教导我们如何使用匕首、弯刀和长柄刀，以及近身搏击。他在炉火前跟我们一起玩九子棋、凯尔特棋和狐入鹅群棋。他让我们坐在他的腿上，从他的盘子里吃东西。

不知道有多少个夜晚，他声若洪钟地给我们朗读一本论述作战策略的书，而我总是听着听着就迷迷糊糊地睡着了。尽管他杀害了我的父母，尽管他是个残忍嗜血的冷血动物，我还是情不自禁地像爱亲生父亲一样爱上了他。我真的爱他。

但这实在不是一种令人舒服的爱。

"辫子不错啊！"塔琳说着走了进来。她穿着一件深红色天鹅绒连衣裙，长长的栗色卷发披散着，在身后飘扬，仿佛披了一件毛皮披肩，其中有几缕头发用亮闪闪的银线扎了起来。她跳到床上，在我身边坐下，开始摆弄我床头那堆破旧的毛绒玩具——一只考拉、一条蛇和一只黑猫——都是我七岁时最喜欢的东西。我真的不忍心扔掉小时候的纪念品。

我坐起来照了照镜子。"我喜欢这些辫子。"

"我有种预感，"塔琳说，"今晚我们会遇到好玩的事。"

"好玩的事？"我惊讶地问道。我一直在想，今晚的舞会上，我是不是会躲在我们常待的藏身处，一边皱着眉头打量人群，一边担心自己能不能在比武大会上大显身手，给一位王室成员留下好印象，从而被册封为骑士。一想到这件事，我就心烦意乱，坐立不安，可这事却总在我的心头萦绕，令我难以释怀。我用左手拇指搓了搓缺失了指尖的无名指——这是我紧张时的习惯动作。

"没错。"她戳了戳我的肋下。

"嘿！疼！"我赶忙挪到一边，让她无法再戳着我。"可你这个预感究竟会有什么后果呢？"我们去至尊宫廷的时候，多半会将自己藏起来。我们的确会遇到非常有趣的事情，不过都是从远处观望。

她举起双手。"你这话是什么意思，好玩的事会有什么后果？后果就是好玩！"

我不安地笑了笑。"其实你也不知道,对吧?好,那我们就去看看,看看你到底有没有预知未来的天赋。"

她撑起身子下了床,向我伸出手,仿佛她是邀我参加舞会的男伴。我让她领着我走出房间,边走边下意识地摸了摸自己的后腰,我的小刀仍旧绑在那里。

马多克的房子内墙刷着白灰,屋顶架着粗糙庞大的木梁。玻璃窗格上蒙着污垢,灰蒙蒙的,仿佛罩了一层青烟,使透进屋里的光线变得颇为怪异。我和塔琳走下旋转楼梯时,我看见薇薇安躲在小阳台上,正皱着眉头看一本从人类世界偷来的科幻漫画。

薇薇安冲我一笑。她穿着牛仔裤和宽松的衬衫,显然不打算去参加狂欢舞会。作为马多克的亲生女儿,她觉得自己不必讨好他。她喜欢做什么就做什么,包括阅读用铁钉装订而不是胶水黏合的杂志,一点儿也不在乎自己的手指可能会被人类的东西灼伤。

"你们要去什么地方吗?"她在阴影里轻声问道,塔琳吓了一跳。

其实薇薇安很清楚我们要去哪儿。

当初,刚来精灵世界的时候,我们三个会一起挤在薇薇安的大床上,谈论我们对家的记忆。我们会谈论妈妈烧煳的饭菜和爸爸做的爆米花。还有隔壁邻居的名字,我们房子里的气味,学校的样子,假期的娱乐,以及生日蛋糕上糖霜的味道。我们还会谈论看过的演出,回忆它们的情节,回想其中的对话,直到我们的记忆被打磨得光滑却虚假。

如今我们早已不再挤在薇薇安的大床上了,也不再回忆什么往事,粉饰心中的记忆。我们的新记忆都是关于这里的,但对于这些记忆,薇薇安只有短暂的兴趣。

她发誓要恨马多克,她也一直坚守着自己的誓言。当薇薇安不再追忆家中的往事之后,她的行为变得非常可怕。她常常摔东西,高声尖叫,要么就是莫名其妙地大发雷霆。一旦发现我和塔琳安于现状,她就会使劲儿拧我们。不过她最终停止了那些可怕的举动,但我相信她心里一定有些恨我们——恨我们主动适应这里的环境,恨我们尽量利用各种有利条件,恨我们把这里当成了自己的家。

"你也应该来,"我对她说,"塔琳今天有些不对劲儿。"

薇薇安疑惑地瞅了塔琳一眼,随即摇了摇头。"我另有安排。"这意味着她今晚要偷偷潜入凡间,或者在小阳台上看一晚上书。

但不论是干什么,只要能让马多克生气,薇薇安就会感到开心。

马多克和他的第二任妻子奥里安娜在门厅等我们。奥里安娜皮肤娇嫩,像脱脂牛奶一样微微泛蓝,而头发雪白,犹如新下的雪。她美艳绝伦,但犹如一个幽灵,令人不敢直视。她穿着一件黄绿相间的苔藓连衣裙,衣领做工精致、闪闪发光,将她那粉红色的嘴巴、耳朵和眼睛衬托得更加娇媚。马多克穿着一身绿色礼服,那是森林深处的颜色。他腰上悬着一柄宝剑,那可不仅仅是一件装饰。

敞开的门外,一个淘气精灵正等着我们,他抱着五个花斑精灵骏马的银质笼头。马颈上的鬃毛编着复杂的发结,也许是用魔法编成的。我想到了自己头发上的发结,发现它们跟这些鬃毛上编织的发结竟然十分相似,不由得暗暗惊奇。

"你们俩看上去很不错嘛!"马多克对我和塔琳说,语气十分热诚,这句话是他罕有的赞美。他的目光投向楼梯,"你们的姐姐要下来了吗?"

"我不知道薇薇安在哪儿。"我撒了个谎。在精灵世界,撒谎太容易了,我能整天撒谎,一个都不会被拆穿,"她一定是忘了。"

马多克的脸上掠过一丝失望,而不是惊讶。他径直走出去,跟那个拉着缰绳的淘气精灵说了句什么。在淘气精灵旁边,我看见了马多克手下的一个间谍。那是一个满脸皱纹的驼背老妇,鼻子长得像个萝卜,后背驼得超过脑袋。她将一张纸条塞进马多克手里,随即便以惊人的速度飞奔而去。

奥里安娜仔仔细细地打量了我们一番,仿佛要在我们身上找出什么不对的地方。

"你们今晚要小心些。"她对我们说,"答应我,你们不会吃或喝任何东西,也不会跳舞。"

"我们去过宫廷。"我提醒她。这是一种精灵式的答非所问——如果有这种说法的话。

"你们也许认为盐足以保护你们,但你们这些孩子太健忘了,所以最好别带盐去。至于跳舞,你们凡人一旦跳起来就会停不下来,要是我们不加阻止,你们会一直跳到把自己累死。"

我低头盯着自己的脚,没有作声。

我们并不健忘。

奥里安娜是七年前嫁给马多克的。婚后不久,她就生了一个孩子。是个体弱多病的男孩,名叫欧克,他头上长着两只可爱的小角。毋庸置疑,奥里安娜之所以能容忍我和塔琳,完全是因为马多克。她似乎认为我们是她丈夫钟爱的猎犬,只不过训练得很不好,随时都有可能转头攻击自己的主人。

欧克则将我们俩视为姐姐。我看得出来,这让奥里安娜很不安,即便我决不会伤害他一分一毫。

"你们受到马多克的保护,而他是至尊王宠爱的大臣,"奥里安娜说,"我不想看到马多克因为你们的错误而处境尴尬。"

她说完就走出门,向着那几匹马走去。一匹马打了个响鼻,一只蹄子在地上跺了跺。

我和塔琳对望一眼,跟着她走出门去。马多克已经骑在了最大的那匹精灵骏马的背上。那真的是一匹威武雄壮的骏马,它一只眼睛下面有道伤疤,现在正烦躁地甩着鬃毛,不耐烦地张着鼻孔。

我走到一匹浅绿色骏马旁,翻身上马。它长着尖利的牙齿,身上散发出沼泽的味道。塔琳骑上一匹矮马,鞋子后跟在马肚子上踢了一下,马立刻如子弹一般飞了出去。我跟在她后面骑着马腾空而起,扎进了沉沉的夜色之中。

第三章

精灵是昼伏夜出的生物，我也适应了这样的作息。我们在影子变长的时候起床，在太阳升起前上床睡觉。我们到达精灵国王宫所在的那座巨大的山丘前时，夜已深了。要进王宫，必须从两棵树——一棵橡树和一棵山楂树——之间飞过，然后径直冲进一面看似是石墙的东西，那是一个早已遗弃的装饰性建筑。我已经这样走了几百次了，但每次都会心存畏惧。我浑身肌肉绷紧，紧紧抓住缰绳，死死地闭上了眼睛。

再次睁开眼来，我已经置身于灵境丘了。

我们飞进一个大岩洞，穿行于众多树根支柱之间，从压实的泥土上方飞过。

巨大的王座大厅（这里是举行宫廷会议的地方）门口，已经聚集了不少人：翅膀破破烂烂的长鼻子皮克西精灵；举止优雅的绿皮肤女士，穿着长礼服，长长的裙裾由地精托着；面容狡黠的沼泽怪；嘻嘻哈哈的狐狸精；一个戴着猫头鹰面具和金色头饰的男孩；一个肩膀上挤满了乌鸦的老妇人；一群叽叽喳喳、头发上插着野玫瑰的姑娘；一个长着树皮肤、脖子上戴着一圈羽毛的男孩；一群穿着绿色圣甲虫铠甲的骑士。其中的许多人我都见过，还跟几个说过话。这么多人，一时也看不过来，但他们如此多姿多彩，我简直无法将目光从他们身上移开。

这种壮观场面从来都不会让我感到厌倦。也许奥里安娜的担忧并非杞人忧天，也许有一天我们会深陷其中，不能自拔，忘记自己应该小心谨慎。我能明白，人类为什么会对至尊宫廷这种美妙的"梦魇"如痴如醉，为什么会心甘情愿地沉迷其中。

我知道自己不该喜爱这种奇异的场景，因为我是被从凡间掠来的，而且我的父母还被残忍地杀害了。尽管如此,我还是情难自禁。

马多克从马上跳下来。奥里安娜和塔琳也已经下马,将缰绳递给马夫。他们在等我。马多克伸出手,像是要扶我下来,但我自己跳下马鞍,皮鞋啪的一声落到地上。

我希望自己在他眼里像个骑士。

奥里安娜走上前来,大概是想提醒我和塔琳她不想让我们做的事。但我没有给她这个机会。我挽起塔琳的胳膊,拉着她快步走了进去。王座大厅里弥漫着燃烧的迷迭香和碾碎的草本植物的味道。我听见身后传来马多克沉重的脚步声。我知道应该去哪里——每次来到至尊宫廷,要做的第一件事就是去参见至尊王。

至尊王埃尔德雷德坐在王座上,身穿灰色朝服,头戴沉甸甸的金色橡树叶王冠,王冠下面是一头稀疏的、金丝般的头发。我们向他屈膝行礼,国王陛下伸出他那双疙里疙瘩、戴着戒指的手,轻轻摸了摸我们的头,我们才能站起身来。

至尊王埃尔德雷德的祖母是绿石楠王朝的马布女王[1],她曾是一个独居的精灵,直到遇见她那位头上长角的丈夫。后来他们两人带领着手下的雄鹿骑士,开始征服精灵世界。据说,因为马布女王丈夫的缘故,她家族的孩子都带有一点儿动物特征,这在精灵世界里虽然不足为奇,但在上流宫廷中还是很罕见的。

王座附近站着大王子贝尔金和他的弟弟达因,他们正端着饰有银色条纹的木杯喝酒。达因穿着齐膝马裤,露出了他的鹿腿和蹄子。贝尔金穿着他钟爱的熊皮领外套,他的每个指关节上都长着尖刺,还有一些从他的衬衫袖口下面顺着胳膊往上延伸。这些尖刺在他和达因催促马多克过去时显得更分明了。

奥里安娜向两位王子分别行了屈膝礼。尽管贝尔金和达因站在一起,

---

[1] 在英格兰和爱尔兰的民间故事里,马布女王是能创建并掌控男人梦境的精灵女王。——译者注(以下脚注,若无特殊说明均为译者注)

但他们彼此之间，以及和他们的姐妹埃乐温之间却常常意见相左——这样的情形出现得非常频繁，大家都认为，至尊宫廷实际上已分裂为三个彼此对抗的圈子了。

贝尔金王子是大王子，他的圈子叫作椋鸟圈，其成员喜欢寻欢作乐，蔑视任何妨碍他们的事物。这些家伙常常喝得烂醉如泥，还会服食有致幻作用的有毒药粉，麻醉自己。三个圈子中贝尔金的圈子最大，不过他跟别人说话时总是镇定自若，头脑清醒。我想要是我自甘堕落，纵情声色，也许有希望给他留下好印象。可我不愿那样做。

埃乐温公主排行第二，她和她的同伴组成了云雀圈。这个圈子崇尚艺术，有几个凡人在她的圈子里颇受青睐，可我在琉特琴演奏和诗朗诵方面没什么天赋，所以没有机会成为他们中的一员。

达因王子排行第三，领导着所谓的猎鹰圈，骑士、战士和战略家是他青睐的对象。当然，马多克属于这个圈子。他们表面上谈论荣誉，但真正关心的是权力。我的剑术已经足够高超，战略知识也很丰富，我需要的只是一个向达因王子证明自己的机会。

"尽情享受去吧！"马多克对我们说。我和塔琳回头看了一眼两位王子，走出大厅，来到人群中。

精灵国的王宫有很多秘密壁龛和隐蔽的走廊，不仅是完美的幽会和暗杀地点，也非常适合在派对时躲到一边当无聊的看客。小时候，我和塔琳总是藏在那些长长的宴会桌下面，但自从她认定我们是优雅的淑女，年龄也大到不能在地板上爬来爬去、把裙子弄脏之后，我们就不得不找到一个更好的藏身地点。上楼石阶的第二个平台过去一点，有一块微光闪烁的大岩石凸了出来。通常，我们会爬到那上面去欣赏音乐，观看我们无权享受的各种娱乐。

不过，今晚塔琳有了一个新主意。她从银盘里抓了两样食物——一个青苹果和一块有蓝色纹理的干酪。她顾不得在上面撒上盐，就在苹果和干酪上各咬了一口，然后将苹果递过来给我。奥里安娜以为我们分辨不出普通水果和精灵果的区别，但我们知道精灵果有一种深黄色的花，果肉呈红色，肉质细密。每到收获季节，森林里就会弥漫着一种浓郁的甜香。

青苹果吃起来又脆又凉，我们将它递过来递过去，很快就啃得只剩下一个苹果核，我两口就把苹果核也吃了。

不远处，一个身材娇小、一头白发的精灵女孩手里拿着一把小刀，正在割一个食人怪腰带上的东西。小女孩干得很漂亮，转眼间，食人怪的宝剑和烟袋就落入了她的手中，她也消失在了人群里。要不是小女孩回头看我，我简直以为这一切都是幻觉。

她朝我眨了眨眼。

又过了片刻，食人怪才发现自己的东西被偷走了。

"我闻到了小偷的味道！"他叫了起来。他原地转了两圈，打翻了一大杯深褐色的啤酒，长着疣子的鼻子不住地嗅着空气。

这时，人群中突然出现一阵骚动。一团蓝色火焰从一根蜡烛上腾空而起，火星噼噼啪啪地四溅，甚至吸引了食人怪的注意力。等到蜡烛恢复正常时，那个白发小偷已经消失得无影无踪了。

我笑了笑，回身去看塔琳，只见她正满心渴望地注视着那些跳舞的人，早已把别的事情抛到了脑后。

"我们可以轮流跳。"她建议道，"要是你停不下来，我会把你拉出来。然后我跳，你来拉我。"

我的心跳不住加快。我望着狂欢的人群，试图鼓起勇气同意她的计划。

埃乐温公主在云雀圈成员聚成的圈子中央飞快地旋转着，她的皮肤闪着金光，头发是常春藤般的深绿色。在她旁边，一个人类男孩拉着小提琴，还有两个人弹着尤克里里伴奏。虽然他们琴技稍逊一筹，情绪却更加欢快。不远处，埃乐温的小妹妹卡莉亚也在快速旋转，她头上戴着一顶花冠，玉米穗般的头发酷似她的父亲。

这时，人们唱起了一首歌，两句歌词飘入了我耳中："威廉国王的儿子之中，最坏的要数杰米王子；但世上最为悲哀之事，莫过于杰米王子是大王子。"

我从来都不大喜欢这首歌,因为它会让我想起一个人。这个人,还有睿雅公主,看来今晚都不会来。可是——噢,不,我竟然看见了他!

卡丹王子正从庭院那边向我们大步走来,尽管他是至尊王埃尔德雷德最小的孩子,但他绝对是他们六兄妹中最坏的。

瓦莱里安、妮卡茜娅和洛基跟在他后面,他们是他最忠心耿耿,最诡计多端,也最招人讨厌的朋友。嘈杂的人群顿时安静下来,并自觉退到两边,他们经过时,人们纷纷鞠躬致敬。卡丹跟平常一样阴沉着脸,眼睛下面画着半圈黑色眼影,漆黑的头发上戴着黄金圆箍。他穿着黑色长大衣,有着高耸的、锯齿状衣领,衣服上面绣着星座图案。瓦莱里安是一身深红色衣服,两个袖口上各别了一颗闪闪发光的凸面红宝石,就像一滴凝固的血液。妮卡茜娅一头蓝绿色头发,就像是深海的颜色,头戴珍珠王冠。她编着辫子,上面罩着闪闪发光的蛛丝发网。洛基走在最后,一脸的厌烦之色,头发黄中带红,跟狐狸皮毛的颜色一模一样。

"他们看起来真可笑。"我对塔琳说,她顺着我的目光望过去。不过,我不得不承认,他们都非常漂亮。精灵贵族和淑女,就像歌里唱的那样。如果我没有跟他们一起上课,如果我没有亲眼见识过他们对惹恼他们的人是多么凶残,可能我也会像别人那样喜爱他们。

"薇薇说卡丹有尾巴。"塔琳悄声说,"上个月圆之夜,她和卡丹,还有睿雅公主,一起在面具湖里游泳时亲眼看见的。"

真是无法想象,卡丹竟然也会在湖里游泳,在水里跳上跳下,往别人身上泼水?除了别人的痛苦,他还会因为别的事情哈哈大笑?"有尾巴?"我喃喃地重复道,脸上露出难以置信的微笑。但我的笑容渐渐消失了,因为我忽然想到,薇薇安都懒得将这事告诉我。我们姐妹三人是个奇怪的组合,因为总有一个会被晾在一边。

"尾巴末梢还有一撮毛!平常卷起来藏在衣服里,能像鞭子一样嗖地一下甩出来。"她笑道,但她之后的话却令我费解,"薇薇希望她也有尾巴。"

"幸好她没有。"我坚定地说,但这话很愚蠢。其实我对尾巴一点儿也不反感。

这时卡丹他们已经走近了,我们止住交谈,低头看着地面。尽管我讨厌这样做,余光看到他们就要从我面前走过,我还是单膝跪下,低下了头。我用力咬着牙齿。塔琳也在我旁边行屈膝礼。周围的人都在向他们行礼。

别看我们,我想,别看。

瓦莱里安从我身边经过时,一把抓住了我头上编成角的辫子。其他人继续往前走,瓦莱里安却仍抓着我的辫子,低头看着我冷笑。

"你以为我没看到你吗?你和你姐姐在人群中太扎眼了。"他俯下身来,嘴里散发着浓烈的蜂蜜酒的味道。我的手在身侧握成了拳头,我知道我的小刀触手可及。不过我仍没有看他的眼睛。"没有谁的头发如此黯淡,没有谁的脸如此平凡。"

他用力扯了一下我的辫子,我疼得咧了咧嘴,一腔怒火无从发泄。他哈哈大笑,扬长而去。

胸中的怒火凝结成了耻辱。我希望自己刚才直接打开他的手,但我知道那样只会把事情弄到无法收拾的地步。

塔琳发现我脸色有异。"他跟你说了什么?"

我摇了摇头。

卡丹在一个男孩身边停下脚步——那男孩没有向他鞠躬。男孩长着一头长长的红棕色头发,身后是一对小小的蝴蝶翅膀。男孩正在哈哈大笑,卡丹走到他面前。眨眼之间,卡丹紧握的拳头砸在了男孩的下巴上,将他打倒在地。男孩倒地那一瞬间,卡丹抓住他的一扇翅膀。嗤的一声,翅膀像纸一样撕裂了,男孩发出了细细的、芦笛声似的尖叫,在地上蜷成一团,神色极其痛苦。我不知道精灵的翅膀能不能重生,但我知道蝴蝶失去翅膀后,就再也不能飞了。

周围的大臣一个个惊得目瞪口呆,只好不安地傻笑起来,但片刻之后,他们就又继续载歌载舞。狂欢重新开始。

这就是卡丹一行人的行事方式。倘若有人碍了卡丹的事,就会立刻受到严酷的惩罚，比如可能会被赶出王宫，不得再来上课，有时甚至会被彻底赶出精灵世界。

卡丹从那男孩身旁走过，显然已经放过他了。想到卡丹还有五个更值得尊敬的哥哥姐姐，我不由得暗暗感谢上苍，因为这几乎确保了他永远也不会坐上王位。我不希望他拥有更多权力。

看到男孩的遭遇后，就连妮卡茜娅和瓦莱里安也意味深长地对望了一眼。然后，瓦莱里安耸了耸肩，跟着卡丹走了。但洛基却在男孩身边停下，俯身将他扶了起来。

男孩的朋友们过来将他领走了。就在这时，洛基竟然抬起了眼睛。他那双黄褐色的狐狸眼睛对上我的眼睛，顿时惊讶地睁大了。霎时间，我的身体僵住了，心跳也加快了。我鼓起勇气，准备承受更多的嘲弄，但他只是一边嘴角翘了起来。他眨了眨眼，仿佛承认干坏事被逮到了，仿佛这只是我们之间的一个秘密，仿佛他认为我并不可恨，仿佛他不认为我有限的寿命是会传染的。

"别盯着他看。"塔琳低声喝道。

"难道你没看见——"我解释道，但她打断了我，抓住我的手，拉着我奔向石阶，奔向那块微光闪烁的大岩石，在那里我们可以藏起来。她的指甲掐进了我的肉里。

"别再给他们理由来欺负你了，他们的理由已经够多了！"她反应如此激烈，我吃了一惊，猛地抽回手来，恼火地发现她在我手上捏出了半月形的红印。

我回头去看洛基，但他已经消失在了人群中。

第四章

黎明时分,我推开卧室窗户,让夜晚的最后一点凉气透进来。我扯下身上的宫廷礼服。我感到浑身燥热,皮肤发紧,心跳得飞快。

我已经去过至尊宫廷很多次了,见识过比撕裂翅膀和自身受辱更糟糕的事。由于不能撒谎,精灵们就用肆无忌惮的隐瞒和伤害来替代谎言。尖酸扭曲的话语、恶作剧、故意的省略、谜语、恶语中伤已是家常便饭,更别提睚眦必报了——比如你曾怠慢了某个精灵,事情过了很久,在你几乎已经想不起来的时候,你可能还会因此受到报复。相比之下,风暴都没有他们那么变化多端,大海也没有他们那么变幻莫测。

比如,作为一个红帽精灵[1],马多克需要杀戮,就像美人鱼需要大海一样。每一次战斗结束,他都会将风帽浸在敌人的鲜血里,这是他例行的仪式。我见过那顶帽子,就保存在兵器库里的玻璃柜里。帽子的料子已经僵硬了,除了几处绿色污迹,整个帽子都浸透了深棕色血渍,让它看上去几乎是黑色的。

有时候我特意下楼去盯着它看,试图从血液干结后留下的潮汐般的纹路里看到父母的影子。我想感受到某种东西——隐隐的恶心之外的某种东西。我想感觉到更多的,可我看它的次数越多,感觉到的反而越少。

现在我又想去兵器库了。我站在窗前,想象着自己是个英勇无畏的骑士,想象着自己是个女巫,将自己的心脏藏在手心,然后将手剁掉。

"我太累了。"我大声说,"太累了。"

---

[1] 传说红帽精灵(Redcap)是地精的一种,双手是锋利的鹰爪,头戴一顶红帽,脚穿一双铁靴,奔跑速度很快。红帽精灵喜欢鲜血,会将红帽浸入血泊中,维持其色泽的鲜艳。

我在窗前坐了很长时间,望着朝阳冉冉升起,给天空镀上一层金色,听着潮水退去,涛声阵阵。突然,一只动物飞上来,停在我的窗沿上。一开始我以为它是只普通的猫头鹰,但它长着淘气精灵的眼睛。"因为什么累呢,亲爱的?"它问我。

我叹了口气,第一次说了实话。"因为自己的无能。"

淘气精灵对我的脸仔细端详了一番,然后飞进了遥远的空中。

我睡了整整一天,醒来时感到昏天黑地,辨不清方向。我从层层叠叠的绣花床帏中爬出来,一边脸颊上还残留着口水渍。

洗澡水已经放好了,但有点儿凉了。仆人们一定已经来过了。不过我还是爬进浴缸,往脸上浇了些水。生活在精灵中间,你一定会注意到其他人都有一种马鞭草、碾碎的松针、干结的血液,或者马利筋草的味道。而我除非将自己洗干净,否则我身上只会散发着汗水和口气的酸臭味道。

塔特进来点灯的时候,我正在穿衣服准备去上课。课程一般从傍晚开始,有时会一直持续到深夜。我蹬上灰色的皮靴,穿好长袍,长袍上用丝线绣着马多克的纹章——一条一边翘起、状如茶杯柄的新月。

我发现塔琳独自坐在楼下的宴会桌旁,慢吞吞地喝着一杯荨麻茶,细细地啃着一块燕麦饼。瞧她这副懒洋洋的样子,她一定不会说自己今天预感到了什么"好玩"的事。

也许出于负罪感,也许是出于羞耻心,马多克坚称,我们应该跟精灵的孩子享受同样的待遇。也就是说,我们要跟他们学习同样的课程,享有他们能够得到的任何东西。以前,精灵也偷换过人类的婴儿,把他们带到精灵世界中抚养,但没有一个孩子曾得到与上流精灵孩子同样的养育。

马多克并不明白,他这样做精灵的孩子们多么憎恶我们。

我这样说,并不表示我对他毫无感恩之心。我喜欢那些课程。当我巧妙地回答老师的问题时,谁也无法抹杀这个事实,即便老师偶尔会假装我回答得很差。可只要老师无奈地对我点点头，我就会认为那是对我大加赞扬了。每当老师不得不那样做，我都会很高兴，因为这说明，不管他们喜不喜欢，我都能适应这里的环境。

薇薇安以前也跟我们一起去上课，但后来她厌烦了，再也懒得去了。马多克为此大发雷霆。可是，由于无论马多克赞成什么，薇薇安都会对它嗤之以鼻，所以，马多克越是对她大加斥责，她越是下决心再也不回学校上课。不仅如此，薇薇安还曾试图说服我和塔琳跟她一起待在家里。可如果我们除了退学，或者跑去找马多克求助之外，就根本无力应付精灵小孩的阴谋诡计的话，马多克怎么会相信我们能够应付宫廷里的斗争呢？毕竟在宫廷里，同样的阴谋诡计无时无刻不在上演，而且规模更大，斗争更致命。

我和塔琳出发了，胳膊上挎着的午餐篮不停晃动。要到达至尊王的王宫，我们不必离开因斯麦尔岛，但必须绕过另外两座小岛：岩石之岛因斯木尔岛和悲哀之岛因斯维尔岛。三座小岛之间由一条半没在水里的岩石小径相连，小径上有很多大石头，可以从一块石头跳到下一块石头。我们沿着小径往前走，看见一群雄鹿正游向因斯木尔岛，它们要去那里寻找最好的牧草。我和塔琳经过面具湖，走进牛奶森林，小心翼翼地择路而行，走过那些苍白的银色树干，树上的叶子也被太阳晒得白惨惨的。走出森林，我们看见一群美人鱼和米罗人鱼在巉岩密布的岩洞附近晒太阳，他们身上的鳞片反射着夕阳琥珀色的光辉。

上流精灵的孩子，不论年龄大小，都要在王宫的庭院里接受教育，老师来自王国各地。上课时间有时在下午，有时在晚上。上课地点也不固定，有时在长着厚厚的翠绿色苔藓的小树林里，有时在高塔里，有时在树上。学习内容更是多种多样：天上星座的运行情况，草本植物的药物特性和魔法特性，鸟儿的语言，花儿的语言，人类的语言，空境人的语言（这种语言在我嘴里偶尔会扭曲变形），以及谜语的创作方法。还要学习如何轻飘飘地从树叶和荆棘上面走过，既不发出声响，也不留下痕迹。老师还给我们讲解竖琴和琉特琴，以及弓箭和宝剑的精微奥妙。

上流精灵的孩子练习魔法的时候，我和塔琳就在旁边观看。课间休息时，我们都在绿地上玩打仗游戏，绿地上方枝叶篷盖，犹如宽大的拱顶。

马多克一直在训练我，希望我将来即便手里只有一柄木剑，也是一名令人生畏的勇士。塔琳的剑术也不错，不过她现在已经懒得再练习了。再过几天就是夏季比武大会了，届时我们将在王室成员面前演练一场模拟战争，分成金银两队，决出输赢。到时候，只要马多克批准，一位王子或公主就可以册封我为骑士，让我加入马多克的私人卫队。那将是一种权力，也是一种保障。

有了这种权力，我还能保护塔琳。

我们到达学校的时候，卡丹王子、洛基、瓦莱里安和妮卡茜娅正懒洋洋地坐在草地上，旁边还有几个精灵。有个女孩头上长着鹿角，名叫波茜。不知卡丹说了什么，逗得她咯咯直笑。我们在草地上铺开毯子，放上我们的笔记本、钢笔和墨水瓶，而他们甚至都没有看我们一眼。

这让我感到如释重负。

今天的课程主要讲的是深海女王欧拉的故事以及她与这片土地上的各位精灵国王和女王之间协商和平共处的历史。妮卡茜娅是欧拉的女儿，被送到至尊王的宫廷里培养。人们为女王谱写了很多颂歌，赞美女王的美貌，而不是——如果她的女儿跟她在这方面有一点相像的话——她的个性。

妮卡茜娅上这堂课时洋洋得意，为她家族的伟大传统感到无比自豪。当老师讲到白蚁宫廷的罗本王时，我对课程失去了兴趣。我浮想联翩，不知不觉中想到了击打、刺杀、格挡和阻击这些剑术动作，以及它们的多种组合方式。我抓着钢笔，仿佛那是一柄宝剑的剑柄，完全忘了记笔记。

夕阳低垂的时候，我和塔琳打开从家里带来的午餐篮，里面装着面包、黄油、干酪和李子。这时我已饥肠辘辘，便迫不及待地给一块面包抹上了黄油。

可是，我正要将面包送进嘴里，从我们身旁经过的卡丹却突然往我的面包上踢了很多尘土。精灵们见了都哈哈大笑起来。

我抬起头看着他。他也正注视着我，脸上的表情既愉快，又残忍，仿佛一只猛禽正在犹豫是否要不嫌麻烦，吞掉一只小老鼠。他穿着高领束腰长袍，长袍上用棘刺绣了花，手指上戴着几枚沉甸甸的戒指，脸上挂着他惯常的冷笑。

我将牙齿咬得咯咯作响。但我告诫自己，这时千万不能与他争执，他很快就会失去兴趣，转身离开。我还能再忍一忍——再忍几天就好。

"出了什么事吗？"妮卡茜娅貌似亲切地问道，同时慢悠悠地走过来，将一只胳膊搭在卡丹的肩膀上。"哦，只是些尘土罢了。你来自尘土，凡人，而且很快就会重归尘土。咬一大口吧。"

"有本事就强迫我试试看。"我忍不住脱口而出。这不是最恰当的回击，我的手心里都是汗。塔琳听了不禁大惊失色。

"我有这本事，你知道。"卡丹说，随即咧嘴一笑，仿佛这是世上最好笑的事。我心跳加速，要不是我戴了花楸果项链，他就能蛊惑我，让我认为尘土是美味佳肴。不过，马多克的地位让他不得不有所顾忌。我一动不动，没有伸手去摸我紧身胸衣下面藏着的项链。我希望这条项链能够抵御任何魔法，也希望卡丹不要发现它，把它从我的脖子上扯去。

我朝老师所在的方向瞥了一眼，但那个老学究把鼻子都埋进了书里。

卡丹是王子，所以很可能没有人警告过他，也没有人阻止过他。我永远也不会知道，他的行为会过分到什么程度；我也永远不会知道，老师会纵容他到何等地步。

"你不想那样，对吧？"瓦莱里安假惺惺地问道，同时在我的午餐上面又踢了些尘土。我甚至没有看见他走过来。有一次，瓦莱里安偷了我的一支银质钢笔，结果马多克从他的书桌里拿出一支镶有红宝石的钢笔给了我。这让瓦莱里安怒不可遏，他用练习木剑在我的后脑勺上狠狠地砸了一下。"只要你们把午餐篮里的东西都吃了，我们保证整个下午都对你们友好，你觉得怎么样？"接着，他又堆出满脸的假笑问道，"难道你们不想跟我们做朋友吗？"

塔琳垂下眼睛，看着自己的大腿，可我只想说："不，我们不想跟你们做朋友。"

我没有回答他,但也没有垂下眼睛。我发现卡丹正目不转睛地注视着我。我知道,无论我说什么,都无法阻止他们。我对此无能为力,我对自己的无能感到愤怒。可今天,我觉得自己似乎咽不下这口气。

突然,妮卡茜娅从我头上拔下一根发簪,我的一条辫子散开来,发丝落到了脖子上。我在她的手上打了一下——事情发生得太快了。

"这是什么?"她举起那支金发簪,发簪顶上有一小簇金丝山楂果,"是你偷的吧?你以为这会让你变漂亮吗?你以为这会让你跟我们一样吗?"

我咬住了脸颊里面。我当然想跟他们一样。他们很漂亮,就像用某种神圣火焰锻造出来的宝剑,而且他们还长生不死。瓦莱里安的头发金光闪闪,就像经过抛光的金子。妮卡茜娅四肢修长、身材完美,粉红的嘴唇犹如两片珊瑚,蓝中泛绿的头发犹如大海的最深最冷处。长着一双狐狸眼睛的洛基默默地站在瓦莱里安身后,脸上挂着一种见怪不怪、精心保持的冷漠,下巴跟耳朵尖一样尖。卡丹甚至比他们更漂亮,一头黑发像渡鸦的翅膀一样熠熠生辉,宝光流动,尖尖的颧骨锋利得足以"割碎"任何姑娘的心。我恨他超过其他任何人。我恨他恨得那么深,以至于看见他,我都几乎无法呼吸。

"你休想跟我们平起平坐。"妮卡茜娅说。

我当然做不到。

"噢,好了,"洛基漠不关心地笑了笑,伸手搂住妮卡茜娅的腰。"别管她们了,让她们自己受罪去吧。"

"茱德很抱歉,"塔琳赶忙说,"我们真的很抱歉。"

"她可以让我们看看,她到底有多抱歉。"卡丹慢条斯理地说,"告诉她,她不属于夏季比武大会。"

"怕我会赢吗?"我问道。

"那不是给凡人准备的。"他冷冷地说,"退出吧,不然你会后悔的。"

我张开嘴,但塔琳抢着说:"我会跟她谈谈的。那没什么,只是场比赛而已。"

妮卡茜娅宽宏大量地对她笑了笑,瓦莱里安则色迷迷地瞅着塔琳,目光在她凹凸有致的身体上转来转去。我注意到卡丹正注视着我,我知道他跟我没完——远远没完。

他们回去开开心心地吃午餐(他们的午餐已经为他们摆好了),塔琳问我:"你为什么要那样顶撞他们,那样反驳他?太愚蠢了。"

有本事就试试看。

怕我会赢吗?

"我知道,"我对她说,"我会闭嘴的。我只是——只是气坏了。"

"你最好装出害怕的样子。"她建议道。然后摇摇头,将我们那些被糟蹋了的食物重新装起来。我的肚子咕咕直叫,但我尽量忽视。

我知道他们想让我害怕他们。这天晚上的战争模拟中,瓦莱里安绊倒了我几次,卡丹在我耳边悄悄说脏话。最终,我带着满身的伤痕踏上了回家的路。

然而,他们没有意识到一点:是的,他们让我害怕了。不过,自从第一天来到这里,我就一直活在恐惧中。将我抚养长大的人是杀害我父母的凶手,我成长的这片土地上到处都是怪兽。我如果不假装自己并不害怕,我就会躲在马多克的庄园里,躲在我那由猫头鹰毛做成的被子下面,永远也不敢出来。我会一直躺在那里尖叫,直到自己灰飞烟灭。我不要那样。我也不会那样。

妮卡茜娅说错了,我并不想在比武大会上表现得跟他们一样好,我并不想要跟他们平起平坐,我是想战胜他们。

在我的内心深处,我渴望超过他们。

第五章

回家路上,塔琳在面具湖畔停下来摘黑莓。我坐在月光下的岩石上,故意不去看湖水。面具湖的水并不会倒映出你的脸——它会显示某个曾经看过,或者将来会看这片湖水的人的脸。小时候,我常常整天整天地坐在湖岸上,盯着湖水中显现出来的那些面孔,希望有一天能看见妈妈从湖里看着我。

最终,我伤心欲绝,再也不敢看湖水了。

"你会退出比武大会吗?"塔琳将一把黑莓塞进我嘴里。我们都是食欲旺盛的年纪。我们已经长得比薇薇安高了,也更壮,更丰满。

我打开午餐篮,拿出一颗弄脏了的李子,在衬衫上面擦了擦。至少它还能吃。我慢慢地吃着李子,心里琢磨着这件事。"你是说因为卡丹和他的蠢货帮吗?"

她皱起眉头,一脸的无奈。在她偶尔表现得特别愚钝的时候,我的脸上可能就是她现在这副表情。"你知道他们叫我们什么吗?"她说,"虫子帮。"

我将吃剩的李子核扔进湖里,看着水波一圈圈荡开,消除了任何可能出现的倒影。我的嘴角露出了笑意。

"你在往一个魔法湖里扔垃圾。"她对我说。

"它会腐烂的。"我说,"我们也一样。他们是对的。我们是虫子帮。我们是凡人。我们不必无休止地等他们允许,才能做我们想做的事。我不在乎他们喜不喜欢我参加比武大会。而且,一旦我成为骑士,我就能逃出他们的掌控了。"

"你以为马多克会让你去吗?"塔琳问道,手指被荆棘扎破后,她放弃了采黑莓。

"不然他训练我们干什么?"我反问道。我们默默地继续往家走。

"反正我不会去。"她摇了摇头,"我打算谈恋爱。"

我愣了愣,随即哈哈大笑起来。"这是你刚刚决定的?可我并不认为爱情是能'打算'出来的。我认为爱情会在你最意想不到的时候到来,就像当头挨了一记闷棍。"

"管它呢,反正我已经决定了。"她说。我在想要不要提一下她上一个倒霉的决定——就是在昨晚的狂欢会上开心一番的决定——但那只会让她生我的气。于是我索性试着想象一下她会跟什么人谈恋爱。也许会是个米罗人鱼,他会赋予她水下呼吸的能力,送给她一顶珍珠王冠,将她带到他在海底的家里。

也许这是最荒唐的选择。

"你喜欢游泳吗?"我问她。

"什么?"她问道。

"没什么。"我说。

她以为我在捉弄她,于是就用胳膊肘顶了顶我。

我们走进弯曲森林(因其弯曲的树干而得名),因为牛奶森林夜里很危险。一路上我们总是得停下来给树根人让道,因为要是我们挡了他们的路,就有可能被他们踩死。树根人的肩膀上覆盖着苔藓,树皮脸颊上也爬满了苔藓,风从他们的肋骨间嗖嗖地吹过。

他们的队伍看上去既壮观,又肃穆。

"既然你那么确信马多克会允许你参加,那你为什么还不问他?"塔琳低声说,"离比武大会只有三天了。"

任何人都可以参加夏季比武大会,不过,要想成为骑士,就必须在胸口佩戴一条绿色缎带,以此来表示自己候补骑士的身份。如果马多克不允许我佩戴绿色缎带,那我的武艺再高超也无济于事。不能成为候选人,自然也就不会被选中。

我很高兴躲避树根人让我没空回答她,因为,她是对的。我之所以迟迟没有问马多克,是因为我害怕他会拒绝我的请求。

我们回到家,推开巨大的、挂着铁环的前门,听见有人在楼上喊叫,仿佛遭遇了巨大的痛苦。我赶忙向着声音的源头奔去,一颗心提到了嗓子眼儿,结果只是发现薇薇安手里拿着一本书,正在她的房间里追打一群光精灵。光精灵聚到一起,犹如一团蛛丝,从我身边疾飞而过,飞进了走廊里。薇薇安抡起那本书,啪的一声砸在门框上。

"你看看!"薇薇安指着她的壁橱冲我喊道,"看看他们都干了什么!"

壁橱门开着,里面横七竖八地放着许多从人类世界偷来的东西:火柴盒、报纸、空瓶子、小说、太阳镜……光精灵用火柴盒做成小床小桌,将报纸撕得粉碎,还在小说中间挖洞做窝。这是一次不折不扣的精灵侵扰。

可是,更让我惊奇的是,薇薇安竟然有这么多人类物品,而且其中的许多东西似乎毫无价值。那些东西不过是垃圾——凡间的垃圾。

"这都是些什么东西?"塔琳说着走进屋来。她俯身抽出一条相纸,发现只是被光精灵们稍稍咬坏了一点。相纸上是一系列连拍照片,像是在自拍亭里拍的那种。薇薇安在照片里,胳膊搭在一个笑吟吟的粉色头发姑娘的肩上。

晚餐时,我们坐在巨大的餐桌旁用餐。餐桌的四边雕着吹笛的半羊人和跳舞的小精灵,中央点着一排蜡烛,蜡烛旁边摆着石质雕花花瓶,里面插满了酢浆草。仆人们给我们端来银盘,上面盛着新鲜的蚕豆,洒着石榴籽的鹿肉,烤得焦黄、抹着黄油的鳟鱼,苦草沙拉,餐后甜点是葡萄干蛋糕,上面浇了大量苹果糖浆。马多克和奥里安娜喝加那利白葡萄酒,我们则得兑水喝。

我和塔琳的盘子中间放着一碗盐。

薇薇安用餐刀戳了戳她盘子里的鹿肉，然后将餐刀举到嘴边，伸舌头舔去了上面沾着的鹿血。

坐在她对面的欧克咧嘴一笑，开始模仿她，奥里安娜赶忙夺过他手里的餐刀，以免他割破舌头。欧克咯咯地笑了几声，抓起鹿肉送进嘴里，用牙齿撕咬起来。

"有件事你们应该知道。国王不久就会退位，将王位传给他的一个孩子。"马多克扫视了我们一圈，"他可能会选择达因王子。"

尽管达因排行第三，但这并不是问题。至尊王有权选择他的继位者——这个传统能确保精灵国的稳定。第一位至尊王马布女王让工匠为她锻造了一顶王冠。相传，工匠名叫格瑞森，能够用金属锻造任何东西，包括歌喉婉转的小鸟，质地光滑的项链，一对名叫"觅心"和"诛心"的双子剑。他造出的王冠工艺神妙，蕴含魔力，能够确保王位由国王传递到下一个血亲，绝不中断。随王冠一同传递的，是所有空境人对王冠立下的誓言。尽管在每次的加冕礼上，臣民都会聚集起来，重申他们的忠诚，王权仍然蕴含在王冠之中。

"他为什么要退位呢？"塔琳问道。

薇薇安恶毒地干笑了几声。"因为他的孩子们巴不得他早点儿死。"

马多克的脸上闪过一丝怒色。我和塔琳都不敢这么说话，生怕他对我们的耐心已经到达了极限，但薇薇安却是这方面的行家里手。当马多克回答她的时候，我看出他竭力压住自己的怒气。"没有哪位精灵国王像埃尔德雷德一样统治了这么长的时间，而且把国家治理得这么好。不过现在他要去找寻'希望之国'了。"

"希望之国"是空境人对死亡的委婉说法。他们说那里是他们最初的起源，也是他们最终的归宿。

"您是说他之所以退位，是因为老了吗？"我问道。话一出口，我不由得心怀惴惴，不知道这样问是不是不太礼貌。淘气精灵生来就满脸皱纹，像没毛的小猫，而女水妖则总是皮肤光滑，只有眼睛会显现出它们的真实年龄。我没想到时间也会对精灵造成影响。

奥里安娜看上去似乎有些不快，不过她也没有当即喝止，让我闭嘴，所以也许这个问题也不是那么粗鲁。还有一种可能性就是，她根本就没指望我会有什么礼貌，所以也就不予管教了。

"我们也许不会老死，但是我们会因为变老而虚弱。"马多克重重地叹了口气，"我曾以埃尔德雷德的名义发起战争，我打垮过那些拒绝向他效忠的宫廷，我甚至领导过几场针对深海女王的战役。但埃尔德雷德已经对杀戮失去了兴趣，甚至在其他宫廷拒绝臣服的时候，他还能容忍麾下队伍里发生大大小小的叛乱。是时候传位给一位新国王了，是时候冲向战场了。我们需要一位胃口更大的国王。"

奥里安娜略感困惑地皱起眉头。"没有战争，你的至亲就不用时刻担忧你的安危。"

"没有战争，一个将军又有什么用？"马多克烦躁地吞了一大口酒。我心下暗暗好奇，不知道他每隔多长时间就需要将帽子在鲜血里浸湿一次。"新国王的加冕礼会在立秋时举行。别担心，我有一个计划，可以确保我们未来无虞。不过你们要做好准备，到时候你们会有很多场舞要跳。"

我正在想他的计划会是什么，塔琳突然在桌子下面踢了我一脚。我转过头去对她怒目而视，她双眉扬起，冲我做了个口型："问他。"

马多克看着她问道："怎么了？"

"茱德想问您件事。"塔琳说。最糟糕的是，她觉得这是在帮我。

我深吸了一口气。马多克现在看起来心情不错。"我一直在想比武大会的事。"这些话我已经在脑海中演习了无数遍，但现在真的说出来，却似乎不是我原先想象的样子，"我的剑术还不算糟糕。"

"你太谦虚了，"马多克说，"你的剑术棒极了。"

这话让我很受鼓舞。我看向塔琳，她看上去似乎屏住了呼吸。餐桌旁的每个人都一动不动，只有欧克用玻璃杯磕着盘子边缘。"我打算参加比武大会，我想宣布自己已经做好准备，可以当骑士了。"

马多克扬起眉毛。"你想当骑士？那可是危险的工作。"

我点了点头。"我不怕。"

"有意思。"他说。我紧张得一颗心几乎停止跳动了。这件事我已经反复考虑了很多遍,唯一的问题是,马多克可能不会允许我参与骑士候选。

"我想依靠自己的力量进入至尊宫廷。"我说。

"你不是杀戮者。"他对我说。我身子缩了缩,不由得抬起头来。他那一双金色猫眼正直视着我。

"我能成为杀戮者。"我坚持道,"我已经训练了十年了。"

自从你把我带到这里来就开始了。这话虽没说出来,但我的眼睛一定泄露了我的想法。

他悲哀地摇了摇头。"你缺少的东西跟经验无关。"

"可是——"我说。

"够了,我已经决定了。"他提高声音,打断了我的话。沉默了片刻,他向我笑了笑,以示安抚,"要是你喜欢,你可以参加比武,但那仅仅是场比赛而已,你不能佩戴绿色缎带。你还没有准备好成为骑士。等加冕礼之后,你可以再跟我提这事——要是那时你还没改主意的话。如果现在只是你一时心血来潮,那么中间的那段时间足以让你忘了这件事。"

"我不是心血来潮!"我颤声说。我讨厌自己声音中透出的绝望,可我一直在数着日子,盼着比武大会的到来。想到还要等上几个月,而且只是为了让他再拒绝我一次,我就绝望得要发疯。

马多克脸色深沉地看了我一眼。"等加冕礼之后。"他重复道,"总有一天你会清楚地知道自己要什么。"

我想冲他大喊:你知道总是低声下气有多难受吗?忍受侮辱和赤裸裸的威胁!可我已经这样做了。我以为这样能证明我的坚韧和顽强。我以为只要你看到,不论遭遇怎样的不公,我都能面带微笑顽强面对,你就会看到我的价值所在。

你不是杀戮者。

他根本不知道我是什么样的人。

也许我自己也不知道。也许我永远也不会弄清楚。

"达因王子会是个优秀的国王。"奥里安娜说,巧妙地将谈话转回愉快的话题,"加冕礼意味着整整一个月的舞会。我们需要新的礼服。"在这个笼统的声明中,她说的"我们"似乎包括了我和塔琳,"华丽的礼服。"

马多克点点头,标志性地露齿一笑。"没错,没错,你们想要多少礼服都可以。我会让你们穿得最漂亮,跳得最过瘾。"

我竭力放慢呼吸,聚精会神地凝视着面前的东西——盘子里的石榴籽。它们像红宝石一样闪闪发光,但被鹿血沾湿了。

总有一天,马多克这样说过。我竭力将心思集中到这上面,"总有一天"毕竟不是永远不会。

我想拥有一件宫廷礼服,就像我在奥里安娜的衣橱里看见的那些礼服一样,在金银相间的裙子上绣上华丽繁复的图案,就像黎明一样漂亮。我将心思也集中在这件事上。

但接下来我的思绪就发散了。我想象自己穿着礼服,腰上悬着宝剑,也变成了精灵,成了至尊宫廷的一员,成了猎鹰圈的骑士。卡丹站在国王身边,从大厅的另一侧看着我,嘲笑我的矫揉造作。

我使劲拧自己的大腿,直到疼痛驱散了这些胡思乱想。

"你们一定会把鞋底都磨破的。"薇薇安对我和塔琳说,"我敢说奥里安娜会担心得要死,因为既然马多克鼓励你们去跳舞,她也就不能阻止你们了。最可怕的是,你们可以开开心心地玩一次了。"

奥里安娜的嘴唇抿紧了。"这话对我不公正,也不是真话。"

薇薇安翻了翻白眼。"要不是真话,我也不能说出来。"

"够了!"马多克在桌上重重一拍,我们都惊得身子一颤。"加冕礼期间,很多事情都有可能发生。变革的时代就要来了,激怒我不是明智之举。"

我不知道他指的是达因王子呢,还是他忘恩负义的女儿,或者两者都是。

"您是担心有人会觊觎王位吗?"塔琳问道。跟我一样,她从小就开始学习关于战略、攻击、伏击和抢占上风的知识。但跟我不同的是,她跟奥里安娜一样拥有问问题的天赋，能够巧妙地将谈话的航船转向礁石较少的海岸。

"应该担心这事的是绿石楠家族，而不是我。"马多克说，不过他看上去似乎很高兴被问及此事，"毫无疑问，部分臣民希望根本没有至尊王冠和至尊王。王的那些继承人应该特别注意，精灵军队是一股不容忽视的力量。老练的战略家总是会等待正确的时机。"

"有你保护王位，只有彻底绝望的亡命徒才会发动攻击。"奥里安娜一本正经地说。

"没有谁会彻底绝望。"薇薇安说，随即冲欧克做了个可怕的鬼脸。欧克被逗得咯咯直笑。

奥里安娜将手伸向欧克，但中途又缩了回来。我看见薇薇安的猫眼亮光一闪，不知道奥里安娜这样紧张到底对不对。

只要有机会，薇薇安总要试图惩罚马多克，不过她唯一的力量只是做他的眼中钉，而且她只能偶尔通过欧克来折磨奥里安娜。我知道薇薇安爱欧克——他毕竟是我们的弟弟——但这并不代表她不会教他一些坏东西。

马多克面带微笑地看着我们，一副心满意足的样子。以前，我总以为他没有注意到这个家庭内部涌动着紧张的暗流。然而，我长大一些后才明白，那些几乎无法压制的冲突一点儿也不让他烦恼。他喜欢这样的冲突，就像他喜欢明刀明枪的战争一样。"也许我们的敌人里没有一个是出色的战略家。"

"但愿如此。"奥里安娜看着欧克心神不定地说，同时端起她那杯加那利白葡萄酒。

"没错。"马多克说，"我们来干一杯吧。为了我们敌人的无能。"

我端起杯子，跟塔琳碰了一下，随即将杯里的酒一饮而尽。

没有谁会彻底绝望。

整个早上我都在想这句话。我躺在床上辗转反侧，将它在脑海里翻来覆去地仔细思量。最后我再也躺不住了，于是就在睡袍外面套上长袍，走进外面已近中午的阳光里。灿烂的阳光犹如锤炼过的金子一样明亮，刺痛了我的眼睛。我在马厩附近的一块苜蓿地上坐下来，回身凝望着马多克的房子。

在奥里安娜成为这里的女主人之前，这里的一切都属于我母亲。那时候，妈妈一定很年轻，一定也爱着马多克。不知道这一切对她来说意味着什么，不知道她当初是否认为自己会在这里得到幸福。

同样，也不知道是什么时候开始，她意识到自己无法在这里得到幸福。

我听到过传言。骗过至尊王的将军，肚子里怀着他的孩子偷偷溜出精灵世界，在凡间躲了差不多十年，不是一件小事。在马多克被烧毁的庄园里面，她留下了另一个女人烧焦的尸体，谁也不能否认妈妈的冷酷无情。要是她再幸运一点，马多克就永远也不会知道她还活着。

我猜，她远远没有绝望。

我也远远没有绝望。

但那又怎样？

"今天别去上课了。"这天下午我对塔琳说。尽管我早已穿戴整齐，准备就绪了。虽然没有睡觉，可我一点儿也不觉得疲惫，"就待在家里。"

她神色忧虑地瞅了我一眼。此时，一个新近欠下马多克债务的皮克西男孩正在给她梳头，将她的栗色头发编成发冠。她穿着棕色和金色相间的裙子，端端正正地坐在梳妆台前。"告诉我别去，那就意味着我应该去。不管你在想什么，别想了！我知道你对比武大会的事很失望——"

"跟那没关系。"我说，尽管当然有关系。事实上太有关系了，以至于现在失去了成为骑士的希望，我都感觉地板上出现了一个洞，我就要掉进洞里了。

"马多克也许会改变主意。"她跟着我下楼，抢先抓起午餐篮。"至少你现在不必公然对抗卡丹。"

我怒气冲冲地看着她，尽管这根本不是她的错。"你知道马多克为什么不让我去争当骑士吗？因为他认为我太软弱了。"

"茱德。"她嗫嚅道。

"我以前认为，他要我做个好孩子，要我遵守规则。"我说，"可我受够了软弱可欺。我受够了做好孩子。我要做另一种人！"

"只有白痴才不怕那些可怕的东西。"塔琳说，这话无疑是对的，但仍不足以说服我。

"今天别去上课了。"我又说了一遍，她也依然拒绝了我的请求。我们只好一起去了学校。

我跟模拟战争的领队凡德交谈时，塔琳一直注视着我。凡德是个皮克西女孩，长着花瓣一般的蓝色皮肤，她提醒我明天有一次备战比武大会的彩排。

我点了点头，咬住脸颊里面。谁也不必知道，我的希望被击碎了。甚至谁也不必知道，我对比武大会曾抱有希望。

后来，当卡丹、洛基、妮卡茜娅和瓦莱里安吃午餐时，他们遭遇到窒息的恐惧，便立刻将吃进嘴里的食物吐了出来。他们周围，那些不那么讨厌的上层精灵的孩子在吃面包、蜂蜜、蛋糕、烤鸽子、接骨木花酱、饼干、干酪，还有又大又圆的葡萄。不过，在我敌人的午餐篮里，所有的食物都被撒上了盐。

我注意到卡丹正望着我，便嘴角上扬，露出邪恶的微笑。他的眼睛像黑炭一样明亮。他的仇恨仿佛是个活物，在我们之间的空气里闪着微光，就像烈日炎炎的夏天，黑岩上方的空气一样。

"你疯了吗？"塔琳厉声问道，同时用力摇晃我的肩膀。我不得不回过头来瞅着她。"你这样做只会把事情搞得更糟。为什么没有人对抗他们？那是有原因的！"

"我知道，"我低声道，嘴角仍挂着邪恶的微笑，"原因多着呢！"

她的担忧不无道理。因为，我刚刚已经向他们宣战了。

第六章

我的这个故事讲得有些混乱,我应该先讲一讲我在精灵世界里的成长经历。我之所以省略,主要是因为我是个懦夫,我甚至不愿意让自己想起那些事。不过,了解一些我过去的经历,也许有助于你理解我为什么是现在这个样子,理解恐惧是如何一点点地渗入我的骨髓,我为什么总是焦虑不安。

因此,下面我就给你讲讲我经历的三件事。

第一件。我九岁那年,马多克的一个守卫咬掉了我左手无名指的指尖。当时我们在外面,我痛得尖叫起来,而他狠狠地推了我一把。我的脑袋重重地撞到了马厩的木柱上。然后,他让我就倒在那里,自己却在一旁咀嚼从我指头上咬下的肉。他直言不讳地告诉我,他是多么憎恨凡人。我流了好多好多血——你想象不到从一根手指里竟能流出那么多血。最后,他明确告诉我,我最好别把这件事说出去,因为如果我说出去了,他就会把我身上的其余部分都吃掉。我照做了,没有告诉任何人。直到此刻,我才第一次将这件事说出来。

第二件。十一岁那年,在一次欢宴上,我藏在一张宴会桌下面,结果被一个特别无聊的上流精灵发现了。他抓住我的一只脚把我拖出来,我一边踢,一边拧着身体想要从他手里逃出来。我觉得他可能知道我是谁——但是我告诉自己他不知道。他强迫我喝酒,我喝了几口,那种草绿色的精灵果酒就像花蜜一样滑下我的喉咙。然后他带着我绕灵境丘跳舞。一开始很好玩,但那是一种令人恐惧的乐趣。前半段时间我一边尖叫,一边央求他停下来,余下的时间则会感到眩晕和恶心。可是,当乐趣渐渐消失,我仍旧无法停下来时,那就只剩下恐惧了。不过,事实证明我的恐惧同样让他感到有趣。欢宴结束后,埃乐温公主发现了我。当时我一边哭,一边吐。我为什么会搞成那样,她一个字也没有问,她只是把我交给奥里安娜,仿佛我是一件放错了地方的衣服。这件事我和奥里安娜从没告诉过马多克。告诉他又能怎样?也许当时每个看见我的人都认为我玩疯了。

第三件。我十四岁而欧克四岁那年,他对我施了魔法。他不是故意的——好吧,至少他不是真的理解为什么不该那样做。因为当时我刚刚洗完澡,所以没有佩戴任何能够保护我的护身符。他不想上床睡觉,就让我陪他玩娃娃。我们玩了一会儿,他又让我追他,于是我们就在走廊里玩起了追逐游戏。后来他弄明白了一件事,他能让我打自己耳光,他觉得那样非常有趣。几小时之后,塔特无意中发现了我们,她仔细端详了我那红肿的脸颊和眼里的泪水,然后便跑去找奥里安娜。后来的几个星期,欧克总是一边咯咯笑,一边试图对我施魔法,让我给他拿糖果,把自己的身体悬在我的脑袋上方,或者在餐桌上吐口水,即使他的魔法再也没有奏效过——在那之后我无论何时何地都会戴着花楸果。之后的几个月里,我虽然没有报复他,但我所能做的也只是克制住自己,不将他打倒在地。奥里安娜从来没有因为我的克制感到欣慰——她相信我没有报复他,只是因为我计划将来再报仇。

我不喜欢这些事,它们凸显了我是多么容易受到伤害。不论我怎样小心,最终还是会犯错误。我很弱小,我很脆弱,因为我是凡人。

我最恨自己是凡人。

即使由于某种奇迹,我能超过精灵,我也永远无法成为他们中的一员。

第七章

没过多久,他们就实施了报复。

傍晚的时候,我们上了历史课。一个名叫雅罗的猫头地精朗读了几首叙事诗,向我们提了一些问题。我答对的问题越多,卡丹就越恼怒。他毫不掩饰自己的不快,油嘴滑舌地对洛基抱怨这些课程多么无聊,还嘲笑我们的老师。

仅此一次,天还没黑透,我们就放学了。回家路上,我和塔琳都默默无言,塔琳担忧地瞥了我几眼。落日的余晖透过枝叶的缝隙照进来,我深吸了一口气,松针的清香令我神清气爽。我感到一种奇异的平静,尽管下午我干了件蠢事。

"那不像你,"塔琳最终说,"你从不向别人寻衅滋事的。"

"对他们一味忍让无济于事,"我用脚踢开一块石头,"他们得到的越多,就越相信自己有权索取。"

"这么说你要——那话怎么说来着——让他们懂点儿规矩?"塔琳叹了口气,"就算需要有人做这事,那人也不必是你啊。"

她是对的。我知道她是对的。我让愤怒冲昏了头脑,但愤怒会慢慢消退,我会后悔自己的所作所为。也许,睡上一觉之后,我会像塔琳一样恐惧。我给自己招来的只是更糟糕的问题,不管此刻被自尊心奴役的感觉有多好。

你不是杀戮者。

你缺少的东西跟经验无关。

不过,我现在还没有后悔。既然已经迈出悬崖边缘,我想要的就是堕落。

我正要回答,一只手突然从我身后伸过来,用力捂住我的嘴。我奋力反抗,猛地扭动身子,只见洛基正抓着塔琳的腰。又有个人抓住了我的两只手腕。我拼命挣脱嘴上那只手,大声尖叫。但尖叫声在精灵世界里如同鸟鸣,太寻常了,不会引起多少注意。

他们押着我们穿过森林,一边走一边笑。一个男孩欢呼了一声。我模糊听见洛基说什么恶作剧很快就会结束,但他的声音淹没在了他们肆无忌惮的大笑声中。

后来,有人在我肩上推了一把,我脑袋朝下地跌进了水里。我赶忙吐出灌进嘴里的水,试图呼吸。我尝到了泥巴和芦苇的味道。我挣扎着站起来。我和塔琳置身于齐腰深的河水里,湍急的水流正将我们冲向下游更深更急的河段。我将双脚踩进水底的淤泥里,以免自己被水流冲走。塔琳抓着河里一块大圆石,她的头发是湿的。她一定是滑倒了。

"这条河里有女水妖,"瓦莱里安说,"要是你们不赶快出来,它们就会发现你们,把你们拖下去,再也不让你们上来了。它们的尖牙会咬破你们的皮肤。"他比画了一个撕咬的动作。

他们站在河岸上,卡丹离岸边最近,旁边是瓦莱里安。洛基一只手从香蒲草和灯芯草的顶端掠过,看上去心不在焉,似乎不太耐烦。他似乎厌烦了他的朋友们,也厌烦了我们。

"女水妖生来就是女水妖,它们自己也没辙。"妮卡茜娅一边说一边踢水,踢起的水溅到了我脸上,"就像你们会淹死一样,你们也没辙。"

我让脚在淤泥里踩得更深一些。河水不断灌进我的靴子,让我的腿难以动弹,不过也让我能站得更稳。然而我不知道怎样才能在不滑倒的情况下走到塔琳身边。

瓦莱里安将我们的书包里的东西全都倒在岸上,然后跟妮卡茜娅和洛基一起轮流将那些东西扔进水里。其中有我那几本包着皮革的笔记本,一卷卷纸渐渐散开,沉入水里。那些叙事诗集和历史书落水时则溅起了大片水花,然后沉入水中,牢牢地卡在两块石头之间。我那支精美的钢笔和配套的钢笔笔尖在水底闪着微光。墨水瓶在岩石上撞得粉碎,将河水染成了朱红色。

卡丹目不转睛地注视着我。尽管他没有亲自动手,但我知道这一切都是他授意的。在他眼里,我看见了精灵世界巨大的排异特性。

"很好玩是吗?"我冲着岸边喊道。我愤怒到了极点,心中已经容不下恐惧,"你们是不是玩得很开心?"

"开心得很。"卡丹答道。接着,他的目光从我身上移到了水里,水底出现了几团阴影。那是女水妖吗?我看不出来。我一点点地挪向塔琳。

"这只是个游戏。"妮卡茜娅说,"不过有时候我们玩玩具玩得太狠了,它们就坏了。"

"可不是我们亲手淹死你们的。"瓦莱里安喊道。

我的一只脚踩上一块滑溜溜的岩石,脚下一滑,身子一晃,跌进水里,身不由己地顺着水流向下游漂去。我喝了几大口泥水,惊恐之下,水呛进了肺里。我猛地举起一只手,抓住了一棵树的树根。我重新站稳脚跟,一边大口喘气,一边剧烈咳嗽。

妮卡茜娅和瓦莱里安哈哈大笑。洛基的表情难以捉摸。卡丹一只脚踩进芦苇丛中,仿佛是为了看得更清楚些。我怒不可遏地吐着嘴里的泥水,奋力向塔琳走去。塔琳抓住我的手,用力握了一下。

"我以为你要淹死了。"她失声道,听起来马上就要放声大哭了。

"我们会没事的。"我对她说。我双脚踩进淤泥里,俯下身在水里摸索,想找到一块石头当作武器。我摸到一块大石头,将它举起来,石头很滑,上面长满了绿色水藻,"要是女水妖过来攻击我们,我不会让它们靠近的。"

"退学吧。"卡丹说。他死死地盯着我,甚至没有看塔琳一眼。"你们压根儿就不该跟我们一起上课,更别再妄想参加比武大会了。告诉马多克你们不属于我们——我们是比你们更优越的一族。照我说的做,那样我就放过你。"

我瞪着他。

"你要做的只是屈服,"他说,"这很容易。"

我转头看着塔琳,她浑身湿透,一脸惊恐。这是我的错。虽然现在是炎热的夏天,但是河水很凉,水流也很湍急。"你也会放过塔琳,对吧?"

"噢,这么说你会因为她的缘故,听我的话?"卡丹眼神贪婪地注视着我,仿佛想把我一口吞下。"那会让你觉得自己很高尚是吗?"他顿了顿,在这片刻的寂静中,我听见的只有塔琳紧促的呼吸声。"喂,是不是这样?"

我盯着那些女水妖,密切监视它们的一举一动。"那你想要我怎么觉得?你不妨直接告诉我。"

"有意思。"他上前一步,蹲下来,眼睛平视着我们。"精灵的孩子太少了,我从没见过我们中间有双胞胎。告诉我,那是像自己被复制了呢,还是更像自己被劈成了两半?"

我没有回答。

在他身后,我看见妮卡茜娅挽住洛基的胳膊,在他耳边低声说了句什么。他目光锐利地瞅了她一眼,她噘起了嘴。也许让他们恼火的是,女水妖现在还没有把我们吃掉。

卡丹皱了皱眉。"孪生姐姐,"他转向塔琳说。他嘴角含笑,仿佛突然想到一个可怕的主意,心中不胜欢喜,"你会做类似的牺牲吗?来吧,让我们搞清楚这个问题。塔琳,我给你一个非常慷慨的提议。你爬上岸来,亲吻我的脸颊。这样,只要你以后不用言语或行动来保护你妹妹,我就不会让你为她的挑衅负责。你看,这难道不是一个很好的交易吗?不过,要成交,你必须马上过来,让她待在那里淹死。让她看看,她将会永远孤身一人。"

有那么一会儿,塔琳一动不动站在那里,仿佛被冻住了。

"去吧,"我说,"我会没事的。"

话虽如此,可是看到她蹚着水走向岸边,我的心里仍然很难受。不过,当然,她应该去。为了她的安全,付出再大的代价也值得。

这时,那团浅白色的阴影中有一个分离出来,向着塔琳游去,但我在水中的影子让它有些犹豫。我作势要将手里的石头扔过去，它颤动了一下。女水妖更喜欢容易到手的猎物。

瓦莱里安抓住塔琳的手，拉着她上了岸，仿佛她是一位大家闺秀。她的裙子湿透了，她一边走，裙子一边不住滴水，就像水精灵和海仙女的裙子。她用微微发青的嘴唇亲吻卡丹的脸颊，一边一下。她闭着眼睛，但卡丹却睁着眼——他在看我。

"照我的话说一遍：'我抛弃我的妹妹茱德，'"妮卡茜娅对她说，"'我不会帮助她。我甚至不喜欢她。'"

塔琳飞快地瞥了我一眼，目光中含着歉意。"我不会这样说的，这不是交易的一部分。"其他人听了都哈哈大笑。

卡丹用靴子分开蓟草和灯芯草。洛基正要说话，但卡丹打断了他，"你的姐姐已经抛弃了你。看看我们几句话就能做到什么？一切都可以变得糟糕得多。我们可以蛊惑你，让你在地上到处爬，学狗叫。我们可以诅咒你，让你再也听不到一首歌，或者听不到从我嘴里说出的一句好话，你就会像花儿一样枯萎。你是个脆弱的小东西，我们可以毫不费力地摧毁你。放弃吧。"

"决不！"我说。

卡丹自命不凡地笑了笑。"决不？决不就像永远——这个词的含义太大了，凡人是不会理解的。"

水里的那个形状还在原地保持不动，也许是因为卡丹他们在这里，它以为他们是我的朋友，一旦我受到攻击，他们会来保护我。我目不转睛地盯着卡丹，等着他的下一步行动。我希望自己看起来毫不示弱。他仔细地审视了我好一会儿，这让我很不自在。

"想想我们说的。"他对我说，"当你们浑身湿透、满心屈辱地走在漫长的回家路上时，好好想想我们的话。顺便也想想你的答案。我们已经仁至义尽了。"说完就转身走了，其他人跟着也转身离开了。

等到他们都走得看不见了，我才吃力地爬上岸，重重地躺倒在塔琳旁边的泥地上。女水妖纷纷浮上水面，用它们那饥饿的、色彩变幻的眼睛注视着我们。一只女水妖开始往岸上爬。

我将手里的石头扔了过去。但距离太远，没有砸中它。不过，石头落水时溅起大片水花，其他女水妖受了惊吓，一时不敢继续靠近。

我咕哝了几声，吃力地爬起来。回家路上，塔琳一直在低声啜泣，而我则一直在想，我是多么憎恨他们，多么憎恨自己。后来我就什么也不想了，只是机械地抬起湿透的靴子往前迈步。我们经过石楠丛、羊齿蕨和榆树林，经过一丛丛红樱桃、小檗浆果和布拉斯李子，经过在蔷薇丛里筑巢的森林光精灵。我渴望快点儿到家，好好洗个澡，踏实地睡上一觉。可是，这个家所在的世界不属于我，也许永远不会属于我。

第八章

薇薇安将我摇醒时，我头痛欲裂，脑袋里面仿佛有一柄大锤在不停地猛烈敲击。薇薇安跳上床，将我身上的被子踢到一边，床架在她的重压下咯吱咯吱直响。我抓过一个垫子按在脸上，侧身蜷缩起来，不理睬她，重新回到无梦的沉睡中去。

"起来，懒虫，"她叫道，一把扯下我脸上的垫子，"我们要出发去缅因州购物中心了。"

我闷声闷气地咕哝了一声，挥手示意她走开。

"起来！"她命令道，又在床上跳了起来。

"不。"我哀号道，往枕头里钻了钻，"我必须去参加比武大会的彩排。"

薇薇安不再在床上跳了，而我也意识到我已经不必去参加什么彩排了。我不必去战斗了。除非我愚蠢地告诉卡丹，我决不会退出。

我想起那条河，河里的女水妖，还有塔琳。

"我们到那儿后，我会给你买咖啡——加巧克力和奶油的那种。"薇薇安坚持着，"来吧，塔琳在等你呢。"

我摇摇晃晃地下了床。我站在地上，一手挠着后腰，怒视着她。她的脸上挂着她最迷人的微笑，我发觉自己的怒气不由自主地褪去了。薇薇安总是这么自我，但她是开开心心地面对自我，而且总是鼓励别人像她那样享受自我，以至于跟她在一起很容易得到快乐。

我从衣橱最里面，翻出自己一直保存着的那些时髦衣服——一条牛仔裤，一件正面有一颗黑色星星的灰色运动衫，一双银光闪闪的匡威高帮帆布鞋。我飞快地穿上这身衣服，戴上一顶帽檐很低的毛线帽，将我的头发全套了进去。当我瞥见全身镜(镜子两边各雕了一个半羊人,似乎正在色迷迷地瞧着你)里的自己时,只看见一个完全不同的人正从里面望着我。

倘若我在人类中长大,也许我会成为那个人。

不管那人是谁。

小时候,我们常在一起谈论返回人类世界。薇薇安说,只要她再学一点儿魔法,我们就能回去了。我们将找到一座废弃的大厦,她会给小鸟施魔法,让它们照顾我们。它们会给我们买比萨和糖果,我们只有在想上学的时候才去上学。

可是,等到薇薇安学会如何返回人类世界时,现实情况却扰乱了我们的计划。事实证明,小鸟并不能去买比萨,即便是受了魔法的蛊惑。

我在马厩前面跟薇薇安和塔琳碰面。马厩里养着钉了银掌的精灵马、体型巨大、可以安上背鞍和笼头的蟾蜍,还有长着巨大鹿角、上面挂着铃铛的驯鹿。薇薇安穿着黑色牛仔裤和白衬衫,镜面太阳镜遮住了她的猫眼。塔琳则穿着粉红色的紧身裤和毛茸茸的羊毛衫,脚上是齐踝短靴。

我们尽量模仿自己在人类世界看见的女孩——杂志上的女孩、电影屏幕上的女孩——吃甜得腻人的糖果,把牙齿都吃疼了。不知道人们看到我们时心里有何感想。对我来说,这些衣服更像是一种演出服,我不知不觉地玩起了变装游戏。正如一个装扮成龙的孩子不知道真龙的鳞甲是什么颜色,我也猜不出穿着高帮帆布鞋的人类女孩应该有什么样的表现。

薇薇安走到水槽边,挑选那里生长的千里光草。找到三根符合要求的草茎后,她举起其中一根,对着它吹了口气,嘴里念道:"骏马,起来,带我们去我命令你去的地方。"

说完她便将草茎扔到地上。转眼间,草茎变成了一匹瘦骨嶙峋的黄色矮马,长着一双绿宝石般的眼睛,脖颈上的鬃毛仿佛带花边的叶子。它发出一声古怪的嘶鸣,听上去犹如哀号。薇薇安将另外两根草茎扔到地上,片刻之后,两匹长得有点儿像海马的矮马就出现在我们面前,一只打着响鼻,一只嗅着地面。它们能够根据薇薇安的命令,在陆地上方和天空中飞行。它们的外形能够保持几个小时,之后就会重新变回草茎。

事实证明,在精灵世界和凡间之间穿行并不怎么困难。精灵世界位于凡间的城镇附近,在凡间城镇的阴影里,在那些被遗弃、被虫蛀腐烂的中心。精灵们住在山丘、山谷和古墓里,住在小巷和废弃的建筑里。除了薇薇安,还有不少精灵像她一样,定期就偷溜出我们的小岛,飞越大海,潜入人类世界。大多数精灵都会伪装成人类,混在人类中间。不到一个月之前,瓦莱里安还吹嘘他和他的朋友们曾诱骗几个露营的人跟他们一起宴饮,蛊惑露营者们大把大把地抓起腐烂的叶子塞进嘴里——那些叶子被施了魔法,看上去就像是美味佳肴。

我爬上我面前的千里光骏马,双手抓住它的脖子。它开始移动的时候,总有那么一刻,我会忍不住咧嘴而笑。当它们的蹄子踢着碎石腾空而起,两边的树木从我身边飞速掠过时,我总觉得这一切是那么的难以置信,这些动物是那么的不可思议!每每这时,我总会感到一阵战栗,仿佛有一股电流传遍全身。

我真想放声大喊,但我硬生生将它咽了回去。

我们飞过悬崖,飞到大海上空,只见美人鱼在银光闪闪的浪涛间跳跃,塞尔基人[1]在浪花上翻滚。我们穿过小岛四周终年不散、遮挡凡人视线的薄雾,向着海岸飞去。我们飞过双灯州立公园、高尔夫球场和飞机场,最终降落在一片树林里。这里有一条马路穿过树林,通向缅因州购物中心。着陆时,薇薇安的衬衫在风中不住飞舞。我和塔琳也下了马。薇薇安念动咒语,千里光骏马顿时变成了杂草中三根半枯的草茎。

"记住我们的泊车地点。"塔琳打趣道。我们向着购物中心走去。

薇薇安喜欢这个地方。她喜欢芒果饮料,试戴帽子,将树叶变成钞票,买我们想要的东西。塔琳喜欢的东西虽然跟薇薇安不太一样,但她也乐在其中。可是在这里,我却觉得自己像个幽灵。

---

[1] 塞尔基人源自苏格兰神话,是一种在海中形似海豹,在陆上显现人形的生物。

我们大摇大摆地穿过美国服饰百货公司，仿佛我们是附近最危险的生物。可是，每当我看见那些全家聚在一起的人类家庭，特别是那些有几个嘴巴黏黏的、咯咯娇笑的小女孩的家庭，我总是感觉不太舒服。

那是一种莫名的愤怒。

我并不是想回到她们那种生活中去，我只是想走过去吓唬她们，把她们吓得哇哇大哭。

不过，我永远也不会那样做。

我的意思是，我认为自己不会。

塔琳似乎注意到，一个冲着妈妈号哭的孩子吸引了我的目光。与我不同的是，塔琳适应能力很强。她知道什么时候该说什么话。倘若她被扔回这个世界，她很快会适应。她现在就表现得很完美。而在精灵世界，正如她说过的那样，她会谈恋爱。她会成为某个人的妻子或王妃，生养几个精灵孩子，她的孩子会爱她，会比她活得更久。唯一阻碍她的因素就是我。

好在她猜不出我的想法，这让我"非常高兴"。

"我说，"薇薇安说，"我们之所到这里来，是因为你们两个在这里能开心起来，那就开心起来吧。"

我转向塔琳，深吸一口气，准备向她道歉。我不知道这是不是薇薇安带我们来这里的初衷，但自从我起床以后，我就知道自己必须向塔琳道歉。"对不起。"我咕哝道。

"你可能是疯了。"塔琳同时说。

"被你气疯了吗？"我惊讶地问道。

塔琳垂下眼睛。"我向卡丹发誓我不会帮你，可我跟你一起就是为了给你帮忙的。"

我拼命摇着头。"应该气疯的人是你，塔琳，真的，因为是我害你被他们扔进水里的。让你从水里出去是明智之举，我决不会因为那样而生气的。"

"哦，"她说，"好吧。"

"塔琳跟我讲了你对那个王子做的恶作剧。"薇薇安说。我看见自己在她的太阳镜里的倒影——两个倒影——加上旁边的塔琳又成了四个。"干得漂亮。你现在必须做一件惊天动地的坏事,比那个恶作剧还坏得多。我有一个主意。"

"不行!"塔琳激动地说,"茱德不需要做任何事。她那么做只是因为马多克和比武大会而受了刺激,要是她像以前那样远离他们,他们也会像以前那样远离她的。也许一开始不会,但终究会的。"

我咬着嘴唇,因为我认为她的话不对。

"忘了马多克吧。再说了,就算是当上了骑士也很无聊。"薇薇安说,这话等于是让我放弃自己多年来努力争取的东西。我叹了口气。她这话很气人,但也再次清楚地表明,尽管当不成骑士的巨大损失让我几近崩溃,然而在她眼里却没什么大不了。

"你想做什么?"我问薇薇安,免得我们继续讨论这个问题,"去看电影吗?还是去试口红?还有,别忘了你答应过给我买咖啡。"

"我想让你们见见我的朋友。"薇薇安说,我想起了照片纸上的那个粉头发女孩。"她希望我搬去跟她一起住。"

"在这里吗?"我问道,好像还能是别的地方似的。

"你是说是不是住在这个购物中心?"薇薇安被我们的表情逗得哈哈大笑。"今天我带你们在这里见她,但我们可能要另找一个地方居住。希瑟不知道有精灵世界,所以别跟她提起好吗?"

我和塔琳十岁那年,薇薇安学会了将千里光草变成矮马。几天后,我们从马多克家逃走了。在一个加油站,薇薇安随便蛊惑了一个妇人,让她带我们回家。

我还记得那个妇人开车时面无表情的样子。我想逗她笑,可是,不管我做出多么滑稽的鬼脸,她都一脸的木然。我们在她家过了一夜,因为晚餐只吃了冰激凌,我们都病倒了。我哭着睡着了,一直紧抓着轻声呜咽的塔琳。

之后,薇薇安给我们在一家汽车旅馆里找了一个带炉子的房间,我们学着煮芝士通心粉,用咖啡壶煮咖啡,因为我们记得,原来的家里总飘荡着咖啡的味道。我们看电视,跟汽车旅馆里的孩子一起在泳池里游泳。

可我憎恨那种生活。

这样过了两个星期,我和塔琳哀求薇薇安带我们回家,回到精灵世界。我们想念我们的床,想念我们习惯了的食物,想念魔法。

我想这让薇薇安伤透了心,但她还是带我们回去了,而且她也留了下来。不论我怎样说薇薇安,但在真正紧要的关头,她总是坚定地站在我们这边。

我想,要是她当初并没有打算永远留下来,我也不会感到意外。

"你为什么没有告诉我们?"塔琳质问道。

"我现在就在告诉你们啊。我刚刚不是说了吗?"薇薇安说。她领着我们经过循环播放电子游戏的屏幕,经过一个个商店橱窗,里面有的挂着闪闪发亮的比基尼和飘扬的长裙,有的立着夹芝士的椒盐饼干,有的摆满了璀璨夺目、象征真爱的心形钻石。熙熙攘攘的人群从我们身边经过,或是三五成群、穿着紧身运动服的少年,或是一对对手牵着手的老夫妇。

"你早该跟我们说点儿什么的。"塔琳双手叉腰说。

"我有一个计划能让你们快乐起来。"薇薇安说,"我们都搬到人类世界来,我们搬去跟希瑟一起住。这样茱德就不必操心当什么骑士,塔琳也不必在某个愚蠢的精灵男孩身上浪费时间。"

"希瑟知道这个计划吗?"塔琳怀疑地问道。

薇薇安摇了摇头,脸露微笑。

"你说的当然是好,"我调侃道,"只不过我没有什么有竞争力的职业技能。我只会舞几手剑,编几个谜语,可这两样可能都赚不到什么钱。"

"我们是在凡间长大的。"薇薇安坚持道。她踩上店铺的边台,沿着它走了起来,仿佛那是一个舞台。她将太阳镜推到头上,"你们会重新习惯这里的。"

"这是你长大的地方。"我说。我们被带走时,她已经九岁了,所以关于做人类的记忆,她比我们多得多。这不公平,何况她还会魔法。

"空境人会一直像对待狗屎一样对待你们的。"薇薇安一下子跳到我们面前,一双猫眼闪闪发光。一位推着婴儿车的女士赶忙绕开我们。

"你这话是什么意思?"我避开薇薇安的眼睛,低头凝视着脚下地砖上的图案。

"你们两个本来就是凡人,可你们看看奥里安娜那副样子,就像每天早晨才无比震惊地发现这一点似的。"她说,"何况马多克杀死了我们的父母,这是永远也改变不了的事实。另外,你们在学校里还遇到了一些不愿意提及的'小冲突'。"

"我刚刚就是在谈那些'小冲突'。"我说,不让她看出听到我们父母遇害的事,我受到了震动。听她的口气,好像我跟塔琳都不记得这事了,好像我用了什么方法彻底忘了这事,好像这是她个人的悲剧,而且只是她一个人的。

"可你并不喜欢谈这个。"薇薇安得意扬扬地说,似乎觉得自己的反击很高明,"你真以为当上骑士就会万事大吉吗?"

"我不确定。"我说。

薇薇安转过身来问塔琳:"你的意见呢?"

"精灵世界是我们唯一熟悉的地方。"塔琳说,随即举起一只手防止薇薇安反驳,"在这里,我们一无所有。我们没有舞会,没有魔法,没有——"

"好吧,可我喜欢这里。"薇薇安大声说,随即走向苹果专卖店。

当然,我们以前也谈论过这件事。薇薇安认为我和塔琳很愚蠢,因为我们无法抗拒精灵世界的精彩,我们渴望待在那样一个危险的地方。也许是我们特殊的成长经历,危险可怕的东西反而让我们着迷。也许她觉得我们跟那些渴望再咬一口精灵果的白痴一样愚蠢,吃了之后我们会整日郁郁不乐,日渐憔悴。不过,无论是什么原因,也许都并不重要。

一个女孩正站在苹果专卖店门口玩手机，我猜她就是希瑟。她身材娇小，浅粉色头发，棕色皮肤，穿手绘的T恤衫。她的手指上沾着墨迹。我忽然想到，她可能就是薇薇安细细欣赏的那些漫画的作者。

我正准备向她行屈膝礼，突然反应过来，神情尴尬地伸出一只手。"我是薇薇安的妹妹，我叫茱德。"我说，"这是塔琳。"

女孩握了握我的手，她的手掌很温暖，力道很轻。

想来好笑，薇薇安一直竭尽全力使自己跟马多克不同，到头来却跟马多克一样，喜欢接近一个人类。

"我叫希瑟，"女孩说，"见到你们真是太好了。薇几乎从不谈论她的家人。"

我和塔琳对望了一眼。薇？

"你们想坐一坐吗？"希瑟朝饮食区点了点头。

"有人还欠我一杯咖啡呢。"我说，这话是说给薇薇安听的。

于是我们买了咖啡，坐下喝了起来。希瑟告诉我们她在社区学院学习艺术，告诉我们她喜欢的漫画和乐队。对于她提出的难以回答的问题，我们只能设法敷衍过去。当薇薇安起身去扔垃圾时，希瑟问我们，她是不是薇薇安让我们见的第一个朋友。

塔琳点了点头。"这一准是说明她太喜欢你了。"

"那我能去你们家拜访吗？我父母都准备给薇买牙刷了，我怎么能不去拜访一下她的家人呢？"

听到这话，我嘴里的咖啡差点儿就从鼻子里喷了出来。"她跟你讲过我们家的情况吗？"我问道。

希瑟叹了口气。"没有。"

"我们的爸爸非常保守。"我说。

这时，一个梳着一头尖钉似的黑发、挎着链包的男孩从我们旁边走过。他冲我笑了笑。我完全不知道他是什么意思。也许他认识希瑟，但希瑟并没有注意他。我没有理会他。

"那他知道薇交了我这样的朋友吗？"希瑟震惊地问道，但这时薇

055

薇安回来了，谢天谢地我们不用再编瞎话了。在交友这方面，薇薇安还能认识除我和塔琳以及睿雅公主之外的朋友，马多克应该会感到"庆幸"。

接下来，我们四个在购物中心里闲逛，试用口红，吃外面裹着硬糖衣的酸苹果糖，我的舌头都吃绿了。这些化学物质带给我的是愉快的享受，但它们无疑会给至尊宫廷里的精灵带来疾病，然而薇薇安照吃不误。

希瑟是个好女孩，她完全不知道自己卷入了怎样的麻烦。

我们在纽伯瑞漫画店附近礼貌地道了别。薇薇安瞅着三个小孩挑选摇头娃娃时，目光中充满了渴望。我很好奇，她在人类中间活动时，心里究竟是怎么想的。她研究人类女孩的行为方式，无异于一匹狼在学习怎样做一只羊。不过，当她跟希瑟告别时，绝对是真心的。

我们穿过购物中心原路返回时，薇薇安说："你们为我撒谎，我很高兴。"

"可你终归是要告诉她的，"我说，"如果你是认真的——如果你真要搬来凡间跟她一起住的话。"

"等你告诉她的时候，她还是会想见马多克。"塔琳说。但我能理解薇薇安，理解她为什么想尽量推迟那一天的到来。

薇薇安摇了摇头。"友谊是一项崇高的事业，为它所做的事又怎么会有错呢？"

我鼻子里哼了一声。塔琳咬住嘴唇。

离开之前，我们在西维斯药店稍作停留，我买了一包月经棉。每次买月经棉都会提醒我，尽管空境人的外表与我们类似，但他们跟我们毕竟不属于同一个种族。就连薇薇安也属于另一个种族。我把那包月经棉分成两半，将一半递给塔琳。

我知道你想问什么。不，她们不是每月都会来月经。是的，她们的确来月经，不过是一年一次，有时候甚至更少。没错，她们有自己的解决办法——主要是填塞——这种解决办法简直糟透了。老天，关于这事的一切都让人难为情。

我们正要穿过停车场,走向树林,一个跟我们年龄相仿的家伙出现在我们面前,抓住了我的胳膊。

"嘿,美女。"那家伙说。他穿着松垮的黑色衬衫,牛仔裤,挎着链包,一头尖钉似的头发。我对他的样子有点印象。"我见过你,我想——"

我不假思索地转过身,一拳砸在他的下巴上。他仰面倒地,我抬起穿着帆布鞋的脚,一脚踢在他的肚子上,将他踢得滚到了人行道上。我眨了眨眼,这才发现自己在众目睽睽之下,低头瞪着地上躺着的一个男孩。他张着嘴大口喘气,眼见就要哭出来了。我把脚抬了起来,瞄准他的喉咙,准备踢他的气管。站在他周围的凡人都惊恐地瞪着我。我的脑子里嗡嗡作响,但那是迫不及待的嗡嗡声。我准备继续攻击。

我认为他刚才是在调戏我。

我甚至不记得自己是什么时候决定打他的。

"走吧!"塔琳猛地拽了一下我的胳膊,我们三个人快步走开。身后有人喊了起来。

我回头望去,只见那男孩的一个朋友追了上来。"疯子!"他喊道,"疯婆娘!米洛流血了!"

在我们身后,薇薇安低声说了什么,又做了个手势。顷刻间,一种名叫马唐草的杂草从地上破土而出,将柏油路面上的缝隙挤得越来越宽。那男孩猛地停住脚步,仿佛有什么东西从他旁边奔过。"精灵幻术",精灵一般都会这么称呼它。那个男孩一脸困惑地在汽车之间转来转去,似乎不知道该往哪里走。除非他把衣服脱下来反着穿(我确信他不知道这个破解方法),否则他永远也不会发现我们。

我们在停车场边停下脚步,薇薇安立马笑了起来。"马多克一定会非常自豪的——因为他的宝贝女儿记得她接受的所有训练,"她说,"从而避免了一切可能出现的可怕爱情。"

这话让我大为震惊,一句话也说不出来。薇薇安错了,这么长时间以来,殴打那个男孩是我所做过的最忠于内心的事,而不是因为马多克的教导。这感觉太好了。我感觉到的是虚无——一种绝妙的虚无。

"你看，"我对薇薇安说，"我回不了这个世界了。看看我会对它做什么。"

她没有回答。

回家路上，我一直在思考自己的所作所为，后来在学校里，我又想起了这件事。当时我们坐在树顶上上课，一个来自沿海宫廷的老师在给我们解释事物如何枯萎和死亡。当她讲到分解和腐烂的原理时，卡丹意味深长地瞄了我一眼。可我却在想自己殴打那个男孩时，心中感到的那种"虚无"，以及明天的夏季比武大会。

我渴望在比武大会上赢得胜利。不论卡丹如何威胁我，都不能阻止我戴上金色臂箍，在比武大会上拼尽全力。现在他的威胁已经成了我去战斗的唯一原因——我从决不退缩中感受到了纯粹的光荣。

课间，我和塔琳爬到一棵树上，吃干酪和涂着厚厚的李子果酱的燕麦饼。凡德在树下喊我，问我昨天为什么没有参加模拟战争的彩排。

"我忘了。"我对她喊道。

"那你明天会参加吗？"她问道。要是我退出，凡德就得重新安排两支战队的成员。

塔琳满怀希望地望了我一眼，仿佛我有可能恢复理智似的。

"我会去的。"我说。我的骄傲迫使我这样回答。

快放学时，我忽然注意到塔琳站在卡丹身边哭，他们站在一圈山楂树旁边。我刚才太大意了，一定是太专注于收拾东西，以至于没有看见卡丹他们将塔琳带走。不过，我知道只要卡丹提出要求，她就一定会去的。因为她依然相信，只要我们服从他们，他们就会感到厌烦，不再来烦我们。也许她是对的，可我并不认同。

泪珠顺着她的脸颊滚落下来。

霎时间，我感到怒气翻涌。

你不是杀戮者。

我丢下书,穿过草坪径直走向他们。卡丹刚转过半个身子,我就在他胸口猛地推了一把,他跟跄着后退几步,后背撞到一棵树上。他瞪大了双眼。

"我不知道你对她说了什么,但从今往后,不许你再靠近我姐姐。"我对他说,我的手依旧按在他穿着紧身上衣的前胸上。"你现在就向她保证。"

我能感觉到,所有的学生都在盯着我看。每个人都屏住了呼吸。

卡丹只是用他那愚蠢的、漆黑的眼睛瞪了我片刻。然后,他的一边嘴角翘了起来。"噢,"他说,"你会为你的行为后悔的。"

我觉得他根本没意识到我有多么气愤,或者他并不知道"想干就干、决不后悔(哪怕只有一次)"的感觉对我来说是多么美妙!

第九章

塔琳不愿意告诉我，卡丹对她说了什么。她只是反复声明，无论是什么，都跟我没有任何关系，他也没有违反承诺，将我的挑衅行为归咎到她头上。塔琳说，我应该把她的遭遇放在一边，好好担心一下我自己。

"茱德，放弃吧。"她对我说。此刻，她坐在她卧室的炉火前，喝着荨麻茶，那个杯子把手的形状宛如一条蛇。她穿着晨衣，衣服的猩红色跟炉栅里的火焰相映生辉。有时我看着她，看着她那跟我一模一样的脸，心里觉得真是不可思议。她看上去那么温柔、美丽，宛若画里的姑娘。一个外表与内在完美嵌合的姑娘，而我正相反。

"快告诉我，他都跟你说了什么。"我逼迫道。

"没什么可说的。"塔琳说，"我知道自己在做什么。"

"那你在做什么？"我问道，眉毛扬了起来。但她只是叹了口气。

这样的对话已经上演了三次了。卡丹那亮如黑炭的眼睛，以及他那长长的、懒洋洋地扇动着的睫毛，总在我眼前浮现。他看上去似乎满心欢喜、洋洋得意，仿佛我在他紧身上衣上握紧的拳头正是他盼望已久的东西，仿佛即便我打了他，也是他让我打的。

"我会一直缠着你，不管你在哪儿，我都会缠着你不放。"我戳了戳她的胳膊。"我会在这三座小岛上到处追你，从一道悬崖追到下一道悬崖，直到你告诉我为止。"

"我想，要是没有对方非要在一旁观看，我们俩都能好过一些。"她说，随即低头喝了一口茶。

"什么？"我吃了一惊，一时不知该如何回答，"你这话是什么意思？"

"我的意思是,我想,要是你压根儿就不知道,我就能忍受别人戏弄我,把我弄哭。"她目不转睛地注视着我,仿佛在评估我能承受多少事实。"你总在一旁目睹事情的真相,搞得我都没法假装自己的日子过得不错了。有时候,这让我很不喜欢你。"

"这不公平!"我大声说。

她耸了耸肩。"我知道。所以我才要跟你说实话。但卡丹对我说的话真的不重要,我想假装这件事没有发生过,所以我需要你和我一起假装。不要提醒,不要问题,不要警告。"

我心里感到一阵刺痛,我站起来走到壁炉台前,将脑袋顶在雕花的石头上。我已经记不清有多少次,她告诫我不要跟卡丹他们走得太近。不过,鉴于她刚才的话,不论她今天下午为什么哭,都跟我没有任何关系了。那也许意味着她遇到了某种仅仅属于她自己的麻烦。

塔琳也许还有很多忠告要给我,我不确定她是否已经把能说的都说了。

"那你到底要我怎么做?"我问道。

"我要你修复跟他的关系,"她说,"卡丹有权有势,跟他对抗是没有好结果的。不管你有多勇敢,多聪明,甚至多残忍。收手吧,茱德,趁你现在还没有受到真正的伤害。"

我困惑不解地看着她。现在,避免卡丹的怒火似乎已经不可能了。开弓没有回头箭——做出的事情再也无法收回了。"我做不到。"我对她说。

"你也听见卡丹那天在河边是怎么说的了——他只是想要你放弃。你的所作所为就像你不怕他一样,那是对他自尊的打击,也是对他的地位的挑衅。"她抓住我的手腕,将我拉近一些。我能闻到她嘴里浓重的药草味。"告诉他,他赢了,你输了。一句话而已,你也不必当真。"

我摇了摇头。

"明天别去参加模拟战了。"她继续说。

"我不会退出比武大会。"我对她说。

"哪怕你除了更多的不幸以外,什么也赢得不了?"她问道。

"对。"我说。

"那就想点别的办法。"她坚持道,"趁还来得及,跟他修复关系。"

我想还有好多事她不会告诉我,还有好多事我希望自己知道。可是,既然她想让我假装一切都好,那我能做的只有把我的问题咽进肚子里,让她一个人安静地在炉火旁待着。

回到房间,我发现自己参加比武大会的套装铺在床上,散发着马鞭草和薰衣草的香味。是一件长袍,垫着薄薄的衬垫,用金属线缝制而成,绣着马多克的纹章。

明天我穿着这件长袍上场,绝不能战败,否则会给我的家庭带来耻辱。尽管让马多克难堪可能会给我一种叛逆的快感,或许也是对他拒绝我争取骑士地位的一种小小的报复,但战败同样也会让我自己难堪。

我明天要像以前那样低头示弱,言行得体,不引人注意。让卡丹和他的朋友们耀武扬威去吧!我要把自己的技能隐藏起来,等到马多克允许我去争取骑士地位时,再让整个宫廷大吃一惊。

这就是我应该做的。

我将长袍拂到地上,钻进被子里,将被子拉起来蒙住头,微微感到气闷,最后伴着自己温暖的呼吸睡着了。

下午起床时,我的长袍皱成一团,我没法责怪别人,只能怪自己。

"你真是个傻孩子。"塔特一边说,一边将我的头发从前向后编成紧绷的武士辫。"就像麻雀一样不长记性。"

穿过门厅去厨房的时候,我从马多克身边经过。他穿着一身绿衣服,严肃地抿着嘴。

"等一下。"他说。

我顺从地行了个屈膝礼。

他皱了皱眉。"我知道年轻时渴望荣光是什么感觉。"

我咬着嘴唇,默然无语,毕竟他没有问我问题。我们站在那里望着对方,他的猫眼眯了起来。我们之间有太多的话藏在心里——有太多的原因让我们只能像一对父女,而永远也无法成为真正的父女。"这完全是为了你的将来着想,你会理解的。"他最终说,"好好享受你的战斗吧。"

我深鞠了一躬,径直走向前门,放弃了去厨房找点东西吃的打算。我现在只想赶快离开这栋房子,因为这里让我想起,宫廷里没有我的位置,精灵世界也没有我的位置。

你缺少的东西跟经验无关。

夏季比武大会将在悲哀之岛因斯维尔岛的悬崖边举行。距离家不近,所以我得给自己准备一匹坐骑。我选择了一匹浅灰色母马,它跟一头蟾蜍同住一间马厩。我给马安上马鞍,然后爬上去,过程中那头蟾蜍金色的眼睛一直紧盯着我。我郁郁不乐地来到大会会场。我到得有点儿晚了,而且腹中空空,心情焦虑。

会场上用帐篷搭了一个包厢,那是至尊王埃尔德雷德和其他王室成员的席位。此时,包厢周围已经聚集了不少人。空中飘扬着浅黄色旗帜,旗帜上绣着埃尔德雷德的标志——一棵一半白花、一半棘刺的树,树根下垂,树梢上顶着王冠。这个标志表示将所有的西里宫廷、安西里宫廷,以及野蛮精灵团结到一顶王冠下面。这是绿石楠家族的梦想。

那个堕落的大儿子——贝尔金王子——懒洋洋地坐在一把雕花扶手椅上,身后站着三个侍者。他旁边坐着他妹妹睿雅公主,她是一名出色的猎手。她正全神贯注地观看那些在会场上做准备活动、稍后可能会参战的战士。

看着她那副专注的神情,一阵恐慌和沮丧突然席卷而来。我太渴望她选我做她的骑士了。尽管她只是这次没法选我,我仍感到了一种未曾预料的恐惧：我永远不可能给她留下什么深刻印象。也许马多克是对的，也许我缺少的是应对死亡的本能。

倘若我今天不拼尽全力，我今后也许再也不需要知道，我是不是已经够格成为一名骑士了。

我们的小组将最先出场，因为我们年龄最小。跟后面出场的小组不同，我们还在接受训练，比武时也是使用木剑，而不是真正的宝剑。比武大会将持续整整一天，其间会穿插一些别的表演，比如吟游诗人朗诵、魔法特技、箭术表演，以及其他技能的表演。我闻到空气中飘荡着加香果酒的味道，但目前还闻不到比武大会的另一种味道——鲜血的味道。

凡德指挥我们排成两排，给我们分发银色臂箍和金色臂箍。在明亮的天空下，她的皮肤呈现出耀眼的蔚蓝色，看上去甚至比平常更蓝、更亮。她的铠甲也是蓝色的，但各个部分颜色深浅不一，从大海的蓝色到蓝莓的蓝色都有；她的护胸甲上戴着绿色缎带。不论表现如何，她都会处于显眼的位置，观众不可能注意不到她。这是一次精心策划的冒险。

当我走近其他拿着木剑的同学时，我听见有人小声提到我的名字。我心中一阵慌乱，转身一看，发现这些精灵孩子正以一种新的目光审视着我。作为凡人，我和塔琳总是引人注目，可是，我们引人注目的特质，正是让我们不配得到更多尊重的地方。然而，今天他们的目光却有些两样。这些精灵孩子似乎都憋着一口气，等着瞧我的笑话，看我接下来会怎么做，抑或是看我会受到怎样的惩罚，因为我昨天对卡丹动手了。

我望向比武场那边的卡丹和他的朋友，他们的胳膊上戴着银色臂箍。卡丹的护胸甲也是银色的，一块闪闪发亮的钢板吊在肩膀上，与其说是一块护身铠甲，不如说是一件装饰品。瓦莱里安轻蔑地冲我笑了笑。

我也轻蔑地冲他笑了笑。我没有如他所愿，表现出畏缩的样子。

凡德给我一个金色臂箍，告诉我该站在哪里。这场模拟战争有两方参战，双方将进行三场战斗。每一方都需要保护一件皮毛斗篷——一方是黄色鹿皮斗篷，另一方是银色狐皮斗篷。

我从为参战者准备的白镴水瓶里喝了点水，开始做热身活动。我的胃里空空的，一阵阵地往上泛酸水，不过我已经不再感到饥饿了。可我感到有些恶心，内心的挣扎仿佛吞噬了我。我集中精神做热身活动，放松肌肉，为接下来的战斗做准备。

战斗开始了。我们列队进入比武场，向着至尊王的王座方向敬礼，尽管埃尔德雷德本人还没有到场。现在场内的观众稀稀拉拉的，快日落时人应该会多一些。尽管如此，达因王子还是来了，马多克就站在他旁边。埃乐温公主若有所思地拨弄着一把琉特琴。薇薇安和塔琳也都来观战了，可我没有看到奥里安娜和欧克。薇薇安拿着一串水果，比画了几个手势，逗得睿雅公主哈哈大笑。

塔琳目不转睛地注视着我，仿佛试图用她的眼神警告我。

修复跟他的关系。

第一场战斗，我完全采取防守策略。我避开卡丹，远离妮卡茜娅、瓦莱里安和洛基。即便瓦莱里安将凡德打倒在地，即便他扯下我们的鹿皮，我依然什么也没做。

接下来，我们在比武场上进行第二场战斗。

卡丹走到我身后。"你今天挺温顺嘛！你姐姐警告过你了？她非常渴望得到我们的认可。"他将一只靴子的脚尖挖进长着苜蓿的场地里，踢起一团泥土，"我想，只要我要求，她就会跟我在这里翻滚，直到她的白袍变成绿袍，然后她还会谢谢我的恩宠，说那是她的荣幸。"他笑了笑，脸上露出残忍嗜杀的表情，然后向我俯过身来，仿佛要给我透露一个秘密，"我并不是说，我会是第一个让她的白袍变绿的人。"

我好不容易积攒起的善意随风飘散，我的血液着了火，在我的血管里沸腾。是的，我的确没有多少力量，可我能够给他压力，甚至迫使他行动。卡丹也许想伤害我，那我就让他想更严重地伤害我。我们本来就是来玩打仗游戏的，当他们叫我们各就各位时，我便尽情"玩"了起来。我竭尽所能玩得恶毒。我用木剑狠狠地砸在卡丹那可笑的护胸甲上，肩膀狠狠地撞上瓦莱里安的肩膀，撞得他跟跟跄跄不住后退。我不停地进攻，打倒了所有佩戴银色臂箍的敌人。模拟战争结束时，我的一只眼睛都被尘土染黑了，两个膝盖都磨破了皮。最后，金色臂箍一方又赢得了剩下的两场战斗。

你不是杀戮者，马多克曾这样说。

现在，我觉得自己能够成为杀戮者。

听到人群中掌声四起，我这才清醒过来，仿佛刚刚做了一个梦。我完全忘了还有观众的存在。一个皮克西精灵走过来向我们抛撒花瓣。看台上，薇薇安似乎在举着高脚杯向我致敬，睿雅公主礼貌地鼓了鼓掌。马多克已经不在王室包厢里了。贝尔金王子也离开了。不过，至尊王埃尔德雷德却在那里。他坐在稍稍高出地面的平台上，正在跟达因王子说话，脸上的表情十分淡漠。

突然，我感到一阵颤抖，肾上腺素渐渐消退。那些等着看更精彩比武的大臣们审视着我身上的伤痕，品评着我的英勇。但似乎谁也没有将我的表现太放在心上。我已经竭尽所能，血战到底，但这还不够。马多克甚至没有留下来观战。

我的肩膀塌了下来。

更糟的是，我离开比武场时，卡丹正等着我。我突然吃惊地发现，他竟然那么高。他脸上挂着傲慢的讥笑，仿佛那是他戴着的王冠，即便他穿着一身破衣烂衫，也像是一位王子。卡丹一把抓住我，张开手指扼住我的脖子。他的呼吸喷到了我的脸上。他用另一只手抓住我的头发，将它捻成一根绳子。"你知道做凡人意味着什么吗？意味着生来就要死。意味着活该去死。你就是这样的人，这就是你的定义——一步一步地迈向死亡。可你竟然站在这里，决心反对我，即便你此刻正从里烂到外——你这个腐烂、肮脏的凡间动物。告诉我腐烂的感觉怎么样。你真以为自己能战胜我？战胜精灵世界的王子？"

我吃力地咽了一口唾沫，说："不是。"

他的黑眼睛里涌动着怒火。"看来你并非完全没有动物的狡猾。很好。那么，恳求我的宽恕吧。"

我退后一步，用力一扯，试图挣脱他的掌握。他抓着我的辫子，低头看着我的脸，眼里闪出贪婪的光芒，脸上露出可怕的微笑。然后他放开了手。我跟跟跄跄地退后几步，几缕散开的头发在空中飘荡着。

借着眼角的余光，我看见塔琳跟洛基站在一起，在他们附近，其他骑士正在穿铠甲。她望着我，目光中满是恳求，仿佛她才是需要被拯救的那一个。

"跪下。"卡丹说，那副洋洋自得的神情真让人受不了。他的怒火已经转化成了自鸣得意，"恳求我。说得漂亮些。言辞要华丽，配得上我的身份。"

其他上流精灵的孩子围在我们周围，身上穿着带衬垫的长袍，手里拿着练习木剑，幸灾乐祸地看着我，希望我的耻辱能够给他们带来乐趣。自从我开始对抗卡丹以来，他们就一直在盼着看这场好戏。这不是什么模拟战争，这是真正的战争。

"'恳求我？'"我喃喃地重复道。

有那么一会儿，卡丹看上去似乎有点儿惊讶，但很快就被更大的恶意取代。"你公然对抗我，不止一次。你唯一的希望就是当着所有人的面恳求我的宽恕。快点儿，否则我会一直伤害你，直到你一无所有为止。我已经仁至义尽了。"

我想起那条河里女水妖黑乎乎的阴影，想起上次欢宴上的那个翅膀被他撕裂、躺在地上哀号的男孩，想起塔琳挂着泪珠的脸。我想到睿雅公主永远也不会选择我，想到马多克甚至等不及看到战斗结束。

投降没有什么可耻的。正如塔琳所说的，这只是一句话而已，我不必当真。我可以撒谎。

我俯下身子，开始往地上跪。事情很快就会结束，尽管求饶的每一个字说出来都会像胆汁一样苦涩，但说完事情就结束了。

可是，我张了张嘴，却一个字也说不出来。

我做不到。

这时，我的脑海中忽然闪过一个疯狂至极的念头，顿时一阵恐惧传遍全身，我不由得摇了摇头。这就像你看都不看一眼脚下的地面就跳起身来,突然意识到自己就要坠落下去时所感到的那种恐惧。"你以为你能羞辱我,你就能控制我吗?"我盯着他的黑眼睛说,"实话告诉你,我认为你就是个白痴。自从我们在一起上课开始,你就想方设法让我感觉自己不如你。为了迁就你的狂妄自大,我已经竭力表现得不如你了。我尽量让自己显得渺小,总是对你们低声下气。可是,这一切都不足以让你们放过我和塔琳,所以我也不打算再这样做了。

"我要继续反抗你。我要用我的反抗来羞辱你。你提醒了我,我只是个凡人,而你是精灵世界的王子。那么,让我来提醒你,那意味着你拥有很多东西,生怕失去它们,而我一无所有,没有什么好失去的。也许你最终会赢得胜利,也许你能蛊惑我、伤害我、羞辱我,但在此过程中,我一定会竭尽所能,从你身上夺取一切我能夺取的东西。我向你保证,"——我将他对我说过的话原样奉还——"我已经仁至义尽了。"

卡丹惊异地看着我,仿佛以前从没见过我。看他那副表情,似乎从没有人这样跟他说过话。也许事实真是这样。

我转过身,从他身边走开,满心以为可能会出现两个后果:一是卡丹抓住我的肩膀,将我推倒在地;二是他发现我脖子上戴着花楸果项链护身符,就扯断项链,念动咒语,让我爬到他面前,向他苦苦哀求,完全不顾刚刚说过的那番豪言壮语。可他什么也没说。我知道他正凝视着我的后背,不由得脖子上汗毛直竖。我克制住自己,不让自己落荒而逃。

我不敢看塔琳和洛基,可我瞥见妮卡茜娅正张着嘴巴望着我。瓦莱里安看上去似乎怒不可遏,双手在身体两侧悄悄地握成了拳头。

我脚步踉跄地往前走,走过那些为比武大会临时搭建的帐篷,来到一个石头喷泉旁。我往脸上拍了些水,然后弯下腰,开始清洗膝盖上的沙砾。我感觉双腿僵直,浑身抖个不停。

"你还好吗?"洛基问道,黄褐色的狐狸眼睛俯视着我。我甚至没有听到他走到我身旁。

我不好。一点儿都不好。可我不能让他看出来。

"你想怎样?"我吃力地吐出这几个字。他看着我的样子,让我觉得自己从没这样可怜过。

他靠在喷泉上,嘴角露出一丝懒洋洋的微笑。"很有趣,仅此而已。"

"有趣?"我愤怒地重复道,"你认为这很有趣?"

他摇了摇头,嘴角仍然含笑。"不是,我是说你'钻到他的皮肤下面[1]'的方式很有趣。"

一开始我还以为自己听错了。我几乎要问他说的是谁,因为我不太相信他竟然承认,强大的、高高在上的卡丹王子竟会受到什么东西的影响。"像块木片?"我问道。

"像块铁皮。没有谁能像你这样让他心烦。"洛基拾起一条毛巾,将毛巾浸湿,然后在我身旁跪下,开始小心地给我擦脸。当冰凉的毛巾碰到我眼睛周围敏感的皮肤时,我吸了一口气,但他的动作非常温柔,比我自己擦温柔多了。他的神情十分庄重,注意力全部集中于手上的动作。他似乎没有注意到我在仔细端详他,端详他那长长的脸,尖尖的下巴,卷卷的红棕色头发,以及他那反射着点点亮光的睫毛。

然后他注意到了。他望着我,我也望着他。这真是一种奇怪至极的感觉,因为我原以为,洛基决不会注意我这样的人。然而,他现在就在注意我。他笑眯眯地望着我,脸上的表情跟那天晚上在至尊宫廷里十分相像,就好像我们之间有秘密似的。而他现在的笑容仿佛在说,我们又有一个秘密了。

"坚持下去。"他说。

这话把我听糊涂了。他真是这个意思吗?

我走向比武大会会场,回去找薇薇安和塔琳,脑海中总是不由自主地浮现出卡丹震惊的脸庞和洛基亲切的笑容。我完全无法确定,这两者哪一个更令人振奋,哪一个更暗藏危险。

---

[1] 英文俗语 get under one's skin 又有激怒某人的意思,这里用的是双关语。

第十章

对于夏季比武大会的其余部分，我只留下些模糊不清的印象。一位剑客在一对一的格斗中决出胜负，希望有幸给至尊王和至尊宫廷留下深刻印象。食人怪和狐狸精，地精和狮身人，全都如痴如狂地加入了这场致命的较量之中。

几轮格斗之后，薇薇安想让我们挤过人群，再去买几串穿在钎子上的水果。我一直在设法吸引塔琳的目光，可她就是不看我。我想知道她是不是生气了。我想问她，她刚才跟洛基站在一起的时候，洛基对她说了什么，尽管这可能就是她禁止我问的那种问题。

但她跟洛基的交谈不可能是那种屈辱的类型，那种她想要假装没发生的类型——可能吗？当洛基差不多明确告诉我，他很高兴卡丹被人杀杀威风之后，让我想起了另外一个不能问塔琳的问题。

我并不是说，我会是第一个让她的白袍变绿的人。精灵不能撒谎。若非真的有根据，卡丹不可能说出这话——可他为什么会这样想呢？

薇薇安用她的钎子敲了一下我手里的钎子，我从沉思中惊醒过来。"为我们聪明的茱德干杯！是她让空境人想起，他们为什么要待在古墓和山丘里——因为他们害怕人类的残暴。"

一个长着软塌塌的兔子耳朵、胡桃棕头发的高个子男人转过头来，恶狠狠地瞪了薇薇安一眼。薇薇安冲他嫣然一笑。我摇了摇头，不过她的祝酒词让我很愉快，即便它太夸张了，即便除了她之外，我在比武大会上的表现没有给任何人留下深刻印象。

"但愿茱德少聪明一点。"塔琳咕哝道。

我转向她，但她已经走开了。

我们回到会场时，睿雅公主正在准备出战。她手持一柄细细的、酷似长针的宝剑，对着空气虚刺，想象着对手会如何还击。她的两个情人冲着她大声呐喊，为她鼓劲。

卡丹再次出现在王室包厢里，穿着宽松的白色亚麻长袍，头上戴着一顶玫瑰花冠。他对至尊王和达因王子毫不理睬，直接坐到了贝尔金王子旁边，恶声恶气地跟贝尔金说了几句话，我真希望自己离他们近一点，近到能听清他说了什么。卡莉亚公主也来给姐姐加油助威了，当睿雅走向外面的苜蓿地时，她热烈地鼓起了掌。

但马多克始终没有回来。

我独自一人骑马回了家。薇薇安在睿雅赢得比武后跟她一起离开了——她们要去附近的树林里打猎。塔琳陪着她们一起，可我太累了，身上疼得厉害，心里也太乱了。

在厨房里，我在火炉上烤了干酪，又将微微融化的干酪抹在面包上。我拿着面包，端着一杯茶坐到前门阶上，一边吃午餐，一边看日落。

马多克家的厨师是个巨魔，名叫瓦特勒，他对我毫不理睬，继续对着萝卜施魔法，让它们自己切自己。

吃完饭，我拂去粘在脸上的面包渣，起身走向我的房间。

在楼上的走廊里，我遇到了仆人那博恩，他长着两只长长的耳朵，一条尾巴拖在地上。他那爪子似的大手上托着一盘顶针大小的橡子杯，盘子上还放着一个银色酒瓶，闻起来似乎是黑莓酒。他胸前的制服绷得紧紧的，几撮毛发从衣缝里冒了出来。他一看见我就停住了脚步。

"噢，你在家里啊。"他说。他的声音总让人感觉他是在咆哮，不论多么温和的言语，从他嘴里说出来都像是在威胁。我不禁想起了那个咬掉我指尖的守卫。那博恩的牙齿能咬掉我的整只手。

我点了点头。

"王子在楼下,他要见你。"

卡丹,在这里?我的心跳加速,脑子里一片空白。"在哪儿?"

见我神色有异,那博恩似乎有些惊讶。"在马多克的书房里。我刚刚把他领进——"

我一把抓过他手上的托盘,径直冲向楼下,打算采用一切办法,尽快将卡丹赶走。我最不想看到的事,就是马多克听说我对王室不敬,永远禁止我加入至尊宫廷。他是绿石楠家族的仆人,曾跟别人一样庄严立誓。他不会喜欢我跟任何王子闹矛盾,哪怕是最不受宠的王子。

我飞奔下楼,跑到马多克的书房前,一脚踢开门,门把手砰的一声撞到了靠墙的书架上。我大步走进去,将手里的托盘往书桌上重重一放,盘子里的橡子杯被震得不住乱晃。

达因王子坐在书桌后面,桌上摊着几本书。几绺金色卷发垂在他的眼睛前,蓝色紧身上衣的领口敞开着,露出了脖子上的银项链。我猛地停住脚步,我犯了多大的错误啊。

他扬起双眉。"哦,茱德。没想到你会这样冲进来。"

我深深地鞠了一躬,希望他认为我只是笨手笨脚。突然,一阵强烈的恐惧攫住了我。他是为卡丹而来的吗?他是来惩罚我的傲慢无礼的吗?除此之外,我想不出还有什么原因能让尊敬的达因王子,精灵世界即将登基的统治者,亲自来这里见我。

"呃——"我说,心中一阵恐慌,舌头仿佛打了结。我忽然想起那个托盘和那瓶酒,稍稍松了口气,"给您。这是给您的,大人。"

他拿起一个橡子杯,在杯子里倒了一点儿瓶子里那黏稠的黑色液体。"跟我喝一杯?"

我摇了摇头,脑子完全糊涂了。"那东西会让我神经错乱的。"

这话让他哈哈大笑。"好吧,那就陪我待一会儿。"

"当然。"我不可能拒绝这个要求。我坐在一张绿皮椅子的扶手上,心简直要停止跳动了。"要我给您拿点别的吗?"我问道,不确定下面该怎么做。

他举起手中的橡子杯,仿佛在向谁致敬。"不用了,我现在需要的是交谈。也许你能告诉我,你刚才为什么怒气冲冲地冲进来。你以为我会是谁?"

"没谁。"我赶忙说。

他将身子坐直,仿佛突然觉得我是个很有意思的人。"我还以为你也许觉得在这儿的是我弟弟。他总找你麻烦。"

我摇了摇头。"没有那样的事。"

"真是令人震惊。"他说,仿佛是在对我大加赞美。"我知道人类能够撒谎,但亲眼看到你这样做,我仍是难以相信。再做一次。"

我感到脸上发烧。"我没有……我……"

"再做一次。"他温柔地重复道,"别害怕。"

他虽然这样说,但只有傻瓜才不会害怕。达因王子在马多克不在家的时候来访,而且明确表示要见我。他这是暗示自己知道卡丹的事——也许他看到了我们在模拟战争之后的冲突,看到卡丹用力拽我的辫子。可是达因想要什么呢?

我的呼吸变得急促起来。

达因就要被加冕为至尊王了,他有权在至尊宫廷中给我一个位置,有权否决马多克,让我成为骑士。只要我能给他留下好印象,他就能给我想要的一切——我本以为已经失去了的一切。

我坐直身子,直视着他银灰色的眼睛。"我叫茱德·杜尔特,2011年11月13日出生,我最喜欢的颜色是绿色,喜欢雾、伤感歌曲和裹着巧克力的葡萄干。我不会游泳。请您告诉我,哪句话是谎言?我真的撒谎了吗?因为关于撒谎,最棒的地方就是不知道一个人有没有撒谎。"

我忽然意识到,见识了我这个小小的表演,他可能再也不会把我的誓言太当回事了。不过,他看上去似乎很高兴。他笑容满面地看着我,仿佛发现了一颗躺在尘土里的红宝石。"那么,"他说,"告诉我,你父亲是怎么利用你的这个小小的天赋的。"

我困惑地眨了眨眼。

"真的？他没有？真可惜。"达因歪着头仔细打量我，"告诉我你有什么梦想，茱德·杜尔特，如果这是你的真名的话。告诉我你想要什么。"

我的心在胸腔里怦怦乱跳，脑袋轻飘飘的有点儿晕。当然，事情不可能这么容易。达因王子，即将登基的整个精灵世界的至尊王，问我想要什么。我几乎不敢回答——可我必须回答。

"我——我想成为您的骑士。"我结结巴巴地说。

他双眉一扬。"意想不到，"他说，"但令人愉快。接下来还有什么？"

"我不明白。"我拧着双手，以免他看出我的手在发抖。

"愿望是种古怪的东西，一得到满足就变味了。一旦我们得到金线，我们就会想要金针。所以，茱德·杜尔特，我是问你，如果我接纳你加入我的团队，接下来你会想要什么？"

"为您效劳，"我说，仍旧一头雾水，"用我的剑宣誓效忠至尊王冠。"

他摆了摆手，仿佛要将我的答案赶走。"不，告诉我你想要什么。向我要点儿东西。某种你从没向别人要过的东西。"

让我不再做凡人，我要变得令人恐惧，而不是感到恐惧。我想，但立刻被这个想法吓坏了。我不想那样，尤其是因为那根本没法做到——我永远也成不了空境人。

我深吸一口气。要是我能够向他要求某种恩惠，那会是什么呢？当然，我明白其中的危险。一旦我告诉他，他就会提出跟我达成一个交易，而精灵世界的交易很少对凡人有利。可是，大有希望获得的权力在我面前晃荡。

我思绪一转，想到了我脖子上戴着的花楸果项链，我抽打自己耳光时脸上的刺痛感，以及欧克看着我自己打自己耳光时开心的笑声。

我想到了卡丹：看看我们几句话就能做到什么？我们可以蛊惑你，让你在地上到处爬，学狗叫。我们可以诅咒你，让你再也听不到一首歌，或者听不到从我嘴里说出的一句好话，你就会像花儿一样枯萎。

"我想要能够抵御蛊惑。"我说，努力让自己保持镇定。我想让自己看上去像一个严肃的人在提出严肃的交易。

他目不转睛地凝视着我。"你已经有了'真正的视力'，那是在你小时候给予你的。你熟悉我们的生活方式，你知道那些符咒，知道在我们的食物上撒盐，就能破坏上面附着的魔咒；知道将你的袜子反着穿，就不会在森林里迷路；知道在口袋里装满干花楸果，就不会被蛊惑。"

然而，这几天发生的事已经让我看到，这些保护措施的用处简直少得可怜。"要是他们把我的衣袋都翻过来呢？要是他们扯破我的袜子呢？要是他们把我的盐撒进土里呢？"

他若有所思地凝视着我。"走近些，孩子。"他说。

我犹豫了。据我所知，达因王子一直是一个受人尊重的贵族。不过，我能看到的东西实在太少了。

"来吧，既然你要为我效劳，那你就得信任我。"他从椅子里俯过身来。我注意到他额头上方的两只小角，将他的头发分到脸两侧。我注意到他的胳膊里蕴含的力量，他修长的手指上闪着微光的图章戒指，戒指上雕刻着绿石楠家族的标志。

我从椅子扶手上下来，走向他。"我不是故意对您不敬的，大人。"我说。

他伸手摸了摸我脸颊上的一处伤痕，我一直没有注意到那里也受伤了。我咧了咧嘴，但没有从他身边退开。"卡丹是个被宠坏了的孩子，宫廷里谁都知道。他把自己浪费在了酒和琐碎的争吵上面。"

我没有反驳他。我心下奇怪，那博恩为什么只告诉我有位王子在楼下等我，却又不说是哪位王子。不知道是不是达因让他这样跟我说的。

老练的战略家总是会等待正确的时机。

"我们虽然是兄弟，却是迥然不同的两种人。我决不会残忍地对待你，从中取乐。倘若你立誓效忠我，你会得到回报。不过，我想要你做的不是当骑士。"

我的心沉了下去。相信精灵世界的一位王子偶然来访，只是为了实现自己的梦想，未免太异想天开了。"那您想要我做什么？"

"你刚才主动提出，你想立誓效忠我，我接受。我需要一个能够撒谎的人，一个有雄心壮志的人，当我的间谍，加入我的影子会。我能给你权力，比你希望的更大的权力。作为人类，你跟我们在这里一起生活并不容易，但我能让你活得比现在轻松一些。"

我在一把椅子上坐下来。现在的感觉就像你本来期待着别人向你求婚，结果他只是要你当他的情妇。

间谍，一个鬼鬼祟祟的家伙，一个骗子，一个小偷。当然，达因王子就是这样看待我这样的凡人的，这些也就是他认为我擅长的东西。

我回想了一下我见过的间谍，比如马多克那个长着萝卜似的大鼻子的驼背老妇，还有那个影子一般、总是一身灰衣、我千方百计也看不到他脸的家伙。也许所有的宫廷大员都有自己的间谍，而且毫无疑问，间谍技能的一部分就是把自己好好地隐藏起来。

我也会好好地隐藏起来，藏得让人无法轻易发觉。

"这也许不是你设想的未来，"达因王子说，"没有闪闪发亮的铠甲，没有骑马奔赴战场，但我向你保证，一旦我当上至尊王，只要你表现得足够出色，我就会让你做你梦寐以求的骑士。谁能反对至尊王呢？现在，我会给你一个精灵符，这个符咒能保护你免受蛊惑。"

我的身体顿时僵住了。精灵常常给凡人精灵符，以换取他们的效劳。精灵符能够赋予你力量，但它们总是存在某种重大缺陷，而这个缺陷总会在你最意想不到的时候给你带来巨大的伤害。比如说，什么也伤害不了你，除了一种用山楂树心做成的箭，而这种箭恰好又是你的死敌喜欢用的。又比如，你会赢得你参加的每一场战斗，但不能拒绝别人邀请你共进晚餐。于是，如果正好有人在一场战斗之前邀请你共进晚餐，你就没法在那场战斗中出现。总而言之，就像跟精灵世界的所有东西一样，精灵符棒极了，但同时也糟透了。不过，这似乎就是达因王子今天到访想要实现的计划。

"一个精灵符。"我喃喃地重复道。

他笑得更欢畅了，过了片刻，我才知道那是为什么——我没有拒绝，这就意味着我在考虑同意。

"不过，精灵符并不能使你抵御精灵果和毒药的影响。好好考虑一下。或者，我也可以赋予你一种力量，这种力量能让所有见到你的人对你着迷。我可以在这里给你一颗痣。"他点了点我的额头。"任何看见它的人都会爱上你。我还可以给你一把能够斩断星光的魔法宝剑。"

"我不想被人控制。"我轻声说。我不敢相信自己竟然正在对他说出这种话，"我是说，用魔法控制。请把精灵符给我，剩下的就交给我吧。"

他点了点头。"这么说你接受了？"

这样一个选择摆在我面前，实在是一件可怕的事。因为，一旦我做出这个选择，将来的一切都会随之改变。

可我太渴望拥有权力了。眼前就是一个好机会，一个极好的机会，一个极有诱惑力的机会，而几乎没有任何屈辱作为代价。我会成为一个好间谍吗？我无从得知。

也许我会讨厌当骑士。也许当骑士只是意味着穿着铠甲四处站岗，或者去完成特别无聊的任务，说不定还得跟我喜欢的人战斗。

我点了点头，希望自己能成为一名好间谍。

达因王子站起身来，将手放到我的肩头。我感觉仿佛受了一下电击，肩膀好像闪出了静电的火星。"茱德·杜尔特，尘土的女儿，从今往后，任何精灵魔咒都将无法扰乱你的思维，任何法术都将无法强行移动你的身体——除了这个精灵符的创建者。"

"现在，没有人能够控制你了，"他说，顿了顿，又补充道，"除我之外。"

我倒吸了一口气。当然，交易的末尾总会有圈套。我甚至不能生他的气，我应该早就猜到的。

不过，获得保护仍然令人兴奋。达因王子是唯一一个赏识我的精灵，只有他发现了我身上的某种东西，某种马多克看不到的东西，某种我渴望获得承认的东西。

就在此时此地，在马多克的书房里，在那张老旧的地毯上，我单膝跪下，立誓永远效忠达因王子。

第十一章

整个晚上，我耐着性子坐在餐桌旁等待晚餐结束，我一直在想我拥有的这个秘密。它让我第一次感觉到，我仿佛拥有了自己的权力，一种马多克无法从我身上夺走的权力。甚至在过了那么长时间之后，每次想到"我是个间谍！我是达因王子的间谍！"我都会激动得浑身发抖。

今天晚上的主菜是烤小鸟，鸟肚子里填了大麦和野韭菜，鸟皮出了很多油，还抹了蜂蜜，咬起来咔嚓作响。奥里安娜熟练地将鸟撕开。欧克嚼着鸟皮。马多克懒得将肉从骨头上撕下来，便连肉带骨一起吃。我戳了戳我碗里的炖萝卜。塔琳坐在餐桌旁，但薇薇安却没有回来。我怀疑她跟睿雅一起打猎只是个幌子，她可能只是在树林里骑一会儿马，然后就直接去了凡间。不知道她是不是在跟希瑟的家人一起吃晚餐。

"你在比武大会上表现得很好。"马多克嘴里含着食物，含糊不清地说。

他提前离开了会场。对于我的表现，他不可能有什么深刻的印象。我甚至不确定他究竟看到了多少。"您是想说您改主意了吗？"

我说话的语气让他停下咀嚼，眯起眼睛凝视我。"关于当骑士吗？"他问道，"不，没有。新至尊王登基后，我们再讨论你的未来。"

我的嘴角露出一丝难以察觉的微笑。"听您安排。"

桌子下首，塔琳正专心致志地看着奥里安娜，尝试模仿她分解小鸟的动作。塔琳没有往我这边看上一眼，即便是在让我把水壶递给她时，她也撇过脸不理我。

不过，晚餐结束后，我觉得必须跟她谈谈。

"听我说，"我在楼梯上说，"我曾试图照你说的去做，可我做不到。

我不希望你因为这事恨我,这毕竟是我的人生。"

她转过身来。"你的人生就是用来挥霍的吗?"

"对。"我们来到楼梯平台上时我说。我不能告诉她达因王子的事,不过,即便是能告诉她,我也不确定有没有用。而且我更无法确定,她会不会赞成这件事。"我们的人生是我们拥有的唯一真实的东西,我们唯一的筹码。我们必须用它换取想要的东西。"

塔琳翻了翻白眼,尖刻地说:"你这话说得可真漂亮啊!这是你自己想出来的吗?"

"这跟你有什么关系?"我气呼呼地质问道。

她摇了摇头。"没关系。没关系。或许我用你的方式思考会更好。别放在心上,茱德。你在比武大会上表现很好,真的。"

"谢谢。"我困惑地皱起眉头。我又想起卡丹说的关于她的那番话,不知道那究竟是什么意思,可我不想把那些话告诉她,免得惹她烦恼。"你恋爱了吗?"我问道。

但我的问题只是让她奇怪地看了我一眼。"明天我要待在家里,不去上课了。"塔琳说,"你完全可以挥霍你的人生,可我想我不必旁观。"

我去上学的路上,双腿仿佛灌了铅。地面上散落着许多被风吹落的精灵果,空气中飘荡着金色精灵果的芳香。我穿的是一件黑色长裙,袖口上绣着金线,裙摆上缀着绿色穗带编成的花边。这件裙子穿着很舒服,是我最喜欢的衣服之一。

下午婉转的鸟鸣声在头顶上方环绕,我不禁露出了笑容。有那么一会儿,我任由自己胡思乱想。我幻想着在达因王子的加冕礼上,我跟微笑着的洛基翩翩起舞,而与此同时,卡丹则被守卫拖走,投进黑暗的地牢里。

突然,白光一闪,将我从幻想中惊醒。原来是一头雄鹿——一头白色雄鹿，离我不过三米远。鹿角上挂着几根细细的蛛丝，它雪白的皮毛在阳光下看上去仿佛是银色的。我们彼此对望良久，它忽然向着王宫方向飞驰而去，我心中惊疑不定，一时忘了呼吸。

最后，我断定这是个好兆头。

至少在一开始，情况似乎确实如此。今天的课还不算太糟，老师罗戈是一个来自遥远的北方之地的冷杉树精。他上了年纪，心地善良，但性情古怪。他长着巨大的眉毛，长长的胡须，偶尔会在胡须里插上钢笔和小纸片。他喜欢给我们唠叨流星风暴及其含义。傍晚时分，他让我们数流星，这是一项沉闷但轻松的任务。

对我来说，这堂课唯一的缺点是我很难在黑暗中记下数字。通常，我们上课时，树上挂着的光球和大群大群的萤火虫会给我们照亮。我还带了蜡烛，以防光线太暗了，毕竟人类的眼睛不如精灵敏锐。不过，我们研究星星时，我不能点蜡烛。我尽量将数字写得清楚一些，还要避免手指沾上墨水。

"记住，"罗戈说，"异常的天象往往预示着重要的政治变动，因此，当一位新国王即将横空出世之际，我们的重要任务就是仔细观察这些天象。"

黑暗中响起一阵笑声。

"妮卡茜娅，"老师说，"你有不同意见吗？"

"一点儿也没有。"她答道，听起来很傲慢，没有一丝歉意。

"那么，关于流星，你是否可以回答我几个问题？如果一天夜里的最后一个小时出现流星雨，有什么含义？"

"表示有十二个人出生。"妮卡茜娅答道。这个答案错得太离谱了，我不由得咧了咧嘴。

"是死亡。"我咕哝道。

不凑巧的是，罗戈听见了我的话。"非常好，茱德。我很高兴还有人一直在专心听讲。那么，谁愿意告诉我，什么时候这些死亡最有可能发生？"

这时候再低调就没有意义了，因为我已经声明，我会用我的强大来羞辱卡丹，所以我最好现在就开始。"这取决于它们穿过哪个星座，以及它们落向哪个方向。"我说。但刚刚回答到一半，我就感觉自己的喉咙快要堵上了。我很高兴现在是晚上，不必看到卡丹——或者妮卡茜娅的表情。

"好极了！"罗戈说，"所以我们记笔记一定要详细。继续！"

"真无聊。"瓦莱里安拖长声调说，"预言是女巫和小矮人的事。我们应该学习格调更高的东西。倘若我必须在这里躺上一个晚上，那我希望学到关于'爱情'的知识。"

有的学生哈哈大笑起来。

"好吧，"罗戈说，"那你告诉我，什么事件可以预测恋爱成功？"

"一个姑娘脱掉她的裙子。"他说，这个回答引来了更多的笑声。

"埃尔加，"罗戈叫一个有着银色头发、笑声像玻璃碎裂声的女孩，"你能替他回答吗？也许瓦莱里安恋爱成功的时候太少了，所以他不知道。"

她磕磕巴巴地说不上来。我怀疑她知道答案，但她不想招致瓦莱里安的愤恨。

"难道还要让我问茱德吗？"罗戈讥讽地问道，"或者，也许可以问问卡丹。卡丹，不如你来告诉我们？"

"不行。"他说。

"这是什么意思？"罗戈问道。

卡丹说话了，他的声音蕴含着邪恶的权威。"正如瓦莱里安说的，这门课程太无聊了。你必须点亮球灯，开始另一门课程，一门更配得上我们的课程。"

罗戈沉默了好一会儿。"好吧，我的王子。"他最终说。紧接着，我们周围的球灯都亮了起来。我眨了好几下眼，才让眼睛适应了明亮的光线。

不知道卡丹有没有被迫做他不想做的事的时候。不过平时他如果在课堂上就打起了瞌睡,那一点儿也不稀奇。有一次他喝得酩酊大醉,在我们上课时骑马穿过草坪,将我们的毯子和课本踩得一塌糊涂,吓得大家赶忙爬起来躲开他。他一时兴起,就能随意更改我们的课程。他这样的人怎么会把什么东西放在眼里?

"她的视力太差了。"妮卡茜娅说,我这才意识到她一直在监视我。她拿着我的笔记本挥舞了一圈,以便每个人都能看见上面潦草的字迹。"太差了。太差了,茱德。要克服这么多缺点,太难了。"

我手指上沾满了墨迹,裙子的金色袖口也沾上了。

卡丹在跟瓦莱里安交谈,只有洛基看着我们,脸上的表情颇为忧虑。罗戈正翻着一堆厚厚的、布满尘土的书,也许是在找一门卡丹喜欢的课程。

"如果你认不出我写的字,那太遗憾了。"我说,伸手抓住了我的笔记本。那页纸撕裂了,我今晚的大部分作业都白做了,"确切地说,这不是我的缺点。"

妮卡茜娅啪地打了我一记耳光。我跟跄了几步,心中又惊又怒,突然单膝跪地,几乎还没反应过来,又四仰八叉地倒在地上。我的脸颊热辣辣地疼,脑袋里嗡嗡作响。

"你不能这样做。"我愤怒地对她说。

我原以为自己知道这个游戏是怎样玩的,但我想错了。

"我能做任何事,只要我想。"她对我说,神情依然很傲慢。

同学们吃惊地瞪大眼睛看着我们,埃尔加用她纤细的手捂住了嘴。卡丹也在看着这边,他脸上的表情告诉我,妮卡茜娅这样做并没能取悦他。妮卡茜娅的脸上渐渐显出尴尬的神色。

我跟他们相处了这么多年,有一道红线是他们从没跨越过的。他们将我推进河里时,附近没有别人旁观。不论是好事还是坏事,我毕竟是马多克将军家的人,受他的保护。卡丹也许敢于冒犯他,但我原以为其他人至少不会明目张胆地袭击我。

我刚才似乎让妮卡茜娅怒不可遏,以至于她再也顾不得这些了。

我拂去身上的尘土。"你这是向我发出决斗挑战吗?因为要是那样,我有权选择时间和武器。"我多么乐意将她打趴下啊!

她意识到她必须对我的问题做出回应。我也许比尘土更加卑微,但是她为了维护荣誉也不能无视我的话。

我眼角的余光瞥见卡丹正向我们走来。想到可能会发生的事,我的心中充满了恐惧和不安。在我的另一侧,瓦莱里安撞了我的肩膀一下。我退后一步,但还是不够快,我闻到了熟透了的精灵果的气味。

头顶上方,漆黑的天穹里,七颗星星坠落下来。它们飞快地划过夜空,最后渐渐熄灭,形成一幅壮观的景象。我不由自主地仰头望去,但太迟了,没能看清它们的确切路径。

"有人记下这个星象了吗?"罗戈叫了起来,同时急急忙忙地找他胡须里的钢笔,"这就是我们一直等待的天象事件!一定有人看见了那个确切的源点。快!把你们记得的一切都记下来。"

就在我仰头观看那些星星的瞬间,瓦莱里安把什么东西塞进了我的嘴里。那是一个甜腻的烂精灵果。蜜糖一样的汁水流过我的舌头,有一种阳光的味道,给人纯粹的快感,让我飘飘欲仙,神魂颠倒。精灵果能让人类思维混乱;能让我们如此渴望它的味道,以至于因为想要再尝一口而把自己活活饿死;能让我们变得顺从听话、易受暗示、荒唐可笑。

达因的精灵符固然能保护我免受魔法的蛊惑,免受任何精灵的控制,但并不能抵挡精灵果的影响。

噢,不。噢,不,不,不,不。

我将烂精灵果吐出来,它滚进尘土里,但我感到它已经在对我起作用了。

盐,我想起来了,赶忙在我的午餐篮里找盐。盐正是我需要的东西,盐是我的解药,盐会清除掉我脑子里的迷雾。

妮卡茜娅看出我的企图,一把抢过我的午餐篮,躲到一边,瓦莱里安则把我掀翻在地,我试图从他身边爬开,但他将我按在地上,把那个肮脏的精灵果按到我脸上。

"我来把你那尖酸刻薄的舌头弄甜一些。"他说着,用力按下精灵果。一团黏糊糊的东西涌进我嘴里,接着灌进我的鼻子。

我无法呼吸。我无法呼吸了。

我瞪大眼睛,望着头顶上方瓦莱里安的脸。我要窒息了。他注视着我,脸上满是好奇,仿佛渴望看到接下来会发生什么。

黑暗爬上了我的视野边缘。我就要憋死了。

但最糟糕的是,那个烂精灵果在我心中滋生了巨大的欢乐,消除了我的恐惧。一切都太美妙了。我的视线恍惚起来。我伸手去抓瓦莱里安的脸,可我晕得太厉害,够不到他。但再过一会儿,什么都无关紧要了。我不想伤害他,至少现在不想,因为我太高兴了。

"帮帮她!"有人叫道。我神智迷糊,分辨不出那是谁的声音。

突然,瓦莱里安被人从我身上踢开。我翻身侧卧,不住咳嗽。卡丹的影子在我视野里隐约可见。我的脸上涕泗横流,但我能做的只是躺在尘土里,嘴里不停地吐着一块块甜甜的、肉质丰富的黏稠碎块。我哭了起来,可我完全不知道自己为什么哭。

"够了。"卡丹说,脸上露出一种古怪的表情,两腮的肌肉不住跳动。

我放声大笑起来。

瓦莱里安一副桀骜不驯的神色。"你要毁了我的快乐,是吗?"

一时间,我以为他们要打起来,尽管我想不出是为了什么。然后我看见了卡丹手里拿着的东西。那是我午餐篮里的盐,我的解药。(我刚才为什么想要那东西?)他哈哈一笑,将手里的盐往空中一抛,我眼睁睁地看着盐随风飘散。然后他看向瓦莱里安,嘴角翘了起来。"你是怎么回事,瓦莱里安?要是她死了,你的快乐还没开始就结束了。"

"我不会死的。"我说,因为我不想让他们担心。我感觉好极了。一辈子从没感觉这么好过。我的解药没了,我感到很高兴。

"卡丹王子?"罗戈说,"她应该被送回家。"

"今天每个人都觉得太无聊了。"卡丹说,但听他的声音却似乎不是那回事。他仿佛马上就要发脾气了。

"噢,罗戈,她并不想走。"妮卡茜娅走过来摸了摸我的脸。"对不对,漂亮的小家伙?"

我的嘴里残留着那种蜜糖似的甜腻味道。我感觉身子轻飘飘的,就像一面旗帜一样舒展开。"我想留下来。"我说,因为这里太美妙了,而且妮卡茜娅是那么美艳绝伦,光彩照人。

我不确定自己现在有没有事,但是我感觉棒极了。

一切都棒极了,就连卡丹也是。我以前不喜欢他,简直太愚蠢了。我开心地对他粲然一笑,嘴咧得很大,可他没有对我笑。

不过我也没有因此而感到不快。

罗戈转身离去,嘴里咕哝着什么将军啊,愚蠢啊,王子们的脑袋要搬家啊。卡丹看着他走开,双手在身侧握成了拳头。

几个女孩跑过来坐在我身边的苔藓上。她们咯咯笑着,我也再次大笑起来。"我从没见过凡人吃精灵果,"一个名叫弗洛丝的女孩对另一个女孩说,"她会记得这事吗?"

"但愿有人蛊惑她忘记这事。"我身后某处传来洛基的声音,但听起来不像卡丹那样恼怒。他听起来很友好。我转过身,他伸手触摸我的肩头。我倚在他那温暖的手上。

妮卡茜娅哈哈大笑。"她不会想要忘记的。她想要的是再咬一口精灵果。"

想到精灵果的味道,我的嘴里充满了口水。我想起来学校上课的时候,路上到处都散落着金光闪闪的精灵果,我暗暗咒骂自己太愚蠢,没有停下来吃个饱。

"那我们可以问她问题吗?"一个名叫莫拉的女孩好奇地问道,"难堪的问题。她会回答吗?"

"在朋友们中间,她怎么还会觉得有什么难堪的问题呢?"妮卡茜娅的眼睛眯成了一条缝。她看上去就像一只猫,刚刚吃光了所有的奶油,准备在阳光下打个盹儿。

"我们中间你最想亲吻哪个?"弗洛丝问道,同时走近了一些。她之前几乎没有跟我说过话。我很高兴她想跟我做朋友。

"我想亲吻你们所有人。"我说,她们听了顿时尖声大笑。我冲着星星傻笑起来。

"你的衣服穿得太多了。"妮卡茜娅皱起眉看着我的裙子说,"它们脏了。你应该把它们脱下来。"

霎时间,我的裙子似乎忽然变得十分笨重。我想象着自己光着身子沐浴在月光里,身上的皮肤跟头顶上方的树叶一样闪着银光。

我站起来。我觉得似乎每样东西都微微偏向一边。我开始拉扯身上的衣服。

"你说得对。"我愉快地说。我的裙子从身上滑下来,在脚下堆成一堆。我穿着凡间的内衣——一套绿黑波点的文胸和衬裤。

她们都瞪大眼睛瞧着我,眼神十分古怪,仿佛在好奇我的内衣是从哪里弄来的。她们的身上都放射着绚丽的光辉,我只要多看她们一会儿,就会头痛起来。

我感觉到自己柔软的身躯,手上的茧,以及晃动的乳房。脚下柔软的青草弄得我的脚底痒痒的,泥土还散发着热气。

"我像你们一样漂亮吗?"我问妮卡茜娅,对这一点真的感到好奇。

"不。"她答道,飞快地瞥了瓦莱里安一眼。她从地上捡起一样东西,"你跟我们一点儿也不像。"这话让我很难过,但也不觉得意外。在他们旁边,无论是谁都只能是个影子,而且是模糊的、影子的影子。

瓦莱里安指着我脖子上的花楸果项链,那些风干的红色浆果穿在一条长长的银链子上。"你还应该把那东西摘下来。"

我点了点头,仿佛跟他有什么密谋似的。"对,"我说,"我再也不需要它了。"

妮卡茜娅微笑着举起手里拿着的东西,是那个精灵果肮脏稀烂的残骸。"来把我的手舔干净。你不会介意的,对吧?不过你必须跪着给我舔。"

惊呼和窃笑犹如一阵微风掠过周围的同学。他们很想看我照妮卡茜娅说的那样做。我想让他们高兴。我想让每个人都跟我一样高兴。而且我也确实想再尝一口精灵果的味道。于是我开始爬向妮卡茜娅。

"不行。"卡丹说着走到我面前,声音响亮但有点儿颤抖。其他人后退了几步,给他腾出空间。他踢掉一只脚上柔软的皮鞋,将他那苍白的脚伸到我面前。"茱德会过来亲我的脚。她说过她想亲吻我们。而且,我毕竟是她的王子。"

我再次大笑起来。说实话,我不知道自己以前为什么不常笑。一切都这样神奇,这样可笑。

然而,仰头看着卡丹,我忽然感觉有点不对劲儿。他的眼里闪耀着怒火和欲望,也许还有耻辱。片刻之后,他眨了眨眼,眼里又恢复了他平常的冷酷和傲慢。

"好了吗?快点儿啊。"他不耐烦地说,"亲吻我的脚,告诉我我有多伟大。告诉我你多么崇拜我。"

"够了。"洛基厉声对卡丹说。他伸手抓住我的肩膀,用力地把我拖起来,"我送她回家。"

"是吗?现在?"卡丹问道,双眉往上一扬,"有趣的时机。你喜欢的是一点点侮辱的滋味,但不要太多了?"

"我讨厌你这样。"洛基咕哝道。

卡丹从外套上扯下一根金丝胸针,一端是橡子,背后是一张橡树叶状装饰。一开始,神智混乱的我以为他要把胸针给洛基,以便洛基别管我。但即便在我混乱的头脑看来,这似乎也是不可能的事。

然后,卡丹抓起我的手,这似乎更不可能了。他的手指捏着我的皮肤,感觉太暖和了。突然,他将胸针的尖端扎进了我的大拇指里。

"嗷!"我大叫一声,猛地抽回手,将受伤的手指放进嘴里。我的舌头尝到了自己的血,有股金属的味道。

"回家去吧。祝你旅途愉快。"他对我说。

洛基领着我走了几步,然后停下来抓起不知道是谁的毯子,裹在我的肩膀上。洛基搀扶着我,我脚步踉跄地走出小树林时,其他同学都瞪大眼睛看着我们。我看见的几个老师都不敢直视我的眼睛。

我吮吸着受伤的大拇指,感觉有点儿奇怪。我的意识仍然恍恍惚惚,但跟刚才相比已经有很大不同了。片刻之后,我意识到那是为什么了——我的人类血液里有盐。

我的胃里翻滚起来。

我回头去看卡丹,他在跟瓦莱里安和妮卡茜娅开怀大笑。莫拉挽着他的胳膊。我们的另一个老师——来自东边小岛的一个肌肉结实的精灵女人——正准备开始上课。

我恨他们,恨他们所有人,恨之入骨。我的脑子里只有这个念头,熊熊的怒火将其他念头都烧成了灰烬。我用颤抖的手拉紧裹住肩头的毯子,让洛基领着我走进森林里。

走了一会,我咬牙切齿地说:"谢谢你带我出来,我欠你个人情。"

他看着我,目光中有种估量的意味。我注意到他那垂在脸庞周围的柔软卷发,我再次震惊地发现,他是多么英俊啊!跟他单独在一起,想到他看见了我穿着内衣在地上乱爬的样子,我感到很不舒服。但我此刻太愤怒了,已经无法感到难为情了。

他摇了摇头。"你不欠任何人任何东西,茱德。特别是在今天。"

"你怎能受得了他们?"我问道,愤怒让我将枪口转向了他,即便他是唯一一个不让我生气的人。"他们太可怕了。他们毫无人性。"

他没有回答我。我们继续往前走,来到那块散落着精灵果的地方,我狠狠地踢了地上的精灵果一脚。精灵果飞起来,撞到一棵榆树的树干上,又弹了回来。

"跟他们在一起有种乐趣。"他说,"我们可以得到自己想要的东西,可以沉迷于各种可怕的想法。别人怕你,你就不会受到伤害。"

"因为他们没有折磨你吗?"我问道。

他又一次没有回答我。

快到马多克的庄园时,我停了下来。"我该自己走了。"我冲他勉强笑了笑。但这笑容转瞬即逝,我很难将它保持住。

"等一下,"他上前一步,"我想再见到你。"

我哼了一声。我实在太恼火了，所以听了这话也没觉得惊讶。我站在这里，身上裹着借来的毯子，脚上穿着靴子，毯子里面是在购物中心买的内衣。我身上沾满了泥土，刚刚出了一个大洋相。"为什么？"

他凝视着我，目光炽热，我不由得站直了一些，尽管我身上沾满了尘土。"因为你就像一个还没有展开的故事，我想看看你今后会怎么做。在这个故事展开的时候，我希望我能够参与其中。"

我不确定这是不是一种赞美，但我想我会接受它。

他托起我的手——卡丹用胸针刺过的那只手——吻了吻我的指尖。"明天见。"他鞠了一躬。

我裹着那条借来的毯子，穿着靴子，以及从购物中心买的内衣，独自往家走去。

"告诉我这是谁干的。"马多克一遍又一遍地问我，可我就是不说。他跺着脚走来走去，告诉我他会怎样找到那些欺负我的精灵，然后毁灭他们。他会把他们的心挖出来，砍掉他们的脑袋，把他们的脑袋安在我们家的屋顶上，以儆效尤。

我知道他不是在威胁我，可听他大喊大叫的人是我。

当我受到巨大惊吓的时候，我无论如何也忘不掉，不论他把父亲的角色扮演得多好，他始终还是——而且永远是——杀害我亲生父亲的凶手。

我什么也没说。我想到奥里安娜曾多么害怕我和塔琳在宫廷里出丑，让马多克难堪。我现在很想知道，她当时是不是更担心要是真的出了什么事，马多克会有什么反应。砍掉瓦莱里安和妮卡茜娅的脑袋是糟糕的政治选择，而伤害卡丹简直不啻谋反。

"是我自己干的。"我最后说，好能结束他的追问，"我看见了一个精灵果，看起来很不错，于是我就把它吃了。"

"你怎么会傻成这样?"奥里安娜猛地转过身来。但她看上去并不惊讶,她的样子就像我确认了她最糟糕的怀疑。"茱德,你应该懂得更多的。"

"我只是想玩玩。我以为那会很好玩。"我对她说,努力扮演一个叛逆的女儿,"那确实好玩。就像一个美丽的梦——"

"安静!"马多克叫道,吓得我们俩都不敢吭声了,"你们两个,安静!"

我不由自主地向后缩了缩。

"茱德,别再惹奥里安娜生气了。"他恼怒地看了我一眼,我不确定他以前是否用这种眼神看过我,反正他经常用这种眼神看薇薇安。

他知道我在撒谎。

"而你,奥里安娜,别轻信她说的话。"当奥里安娜明白马多克这话是什么意思时,她抬起纤细的手捂住了嘴。

"一旦我发现伤害你的人是谁,"他对我说,"他们会后悔自己来到这个世上。"

"不会有用的。"我往椅背上一靠。

他在我面前低下身子,用他那粗糙的绿色手指握住我的一只手。我全身抖得厉害,他一定能感觉到。他长长地叹了口气。"那告诉我什么有用,茱德。告诉我,我会照你说的做。"

我不知道如果我说了下面的话会发生什么:妮卡茜娅侮辱了我,瓦莱里安想杀死我,他们那样做是为了给卡丹王子留下好印象,因为他恨我。我怕他们。我怕他们简直胜过怕你,可你刚才真的把我吓坏了。我希望你能让他们住手,让他们别来烦我。

但我知道,这话我是决不会说出口的。马多克的愤怒深不可测。在厨房地板上流淌的母亲的鲜血里,我已经见识过了他的愤怒。他的愤怒一旦被激起,就如箭在弦上,不得不发。

要是他杀了卡丹呢?要是他把他们都杀了呢?他面对这么多问题,唯一的答案就是杀戮。要是他们死了,他们的父母绝不会善罢甘休。至尊王的怒火会降临到马多克身上,他可能会被处死。到那时,我的处境肯定还不如现在。

"教会我更多东西。"我说,"更多战术策略,更多剑术技巧,把您知道的都教给我。"达因王子是想要我做间谍,但这并不意味着我该放弃我的剑。

马多克似乎很受触动,但奥里安娜却似乎很恼火。我看得出来,她认为我在操纵他,而且马上就要成功了。

"好吧。"他叹息道,"塔特会把晚餐给你送上去,要是你感觉好些了,也可以来餐厅跟我们一起吃。我们明天就开始强化训练。"

"我想在楼上吃。"我说,然后朝房间走去。路上,我经过塔琳的房间,她的房门关着。冲动之下,我真想走进去,扑到她的床上大哭一场。我想要她搂着我,告诉我,我当时只能那样反抗卡丹,没有别的选择。我想要她告诉我,我很勇敢,她爱我。

但我确信她不会这样做,于是我只能径直走了过去。

房间打扫过了,床也铺好了,窗户开着,晚风徐徐吹进来。床尾放着一件折好的土布裙子,上面还别着一个王室仆人佩戴的徽章。阳台上蹲着一个猫头鹰脸的淘气精灵。

它竖起羽毛,用嘴整理了一下。

"嘿,你,"我说,"你是他的一个——"

"明天去空空宫,亲爱的。"它啾啾地打断了我,"我们发现了一个国王不会喜欢的秘密——一场谋反。"

空空宫。那是大王子贝尔金的家。

这是影子会交给我的第一个任务。

第十二章

我很早就上床睡觉了，等我醒来时，天已经黑尽了。我的头很疼——也许是因为睡得太多——还浑身酸痛。我睡觉时肌肉也一定都是绷紧的。

今天的课已经开始了，不过没关系，反正我也不会去上课了。

塔特给我留了一个托盘，上面放着一壶咖啡，里面加了桂皮、丁香和一点胡椒调味。我倒了一杯。咖啡是温的，说明已经端来一段时间了。托盘上还有一块吐司，我将它在咖啡里浸了浸，稀里糊涂地吃了早餐。

我的脸上还粘着一点精灵果的果肉，我洗了洗脸，然后又洗了个澡。我草草梳了梳头发，用小树枝把头发盘成圆髻。

我刻意不去想昨天的事，不去想别的任何事。一心只想着今天，想着自己要为达因王子完成的任务。

去空空宫。我们发现了一个国王不会喜欢的秘密——一场谋反。

看来达因王子想让我帮他确认，贝尔金不会被选为下一任至尊王。埃尔德雷德可以任选一个孩子继承王位，不过他最喜欢他的三个大的孩子：贝尔金、达因和埃乐温——尤其喜欢达因。不知道达因的受宠有没有他间谍的功劳。

如果我能在间谍工作方面表现出色，那达因登基后一定会给我权力。经过昨天的事，我渴望获得权力。我渴望权力如同我渴望精灵果的味道。

我穿上那件仆人的裙子，但没有穿内衣，以确保自己的仆人身份尽可能真实。至于鞋子，我从衣橱最里面翻出一双旧皮鞋。这双鞋的脚尖部位破了一个洞，之前我曾试图补好，但我的缝补技术太差了，最后只是把鞋补得很难看。这双鞋现在很适合，我其他的鞋都太扎眼了。

马多克的庄园里没有人类仆人，但我在精灵世界里确实见过人类仆人。有人类接生婆,来为人类接生;有人类工匠,他们拥有令人羡慕的技能,但不清楚那是福气还是祸根;也有人类奶妈,用于给体弱多病的精灵婴儿哺乳。还有一些精灵从人类那儿偷换来的婴儿,他们被在精灵世界抚养长大,但没有像我和塔琳一样接受上层精灵的教育。还有一些修炼魔法的人,他们为了实现某个心愿,甘愿做一点苦工来交换。在路上遇到他们时,我常常试着跟他们交谈。有时候他们会想跟我说话,但更多的时候他们不会。他们中的大多数都多多少少被施了魔法,以便消除他们的部分意识。他们以为自己在一家医院,或是在一个富人的宅邸里。当他们被送回家的时候——马多克告诉我他们一定会被送回去——他们会得到丰厚的报酬,甚至会获赠一些礼物,比如好运气、闪亮的头发,或者在乐透彩中猜中正确数字的诀窍。

不过,我知道也有一部分人类跟精灵达成了糟糕的交易,或者冒犯了不该冒犯的精灵,所以并没有受到良好的对待。我和塔琳常常听说——尽管没有人有意告诉我们——很多关于人类的故事,说那些人睡在硬石地板上,以垃圾为食,却相信自己睡在羽绒床上,吃的是美味佳肴。还有些人沉迷于精灵果,变得神志不清。据说贝尔金的仆人们就是这种人。贝尔金不喜欢他们,而且还虐待他们。

想到这里,我不禁打了个寒噤。但我明白凡人为什么是间谍的上佳人选。撇开能够撒谎不谈,凡人能够进出不同等级的场所,而不会引起注意。手持竖琴,我们就是吟游诗人;穿上土布衣服,我们就是仆人;穿上长袍,我们就是养育着大哭大叫的地精孩子的奶妈。

不被注意有不少好处。

接下来,我找来皮包,在里面放上一件用于更换的裙子和一把小刀。我披上厚天鹅绒斗篷,走下楼去。咖啡在我的胃里翻腾。快到门口时,我看见薇薇安坐在铺着织锦的窗座上。

"你起来了。"她站起身来,"很好。你想去打猎吗?我这里有箭。"

"也许吧,晚点再说。"我将斗篷紧紧裹住身子,想要从她身边过去,同时脸上挤出高兴的表情。

但这没糊弄过去，她伸出胳膊拦住了我。"塔琳告诉我你在比武大会对卡丹说的话了，"她说，"奥里安娜告诉我你昨晚回来时是什么样子。余下的我能猜出来。"

"我不需要你再来说教一番。"我对她说。唯有达因的任务能让我摆脱昨天那事的折磨，我不想失去这救命的稻草。不然的话，我担心自己的心境也会失衡。

"塔琳感觉很不好。"薇薇安说。

"是啊，"我说，"有时候做正确的事感觉并不好。"

"别这样。"她一把抓住我的胳膊，那双好似瞳孔裂开的猫眼注视着我，"你可以跟我说，你可以信任我。出什么事了？"

"什么事也没有。"我说，"我犯了个错误。我被激怒了。我想证明自己。那太愚蠢了。"

"是因为我说过的话吗？"她的手指紧紧抓着我的胳膊。

空境人会一直像对待狗屎一样对待你们的。

"薇薇，如果我决定糟蹋自己的人生，那也绝不会是你的错。"我对她说，"但我会让他们因为惹恼我而后悔的。"

"等等，你这话是什么意思？"薇薇安问道。

"我不知道。"我收回胳膊，向前门走去，这一次她没有阻止我。出门后，我穿过草坪，向马厩跑去。

我知道自己不应该那样对薇薇安，她没有做任何坏事。她只是想帮助我。

也许我再也不知道该怎样做一个好妹妹了。

来到马厩后，我不得不停下来，靠在墙上深吸几口气。在我一生的大半时间里，我都在跟恐惧战斗。对一个长期神经紧张的人来说，装出正常人的样子也许并不是最好的选择，甚至都没这个必要。但此时此刻，我简直无从想象，假如没有恐惧，我该怎样生活。

目前，最重要的是我必须要让达因王子重视我。我不能让卡丹和他的"蠢货帮"扰乱我的计划。

要去空空宫，路程不近。我决定骑蟾蜍。只有上流阶层才能骑银蹄马，仆人很可能什么坐骑也没有，但蟾蜍至少不那么惹眼。

只有在精灵世界，巨型蟾蜍才不惹眼。

我给一头斑点蟾蜍安上背鞍和笼头，牵着她来到外面的草地上。她用舌头在金色的眼睛上抽了一下，我吃了一惊，不由得退了一步。

我鼓起勇气，一脚钩住脚镫，翻身上了背鞍。我一手拉住缰绳，一手在她柔软冰凉的背上拍了拍。斑点蟾蜍顿时一跃而起，飞到空中，我紧紧抓住缰绳。

空空宫由石头砌成，一座高高的、弯曲的塔楼高踞其上，整个宅邸大半被藤蔓和常春藤覆盖。宅邸二楼有个阳台，阳台栏杆似乎是用粗壮的树根做成的，而不是一般的铁栏杆。细细的卷须从阳台上垂下来，犹如一把乱蓬蓬的、粘着泥土的胡须。这座宅邸外围的装饰本来应该增加它的魅力的，结果却发生了畸变，反而给它带来了一种不祥之感。我拴好蟾蜍，将斗篷塞进鞍袋里，朝着宅邸侧边走去，我相信在那里有仆人进出的小门。路上，我停下来采了几个蘑菇，这样我去王子宅邸外面的树林里就有了理由。

走近空空宫时，我的心跳不住加快。贝尔金不会伤害我的，我对自己说。即便我被抓到，他也只会把我交给马多克。我不会有事的。

不过我对这一点也不是确信无疑。尽管如此，我还是设法说服自己，鼓起勇气走向仆人的小门，偷偷溜了进去。

小门里的走廊通向厨房。我走进去，将蘑菇放到桌子上，桌上还放着一对血淋淋的兔子，一个鸽子馅饼，一捆蒜薹和迷迭香，几颗表皮灰白的李子，以及几十瓶酒。一个巨怪正搅拌着大锅里的东西，他旁边站着一个长着翅膀的皮克西精灵。两个脸颊凹陷的凡人在切蔬菜，是一个男孩和一个女孩，两人都目光呆滞，脸上挂着淡淡的傻笑。他们切菜时甚至都不低头看，我很惊讶他们竟没有不小心切掉自己的手指。不过我突然想到，更糟的是，就算他们真的切掉手指，他们都不一定会注意到。

一个灰眼睛的精灵守卫抓住我的胳膊，挡住了我的去路。我抬头看着他,希望自己能做出厨房里那两个凡人的表情:茫然、愉快、恍惚。

"我没见过你。"他对我说。

"你真可爱,"我说,尽量让自己表现得既敬畏,又有一点儿困惑,"漂亮的眼睛。"

他厌恶地哼了一声,我猜这意味着我糊弄过去了,我与那些被施了魔法的人类仆人很像,尽管我感觉自己过于紧张,表演有点儿古怪和夸张。我曾经很希望自己擅长即兴表演,不过真到需要表演的时候,我确实做不太好。

"你是新来的?"他慢条斯理地问道。

"新来的?"我重复道,想象面对这种情况,初次被带到这里来的人会怎么说。但我总是不由自主地想起那令人作呕的精灵果的味道,我不仅无法更加深入自己的角色,反而只想马上放弃。"我以前在别的地方,"我脱口而出,"但我现在必须抛光大厅的地板,直到每一寸都闪闪发亮。"

"那好吧,你最好擦亮点儿。"他说完就让我走了。

我极力控制在自己皮肤下面蠢蠢欲动的颤抖。我并不因为自己的表演让他信服而洋洋得意,他相信我,完全是因为我是人类,而他认为人类就是仆人。我再次意识到,这也是为什么达因王子会认为我有用。通过那个守卫的盘问之后,在空空宫里四处走动就容易多了。宅邸里有几十个人类在四处游走,干着杂务,仿佛迷失在病态的梦幻中。他们一边干活,一边哼着小曲,喃喃自语,显然那只是他们的梦话。他们的眼神蒙蒙眬眬,嘴唇干燥开裂。

难怪那个守卫认为我是新来的。

然而,这些仆人附近还有不少精灵。他们是某场盛宴的宾客,盛宴似乎只是暂时中止,而不是彻底结束。他们衣衫不整地睡倒一地,有的身子从躺椅上垂下来,有的在客厅地板上横七竖八地缠在一起,嘴巴上还沾着"销魂粉"的金色污迹。销魂粉是一种闪闪发亮的金色粉末,这种粉末浓度很高,精灵们服用后便会酩酊大醉,凡人服用后则会拥有蛊惑别人的能力。一只只高脚杯散落在地上，杯中流出的蜂蜜酒在地板上形成一个个水洼，沿着高低不平的地板四处流淌，仿佛一条条支流汇入巨大的蜂蜜酒湖泊。有些精灵一动不动，我担心他们纵欲过度，已经死了。

"打扰一下。"我对一个跟我年龄相仿、提着铁皮桶的女孩说。但她径直从我身边走过，似乎根本没有注意到我在跟她说话。

我不知道现在自己应该做什么，于是就决定跟着她。我们走上宽阔的、没有栏杆的石阶，只见又有三个空境人躺在上面昏迷不醒，旁边倒着一瓶顶针大小的烈性酒。石阶上方，走廊那头传来一声古怪的叫喊，听上去似乎饱含痛苦。接着是什么东西重击地面的声音。我吃了一惊，随即反应过来，赶忙让自己的脸恢复梦游般茫然的表情。我紧张得心突突乱跳，犹如落入陷阱的小鸟。

那女孩推开一扇门，里面是一间卧室，我跟在她后面溜了进去。

房间四面均是石墙，墙面光秃秃的，没有任何图画和挂毯。屋里有一张巨大的、支着半扇华盖的大床，占据了大部分空间，床头板上雕刻着各种上半身袒胸露乳的女人，下半身则是动物——猫头鹰、蛇和狐狸——跳着某种古怪的舞蹈。

没什么好奇怪的，毕竟贝尔金领导的是荒淫的椋鸟圈。

房间里的木书桌上放着几本书。我认出那些书是我们上课用的课本。这些书都是翻开的，书与书之间散落着几张纸，旁边还放着一个打开的墨水瓶。其中一本书一边的空白处记满了批注，另一边沾满了墨渍。这本书的书脊部位放着一支钢笔，钢笔被从中折断了，而且是故意折断的。

这本书里没有任何谋反的迹象。

达因王子将这身仆人制服送给我，是知道我能混进空空宫，正如我现在做的这样。至于剩下的事，他就指望我自己的能力了。不过，既然已经进来了，我自然希望能在这里发现一点儿东西。

不管我有多害怕，我都得处处留心。

靠墙的书架上摆着很多书，其中有些书我在马多克的书房里也见到过。我在书架前停了下来，皱了皱眉，看到书架一角塞着一本书。我知道这本书,但没曾想会在这里见到。这是《爱丽丝仙境奇遇》和《爱丽丝镜中奇缘》的合辑。小的时候,妈妈曾给我们读过,那本书跟这本书看起来非常相似。

翻开书,熟悉的插图和文字登时映入眼帘:

"可我不想在疯子中间生活。"爱丽丝说。

"噢,这可没办法。"柴郡猫说,"我们这里的人都是疯子。我是疯子。你也是疯子。"

"你怎么知道我是疯子?"爱丽丝问道。

"你一定是疯子,"柴郡猫说,"否则你就不会来这里了。"

一阵笑意顿时从胸中涌起,眼看就要蹿至喉间,我不得不咬住脸颊里面,硬生生地将它压了回去。

此刻,那个人类女孩正跪在巨大的壁炉前,清扫炉栅上的灰烬。在她的身子两侧,炉栅两边的柴架状如两条盘绕的巨蛇,眼睛是两颗玻璃,在火光映照下熠熠生辉。

说来可笑,我竟然舍不得将这本书放回去。当初打包时,薇薇安没有拿上那本书,所以自从妈妈在睡前给我们读过一次之后,我就再也没有见过它。我将这本书塞进了裙子的前襟。

然后,我打开衣橱,继续寻找线索或是有价值的信息。可我刚往里一看,胸中便涌起一阵巨大的恐慌。我马上意识到了这是谁的房间。衣橱里放着卡丹王子那些奢华的紧身上衣和马裤,以及那些俗艳的毛皮镶边披肩和蛛丝衬衫。

清扫完炉灰之后,那个女孩将新木柴堆成金字塔形,又往上面放了引火用的香松脂。

我想从她身边挤过去,逃离空空宫。我原以为卡丹跟他的父亲至尊王一起住在王宫里,从没想过他跟他的一位兄长住在一起。我想起在上次的宫廷欢宴上,达因和贝尔金曾在一起饮酒。我拼命祈祷这不是一次精心安排的阴谋,以便进一步羞辱我,再给卡丹一个借口——或者更糟的是,一个机会——来再次惩罚我。

我不相信。即将登基为至尊王的达因王子,不会有时间玩这种无聊的游戏:假装将我招入麾下,只是为了满足弟弟的任性要求。他不嫌麻烦地跟我谈交易,在我身上设置精灵符,绝不会只是为了这个目的。我必须继续相信他,否则事情就太可怕了。

然而,这一切也意味着,除了贝尔金王子,我在这座宅邸里走动时还得小心避免撞见卡丹。一旦他们看到我的脸,他们两个就都有可能认出我。

也许他们不会仔细打量我。谁也不会仔细打量人类仆人。

我意识到自己并非如此与众不同,便迫使自己注意那个女孩皮肤上的那些痣,她金色头发分叉的发梢,以及她那粗糙长茧的膝盖。她站起身来时身子微微摇晃,她的身体显然已经筋疲力尽,可是她的脑子并没有意识到这一点。

如果我还能有机会看到她,我希望自己能认出她。

但这没有任何用处,也无法解除任何魔咒。她将仍然干她的活儿,脸上仍然挂着那种可怕的、满足的微笑。她离开房间后,我便朝相反的方向走去。我必须找到贝尔金的私人房间,发现他的秘密,然后再出去。

我小心地逐一推开各个房门,偷偷往里窥探。我发现了两间卧室,都积着厚厚的尘土,其中一间有一个"人"躺在床上,身上盖着蛛丝罩衣。我在那里停了一会儿,想要确定那"人"是个雕像、尸体,还是某种活物。然后我意识到这跟我的任务毫不相干,便赶忙退了出来。在另一个房间里,我发现几个精灵横七竖八地躺在床上睡觉。其中一个精灵忽然抬起头来,睡眼蒙眬地冲我眨了眨眼,我吓得连呼吸都忘了,但他只是倒回去又睡着了。

第七个房间通向一条走廊,走廊里有楼梯不断向上盘旋,一定是通往那座塔楼。我赶忙跑上楼梯,心怦怦直跳。

我最终来到一个圆形房间里,房间四周都镶着书架,上面堆满了手稿、卷轴、金质匕首、细细的、装着宝石般璀璨的液体的小玻璃瓶，还有某种类似鹿的动物的头骨，角上插着细长的蜡烛。这房间只有一扇窗户，窗前放着两把大扶手椅。房间中央摆着一张巨大的书桌，桌上摊着几张地图，地图四角压着玻璃块和金属块。地图下面压着一张短笺。我抽出短笺，只见上面写着：

我知道你探问的红脸菇的来源，但你用它来做什么绝不能牵涉到我。在此之后，我认为我欠你的债已经还清了。请你以后再也不要提到我的名字。

尽管短笺没有签名，但字迹娟秀，显然是出自女子之手。这条短笺看上去似乎很重要。它是达因想要的证据吗？它的用处足以让他高兴吗？我不能把短笺拿走。要是短笺不见了，贝尔金就会知道有人来过这里。我找到一张白纸，将它按在短笺上，然后以最快的速度将短笺复写下来，尽量保持原来的笔迹。

快要写完时，我听到了声音。有人在上楼梯。

我顿时吓得魂飞魄散。这里没有地方可以藏身。房间里除了那些书架，几乎什么东西也没有，而书架大多也是空荡荡的毫无遮掩。我将自己复写的短笺折起来，顾不得它还没有完成，而且墨迹未干，这样势必会弄污笔迹。

我以最快的速度钻到一张巨大的皮椅下面，将身子蜷成一团。我真希望自己将那本愚蠢的书留在原地，因为它封面的一个尖角扎进了我的腋下。我不知道自己刚才在想什么，竟然相信自己作为精灵世界的间谍已经够聪明的了。

我紧紧闭上眼睛，仿佛只要我看不见走进房间的人，那人也就看不见我。

"希望你一直都在练习。"是贝尔金的声音。

我将眼睛偷偷睁开一条缝，只见卡丹站在书架前，一个面容呆板的男仆捧着一把宫廷宝剑,剑柄上雕着金色花纹,还有翼状的金属护手。我不得不咬住舌头,以免发出声音。

"非得这样吗?"卡丹问道,听上去有点厌烦。

"让我看看你都学会了什么。"贝尔金从书桌旁的罐子里抽出一根木棒,那个罐子里装着各种各样的木棒和藤杖。"你要做的只是打中我一下。只需一下,弟弟。"

卡丹只是站着不动。

"把剑拿起来。"贝尔金似乎快要失去耐心了。

卡丹痛苦地长叹一声,拿起宝剑。卡丹的站姿太糟糕了,难怪贝尔金要生气。卡丹长到能够握紧棍子的年纪,就一定有老师来教他击剑了。我是到精灵世界之后才开始学习剑术的,因此他应该比我早学了好几年。击剑学的第一件事就是双脚该如何站立。

贝尔金举起木棒。"来吧,进攻。"

好一会儿,他们只是一动不动地站在那里凝视着对方。然后,卡丹漫无目标地挥剑砍下,贝尔金的木棒则狠狠地挥下来,重重地砸在卡丹的脑袋侧面。我听到木棒撞击头骨的声音,不由得身子一缩。卡丹跟跟跄跄地向前冲了几步,疼得龇牙咧嘴。他的一边脸颊和耳朵都被打红了。

"这太可笑了!"卡丹往地上啐了口唾沫,"我们为什么非要玩这种愚蠢的游戏?要么你是喜欢打我这个部分?这让你觉得这个游戏好玩吗?"

"击剑不是游戏。"贝尔金的木棒再次挥下。卡丹赶忙后跳,但木棒还是击中了他的大腿边缘。

卡丹疼得咧了咧嘴,忙举剑挡格。"那为什么要叫击剑[1]?"

贝尔金脸色更黑了,手里的木棒握得更紧。他一棒刺出,刺得又快又狠。木棒刺中了卡丹的肚子,卡丹四仰八叉地倒在了石地板上。"我一直在努力提高你的剑术,可你却执意将自己的天赋浪费在欢宴上,浪

---

[1] "击剑"一词的英文是 swordplay,其中的 play 有"玩游戏"的意思,所以卡丹故意这么问。

费在月下滥饮上，浪费在你那些轻率的竞争和无聊的爱情——"

卡丹一骨碌从地上爬起来，冲向他哥哥。他发了疯似的挥舞着手里的剑。他的进攻太疯狂了，贝尔金不由得退后了一步。

卡丹最终展示出了他的剑术。他变得更加谨慎，尝试从新的角度发起进攻。在学校里，他从没对剑术表现出多少兴趣，尽管他懂得基本要领，但我不确定他平常有没有练习。贝尔金冷酷但有效地解除了他的招式。卡丹的剑脱手飞出，叮叮当当地沿着地板向我滚来。

我赶忙往椅子的阴影里缩了缩。有那么一瞬间，我以为自己就要被抓住了，但过来捡剑的是那个男仆，他紧盯着宝剑，没有顾及其他。

贝尔金用木棒重重地砸上卡丹的腿弯，卡丹扑通一声跪倒在地。

我见此情景不由得很开心，暗暗希望挥舞木棒的人是我。

"不用起来了。"贝尔金解下皮带递给男仆，男仆将皮带在手掌上绕了两圈。"你的测试没有通过。又没通过。"

卡丹没有说话，眼里闪耀着我熟悉的怒火，但这一次不是冲我。他跪在地上，看上去却毫不示弱。

"告诉我，"贝尔金的声音柔和下来，他绕着卡丹踱步，"你什么时候才能不让我失望？"

"在你承认这样做是为了自己开心的时候。"卡丹答道，"要是你想伤害我，那根本不必浪费这么多时间，你只要明明白白——"

"父亲生你的时候上了年纪，身体也不如当年。所以你才会这么差劲。"贝尔金将一只手放到卡丹的脖子上。这看上去似乎是个慈爱的举动，直到我看到卡丹的身子一直往下沉，重心偏向一边。我这才意识到贝尔金在用力往下按，将卡丹按在地板上无法动弹。"现在，把你的衬衫脱下，接受惩罚吧。"

卡丹脱下衬衫，露出大片月白色的肌肤，背上布满了横七竖八的褪色伤痕。

我感到胃里一阵恶心。卡丹要挨打了。

看到卡丹这副惨象，我应该幸灾乐祸才对。看来他的生活糟透了，也许比我的生活还要糟糕,即便他是精灵世界的王子,一个可怕的坏蛋,也许会长生不死。要是有人事先告诉我,我有机会看到这个场面,那我唯一要忍住的事就是鼓掌叫好。

然而看着卡丹这副模样,我不由得想到,在他那桀骜不驯的外表下隐藏着的是恐惧。我知道为了掩饰自己内心的恐惧而强撑着振作起来是什么感觉。这虽然没有让我对他产生丝毫好感,但他第一次显得这样真实——不是好,而是真实。

贝尔金点了点头。男仆抡起皮带,在卡丹背上抽了两下。皮带抽打在皮肤上的声音,在寂静的房间里听起来格外响亮。

"我这样做并不是因为生你的气,弟弟。"贝尔金对卡丹说,语气中的冰冷让我不禁打了个寒战。"我这样做是因为我爱你,是因为我爱我们的家族。"

男仆举起胳膊,正准备抽第三下,卡丹突然跳起身来,冲过去抢过他的剑——刚才男仆把剑放在贝尔金的书桌上。我以为卡丹会径直刺穿那人类男仆的身体,可是他没有。

男仆没有惊慌失措,也没有举起双手保护自己。也许他中的魔法太深,根本不会这样做。也许卡丹即使真的一剑刺穿他的心脏,他也不会做任何事来保护自己。我看着眼前的一幕不由得惊恐万分,浑身发软。

"继续。"贝尔金厌烦地朝男仆做了个含糊的手势。"杀了他。让我看看你会不介意把这里弄得一团糟。让我看看你是不是知道怎样向这样一个无力反抗的目标发起致命一击。"

"我不会杀人。"卡丹说。他这话令我吃惊,若是以前,我不会认为这有什么可自豪的。

贝尔金大步走到卡丹面前。他们面对面地站着,面容看起来十分相像。同样漆黑的头发,同样的冷笑,同样饥饿的眼睛。但贝尔金展示出数十年的经验,从卡丹手里夺过宝剑,用护柄将他打倒在地。

"那就像只可怜虫一样接受你的惩罚——因为你就是只可怜虫。"贝尔金向男仆点了点头,男仆从昏昏欲睡中清醒过来。

我眼睁睁地看着每一下抽打，每一次瑟缩。我几乎没有选择。我可以闭上眼睛，但抽打声同样可怕。不过最糟糕的还是卡丹表情木然的脸，还有那双像铅一样黯淡的眼睛。

毫无疑问，他的残酷来自贝尔金的"照料"。他在残酷的环境中长大，学会了残酷与残酷之间的细微差别，又在实践中得到了磨炼。不论卡丹现在有多可怕，我此刻知道了他会变成怎样的人，才真值得我害怕。

第十三章

　　我穿着仆人制服进入精灵王宫,甚至比进入贝尔金的宅邸更容易。在我像无头苍蝇似的在王宫走廊里乱转时,几乎没有一个人——从地精到上流精灵,再到至尊王的凡人宫廷诗人和内务总管——对我看上一眼。我什么都不是,谁都不是,只是一个信使,比能走动的树枝人或猫头鹰更不值得注意。我脸上挂着平静愉快的表情,又只顾一个劲儿地往前走,所以在到达因王子的房间之前,没有人对我看上第二眼——即便我迷了两次路,不得不原路返回。

　　我敲了敲他的房门,看到达因王子亲自来开门,不由得心中一宽。

　　他双眉扬起,敏锐地注意到我身上的土布裙子。我像其他仆人那样,向他行了正式的屈膝礼。我没有改变脸上的表情,唯恐屋里还有旁人。

　　"怎么了?"他问道。

　　"我是来给您送信的,尊贵的殿下。"希望这样说听起来符合自己的身份,"我恳求占用您一点时间。"

　　"你表演得很自然。"他打趣道,"进来吧。"

　　我心里暗自宽慰:终于能放松一下脸部肌肉了。我收起那种空洞的笑容,跟着他走进客厅。

　　客厅里装饰着大量华丽的天鹅绒、丝绸和织锦,满眼都是艳丽的深红、深蓝、深绿,一切都是富丽的深颜色,就像熟透了的水果。织料上的图案都是我习以为常的事物——复杂的石楠穗带,上面的树叶换个角度看可能就成了蜘蛛,以及一幅难辨品种的动物在追赶猎物的狩猎图。

　　我舒了一口气,在他指给我的椅子上坐下,伸手在衣袋里摸索起来。

　　"您看。"我抽出那张折起来的短笺,将它放在一张桌腿雕成鸟爪形状的小桌上展开抚平,"我复写的时候贝尔金进来了,所以有点儿乱。"我把偷来的那本书留在蟾蜍身上了,我不想让达因王子知道我为自己拿了样东西。

达因眯起眼睛,略过我弄出的墨迹,细看那些字母的形状。"他没有看见你?"

"他的注意力在别的地方。"我说的也是实话,"我藏起来了。"

他点了点头,拉了拉铃,也许是在召唤仆人。我很希望看到一个没有受蛊惑的人。"很好。这件事你干得开心吗?"

我不知道该怎样理解这个问题。整个过程中我都吓得半死——怎么可能开心呢?但这个问题我越想,越觉得自己的确在过程中找到了乐趣。我之前的岁月里,大部分的时间都是在痛苦地期待,期待着不开心的事快点结束——不论是在家里,还是在宫廷里,都是一样。做间谍而害怕被抓住,对我来说是一种全新的感觉。在这种恐惧中,我至少知道自己害怕的究竟是什么东西,知道需要付出怎样的代价才能胜出。相比参加某些不着调的宴会,偷偷溜进贝尔金的宅邸反而没有那么可怕。

至少是我在看到卡丹挨打之前。看到卡丹被打成那个样子,我产生了一种自己不愿深究的异样感觉。

"我喜欢认真做好一份工作。"我最终找到了一个诚实的答案。

达因点点头表示认可。他正要说话之际,有个精灵走了进来。那是一个男地精,脸上有一道伤疤,皮肤像池水一样绿。他的鼻子很长,完全拧成了半圆,就像一柄大镰刀。他的脑袋光秃秃的,只有脑瓜顶上的一丛黑发。他的眼睛看上去深邃莫测。他眨了好几下眼,似乎试图将目光聚焦在我身上。

"他们叫我蟑螂。"他说。他的声音非常悦耳,跟他的脸完全不相称。他鞠了一躬,然后将脑袋歪向达因。"我为他效劳。我猜我们两个都是。你是那位新加入的姑娘,对吧?"

我点了点头。"我是该告诉你我的名字呢,还是说两句奉承的话?"

蟑螂咧嘴一笑,这让他的一张脸扭曲得甚至更加可怕。"我来带你去见我们的团队。不用操心我们会叫你什么，我们会自行决定你的代号。不然你想哪个脑子正常的人会愿意别人叫他蟑螂呢？"

"好极了。"我说，然后叹了口气。

他对我注目良久。"啊，我明白撒谎是一种怎样的天赋了——不必说出你的真实想法。"

他穿着紧身上衣，款式很像宫廷里的那种，只不过他的是用碎皮做的。如果马多克知道我在哪里，跟什么人在一起，不知道他会说什么，不过我估计他不会为此感到高兴。

而且，我觉得他也不会为我今天所做的事感到高兴。军人拥有一种特别的荣誉感，即便是喜欢将帽子浸在敌人鲜血里的军人，也不会认为偷偷摸摸地溜进别人的房子、偷别人的文件符合这种荣誉感。而且我估计即便马多克有自己的间谍，他也不会喜欢我做间谍。

"这么说他一直在敲诈欧拉女王？"达因说，我和蟑螂都转头看着他。

达因正皱着眉看那张短笺，我突然明白过来——他认出了短笺上的笔迹。欧拉女王，妮卡茜娅的母亲，一定就是那个为贝尔金弄到红脸菇的人。她在短笺中说她这是在还债。尽管我认识妮卡茜娅，但我还是忍不住猜测，一点小小的龌龊应该不会让她母亲有太多顾虑。而且深海王国幅员辽阔，这位女王更是大权在握，很难想象贝尔金握有她什么把柄竟能以此来要挟她。

达因将短笺递给蟑螂。"你觉得他会在加冕礼之前使用红脸菇吗？"

蟑螂的鼻子颤动起来。"这是一步杀招。一旦王冠戴到您头上，就没有任何办法能将它摘下来了。"

在此之前，我一直不确定那毒药是为谁准备的。我张开嘴，随即赶忙咬住脸颊内侧，以免自己说出什么蠢话。毫无疑问，毒药一定是为达因王子准备的。需要让贝尔金用特别的毒药去谋害的，除了达因之外还有谁？倘若贝尔金想要杀死的是普通人，他大可以用更好找的普通毒药。

达因似乎注意到了我的惊讶。"我们向来都不太和睦，我哥哥和我之间从来都是这样。他对那样东西一直都太野心勃勃了。可我曾希望……"他摆了摆手,省去了他接下来可能要说的话,"毒药也许是懦夫的武器,但却是有效的武器。"

"那埃乐温公主呢?"我问道,但话一出口就我后悔自己多嘴了。也许贝尔金也要对她下毒。欧拉女王一定弄到了一车红脸菇。

这一次,达因没有回答我。

"也许贝尔金计划娶她。"蟑螂说,这让我和达因王子都吃了一惊。看到我们脸上惊讶的表情,他耸了耸肩。"怎么了?要是贝尔金干得太明目张胆了,他迟早会被人从后面捅上一刀。再说了,以前又不是没有上流阶层的成员娶自己的姐妹。"

"可是,要是他娶了她,"达因哈哈大笑起来,这是他在谈话中第一次发笑,"他就会被人从前面捅上一刀。"

我以前总以为埃乐温是个温柔的公主。我再次意识到,我对这个自己试图闯荡的世界了解得太少了。

"来吧,"蟑螂招手示意我起来,"现在该去见其他人了。"

我为难地望了一眼达因。我不想跟蟑螂去,因为我跟他刚刚认识,根本不知道该不该信任他。而且虽然我是在红帽精灵的家里长大的,我还是害怕地精。

"先等一下。"达因走到我面前,"我曾答应你除了我之外,谁也不能强迫你。我现在恐怕不得不行使这个权力了。茱德·杜尔特,今后禁止你公开谈论你为我办的事。禁止你写下来或者编成歌。也绝不能告诉影子会的任何人。更绝不能泄露影子会成员的秘密、会面地点和避难所。只要我活着,你就要遵守这些规定。"

尽管我戴着花楸果项链,但它并不能抵御精灵符的魔法——那不是普通的魔咒,也不是简单的法术。

我感到精灵符的力量重重地砸在我身上,我知道即便是我想说,我的嘴巴也不会说出这些被禁止说的话。这是一种可怕的、失去控制的感觉。我恨这种感觉。它让我感觉脑子里仿佛有什么东西在乱冲乱撞,试图找到一个绕过这道禁令的出口,但就是找不到。

我想起自己第一次飞向精灵世界的经历,耳边是塔琳和薇薇安的哭号。我想起马多克紧绷的脸和下巴,他显然不习惯孩子待在一起,更别说是人类的孩子。他的耳朵里一定嗡嗡作响,他一定想让我们闭上嘴。那时候,马多克的手上还沾着我们父母的鲜血。但我要为他说句公道话——他从没对我们施魔法,消除我们的痛苦,或者剥夺我们的声音。他从没做过任何能让他那趟旅程稍稍轻松的事情。

我试图说服自己,达因王子这样约束我,是明智之举,是必要的措施。可我身上还是起了一阵鸡皮疙瘩。

一时间,我甚至有些怀疑,自己效忠于他的决定到底对不对。

我正要离开,达因又对我说:"噢,还有一件事。你知道耐毒性是什么意思吗?"

我摇了摇头。

"那就查查。"他面露微笑,"这不是命令,只是个建议。"

我跟着蟑螂穿过王宫,始终落后他几步,以免我们看上去是一伙的。我们从马多克认识的一位将军身边走过,我一直低着头。我觉得他不会仔细打量我,把我认出来,不过我也不能确定。

走了几分钟,穿过大厅之后,我悄声问道:"我们要去哪儿?"

"就快到了。"蟑螂哑着嗓子答道,随即打开一个橱柜爬了进去。他的眼睛反射着橙色光芒,像是熊的眼睛,"好了,来吧,进来关上门。"

"我在黑暗中看不见。"我提醒他。

他咕哝了一声。

我爬进去,尽量缩小身体,以免挨上他,然后关上了柜门。我听见木头滑动的声音,随即感到一股潮湿的凉气直冲过来,橱柜里顿时充满了潮湿的石头的味道。

他抓住我的胳膊,尽管动作很小心,可我还是感觉到了他的爪子。他拉着我往前走,按下我的头,好让我知道什么时候应该弯腰。当我直起身子时,我发现自己在一个狭窄的平台上,平台下面似乎是王宫的酒窖。

我的眼睛一时还没能适应这里的光线，但就我所见，王宫下面有一个曲曲折折的地道网络。不知有多少人知道这些地道。想到自己知道了王宫的秘密，我不禁咧嘴一笑。那么多人都不知道，我却知道。

不知道马多克知不知道。

而我敢说卡丹一定不知道。

我又咧嘴一笑，嘴咧得比刚才更大了。

"看傻了吧？"蟑螂问道，"还要看吗？我可以等你。"

"你不准备跟我说点儿什么吗？"我问他，"比如说，我们这是要去哪儿？到那儿去干什么？"

"到时候你就知道了。"他说，声音中也含着那种咆哮声，"继续走。"

"你刚才说我们要去见其他人。"我对他说，同时尽量跟上他，避免在高低不平的路上绊倒，"达因王子让我保证不泄露任何隐秘的地点，所以很明显，我们这是要去你们的巢穴。可你没有告诉我，到那儿后我们要做什么。"

"也许我们会向你展示某种秘密的握手方式。"蟑螂说。他的动作我不大看得清，但片刻之后，我听见嗒的一声轻响——仿佛是踢到了一把锁，或者是碰到了某个陷阱的机关。他在我的背上轻轻推了一下，我走进另一条地道，这里的光线甚至比刚才还要昏暗。

不过，我知道我们最终来到了一扇门前面，因为我一头撞到了门上，逗得蟑螂哈哈大笑。"你还真是看不见。"他说。

我揉着撞痛的额头说："我跟你说过我看不见的。"

"不错，可你是个骗子。"他提醒我，"我不能相信你的话。"

"我为什么要在这样的事情上撒谎？"我气愤地问道，心中仍是恼恨不已。

他没有回答我的问题。但答案是明摆着的——如果他在这件事上信任我，也许他就会放松警惕，也许他就可能在无意中向我透露某种他不想让别人知道的事。

我真的不能再问愚蠢的问题了。

不过也许他不必这么偏执,因为达因在我身上设置了精灵符,就算真向我说了什么,我也不能告诉别人。

蟑螂打开门,光线涌进了地道,我赶忙抬起胳膊挡住眼睛。等适应了一会儿,我眨着眼,好奇地打量着达因王子手下间谍的秘密巢穴。屋子四面是压实的土墙,土墙略微凹陷,屋顶呈圆形,正中央摆着一张大桌子,桌旁坐着两个我从没见过的精灵——他们正一脸不快地注视着我。

"欢迎来到影子会。"蟑螂说。

第十四章

这两个精灵是达因间谍团队的另外两名成员,他们也有自己的代号。其中一个身材瘦削、相貌英俊,看上去似乎有一部分人类血统,他冲我眨了眨眼,让我叫他"幽灵"。他的头发是浅黄色的,这种发色在凡人中很寻常,但在精灵中却很少见,而且他的耳朵尖也若隐若现。

另一个精灵是个身材矮小、体形纤细的女孩,棕色皮肤上散布着斑点,就像母鹿的皮毛。她头上浓密的白发十分显眼,背上长着一对蓝灰色的蝴蝶翅膀。就算她不是纯种的小精灵,那她至少也有一部分皮克西精灵的血统。

我认出她来了,她参加了上次至尊王的满月欢宴。她就是那个从食人怪身上偷走一条腰带,腰带上还挂着武器和烟袋的女孩。

"我叫'炸弹',"她说,"我喜欢炸东西。"我点了点头,没料到精灵还会这样直截了当地说话。我整天待在宫廷精灵中间,已经习惯了他们那些繁复浮夸的礼节。我不太习惯跟喜欢离群索居的精灵相处,不知道该跟他们说什么。"这么说只有你们三个?"

"现在是四个了,"蟑螂说,"我们的任务是确保达因王子安然无恙,还要及时了解王公大臣的动向。我们偷窃、潜行、欺骗,用尽一切手段确保达因王子登上王位。他登基后,我们依旧要偷窃、潜行、欺骗,以确保他的王位稳固无虞。"

我又点了点头。看清贝尔金的真面目之后,我比以往任何时候都更加盼望达因登上王位,马多克也会支持他的。要是在王位争夺中,我为达因王子贡献的功劳足够大,他也许会禁止其他上流精灵再来骚扰我。

"你能做到两件我们都做不了的事。"蟑螂说,"第一,你能混进人类仆人里而不被发现。第二,你又能在上流阶层中活动。我们会教你一些别的技能。所以,在王子直接给你布置下一项任务之前,你听我们安排。"

我点了点头,早料到会这样。"我不能总出来。我今天已经逃课了,可我不能总逃课,否则就会有人注意到,问我去哪儿了。另外,在午夜的时候,马多克希望我们一家人一起吃晚餐。"

蟑螂转头看了幽灵一眼,耸了耸肩。"总是这个问题影响我们的影子会,繁文缛节占用了太多时间。那你到底什么时候能出来?"

"我可以在睡觉时间偷偷溜出来,他们会以为我在睡觉,没人会发现的。"我答道。

"还不错。"蟑螂说,"我们中的一个会去你家附近见你,对你加以训练,或者给你分配任务。你也不用总到巢穴这里来。"幽灵点了点头,仿佛我说的都是合理的,是他们工作里要处理的一部分。只是我给人的感觉太幼稚了,所有的问题都是小孩子的问题。

"我们正式接引她入会吧。"炸弹说着走了过来。

我屏住了呼吸。不论接下来会发生什么,我想自己都能忍受。我忍受过的痛苦超乎他们的想象。

但炸弹忽然咯咯地笑了起来,而蟑螂则笑嘻嘻地用胳膊肘推了她一下。

幽灵同情地瞅了我一眼,摇了摇头。他的眼睛蓝汪汪的,十分清澈。"既然达因王子说你是影子会的成员,那你就拥有了这个身份。尽量别让我们失望,我们会支持你的。"

我舒了口气。但同时我心里又有一点不确定,自己是不是更愿意通过接受某种考验来证明自己。

炸弹冲我扮了个鬼脸。"你得到代号时,你就会知道,你真的成为我们中的一员了。不过也别指望能很快得到。"

幽灵走到橱柜前,从里面取出一个瓶子和一摞抛光过的橡子杯,瓶子里装着半瓶微微泛绿的浅白色液体。他在四个杯子中各倒了一些。"喝一口。"他对我说,"别担心,这东西并不比别的酒更醉人。"

我摇了摇头,想起了那个精灵果在我舌尖上的感觉。我再也不想体验那种失去控制的感觉了。"我还是算了。"

蟑螂一口将杯中的液体喝光,随即脸就皱成一团,仿佛那东西灼伤了他的喉咙。"随你吧。"他吃力地说出这几个字,然后大声咳嗽起来。

幽灵喝下杯中的液体后,只是微微咧了咧嘴。炸弹小口小口地啜着她杯里的酒。看她脸上的表情,我很庆幸自己没有喝。

"贝尔金是个麻烦。"蟑螂说,然后跟他们解释了我在贝尔金宅邸的发现。

炸弹放下杯子。"一切跟他相关的我都不喜欢。要是他打算暗算埃尔德雷德,那他早就那样干了。"

我从没想过贝尔金可能会给他父亲下毒。

幽灵站起来,伸了伸他那细长瘦削的身躯。"不早了,我该送这姑娘回家了。"

"茱德。"我提醒他。

他咧嘴一笑。"我知道一条捷径。"

我们回到地道里。跟在他后面走真是一种挑战。正如他的名字,他走起路来无声无息。有好几次,我都以为他丢下我自己走了。但每当我打算停下脚步的时候,总能听见极其微弱的呼吸声,或者泥土的滚动声,这样我才能说服自己继续往前走。

感觉经过了很长一段难熬的时间,一道门打开了。幽灵站在门里,他身后是至尊王的酒窖。他微微鞠了一躬。

"这就是你说的捷径?"我问道。

他眨了眨眼。"我们经过的时候,要是有几瓶酒碰巧掉进我的背包里,那就不能算是我的过错,对不对?"

我干笑了几声,但我的声音听着十分别扭,完全不像是自己的声音。我不习惯空境人讲笑话时将我牵扯进去,至少除我的家人之外的人是如此。我宁愿相信自己在精灵世界里生活得不错。我宁愿相信,虽然昨天在学校里我被人下了药,几乎被杀死了,但今天我能够将这件事抛在脑后。我很好。

可是，如果我不笑出来，就意味着我毕竟没有想象中那么好。

※

尽管累得筋疲力尽、关节疼痛，我还是在马多克领地外面的小树林里稍作停留，换上了我带去更换的那件蓝裙子。我十分好奇，不知道经过一个漫长的夜晚，空境人会不会这样累，关节会不会疼。不过，那头蟾蜍看上去似乎也累坏了，或者她只是吃得太饱了。她今天的主要活动就是用舌头抓蝴蝶，可能还有一两只老鼠。

回到马多克的庄园时，天已经黑尽了。宅邸前面的那几棵树被很多小小的光精灵照亮，我看见欧克从两棵树之间跑出来，一边跑一边笑，后面是薇薇安和塔琳在追，还有——噢，见鬼——洛基。在这里看到他，我不由得脑子一阵发蒙：这怎么可能！这是哪儿跟哪儿啊！他是因为我才来的吗？

欧克尖叫着冲过来，大喊大叫地爬上背鞍，爬到我怀里。

"追我呀！"他气喘吁吁地喊道，身子不住扭动，整个人充满了只有在童年才能体会到的狂喜。

即便是精灵也有童年。

我将他搂进怀里，他的身子很暖和，散发着青草和密林深处的味道。他让我搂了一会儿，小小的胳膊搂住我的脖子，长角的小脑袋顶着我的胸口。然后他咯咯地笑着滑下去就跑，跑出几步又淘气地回头瞅我一眼，看我会不会追他。

在这里，在精灵世界里长大，他会学会蔑视凡人吗？等我老态龙钟，他依然年轻的时候，他会蔑视我吗？他会变得像卡丹一样残酷吗？他会变得像马多克一样嗜血吗？

我无从得知。

我一脚踩着马镫，翻身下了蟾蜍。我拍了拍她的鼻子，她金色的眼睛缓缓闭上。当我拉起缰绳,准备牵着她回马厩时,她似乎已经睡着了。

"你好啊。"洛基慢慢地跑过来,"你这是去哪儿了?"

"跟你没关系。"我生硬地答道,但随即笑了笑,缓和了一下气氛。

"啊!神秘的姑娘。是我钟爱的类型。"他穿着绿色紧身上衣,缝隙间露出了下面的丝绸衬衫。他的狐狸眼睛亮晶晶的。他宛如一个从叙事诗里走出来的精灵情人,但是那种哪位姑娘要是跟他一起私奔,一定不会有好结果的情人。"我希望你考虑一下明天回去上课。"他说。

薇薇安继续去追欧克了,但塔琳却在一株大榆树附近停了下来。她目不转睛地注视着我,表情跟上次在比武场上时一模一样,仿佛只要她足够专注,就能凭意志阻止我得罪洛基。

"那么,你的意思是,你的朋友知道他们没有把我赶走?"我说,"我去上学很重要是吗?"

他神情古怪地看着我。"你在玩一场和王室的大游戏,不是吗?所以这事当然重要。每件事都很重要。"

我不知该如何理解他的话。我从不认为自己在玩他说的那种游戏。我觉得自己玩的是一种"叫讨厌我的人滚蛋并自食其果"的游戏。

"回来吧。你和塔琳都应该回来。我也跟她说了。"他继续说。我回过头去,在院子里寻找我的孪生姐姐,那株榆树旁没有她的身影。薇薇安和欧克快要跑到山丘后面了,也许塔琳跟他们在一起。

我和洛基来到马厩,我将蟾蜍拴进围栏,从马厩中央的水桶里舀水灌满她的水箱。倒水的过程中出现了细细的水雾,徐徐降落到蟾蜍柔软的皮肤上。我们离开的时候,有几匹马发出嘶鸣声,跺了跺脚。在此过程中,洛基一直在一旁默默观看。

"我能问你点儿别的事吗?"洛基问道,朝宅邸那边瞥了一眼。

我点了点头。

"你为什么不告诉你父亲一直以来发生的这些事?"他问道。马多克的马厩十分壮观,也许置身其间,洛基才想起了马多克身为将军拥有的权力和影响力。但不管他的权力和影响力多么巨大,我都不是这些东西的继承人。也许洛基还记得,我只是马多克人类妻子的一个私生女。没有马多克和他的庇佑,谁也不会把我当回事。

"你的意思是,我告诉他,然后他就能拿着大刀闯进我们的课堂,杀死里面的每个人?"我反问道,而不是纠正洛基对我所处地位的认识。

洛基瞪大了眼睛。我猜这不是他的本意。"我原以为那样你父亲会让你退学——如果你没有告诉他,是因为你想留下来。"

我干笑了一声。"马多克根本不会那样做。他可不喜欢投降。"

马厩里黑暗而凉爽,在四周精灵马的响鼻声中,他握住了我的双手。"要是没了你,那里的一切都会变得不同。"

由于我从没打算退学,而且现在有人正如此尽心竭力地劝我去做一件自己本来无论如何都会去做的事,让我感觉很不错。他望着我的眼神,以及他那炽热的目光,对我来说太美妙了。我不禁难为情起来。从没有人这样看过我。

我感到脸上一阵阵发烧,不知道这些阴影对于掩饰我的脸红有没有一点帮助。此时此刻,我觉得他仿佛看见了所有的一切——我心中的每一个希望,以及黎明时分,我精疲力竭地坠入梦乡之前每一个飘飞的思绪。

他托起我的一只手送到嘴边,嘴唇印到了我的掌心里。霎时间,我浑身都绷紧了。我突然感觉太温暖了,太……一切都太美妙了。我能听见他温柔的呼吸。

他将我拉近一些,一只胳膊揽住我,俯下身来准备吻我。我的脑子里一片空白。

这不是真的。

"茱德?"我听见塔琳在附近叫我,我跟跟跄跄地退后几步,离开了洛基。"茱德?你还在马厩里吗?"

"在。"我感到脸上一阵发烧。我们朝着宅邸走去,发现奥里安娜站在门前的台阶上,正在将欧克往屋里拽。薇薇安在向他挥手,而他则在竭力从他母亲手里挣脱出去。塔琳双手叉腰,似乎不太高兴。

"奥里安娜刚才叫大家进去吃饭。"塔琳神色庄严地通知我们,"她想让洛基留下来跟我们一起吃饭。"

洛基鞠了一躬。"请转告令堂,我很荣幸获得她的邀请,不过我不想这样唐突。我来只是想跟你们两个说几句话。以后我会再来拜访的。一定会的。"

"你刚才跟茱德聊的是学校的事?"塔琳的声音微微有些发颤。不知道我回来之前他们谈了什么,也不知道他有没有说服她回去上课。要是洛基说服了塔琳,他是怎样做到的?

"明天见。"他对我们说,同时冲我们眨了眨眼。

我目送他远去,仍然心情激荡。我不敢去看塔琳,担心她会从我脸上看出一切:这一整天发生的事,那个几乎发生的吻。我还没有准备好跟她坦白,所以这一次我要避开她。我尽量装出一副若无其事的样子,轻快地跳上台阶,径直去我的房间更衣,准备吃晚餐。

我忘了自己曾请求马多克教我剑术和战略这回事。但晚餐过后,马多克从他的私人藏书室里给我抱来一摞军事史书。

"你读完这些书后,我会跟你谈一谈。"他对我说,"我会给你提出一系列挑战,你要告诉我怎样利用你的资源去克服它们。"

我想他一定以为我会不愿意研究这些枯燥的理论,而是要求学习更多剑术,可我太累了,甚至没有想到反对。

一小时后,我倒在了床上,身上穿着的蓝色丝绸裙都不脱了。我的头发仍然有些凌乱,我下楼去吃晚餐之前往上面别了几个漂亮的发卡,希望这样能看起来利落一点。我告诉自己,至少应该把它们摘下来,可我觉得浑身瘫软,动也动不了。

这时房门被推开了,塔琳走进来跳到我床上。

"我说,"她捅了捅我的肋下,"洛基跟你说什么了?他说他必须跟你谈谈。"

"他没说什么。"我翻了个身,将胳膊垫在脑袋下面,盯着俯在我上方的塔琳的衣服褶皱,"他跟其他人不一样,不完全是卡丹的傀儡。"

塔琳脸上现出古怪的神色,她似乎想反驳我,不过又忍住了。"不管你有什么秘密,说出来。"

"关于洛基吗?"我问道。

她眼珠一转。"关于他和他的朋友。"

"我要是不反抗,他们永远也不会尊重我。"我对她说。

她叹了口气。"你无论怎么样,他们都不会尊重你,就是这么回事。"

我想起自己在草地上爬,膝盖沾了污泥,嘴里泛着烂精灵果的味道。直到现在我仍能尝到它的回味,回忆起它能填满的空虚,它能带来的那种令人头晕目眩、神魂飘荡的快乐。

塔琳继续说:"你昨天回家时几乎全身赤裸,脸上还沾满了精灵果。难道还不够糟?难道你不介意?"此时塔琳已经退到床的另一边,靠到了一根床柱上。

"我已经厌倦介意了。"我说,"我为什么应该介意?"

"因为他们能杀了你。"

"那样最好,"我对她说,"因为除了杀了我,他们根本奈何不了我。"

"你有阻止他们的计划吗?"她问道,"你说过你要变得强大,公然对抗卡丹,如果他试图将你推下深渊,你也会将他拉下去。那你打算怎么做?"

"我还没想好。"我承认道。

她沮丧地举起双手。

"别这样。"我说,"你看,只要我不恳求卡丹原谅——那场冲突原本是他引起的——那么每过一天,我就赢一天。的确,他可以羞辱我,但他每次羞辱我,我都决不屈服,那他只能削弱自己的力量。毕竟,他是在用他拥有的一切来欺负我这样一无所有的人,却起不了任何作用。他这是在灭自己的威风。"

她叹了口气,爬到我面前,将脑袋埋在我的胸口,伸出胳膊搂住我。

她靠在我的肩头低声说:"他是打火石,你是火绒。"

我将她搂得更紧一些,没有说话。

我们就这样抱了很长时间。

"洛基威胁你了吗?"她柔声问道,"真是奇怪,他竟然会来这里找你。而且我走进马厩时,你又是那样一副古怪的表情。"

"没有,反正不是什么坏事。"我对她说,"我不知道他到底来做什么,但他亲了我的手。那感觉很好,就像故事书里那样。"

"故事书里没有好事。"塔琳说,"即便有好事,接下来也会发生坏事。否则那故事就会很无聊,没有人会愿意读。"

这回轮到我叹气了。"我知道这很愚蠢,认为卡丹的朋友是好人,但他真的帮了我。他顶撞过卡丹。不过我现在更想谈谈你的事。你有喜欢的人了,对不对?你说过你想谈恋爱了,你说的时候一定是想到了某个特别的人。"

我并不是说,我会是第一个让她的白袍变绿的人。

"有个男孩,"她缓缓说道,"在达因王子的加冕礼上,他会公开宣布对我的爱。他要向马多克提出娶我为妻,那时我的一切就都会改变。"

我想起她站在卡丹身边哭泣的情景。我想起一直以来她对我和卡丹之间的冲突是多么生气。想到这里,一股冰冷的恐惧顿时传遍了全身。"是谁?"我紧张地问道。

但愿不是卡丹。谁都可以,千万别是卡丹。

"我保证过不告诉任何人。"她说,"连你也不能。"

"我们的承诺不重要。"我想到达因王子的精灵符依然禁锢着我的舌头,想到他们都那么不信任我们,"没有人期望我们有荣誉感——谁都知道我们能撒谎。"

她看了我一眼,目光中透着不以为然。"我受到了精灵的禁令。要是我违反这个禁令,他会知道。我需要让他看到,我能像空境人那样生活。"

"好——吧。"我缓缓说道。

"为我高兴吧。"她说。我顿时感到一阵心疼。她已经在精灵世界里找到了她的位置,我想我也找到了我的。可我还是忍不住要担心。

"快告诉我他怎么样。告诉我他很善良。告诉我你爱他,他保证会好好待你。快告诉我。"

"他是个精灵。"她说,"精灵与我们的相爱方式不同。我想你会喜欢他的——嗯,就是这样。"

听起来不像是卡丹,因为我鄙视卡丹。不过她的回答也没有让我放心。

我会喜欢他的——这是什么意思?这意味着我们从没见过吗?他们与我们的相爱方式不同——这又是什么意思?

"我的确为你高兴。真的。"我说,尽管心里的担忧无以复加,"这真令人激动。等奥里安娜的裁缝来了,你一定要让她给你做一身亮丽的礼服。"

塔琳放松下来。"我只想一切都变得更好。我们两个都更好。"

我伸过手去,从床头柜上拿过我从空空宫里偷来的那本书。"还记得这个吗?"我问道,举起那本《爱丽丝仙境奇遇》合辑。这时,一张折起来的纸片从书里掉出来,飘到了地板上。

"我们小时候常常读这个故事。"她抓过那本书,"你从哪里弄来的?"

"我找到的。"我说。我不能告诉她这是我从卡丹的书架上偷来的,否则就得先解释我为什么会去空空宫。为了测试那个精灵符,我试着说出下面的话:我为达因王子当间谍。可我的嘴巴动不了,舌头也一动不动。一阵恐慌从心底涌起,但我将它压了下去。我想要从达因那里得到东西,自然要付出一点小小的代价。

塔琳没有继续追问。她正忙着翻那本书,朗读书中的段落。尽管我已不大记得起母亲的声音,但我在塔琳的声音中依稀找到了母亲的影子。

"嘿,你看啊,你必须全力奔跑,才能待在这个地方,"她读道,"要是你想去别的地方,那你必须跑得再快一倍。"

我偷偷捡起掉在地上那张纸,将它塞到我的枕头下面。我本打算等塔琳回房后就展开来看,结果却睡着了,那时《爱丽丝仙境奇遇》的故事还远远没有念完。

第二天清晨我被尿意憋醒,发现屋里只剩下了自己一个人。我快步走进卫生间,撩起裙子,在铜便盆里小便。即便屋里只有我一个人,我仍是羞得满脸通红。作为人类,这是最令人感到卑微的地方。我知道精灵不是神——也许我比任何凡人都更深知这一点——但我也从没见过哪个精灵蹲在便盆上。

回到床上后,我将窗帘拉开,让阳光照进来。阳光比任何灯都要亮。我将那张折起来的纸片从枕头下面拿出来。

我展开纸,只见上面密密麻麻地写满了卡丹愤怒而傲慢的笔迹,一张纸写得满满的,一点空白都没有留下。有些地方笔尖用力过猛,把纸都戳破了。

"茱德。"上面赫然写着我的名字,每一个浸润着仇恨的字都像是在我的肚子上猛击一拳。

茱德……

第十五章

　　这天下午，奥里安娜的裁缝来了。她是个精灵，名叫布兰。她长着长长的手指，双脚反向生长，步态蹒跚。她的眼睛酷似山羊，棕色眼球中央有一条水平的黑线。她穿着机织布裙，那是她自己做的样品，上面绣着棘刺线条，纵向呈现出条纹的图案。

　　她带来了几匹布，搭在奥里安娜房里的长沙发上，供我们挑选。其中一匹硬金布能随着光线变化呈现出斑斓的色彩，犹如甲虫的翅膀。硬金布旁边是一匹蛛丝丝绸，所用的丝线极其纤细，对折三次后也能够穿过针眼，但布料又极其结实，必须用一种被施了魔法、永远锋利的银剪刀才能剪断。还有一匹掺了金线和银线的紫色丝绸灿然生辉，搭在那些椅垫上，看上去仿佛是积了一汪月光。

　　就连薇薇安都被吸引过来了，她用手轻轻抚摸着它们，脸上露出迷离的笑容。她知道，凡间没有这样的东西。

　　奥里安娜现在的女仆陶丝，一个毛茸茸的、身形枯瘦的生物，端着一个大银盘走进来，银盘上放着茶、蛋糕、肉和果酱。我给自己倒了一杯咖啡，没有往里面加奶油，希望这样的咖啡能让胃里舒服一些。最近几天的恐惧还在我身后徘徊不去，令我常常无缘无故地浑身颤抖。精灵果的味道总是不由自主地涌上我的舌尖，我还总想起空空宫那些仆人开裂的嘴唇，以及皮带抽打在卡丹王子赤裸脊背上的声音。

　　还有我的名字，一遍一遍地写在那张纸上的我的名字。我曾以为自己知道卡丹有多恨我，但看着那张纸，我才意识到自己原来完全不知道。倘若他知道我看到他跪在地上，被人类仆人抽打，他一定会更恨我的。一个凡人，可以增加一点额外的羞辱，也可以增加一点额外的怒火。

"茱德？"奥里安娜说，我这才意识到自己一直在盯着窗外逐渐暗淡的光线出神。

"嗯？"我装出一副灿烂的笑容。

塔琳和薇薇安咯咯地笑了起来。

"你一脸的痴迷，到底在想谁？"奥里安娜问道，薇薇安又咯咯地笑起来。但这次塔琳没有笑，也许她认为我是个白痴。

我摇了摇头，希望自己没有脸红。"不，没有。我只是——我不知道。这不重要。刚才说到哪儿了？"

"裁缝想先给你量尺寸，"奥里安娜说，"因为你最小。"

我转头看向布兰，她两手捏着一根细绳，身前放着一个箱子。我跳上箱子，伸开双臂。我今天要做个乖女儿，我会收到一件漂亮的礼服，我会在达因王子的加冕礼上跳舞，我会一直跳到双脚流血。

"别板着个脸。"女裁缝说，我还没来得及结结巴巴地道歉，她又压低声音说，"有人告诉我，这件裙子的衣兜要能隐藏武器、毒药和其他必要的小东西。我们既要保证这些东西都齐备，同时也要让你娇媚动人。"

我大吃一惊，险些从箱子上跌下来。"好极了。"我悄声答道，知道最好不要感谢她。精灵不相信一句轻飘飘的话语就能报答别人的恩情，他们相信债务和交易，而我欠下最大恩情的那个人不在这里——最有权获得报答的人是达因王子。

她面露微笑，嘴里含着几根别针，我冲她咧嘴一笑。我会报答他的，尽管我似乎欠了他很多恩情。我会让他为我骄傲。而其他人，我会让他们非常非常难过。

我抬起头，发现薇薇安正一脸狐疑地紧盯着我。接下来是塔琳量尺寸。我跳下箱子，准备去再喝几口茶。喝茶的时候，我吃了三块糖饼和一片火腿。我醒来时已经像匹饿狼，急需食物。我正狼吞虎咽地吞下火腿时，薇薇安问我："你昨天去哪儿了？"

我想起自己昨天怎样避开她的问话，前往空空宫。我无法否认，但由于我受到了精灵符的禁锢,关于"我昨天去哪儿了"这个问题,我无法解释更多。我只是耸了耸肩,而且只耸了一边肩膀。

"我问了一个上流阶层的孩子,她告诉了我那次课上发生的事,"薇薇安说,"你当场就可能死掉!你之所以现在还活着,只是因为他们还不想结束游戏而已。"

"他们就是这样的。"我提醒她,"事情就是这样的。难道你想要这个世界改变吗?这就是我们得到的世界,薇薇。"

"但这不是唯一的世界。"她柔声说。

"可这是我的世界。"我说,我心跳得很剧烈。我站起来,以免她继续说下去。可是我的双手颤抖起来,我走过去摸那些布匹,手心里全是汗。

自从我穿着内衣、脚步蹒跚地穿过树林回家以来,我一直试图以漠然的态度对待发生过的事。我担心一旦自己开始有了感觉,我将无法承受。更担心由此产生的感觉,会像旋涡一样将我吸入痛苦的深渊。

何况这又不是我第一次默默忍受可怕的事情,并将其推入记忆深处。面对这种事情,我一直都是这样处理的,我不知道是不是还有别的更好的方法。

我聚精会神地挑选着那些布匹,直到呼吸再次平稳,直到恐慌彻底消散。其中有一匹蓝绿色的天鹅绒,让我想起了黄昏时分的面具湖。我还发现了一匹惊艳绝伦的花布,上面绣满了飞蛾、蝴蝶、蕨草和鲜花,漂亮得不可思议。我拿起这匹布,下面那匹也很漂亮,颜色如雾一般灰白,花纹如烟一般起伏。这些布太漂亮了,童话故事里的公主穿的裙子大概就是用这些布做的吧!

当然,塔琳关于那些故事的看法是对的。童话故事里的公主总是遇到坏事。她们有的被纺锤刺到手,有的吃了毒苹果,有的嫁给了自己的父亲,有的双手被砍掉。她们的兄弟变成了天鹅,她们的恋人被大卸八块,埋进了花盆里。她们中有的会从胃里吐出钻石,有的走路时双脚剧痛,犹如走在刀尖上。

即便如此，她们仍要让自己看起来美丽动人。

"我要那匹。"塔琳指着我手里的这匹布说，就是上面有刺绣的那匹。她已经量完尺寸了。薇薇安张开双臂站在箱子上，用那种仿佛洞透人心的目光注视着我。

"那是你妹妹先发现的。"奥里安娜说。

"求——你了。"塔琳对我说，低下头望着我，眼睛被睫毛遮着。她在开玩笑吗？不，不是。在加冕礼上，面对那个对她宣示爱意的男孩，她需要打扮得更漂亮。她想不出我穿得那么漂亮有什么用——我只是一个心怀怨恨、到处惹是生非的家伙。

我浅浅一笑，放下了那匹布。"当然。都是你的。"

塔琳在我的脸颊上亲了一下。我想我们又和好了。要是生活中的一切都能这样轻松解决就好了。

我另选了一匹深蓝色的天鹅绒。薇薇安选了一匹紫罗兰色的，那匹布在她手里翻动时，看上去似乎是银灰色。奥里安娜为自己选了一匹蓝粉色的，为欧克选了一匹绿色的。布兰开始画纸样——波浪一般起伏的裙子、可爱的小披肩、绣着奇异动物的紧身胸衣、停着蝴蝶的衣袖和复杂的头饰。我被自己裙子的独特设计迷住了——我的紧身上衣上有一个看似护胸甲的装饰，上面绣着两只金甲虫，前襟上绣着马多克的月亮形纹章，正面还有精致闪亮的金线波纹一路向下，两条薄薄的灯笼袖上绣着更多金线花纹。

自然，这件裙子将清楚地表明我属于哪个家庭。

我们还在做小修改，欧克突然跑进来，那博恩在后面追他。欧克一眼就看到了我，赶忙钻到我怀里，双臂搂住我的脖子，在我的肩膀上咬了一口。

"嗷！"我吃了一惊，但他只是咯咯大笑，我也忍不住笑起来。他是那种古怪的孩子，也许因为他是精灵，也许因为所有的孩子，不论人类还是非人类，都同样古怪。"你想让我给你讲一个小男孩咬了一块石头，结果一口白得像珍珠的牙齿都崩掉了的故事吗？"我这样问是想吓唬吓唬他,边说边伸手挠他的胳肢窝。

"想。"他马上说,一边上气不接下气地娇笑尖叫。

奥里安娜急忙向我们走来,脸上写满了担心。"那故事说的就是你。好了,我们该换衣服准备吃饭了。"她将欧克从我身上拽起来,抱进她怀里。欧克开始尖叫,胡乱踢打,结果狠狠地踢了我肚子一脚,把我的肚子踢青了一块。

"故事!"他叫道,"我想听故事!"

"茉德现在很忙。"她抱着他那不停扭动的身子向门口走去,那博恩在门口等着将他带回育儿室。

"他跟我在一起,你为什么总不放心?"我大声叫道,奥里安娜猛地转过身来,一脸惊骇之色。我说出了我们之间心照不宣的秘密。说出这话之后,我自己也很震惊,可我没法停下来,"我不是怪物!我从没对你们两个做过什么。"

"我想听故事。"欧克哭着说,声音有些含混不清。

"够了。"奥里安娜严厉地说,仿佛我们是在争论什么问题,"这件事我们晚点再跟你父亲谈。"说完就走出了房间。

"我不知道你要跟谁的父亲谈,因为他根本就不是我父亲!"我在她后面喊道。

塔琳的眼睛瞪得像个盘子。薇薇安的脸上挂着一丝微笑,她浅浅地啜了一口茶,然后冲我这边举起茶杯,向我致敬。女裁缝低头看着别处,对我们的家庭私事置身事外。

我似乎再也没办法压制自己,做回一个本分的孩子了。

我在舒展自己。我在矫正自己。

第二天在学校里,塔琳走在我旁边,胳膊上挂着的午餐篮晃荡着。我高高地昂着头,紧紧地闭着嘴唇。裙子的口袋里插着我那把寒铁锻造的

小刀。我还带着很多盐,远远超出了合理的需要。我甚至还戴了新的花楸果项链,那是塔特专门为我穿的,尽管她不知道,我已经不再需要它了。

我在王宫花园里闲逛,顺便采集了几样植物。

"你有权采集这些东西吗?"塔琳问我,可我没有回答。

下午的课在一座高塔里,我们上了一堂关于鸟鸣的课程。每当感觉自己的勇气在逐渐消退,我就用手指摩挲一下小刀冰凉的刀刃。

洛基往我这边看过来,对上我的眼睛,他眨了眨眼。

房间另一边,卡丹正皱着眉看着老师,不过他没有说话。他伸手想要从背包里拿出墨水瓶,我看见他咧了咧嘴。我想他的背一定很疼,肌肉牵动时一定更疼。卡丹看起来若无其事,不过他冷笑时面部肌肉略显僵硬,那似乎是他的行为举止跟以前唯一不同的地方。

看来他在掩饰痛苦方面是行家里手。

我想起书里的那张纸,想起他写我名字时笔尖按得那么狠,以至于墨水溅得到处都是,狠得足以将纸戳破,足以将纸下的桌面戳出一个个小坑。

既然他对一张纸都这样狠,想到他可能想要怎样对付我,我不由得打了个寒战。

放学后,我跟马多克一起练习击剑。他教了我一招特别巧妙的格挡动作,我一遍又一遍地练习,做得更快更好,就连马多克也感到吃惊。当我满头大汗地进屋时,欧克从我身边跑过。他用一根脏兮兮的绳子拖着我的玩具蛇,似乎要去什么地方。显然,那条蛇是他从我屋里偷走的。

"欧克!"我在他身后喊道,但他已经上了楼梯,转眼就跑得没影了。

我在浴室里洗了个澡,之后回到房间里,开始整理书包。回家路上,我捡了一个被虫子咬坏了的精灵果,我把它用一张破纸裹着,塞在书包底部。我将它拿出来,放到托盘里,然后戴上皮手套。我拿出小刀,将这个软绵绵的金色水果切成许多细条。

马多克的藏书室里有很多积满尘土的手抄书，我在里面查找过精灵毒药的资料。我查到了红脸菇，这是一种真菌，分泌的汁液会凝结成红色的珠子，看上去像血一样。小剂量的汁液能令人类瘫痪，而即便是对空境人而言，大剂量也是致命的。我还找到了"甜梦草"，能让人睡上一百年。还有一种"幽灵果"，能让你热血沸腾，直到心脏停止跳动。当然还有精灵果，有本书里又叫它"长生果"。

我拿出一瓶松子酒，那是我从厨房里偷来的。这种酒像树液一样黏稠，我将切好的水果条放进酒里保存。

我手抖得厉害。

最后一小条精灵果，我放到了舌头上。一阵战栗汹涌而来，我咬着牙拼命忍受。接下来，在一片浑浑噩噩之中，我从书包里掏出其他东西，和书里的插图比较。它们分别是从王宫花园里采来的一片幽灵果叶子、一片甜梦草花瓣、从红脸菇上收集来的最小的红色珠子。这三种东西我都切了一小点儿吞入肚中。

这就叫耐毒性。难道不是一个滑稽的名字吗？通过服用毒药来增强抗毒能力。只要这次毒不死，下次服用时就更难被毒死。

我没能及时恢复过来，下楼去吃饭。我一直在不停地干呕、发抖、出汗。

我躺在卫生间的地板上睡着了。幽灵来找我时，我依旧躺在那儿。他用靴底踢了踢我的肚子，把我弄醒了。要不是我当时神智仍处于混乱状态，我一定会喊声出来。

"起来，茱德，"幽灵说，"蟑螂要你今晚训练。"

我爬起身，感觉身体疲惫不堪，甚至没有力气反对这个命令，只是麻木地跟他走了出去。在沾满露珠的草地上，清晨的第一缕阳光掠过因斯麦尔岛，幽灵教我怎样悄无声息地爬树，落脚时如何不踩断树枝，或踩碎枯叶。我本以为这些我已经在王宫里的课堂上学会了，但他给我指出了老师们懒得纠正的错误。我一遍又一遍地尝试，但大多数时候都失败了。

直到练习到肌肉颤动，他终于说："很好。"他刚才一直没有说话，所以猛然听到他的声音，我不由得吓了一跳。由于他的耳朵尖很不明显，头发和眼睛又都是浅褐色的，所以他看上去比薇薇安更像人类。但他比薇薇安更冷静，也更冷淡，在我看来似乎无法理解。太阳就要升起来了，树叶慢慢被照耀成金色。"坚持练习。悄悄上楼，别吵醒你的两个姐姐。"他露齿而笑，浅黄色的头发垂到脸上，看上去似乎比我还年轻。但我确定他的真实年纪不是看起来这样的。

他离开的方式很不寻常，仿佛一下子就消失了。我径直回家，用我刚刚学过的"猫步"从台阶上的仆人背后走过。我悄悄地回到房间，这一次，我精疲力竭地倒在了床上。

第二天起床后，我将学过的东西又练习了一遍。

第十六章

对我来说，起床去上学从未如此艰难。因为一来要跟我强行吞下的精灵果和那些毒药的效果抗争；二来要同时接受马多克和影子会的训练，我累得筋疲力尽。不仅如此，马多克还给我出了很多战术方面的问题——比如十二个地精骑士如何攻占一个堡垒，九个未经训练的上流精灵如何抵挡一个受过训练的上流精灵的进攻——每天晚饭过后都要问我答案。蟑螂命令我练习如何在大臣之间走动而不引起注意，如何看似漠不关心地偷听他们的谈话；炸弹教我如何找到建筑的薄弱点，如何对躯体进行压迫止血；幽灵教我如何悬在橡子上而不被人发现，如何用弓弩瞄准目标，如何避免手发抖而射偏。

我又接到了两个刺探情报的任务。第一次，我从王宫某个骑士的书桌里偷了一封写给埃乐温的信。第二次，我穿着精灵新娘的衣服，穿过聚会，来到贝尔金王子小妾塔拉的私人套房里，从书桌里偷了一枚戒指。这两样东西究竟有什么用，他们没有告诉我。

我继续跟卡丹、妮卡茜娅、瓦莱里安，以及所有在我上次受辱时嘲笑过我的上流精灵的孩子一起上课。我并没有退学，让他们称心如意，但自从上次的精灵果事件之后，我们之间没有发生过任何冲突。我在等待合适的时机。我猜测他们也在等待。我还没傻到以为我们之间已经两清了。

洛基还在跟我调情。当我和塔琳拿出我们的午餐，在毯子上摆好，准备一边吃饭一边欣赏落日时，他总是过来跟我们坐在一起。偶尔他也会陪着我穿过树林，送我回家。我们走到马多克领地边的冷杉林附近时，他会停下来吻我。我希望他没有尝出我嘴唇上残余的毒药味。

我搞不懂他怎么会喜欢上我，但毕竟有人喜欢是一件令人兴奋的事。

塔琳似乎也搞不懂这件事。她对洛基一直心存怀疑。也许，由于我很担心她的那个神秘的情人，所以她也同样担心我的情人，这大概也算是合情合理。

有一次，当洛基过去跟"蠢货帮"一起上课时，我听见妮卡茜娅问他："你玩得开心吗？卡丹不会原谅你和她所做的一切的。"

我不能不听答案就走过去，于是便停了下来。

但洛基只是大笑了几声。"你选了我而不是他，可我却选了一个凡人而不是你，你说哪一个让他更生气呢？"

我大吃一惊，几乎不敢相信自己的耳朵。

她正要回答，忽然看见了我。她的嘴角翘了起来。"小丫头，"她说，"别相信他的甜言蜜语。"

要是蟑螂看到我将新学的技能运用得这样糟糕，他一定会感到绝望。我完全没有照他教我的那样做——既没有将自己隐藏起来，也没有跟其他人混在一起以免引起注意。不过换个角度想，至少没有人会怀疑我是不是了解很多间谍技巧。

"这么说卡丹原谅你了？"我问她。她脸上露出沮丧的神色，这让我很高兴。"那太糟了。我听说拥有王子的宠爱，好处可不少啊。"

"我需要从王子那里得到什么？"她气愤地问道，"我母亲本身就是女王。"

关于她母亲，我有很多话可说。我可以告诉她，欧拉女王正在策划毒害某人。但我及时咬住了舌头。事实上，我咬得太用力了，结果一句话也没有说出来。我只是走向塔琳的位置，脸上露出满意的浅笑。

又过了几星期，距加冕礼只有几天之遥了。最近我太累了，只要垂下脑袋就会睡着。

这一天在高塔里上课时，我甚至在老师展示如何召唤飞蛾的时候睡

/132

着了。我想一定是那些飞蛾拍打翅膀的沙沙声将我催眠了。毕竟,要让我睡着也不需要费多大力气。

我在石地板上醒过来。脑袋嗡嗡作响,我摸索我的小刀。一时间,我想一定是自己倒在了地上。下一刻,我以为自己得了幻想症。然后我看见了瓦莱里安,他正低头看着我笑。是他把我从椅子上推下来的,从他脸上的表情就能看出来。

看来我的妄想症还不算严重。

外面传来说话声,夜幕降临,其余的同学都在草地上吃午餐。我听见年龄最小的那些孩子的尖叫声,他们也许正在毯子上相互追逐。

"塔琳在哪儿?"我问道,因为她不可能不叫醒我。

"她保证过不帮助你的,还记得吗?"瓦莱里安的金发垂在眼睛前面。跟平常一样,他穿着一身红衣,但色调太深了,乍一看是黑色的,"无论是言语还是行动。"

当然如此。我太蠢了,竟然忘了自己必须孤军作战。

我爬起身,注意到我的小腿上蹭破了一块皮。我不知道自己睡了多久。我拂了拂长袍和裤子上的尘土。"你想要什么?"

"我对你很失望。"他狡猾地说,"你曾吹嘘自己要如何如何超过卡丹,但除了在那次小小的恶作剧之后生生闷气,你什么也没有做。"

我的手下意识地滑到了小刀的刀柄上。

瓦莱里安从衣袋里掏出我的花楸果项链,举着项链冲着我奸笑。他一定是趁我睡着时从我脖子上割下来的。想到他曾离我这么近,完全可以割开我的喉管,而不是割断项链,我不禁打了个冷战。"现在你要照我说的去做。"我几乎能闻到空气中飘浮的魔咒的味道。他口中念念有词,开始施展魔法,"向下面的卡丹喊话。告诉他他赢了。然后从楼上跳下去。毕竟,生为凡人,就像生为死人。"

这个咒语所蕴含的暴虐力量,以及他的命令将带来的可怕结局,真是令人不寒而栗。换作几个月之前,我已经照他的话去做了。我会说出那些话,我会跳下去。要是我没有跟达因达成交易,现在我已经死了。

也许从上次差点儿噎死我的那天起，瓦莱里安就一直在计划杀死我。我记得当时他眼中的凶光，还有他看着我大口喘气时急切的神情。塔琳警告过我，我会给自己招来杀身之祸，而我曾吹嘘自己已经做好了准备。

但我其实没有。

"我想我要走楼梯下楼。"我对瓦莱里安说，希望自己的身体抖得没那么厉害。接着，仿佛一切如常似的，我从他身边走了过去。

一开始，他看起来只是有些困惑，但他的困惑很快就转化成了愤怒。他抢到楼梯前面，堵住我的去路。"我命令你，你为什么不服从我？"

我死死地盯住他的眼睛，勉强挤出一丝笑容。"两次，你都几乎要打败我了，可你两次都浪费了机会。祝你下次好运。"

他怒气上涌，口沫四溅地说："你什么都不是。人类这个物种，总是假装自己多有韧性。凡人的一生就是一场漫长的、自欺欺人的游戏。要是你发现欺骗不了自己，你就会割断自己的喉咙，结束自己的痛苦。"

听到"物种"这个词，我如遭雷击，因为这说明他认为我只是一种完全不同的东西，就像蚂蚁、狗，或者鹿。我不确定他的想法有没有错，可我不喜欢这种想法。"我现在并不觉得特别痛苦。"我不能让他看出我心中的恐惧。

他的嘴角翘了起来。"那你有什么快乐？无非是发情和繁殖。你不敢承认真正的自己，否则你一定会发疯的。你什么都不是。你几乎不存在。你活着的目的就是在毫无意义地、痛苦地死去之前，制造更多同类。"

我盯着他的眼睛。"说完了吗？"

他似乎吃了一惊，尽管脸上仍挂着冷笑。

"对，是的，当然，我会死的。而且我还是个大骗子。但那又怎样？"

他猛地推了我一把，我重重地撞到墙上。"那你就输了。承认吧，你已经输了。"

我试图摆脱他，但他狠狠地掐着我的喉咙，掐得我几乎断气。"我现在就能杀了你，"他说，"你很快就会被人遗忘，就像你从没出生过。"

他一心要杀了我，对此我毫不怀疑。我拼命喘气，同时从口袋里抽出小刀，一刀刺入了他的胁下。这一刀正刺在他的两根肋骨之间。要是这把刀再长一些，那就刺中他的肺了。

他的眼睛瞪大，充满震惊。他掐住我喉咙的手也松动了。我知道马多克会说什么——把刀子再往上刺一点，划破他的动脉，刺穿他的心脏。但要是我真的那样做了，我就谋杀了精灵们最宠爱的一个孩子。为此我会受到怎样的惩罚，我连想都不敢想。

你不是杀戮者。

我踌躇了片刻，然后拔出刀子，跑出了教室。我将那把带血的小刀插进口袋。我朝着楼梯走去，靴底嗒嗒地磕着脚下的石地板。

回头望去，我看见瓦莱里安跪在地上，一只手按住胁下的伤口止血。他发出痛苦的呻吟，我想起我的小刀是寒铁锻造的——寒铁对精灵具有很大的杀伤力。

幸亏我带上了这把小刀。

我转过拐角，差点儿跟塔琳撞了个满怀。

"茱德！"她惊呼道，"出什么事了？"

"过来。"我对她说，拖着她走向其他学生。我的指关节上沾着血，手掌上也有，不过不太多。我在长袍上擦去了手上的血迹。

"他对你做了什么？"塔琳叫道，而我则只顾拉着她匆匆往前走。

我告诉自己我不介意她丢下我。她没有理由卷入我跟他们之间的纷争，尤其是在她已经清楚明白地表明，她不想参与后。我身上憎恨背叛的一面有没有被激怒？我有没有因为她没有将我叫醒，从而避免之后发生的这些该死的事而感到悲哀？当然有。不过，今天的事也不能全怪塔琳。因为，在对付我这件事上，瓦莱里安会做到什么程度，会下多狠的手，谁也猜不到。

我们穿过草坪时，卡丹忽然转身向我们走来。他穿着一身宽松的衣服，手里拿着练习木剑。

看到我身上的血迹，他眯起眼睛，用木剑指着我。"你好像把自己割伤了。"不知道看到我还活着,他是不是很吃惊。他可能在吃午餐的时候,一直望着塔楼的窗口,等着看我跳下来摔死,并以此为乐。

我从长袍下面掏出那把小刀,刀刃上还残留着红色的血迹。我笑了笑。"我也可以割伤你。"

"茱德!"塔琳惊呼道。显然,我的举动让她十分震惊。她应该如此,因为这一次我的确有些出格。

"噢,你早该走开了。"卡丹对塔琳说,同时向她挥挥手,"别再烦我们两个了。"

听到这话,塔琳退了一步,我也吃了一惊。这是游戏的一部分吗?

"你那把肮脏的小刀,还有你那些甚至更肮脏的习惯,想用来说明什么?"他慢条斯理、装腔作势地说。他一脸不屑地看着我,仿佛我拿武器对着他是多么缺乏教养——即便他的一个跟班刚刚袭击了我,而且已经是第二次了。他看着我的样子,仿佛我们将要你来我往地斗上几个回合,可我不确定该说什么。

难道他真不担心我可能杀了瓦莱里安吗?

难道他不知道瓦莱里安攻击了我?这可能吗?

塔琳看到了洛基,她穿过草地,匆匆向他走去。塔琳跟他说了几句话,然后就走开了。卡丹注意到我在看塔琳。他抽了抽鼻子,仿佛我身上的气味冒犯了他。

洛基向我们走来,四肢放松,眼睛明亮。他向我挥了挥手。有那么一会儿,我几乎觉得自己安全了。我对塔琳满怀感激,一定是她叫洛基过来的。我对洛基也满怀感激,因为他正走过来解救我。

"你认为我配不上他?"我对卡丹说。

笑容缓缓地浮在了他的脸上,就像月亮在湖面的水波上滑行。"噢,不,我认为你们俩是绝配。"

片刻之后,洛基用一只胳膊搂住了我的肩膀。"来吧,"他说,"我们离开这里。"

就这样,我们头也不回地离开了学校。

我们在弯曲森林散步，这里的树木全都弯向一个方向，仿佛从它们还是树苗的时候，就一直被强风刮向那边。我停下来，从林间带刺的灌木上采了几颗黑莓。黑莓上粘着几只嗜糖的小红蚂蚁，我吹去蚂蚁，将黑莓放进嘴里。

我递给洛基一颗黑莓，但他没有接。

"事情就是这样。一句话，瓦莱里安想要杀了我，"我说，"我刺了他一刀。故事结束。"

洛基的狐狸眼睛定定地看着我。"你刺了瓦莱里安一刀！"

"所以我可能惹麻烦了。"我深吸了一口气。

他摇了摇头。"瓦莱里安不会告诉任何人自己败给了一个人类。"

"那卡丹呢？他的计划没能奏效，难道他不会失望吗？"我从树干之间看过去，凝望着大海。大海似乎一直在向前延伸，永无边际。

"我怀疑他根本不知道这件事。"洛基说。看到我惊讶的表情，他笑了笑。"噢，他愿意让人相信他是我们的领袖，但其实妮卡茜娅喜欢权力，我喜欢戏剧化的桥段，而瓦莱里安喜欢暴力。卡丹能够给我们提供这三样东西，或者说至少是我们的挡箭牌。"

"戏剧化的桥段？"我喃喃地重复道。

"我喜欢有故事发生，有故事展开。要是我无法发现一个足够有趣的故事，我就会去创造一个。"此刻他浑身上下无处不像整蛊精灵，"我知道你偷听到了妮卡茜娅说的，有关于我们三个之间关系的话。她虽然拥有卡丹，但她只有离开卡丹选择我，才能获得控制他的权力。"

我思索了一会儿这句话的含义。突然间，我意识到我们走的并不是平常那条通往马多克庄园的路。洛基领着我走上了另一条路。"我们这是要去哪儿？"

"我的领地。"他咧嘴一笑，似乎很高兴我识破了他的小伎俩，"离得不远。你会喜欢我家那个树篱迷宫的。"

我从没去过其他精灵的领地,除了那次潜伏进空空宫。在人类世界里,小孩子总会在邻居家的院子里玩,荡秋千,游泳,欢蹦乱跳。但这里的规则完全不同。在至尊王的宫廷,大多数孩子都是王室成员,他们来自那些较小的宫廷,在这里他们要拼命讨好至尊王的王子和公主。所以,他们没有时间干别的。

当然,凡间才有后院那种东西。这里只有森林和大海,岩石和迷宫,还有必须由鲜血浇灌才会转红的花朵。我并不怎么喜欢故意在树篱迷宫里迷路的主意,但我还是冲洛基嫣然一笑,仿佛那是世界上最愉快的事。我不想让他失望。

"稍后还会有一场聚会。"他继续说,"你应该留下来。我保证那会是一次不错的消遣。"

听到这话,我的心拧紧了。他一定会邀请他的那些朋友来参加聚会。"这话好像有点儿荒唐。"我说,以免直白地拒绝他的邀请。

"你父亲不让你在外面待得太晚吗?"洛基同情地望了我一眼。

我知道,他很清楚我为什么不应该参加那场聚会,他这样说只是想让我觉得自己幼稚。不过,即便是我识破了他的企图,他的话还是奏效了。

洛基的家没有马多克的宅邸那么招摇,也没有那么守卫森严。一片绿树之间,几座尖塔高高耸立,塔顶覆盖着长满青苔的树皮瓦,塔身周围是不计其数的常春藤和忍冬藤,它们彼此缠绕,沿着墙壁盘旋而上,将整个塔身装饰得绿意盎然。

"哇!"我赞叹道。我曾骑马从这里飞过,远远望见过这些尖塔,可我从来都不知道这是谁的房子,"真美啊!"

洛基咧嘴一笑,随即收起笑容。"我们进去吧。"

宅邸前面有两扇堂皇气派的大门,洛基却领着我绕到侧面的小门。这扇小门通向厨房,里面的操作台上放着一块新鲜面包,旁边还有几个苹果、一些黑醋栗和一块软干酪。可我没有看见仆人,不知道是谁准备了这些东西。

我不禁想起了空空宫里的那个清扫壁炉的女孩。我心下暗暗好奇：她的家人认为她在什么地方呢？她都跟精灵做了什么交易？想到这里，我不由得暗暗心惊：当初我是多么容易落入她那般的境地啊！

"你的家人在家吗？"我问道，同时驱散了心中的杂念。

"我没有家人。"他告诉我，"我父亲性子太野，不适合待在至尊宫廷里。相比于我母亲的那些阴谋诡计，他更喜欢充满野性的森林。他离开了，后来母亲也死了。现在就剩下我了。"

"太可怕了。"我说，"你太孤单了。"

他摇了摇头，对我的评论不置可否。"我听过你父母的故事。真是个悲剧，很适合写成叙事诗。"

"那是很久以前的事了。"我最不想谈论的就是马多克和我被他谋杀的父母，"那你母亲呢，什么事发生在她身上了？"

他在空中做了个鄙夷的手势。"她跟至尊王搞在了一起，在这个宫廷里，就足够被人暗害了。后来她有了一个孩子——我想是至尊王的孩子——但有人不想让孩子生下来，所以就用红脸菇毒死了她。"他一开始说得很轻松，但结束时却有些沉重。

红脸菇。我想起了自己在贝尔金宅邸里发现的那张短笺。我努力说服自己，短笺上的内容不可能指的是毒死洛基的母亲。因为既然至尊王已经选定达因为继承人，贝尔金就没有理由去干这么冒险的事。然而，不管我如何想要说服自己，我仍情不自禁地想到一个可怕的可能性：妮卡茜娅的母亲跟洛基母亲的死有关联。"我不该问这个问题的——我太冒失了。"

"我们都是悲剧的孩子。"他摇了摇头，随即又笑了笑，"这不是我预想的开始。我本想请你喝点儿酒，吃点儿水果和干酪什么的。我本想告诉你，你的头发像林间袅袅的青烟，你的眼睛跟胡桃的颜色一模一样。我本以为我能就此写出一首抒情诗，可我又不太擅长写抒情诗。"

我哈哈大笑起来，他抬手捂住胸口，仿佛他的心被残忍地刺了一下。"带你去树篱迷宫之前，我要先让你看一样东西。"

"是什么?"我好奇地问道。

他牵起我的手。"来吧。"他顽皮地说,然后领着我穿过宅邸。我们来到一座旋转楼梯下面。我们登上楼梯,爬啊,爬啊,不停地往上爬。

我感到一阵阵头晕。楼梯上没有门,也没有平台,只有石头和台阶,我的心在胸腔里剧烈跳动。眼前只有他那歪着嘴角的笑容和琥珀色的眼睛。我尽量不在爬楼的时候绊倒或滑倒,不放慢脚步,不管我的头晕得多么厉害。

我想到了瓦莱里安。然后从楼上跳下去。

我不停地往上爬,气喘得越来越快。

你什么都不是。你几乎不存在。

来到楼梯顶部,只见墙上有一道小门,只有半个身子那么高。我靠在墙上,一面等待自己恢复过来,一面看着洛基转动小门上精致的门把手。他矮身钻了进去。我咬了咬牙,手在墙上一推,跟着也钻了进去。

我惊得倒吸了一口凉气。我们正站在那座最高的尖塔顶端的阳台上,这里的高度超出了周围所有的树梢。站在这里,借着星光,我能看见下面的树篱迷宫和迷宫中央的石碑。我能看见精灵国王宫的地上部分,马多克的庄园,以及贝尔金的空空宫。我能看见因斯麦尔岛四周环绕的大海;透过终年不散的薄雾,还能看见大海那边人类城镇的灯光。在这之前,我从来没有从我们的世界直接看到过他们的世界。

洛基一手按到我背上,放在我的肩胛骨之间。"在夜里,人类世界看起来就像是撒满了坠落的星星。"

我靠在他手上,缓过刚才爬楼梯的难受劲儿,也尽量离阳台边缘远一点。"你去过那儿吗?"

他点了点头。"小时候母亲带我去过。她说要是没有你们的世界,我们的世界就会变得死气沉沉。"

我想告诉他,那不是我的世界,我对那个世界几乎完全不了解,但我懂得他这话的意思。他母亲在这一点上是友善的,比大多数精灵对凡间的看法都更友善。她一定是个善良的女人。

他将我的身子扳过来,慢慢地将嘴唇凑到我的嘴唇上。他的嘴唇很柔软,他的呼吸很温暖。我感觉自己仿佛远离了自己的身体,自己如同那个城市的灯光一样遥远。我把手伸向栏杆。他的手臂搂住我的腰,我紧紧地抓住了栏杆,让自己坚定地迎接即将发生的事。同样也是为了说服自己我在这里,说服自己此时此刻,尽管高高地位于一切之上,却是真实的。

他退了回去。"你真的很美。"他说。

我从没像现在这样高兴地知道,他们无法说谎。

"我很高兴你带我来这里。"我往下面望了一眼,"真是不可思议,一切都看起来这样小,就像是在战略模型上一样。"

他哈哈一笑,仿佛我开了个玩笑。"我猜你一定在你父亲的书房里度过了很长时间。"

"是够长的。"我说,"足以知道我对抗卡丹的胜算,包括对瓦莱里安和妮卡茜娅,还有你。"

他握住我的手。"卡丹是个傻瓜。我们其余的人则无关紧要。"他歪着嘴角微笑起来,"但这也许是你计划的一部分——说服我带你到我的堡垒中央来。也许你会透露你那邪恶的阴谋,迫使我服从你的意志。要知道,事情就是这样,你要迫使我服从你的意志真不是件很困难的事。"

我忍不住笑了起来。"你一点儿都不像他们。"

"是吗?"他问道。

我久久地凝视着他。"我不知道。你会命令我从这里跳下去吗?"

他双眉扬起。"当然不会。"

"嗯,那你就不像他们。"我伸手在他的胸口轻推了一下。几乎是下意识地,我将手平放在他胸口,他身上的热气透过我的手掌渗入身体。我之前一直没有意识到,站在风里,我的身体现在有多冷。

"他们曾说你会变得怎样,可你现在并不是那样。"他说。他低下头来,再次吻了我。

我不想知道他们都说了些什么,至少现在不想。我只想洛基的嘴唇贴在我的嘴唇上,抹去其余的一切。

我们花了很长时间慢慢走下楼梯。我的双手插进他的头发里,他的嘴唇吻着我的脖子,我背靠着古老的石墙。一切都如此缓慢,如此完美,其余的所有都失去了意义。可是我清楚地知道,这不可能是我的生活,这一点儿也不像我的生活。

我们坐在长长的空宴会桌旁吃干酪和面包,用大高脚杯喝一种味道像草药的浅绿色果酒。高脚杯原本放在橱柜的最里面,积满了厚厚的尘土。洛基将杯子仔仔细细洗了两遍。

吃完后,他将我推过去靠在桌子上,然后把我抱起来坐在桌上,我们的身体紧紧贴在一起。这种感觉既令人兴奋,又令人害怕——就像精灵世界里的大部分东西一样。

我不确定自己是否擅长亲吻。我的嘴有点儿笨拙,而且我也有点儿害羞。我想把他拉近一些,同时又想把他推开。精灵在举止方面没有多少禁忌,可我却不同。我担心自己凡人的身体会散发汗臭,或是腐败和畏惧的气息。我不知道自己的双手该放在哪里,该抓得多紧,我的指甲该在他的肩膀上掐得多深。尽管我知道亲吻之后会发生什么,知道他的双手沿着我的小腿滑向大腿意味着什么,但我不知道该怎样掩饰自己的青涩。

他退后一些看着我,我尽量不让眼里露出恐慌的神色。

"今晚留下吧。"他喃喃地说。

有那么一瞬间,我以为他的意思是让我跟他在一起。我喜欢跟他在一起,尽管我的内心交织着渴望与恐惧。接着,我突然想起这里还有一场聚会——这才是他要我留下来的原因。那些看不见的仆人,不论他们在哪里,此刻一定在为聚会做准备。用不了多久,瓦莱里安——谋杀我未遂的家伙——也许就会在花园里跳舞了。

嗯,也许不是跳舞。他也许会身子僵硬地靠在一面墙上,手里端着一杯酒,胁间绑着绷带,心中盘算着谋杀我的新计划。

如果不是卡丹下达谋杀我的新命令的话,他就得自己想一个出来。

"你的朋友们不会高兴的。"我从桌上滑下来。

"他们很快就会醉得注意不到你的。你不能将自己关在马多克那守卫森严的堡垒里度过一生。"洛基笑眯眯地瞧着我,显然是想迷住我。这个办法很有效果。我想起达因曾提出在我的额头上点一颗爱情痣,我漫不经心地想到,洛基会不会就有一颗爱情痣,因为,不管怎样,我被诱惑了。

"我没有合适的衣服。"我指了指身上的长袍,上面还沾着瓦莱里安的血。

洛基上下打量了我好一会儿,尽管检查我的衣服本不需要这么长时间。"我给你找一件礼服。我能给你需要的任何东西。你曾问过我,卡丹、瓦莱里安和妮卡茜娅平时的样子——那就来看看他们在学校外面是什么样子吧,看看他们愚蠢可笑的样子,烂醉如泥的样子,大失身份的样子。看看他们不堪一击的样子,看看他们的铠甲哪里有裂缝。你必须了解他们才能击败他们,对不对?我不是要你对他们产生好感,你不需要喜欢他们。"

"我喜欢你。"我告诉他,"我喜欢跟你一起玩假装游戏。"

"假装游戏?"他重复道,仿佛不确定我是不是在侮辱他。

"当然。"我走到大厅窗前向外望去。月光倾泻到树篱迷宫枝叶茂盛的入口,附近支着几根燃烧的火把,火光在风中闪烁摇曳。"当然了,我们就是在假装!我们本不该在一起的。但不管怎样,这很好玩。"

他望着我,目光中蕴含着估量和共谋的意味。"那我们就继续玩下去吧。"

"好,"我情不自禁地说,"我会留下来,参加你的聚会。"我以前的生活没有多少乐趣可言,让我没法抵御享受消遣的诱惑。

他领着我穿过走廊,来到一扇门前。他犹豫了片刻,回头瞧了我一眼,然后推开门,领着我走进一间巨大的卧室。屋里的一切都蒙着厚厚的尘土,让人感觉很压抑。地上有两行脚印,看来他来过这里,但次数不多。

"衣橱里的衣服是我母亲的,你喜欢什么就穿什么。"他握住了我的手。

环顾着这个位于宅邸中央却鲜有人迹的房间,我想洛基一定是承受了巨大的悲痛,才将这里一直锁起来。要是我有一个房间里装满了母亲的遗物,我不知道自己是否会让任何人进去。甚至,我都不知道自己是否敢于面对它。

他打开衣橱,里面的衣服大多被蛾子咬坏了,不过我能看出它们原来是什么衣服。有一件裙子一侧的下摆上绣了一串石榴,另一侧则像一幅幕布似的升起来,露出下面的舞台,舞台上有一些镶嵌着珠宝的机械木偶。还有一件裙子上绣着跳舞的半羊人的轮廓,那些图案甚至有裙摆那么高。我欣赏奥里安娜那些裙子的优雅,但眼前的这些裙子唤醒了我心中对艳丽裙子的渴望。看着它们,我真想看看洛基的母亲穿上其中的一件是什么样子。看着它们,我想她一定是个爱笑的美人。

"我从没见过这样的裙子。"我告诉他,"你真的想要我穿上其中的一件吗?"

他伸手拂了拂裙子的袖子。"我想它们有点儿破旧了。"

"没有,"我说,"我喜欢它们。"

那件绣着半羊人的裙子损坏程度最小。我掸掉上面的尘土,在一面旧屏风后面将它套到身上。我费了点劲儿,因为没有塔特的帮忙,这种裙子不太容易穿。我的头发是编起来盘在脑袋上的,我不知道怎样将它弄成别的样式,于是就不管了。当我拂去银镜上的尘土,看到自己的样子,穿着一个已经死去的精灵的衣服,不由得浑身一阵战栗。

突然,我不知道自己为什么会在这个地方,我不确定洛基是不是有什么意图。当他想要给我戴上他母亲的珠宝时,我拒绝了。

"我们去外面的花园里吧。"我说。我不想继续待在这个空荡荡的房间里了。

他将手里那串长长的翡翠项链收起来。我们离开时,我回头望了一眼那个衣橱,里面的衣服雍容华贵却正在逐渐腐坏。尽管心中微感不安,我还是情不自禁地想象,如果我当上了这个地方的女主人会是什么感觉,想象达因王子戴上了王冠，想象我的同学都坐在我们刚才靠着接吻的那张长桌前，喝着浅绿色的果酒，假装他们从没试图谋杀我。其中还有洛基，此刻我正握着他的手。

而我，则在为未来的国王监视他们所有人。

※

树篱迷宫比食人怪还要高，布满了浓密发亮的深绿色树叶。显然，卡丹的圈子经常在这里聚会。我和洛基刚走到迷宫外面，就听见他们在迷宫中心大笑。洛基是这次聚会的主人，可他却迟到了。空气中飘荡着松子酒的味道。火光将周围的一切勾勒出鲜红的轮廓，在地上投下长长的阴影。我放慢了脚步。

我将手伸进这件借来的裙子口袋，摸到了我的小刀，上面还沾着瓦莱里安的血迹。突然，我的手指碰到了别的东西，那一定是洛基的母亲多年以前留下的。我把它掏出来，是一颗金橡子。看上去不像珠宝——因为上面没有链子——我想不出除了好看之外，它还会有什么别的用处。我将它又放回口袋里。

洛基牵着我的手，领着我走过树篱迷宫的一个个拐角。这样的拐角似乎也不怎么多，于是我想记住迷宫的路线，以防我不得不自己走出来。我发现这个迷宫很简单，但这一发现不仅没有提高我的信心，反而让我有些不安。我不相信精灵世界里有简单的东西。此时此刻在我的家里，晚餐一定是快接近尾声了，而我一直没有出现。塔琳会悄声告诉薇薇安，我跟洛基一起去了别的地方。马多克会皱起眉头，用力戳盘子里的肉，为我错过他的课程而恼火。

但我面对过更糟糕的事情。

迷宫中央，风笛手吹奏着欢快狂野的曲子。白色玫瑰花瓣随风飞舞。长长的宴会桌旁，许多人正坐在那里吃喝，桌上摆着各种各样的蒸馏酒——漂着曼德拉草根的香酒、酸梅酒，清澈的、放了红苜蓿的酒。这些酒旁边还放着几小瓶金色的"销魂粉"。

卡丹躺在一张毯子上，脑袋向后仰，宽松的白衬衫敞着。尽管现在刚入夜不久，但他似乎已经醉得很厉害了。一个我不认识、头上长着角的女孩正在亲吻卡丹的喉咙，另一个淡黄色头发的女孩在亲吻他的小腿，就在靴子上方一点的位置。

我没有看到瓦莱里安，真是让我如释重负。希望他待在家里，调养他被我捅伤的地方。

洛基给我倒了一小杯酒，出于礼貌，我啜了一小口。但这酒入口辛辣无比，我立刻咳嗽起来。这时，卡丹转头凝视着我。他的眼睛几乎没有睁开，但我能看到其中的光芒，那光芒像沥青一样湿润。长角的女孩亲吻他的嘴唇时，他在望着我；女孩的手滑到他那件可笑的褶裥衬衫下面时，他仍在望着我。

我感到两颊发烧。我转过头去，但随即暗暗恼火，因为他看到我感到不自在，一定会很满意。这个家伙，竟然这样恬不知耻地炫耀自己，真不怕丢人！

"我看见一个虫子帮的成员今晚屈尊出席我们的聚会，真是给我们天大的面子啊！"妮卡茜娅说着缓缓向我们走来，裙子上闪烁着落日云霞的缤纷色彩。她瞥了一眼我的脸。"可这位到底是双胞胎里的谁呢？"

"你不喜欢的那位。"我说，对她的嘲弄毫不理会。

她高调笑了一声。"噢，要是你知道我们中的一些人对你们俩是什么感觉，你也许会感到惊讶的。"

"我跟你说过的，这里有比这更好的娱乐。"洛基生硬地说。他抓住我的胳膊肘，拉着我走向一张四周摆放着坐垫的小桌子，这让我很感激。可是，当我们离开的时候，我忍不住冲妮卡茜娅不怀好意地轻轻挥了挥手。趁洛基不注意，我将我的那杯酒偷偷倒在了草地上。风笛手的演奏结束后，一个全身赤裸、涂着金色涂料的男孩拿出一把里拉[1]，唱

---

[1]　古希腊的一种竖琴，用来为唱歌或朗诵伴奏。

起了一首内容哀伤的淫秽歌曲：噢，美丽的小姐！噢，狠心的小姐！我多么想念你那甜蜜的专制。我想念你的头发。我想念你的眼睛。可我最想念的，还是你的大腿。

在火堆前，洛基再次吻了我。每个人大概都能看见他吻我，不过我并不知道他们在不在看，因为那时我紧紧地闭上了眼睛。

第十七章

在洛基的宅邸里,我于铺着织锦的床上醒来。我的嘴里充满了酸梅的味道,嘴唇也因为亲吻而肿了起来。洛基躺在我身边,闭着眼睛,仍旧穿着参加聚会的衣服。我本打算起来仔细看看他,看他那尖尖的耳朵、狐狸毛似的头发,柔软的嘴唇,睡觉时摊开的修长四肢,但中途又停了下来。

他的脑袋枕在一个褶裥覆盖的手腕上。

霎时间,昨晚的回忆一下子涌入我的脑海。我记得我们在一起跳舞,在迷宫里追逐。我记得自己一跤扑倒在地,双手按进泥土里,我哈哈大笑,仿佛变了一个人。当我低头去看自己穿着的这身借来的礼服时,上面果然粘着青草。

我并不是说,我会是第一个让她的白袍变绿的人。

卡丹整晚都在观察我,就像一头不停绕圈的鲨鱼,正在等待合适的机会咬我一口。即便是现在,我仍能想起他那双仿佛焦炭般的黑眼睛。如果当时我只是为了激怒他,就笑得更大声,笑得更夸张,亲吻洛基的时间更长,那么这种程度的诡计就连空境人都不能谴责。

然而现在,这个夜晚感觉就像一个漫长的、荒唐的梦。

洛基的卧室凌乱不堪——长沙发上,矮躺椅上,到处都扔着书和衣服。我费力地穿过屋子出了门,蹑手蹑脚地穿过空荡荡的大厅,来到他母亲那个积满灰尘的房间。我脱下借来的裙子,换上我昨天穿的衣服。我伸手到裙子口袋里掏我的小刀,结果把那颗金橡子也带了出来。

冲动之下,我将金橡子连同小刀一起塞进了我的口袋里。我想要一个纪念品来铭记这个夜晚,一个特殊的东西来勾起我的回忆,要是这样的好事再也不会发生了呢?洛基允许我借用这个房间里的任何东西,那我就借这个金橡子吧。

离开洛基的宅邸时,我经过那张长长的餐桌。妮卡茜娅坐在桌旁,在用小刀切苹果吃。

"你的头发乱得像灌木。"她说,随即将一片苹果抛进嘴里。

我看了一眼墙上挂着的银盘,里面只映出我扭曲模糊的影子。即便如此,我仍能看出她说的是对的——我的头上仿佛戴着一个棕色光环。我将辫子解开,然后用手指将头发梳开。

"洛基还在睡觉。"我说,我以为她在等着见他。我刚刚从洛基的卧室里出来,我本以为这样说会让我感觉自己有什么东西胜过她,但实际上我感觉到的只有慌张。

我不知道该怎么做。我不知道在一个男孩的家里醒来后,面对一个跟他有关系的女孩——这个女孩也许还希望我死了——该怎样跟她交谈。但是奇怪的是,在整件事中,只有这个部分让我觉得是正常的。

"以前,我母亲和他哥哥认为我们会结婚。"她看上去仿佛不是在跟我说话,而是在对着空气说话,"那会是一桩互利共赢的联姻。"

"跟洛基吗?"我困惑地问道。

她恼怒地望了我一眼,我的问题似乎将她从她的故事里暂时拉了出来。"跟卡丹。他把一切都毁了。那就是他的爱好——毁灭东西。"

卡丹当然喜欢毁灭东西。我只是奇怪,她怎会现在才意识到这一点。要我说,那是他们俩共同的爱好。

我把她置之脑后,让她继续吃她的苹果,回忆她的往事。我径直向王宫走去,空中传来海鸥的鸣叫,一阵凉爽的微风从林间吹过,吹起我披散的头发,给我送来松树的清香。我很庆幸今天有课程,这样我就有借口不用回家,也不用听奥里安娜唠叨了。

今天的课仍是在那座高塔上,那真是我最不喜欢的地方。我爬上去,坐到一个空位上。塔琳坐在教室的另一边。我一进来,她就看到了我,我看到她扬了扬眉毛。卡丹坐在她旁边,穿着一身绿色天鹅绒衣服,蓝色丝扣上的金线刺绣就像荆棘一样。他懒洋洋地坐在座位上,修长的手指烦躁地敲着身边的长凳。

看到他让我同样感到烦躁。

至少瓦莱里安没有来上课。希望他永远不来上课无疑是个奢望，但至少我今天可以这么想想。

今天给我们上课的是一位新老师，名叫杜尔加，她是一名骑士。她负责讲解继承规则，也许她也期待着即将到来的加冕礼。

这场加冕礼也将是我获得权力的标志。一旦达因王子加冕为至尊王，他的间谍将在精灵国的阴影里随意出没，我们只听命于达因王子一人。

"在某些低级宫廷里，杀掉国王或女王的人可以篡位获得王权。"杜尔加说。她告诉我们，她是白蚁宫廷的成员，白蚁宫廷目前尚未归入埃尔德雷德的旗帜之下。

尽管她此时没有穿铠甲，但她的站姿表明她已经习惯了铠甲的重量。"所以马布女王跟野蛮精灵达成了交易，铸造了埃尔德雷德国王头上戴的那顶王冠，这顶王冠只能传给她的子孙。通过武力获得王权会比较麻烦。"她邪恶地咧嘴一笑。

要是卡丹打断她的课程，她估计会把他生吞活剥了，还要敲碎他的骨头，吸他的骨髓。

上流阶层的孩子看杜尔加时的表情很不自在。传说她的国王罗本王正计划效忠新的至尊王，将他那庞大的宫廷带到这里来。多年来，他的军队一直都成功地抵抗住了马多克军队的进攻。所以人们普遍认为，罗本王加入至尊宫廷是一项出色的外交策略，是达因王子违背马多克的意愿谈判达成的。我想杜尔加之所以会出现在这里，就是来参加加冕礼的。

我们中最小的同学拉克尖声问道："那要是绿石楠家族没有孩子呢？"

杜尔加温柔地笑了笑。"一旦绿石楠家族的子孙少于两人——因为要想加冕，至少要有两个拥有绿石楠家族血液的人，一个要戴上王冠，另一个要将王冠戴到新国王头上——至尊王冠和它的权力就会瓦解，精灵国所有成员对至尊王冠的誓言就会解除。

"然后会怎样呢？——谁知道？也许会出现一个新的统治者，会铸造一顶新王冠。也许你们会重新跟西里宫廷和安西里宫廷开战，也许你们会归入我们西南方的旗帜之下。"她的笑容清楚地表明了她更喜欢哪个选项。

我举起手，杜尔加冲我点了点头。"要是有人试图夺取至尊王冠呢？"

卡丹瞥了我一眼。我想瞪他，但我情不自禁地想起他摊着四肢，跟那两个女孩一起躺在地上的样子。我的脸颊又发热了。我垂下眼睛，不再看他。

"有趣的问题。"杜尔加说，"传说至尊王冠无法戴在马布女王子孙之外的任何人头上，但马布的家族一直都人丁兴旺。要夺取王冠，就必须要马布的一对子孙一同试图夺取王冠，才有可能成功。但谋朝篡位最危险的部分是：王冠受到了诅咒，佩戴王冠之人一旦遭到谋杀，罪魁祸首将必死无疑。"

我想起在贝尔金的宅邸里发现的短笺，想到红脸菇，想到上流精灵的不堪一击。

下课后，我小心地沿着楼梯往下走，回想自己刺中瓦莱里安之后是如何冲下楼梯的。我的视线突然模糊了，我感到一阵眩晕，但很快就过去了。塔琳从我后面追上来，刚刚走出塔楼，她就几乎将我推进了树林里。

"首先，"她拉着我走过卷曲的蕨类植物，"除了塔特，没有人知道你昨晚整晚都没有回家，我把你最好的一枚戒指给了她，让她保证为你严守秘密。但你必须告诉我你昨晚去了哪儿。"

"洛基在他家里举办了一场聚会，"我说，"我在他家过了一夜——但不是那样的，我是说，什么都没有发生。我们接吻了。仅此而已。"

她摇了摇头，头上的栗色辫子飞了起来。"我不知道该不该相信你说的'仅此而已'。"

我重重地呼出一口气，也许有点儿夸张。"我为什么要撒谎？至少我没有隐瞒追我的人的身份。"

塔琳皱了皱眉。"我只是认为，睡在某人的房间里，睡在某人的床上，会发生的可不仅仅是亲吻。"

我的脸颊发烫了,我想起醒来后看到洛基的身体躺在我旁边的感觉。为了转移塔琳的注意力,我开始猜测她的爱情。"噢——,也许你的那位是贝尔金王子。你要嫁给贝尔金王子吗?要么就是罗戈,你可以跟他一起研究星星。"

她在我的胳膊上打了一下,下手有点儿重。"别瞎猜了,"她说,"你知道我不能说的。"

"哎哟。"我叫了一声,俯身摘了一朵白色剪秋罗花插在耳朵后面。

"那么你喜欢他?"她问道,"真心喜欢他?"

"洛基吗?"我问道,"当然了。"

她看了我一眼。不知道我昨晚没回家,她有多担心。

"贝尔金我却不怎么喜欢。"我说,她白了我一眼。

我们回到家,我发现马多克留了一张纸条,说他要很晚才回来。由于没有别的事可做,我就去找塔琳。可是,尽管几分钟前我刚刚看到她上楼,她却不在她的房间里。她的裙子放在床上,衣橱门开着,几件裙子胡乱挂在那里,仿佛她将它们拉出来之后,才发现那不是她想要的。

她去见她的意中人了吗?我在房间里转了一圈,试图用一个间谍的目光打量四周,警觉地留心藏有秘密的迹象。但我没有发现任何异常,除了她的梳妆台上放着的几朵略显枯萎的玫瑰花。

我回到自己的房间,躺在床上回想昨晚发生的事。我把手伸进口袋,打算将小刀拿出来清洗干净。小刀掏出来后,我发现手里还攥着那颗金橡子。我将它拿在手里翻来覆去地捻动。

这是金属制成的,非常漂亮。一开始我以为它是实心的,然后,我忽然注意到上面有一些细细的缝,似乎表明有些部分可以移动。这可能是个机关盒。

我试了试,但它的顶部拧不下来,而且也没别的办法把它打开。我放弃了,将它扔到了梳妆台上。我忽然注意到,这个金橡子底部有一个小孔,小得几乎看不见。我跳下床,在书桌里翻了一阵,想找出一个尖锐的东西。我找到一根珍珠饰针,试着将针尖刺进那个小孔。我摸索了一会儿,终于将针尖刺了进去,里面似乎有什么东西挡着,我用力往里一刺,只听嗒的一声轻响,金橡子打开了。

只见机械轴瓦缓缓展开,露出闪闪发亮的中心,那里有一只小小的金鸟。金鸟的嘴巴动了动,竟用小小的声音吱吱地说起话来:"我最亲爱的朋友,这是利芮厄普最后的话。我将三只金鸟散布出去,希望其中一只能来到你手里。我中毒太深,任何解药都已无力回天,因此,要是你听到这番话,我留给你的只是我秘密的负担和我心中最后的愿望。保护他。带着他远走高飞,远离至尊宫廷的危险。保证他的安全,永远不要告诉他我的真实遭遇。"

塔特走进屋来,端着一盘茶点。她想偷看我在做什么,但我用一只手捂住了金橡子。

她出去后,我将金橡子放下,给自己倒了杯茶,捧着茶杯暖手。利芮厄普一定是洛基的母亲。这听起来似乎是一条秘密信息,她请求某个人——她最亲爱的朋友——偷偷地将他,将洛基,带走。她将这条信息称为"最后的话",所以她一定知道自己快要死了。也许金橡子是要送给洛基的父亲,利芮厄普希望洛基余生能在自由野性的深林中度过,而不是在阴谋诡计中泥足深陷。

但既然洛基还在宫廷里,看来她的这三个橡子似乎一个也没有被发现——也许甚至都没有离开过卧室。

我应该将这颗金橡子交给洛基,让他自己决定该如何处理。但我的脑海中一直盘旋着那张短笺上的话,它似乎暗示贝尔金跟利芮厄普的死有关。我应该告诉洛基这一切吗?

我知道你探问的红脸菇的来源,但你用它来做什么绝不能牵涉到我。

我将这句话在脑海中翻来覆去地琢磨,如同我把那颗金橡子在手里翻来覆去地捻动。最后,我发现了破绽。

这个句子似乎有什么地方不对劲儿。

我在一张纸上写下这个句子,以确定自己记得准确无误。我第一次读那短笺时,它似乎暗示欧拉女王已经为贝尔金弄到了这种致命的毒药。但红脸菇尽管稀有,在野外也并不是找不到,即便是在这座小岛上也有。我曾在牛奶森林里摘过红脸菇,就在黑刺蜜蜂巢旁边。(黑刺蜜蜂在树上筑巢,它们的蜂蜜可以用来制作某种解药,这是我最近从书上读到的。)如果你不喝红脸菇分泌的红色汁液,它们并不危险。

要是短笺的意思不是欧拉女王已经发现了红脸菇,也不是打算将发现的交给贝尔金呢?要是"你探问的红脸菇的来源"只是字面意思呢?欧拉是不是只是说她知道贝尔金问的那些红脸菇来自哪里?毕竟,她是说"你用它来做什么",而不是"你用它们来做什么"。她是警告贝尔金用这个消息所要做的事不要牵扯到她,而不是实际的红脸菇。

这也许意味着贝尔金并没有打算给达因下毒。

这也意味着,如果贝尔金发现了谁拥有杀死洛基母亲的红脸菇,也许就已经发现是谁导致了她的死亡。答案可能就在那张书桌上,在其他的文件中,当时我太心急了,也许把它忽略了。

我必须回空空宫去,回到那座塔上。必须今天回去,因为加冕礼已经近在咫尺。也许贝尔金根本不想杀死达因,是影子会弄错了。或者他们没弄错,而我揭露了红脸菇的秘密,贝尔金就不会用红脸菇来谋害达因了。

我几口吞下杯里的茶,从衣橱最里面找出那件仆人的制服。我把头发放下来,编成一根粗糙的辫子,让它看上去跟贝尔金家女仆的辫子差不多。我将小刀高高地绑在大腿上,拿出装盐的银盒子,在口袋里倒了些。然后抓起斗篷,穿上皮鞋。走出房门的时候,我的手心一片湿黏。

自从第一次潜入空空宫以来,我已经了解到了很多信息,足以让我更好地理解这样做的风险,但这并没有增加我的勇气。亲眼看见了贝尔金责罚卡丹的情景后,若是我被抓到,能否承受住贝尔金的责罚,我心里完全没底。

我深吸一口气,提醒自己不要被抓到。间谍的真正工作就是不被抓到,这是蟑螂说的。情报是第二位的,间谍的工作首先是不被抓到。

在走廊里，我从奥里安娜身边经过。她对我反复上下打量，我不得不忍住想将斗篷裹得更紧一些的冲动。她穿着一件淡紫色裙子，就像未熟桑葚的颜色，她把头发松松梳向脑后，耳朵尖上戴着微光闪烁的水晶套箍。我很想要那样一对套箍，倘若我戴上它们，就能掩饰我人类的圆耳朵了。

"你昨天回来得太晚了。"她恼怒地抿起嘴，"你错过了晚餐，你父亲还等着你回来跟他格斗呢。"

"我会注意的。"但话一出口我就后悔了，因为今晚我也可能无法赶回来吃晚餐，"明天。明天开始我会注意的。"

"不诚实的家伙。"奥里安娜死死地盯着我，仿佛她的眼神能逼出我的秘密似的，"你一定在打什么鬼主意。"

我已经厌倦了她的猜疑——厌烦透了。

"你总是这样想。"我说，"但只有一次是对的。"让她自己去琢磨这句话的意思吧。我走下楼梯，来到外面的草地上。这一次，没有人挡着我的路，没有人让我重新考虑我要去做的事。

这次我没有骑蟾蜍，我需要更谨慎些。穿过树林时，我看见一只猫头鹰在头顶上空盘旋。我将斗篷兜帽拉上来罩住了脸。

来到空空宫外面，我将斗篷脱下来塞进柴堆的两根圆木之间，然后走进厨房，只见仆人们正在准备晚餐。几只雏鸽身上涂满了玫瑰酱，烤得吱吱作响，散发出阵阵香味。我的嘴里顿时充满了口水，胃里也一阵抽搐。

我打开一个橱柜，发现里面有十几支蜡烛，全都是鞣化皮革的暗黄色，每支蜡烛上都刻有金色印章，那是贝尔金的私人纹章——三只大笑的乌鸦。我拿出九支蜡烛，抱着从那两个守卫身边经过，走路时尽可能动作僵硬。一个守卫古里古怪地瞅了我一眼，我觉得自己身上可能有什么地方露了馅儿，但他见过我的脸，所以我的脚步比上一次更坚定了。

至少在我看到贝尔金从楼梯上走下来之前。

他朝我这边扫了一眼，我能做的只是低着头，保持脚步平稳。我拿着蜡烛走进前面的房间，那是藏书室。

贝尔金似乎没有看见我，这让我心下稍安。不过我的心仍然跳得飞快，呼吸也非常急促。

上次清扫卡丹房间炉栅的那个女仆也在藏书室里，似乎正在将一些书放回书架上。她还是上次那个样子——嘴唇皲裂，瘦小枯干，双眼乌青。她动作缓慢，仿佛周围的空气像水一样沉重。在她的迷蒙中，我比家具更无趣，更微不足道。

我焦急地扫视了一圈书架，但没有发现任何有用的东西。我需要爬上那座高塔，逐一检查贝尔金王子的信件，希望能发现一点跟洛基母亲，或者达因，或者加冕礼有关的信息——那个我忽略了的信息。

但由于贝尔金位于我和楼梯之间，我现在什么也做不了。

我再次打量那个女孩，心下暗暗好奇：她在这里的生活是什么样子？她梦到的又是什么东西？她是否曾有机会——哪怕是一次机会——逃离这里？感谢达因王子的精灵符，万一我被贝尔金抓到，至少我的命运不会像她这样。

我等着，一边在心里暗暗数到一千，一边将我手里的蜡烛堆到一张椅子上。谢天谢地，贝尔金总算走了。我赶忙朝着通向高塔的楼梯走去。经过卡丹的房门时，我屏住了呼吸。幸运的是，他的房门紧闭着。

我爬上楼梯，来到贝尔金的书房。我注意到房间四周摆了一圈罐子，里面装着草药，我上次来时还没有这些罐子。其中有几个罐子里的草药是毒药，但大多数草药都只是麻醉药。我没有看到红脸菇。我走到书桌边，一边在我粗糙的裙子上擦手，以免留下汗渍，一边试图记下那些文件的摆放位置。

我开始翻找。其中有两封马多克写的信，但它们似乎只是关于哪些骑士将出席加冕礼，王座平台周围的守卫将采用什么队形的。还有几封信似乎关乎大臣的任命，还有关于晚宴、聚会和狂欢安排的。没有一封信提到红脸菇，也没有一封信提到毒药，更没有一封信提到利芮厄普或谋杀。唯一一样看起来似乎有点儿出人意料的，是一首短短的打油诗。

那是一首爱情诗，无疑是达因王子的笔迹，诗里的女人也不知是谁，只是说她有"日出般的头发"和"星光点亮的眼睛"。

更糟的是，我找不到任何能证明贝尔金计划反对达因王子的证据。不过，即便贝尔金打算谋害他的弟弟，他也不至于笨到将证据在自己的房间里随处乱放。可是现在就连那封关于红脸菇的短笺也不见了。

我再次冒险潜入空空宫，但却毫无收获。

好一会儿，我只是呆呆地站在那里，试图理出头绪。我要悄悄离开这里，不引起任何人的注意。

信使。我要伪装成一个信使。一直以来，信使总在各个庄园里进进出出，传递消息。我拿过一张白纸，在一面潦草地写上"马多克"三个字，然后将另一面用蜡封起来。火柴的硫黄味在空气中停留，味道还没散尽，我就已经拿着这封假造的便条走下了楼梯。

经过那个藏书室时，我犹豫了。那女孩还在里面，正在机械地从一堆书里拿起一本放到书架上。她会一直做这件事，直到有人告诉她别的任务，直到她的身子土崩瓦解，渐渐随风飘散，永远消失在人们的记忆中，仿佛她从来都没有存在过。

我不能将她留在这里。

我在凡间已经一无所有，再也回不去了，但她也许还有留恋的东西。我很清楚，这是对达因王子誓言的背叛，是对精灵世界本身的背叛。尽管如此，我仍然不能丢下她。

想到这里，我心中感到一阵宽慰。

我走进藏书室，将那张便条放到桌上。她没有转身，完全没有反应。我将手伸进口袋，抓了一点盐捧在掌心。我将手伸向她，仿佛在哄一匹马吃糖。

"吃了这个。"我低声对她说。

她转过头来，两眼迷茫地看着我。"我不可以吃，"她说，由于长期不说话，她的声音有些沙哑，"不可以吃盐。你不该——"

我将手按在她的嘴上，有些盐掉在了地上，但其余的都按进了她的嘴里。

我是个白痴。一个冲动的白痴。

我用一只胳膊抱住她,将她拖向藏书室里面。她不停地大叫,还想要咬我。她不停地抓我的胳膊,指甲抓破了我的皮肤。我靠墙紧紧抱着她,直到她的反抗渐渐微弱,直到她安静下来。

"对不起,"我悄声说,仍然紧抱着她,"我也只是临时起意。我不想伤害你。我想救你。请允许我这样做。让我救你。"

最后,见她安静了好一会儿,我放开了手。她大口喘气,呼吸急促。但她没有尖叫,这是个好迹象。

"我们要离开这里。"我对她说,"你可以信任我。"

她茫然地看了我一眼,显然是没听懂我的话。

"你只要表现得一切正常就行了。"我说。我将她拉起来,同时意识到这个要求她根本不可能做到。她的眼珠骨碌碌地乱转,犹如一匹发了疯的矮马。我不知道她还要多久才能恢复平静。

尽管如此,我唯一能做的只是尽快带她离开空空宫。我探头往外一看,只见大厅里仍然空无一人,于是就拖着她走出藏书室。她不停转头四处张望,仿佛这是她第一次看到那些沉重的木楼梯和上面的走廊。这时,我想起那张假便条落在了藏书室的桌子上。

"等一下,"我说,"我必须回去取——"

她发出一声悲鸣,竭力从我手里挣脱出去。我不顾她的挣扎,拖着她回到藏书室,抓起那张便条。我将便条捏成一团塞进口袋里。绝不能把便条留在这里,因为等到守卫发现有女仆失踪,而桌子上放着一张写着名字的便条,他们就能知道到偷走女仆的小偷来自哪个家庭。"你叫什么名字?"

女孩摇了摇头。

"你一定记得的。"我坚持道。可怕的是,我不仅没有感到同情,反而有些恼火,"打起精神来,别再多愁善感了。我们走。"

"苏菲。"她呜咽着说。她的眼里涌满了泪水。我感觉越来越糟,因为我想到自己将要做的事是多么残酷。

"不许哭。"我尽量严厉地低声喝道,希望我的语气能吓得她听话。我模仿马多克的腔调,让自己听起来仿佛是习惯了颐指气使,"不许哭。再哭就打你一耳光。"

她身子缩了缩,立刻不作声了。我用手背擦去她的眼泪。"配合我好吗?"我问道。

她没有回答,我也认为继续交谈已经没有意义了,于是就领着她向厨房走去。我们必须经过那两个守卫,否则就出不去。她已经硬撑着装出了一副龇牙咧嘴的笑容,至少她还有足够的自制力这样做。但更令人担心的是,她总是情不自禁地瞪大眼睛观看周围的事物。当我们走向那两个守卫时,她那副瞪目凝视的神情完全无法掩饰。

我随口编了一个借口,尽量让自己的声音没有高低变化,装作好像在背诵一条记忆中的信息。"卡丹王子让我们去伺候他。"

一个守卫转向另一个守卫说:"贝尔金可不会喜欢这样。"

我尽量不做出任何反应,但这很难,我只能呆呆地站在那儿等着。要是他们发现我们两个在假装,那我就只好杀掉他们了。

"好吧。"第一个守卫说,"那就去吧。但告诉卡丹,这次贝尔金王子命令他将你们两个带回来。"

我不喜欢他说话的语气。

第二个守卫瞥了苏菲和她那狂乱的神情一眼。"你看什么?"

我能感觉到苏菲在我旁边颤抖——浑身都在颤抖。我必须抢在她前面说点什么。"卡丹大人让我们当心点儿。"我说,希望这个含糊的命令有助于解释她的反常。

然后我和苏菲一起穿过厨房,从那些我没能拯救的人类仆人旁边经过时,我意识到我这样做完全徒劳无益。说到底,帮助一个人真的有这么重要吗?

一旦拥有权力,我会找到一个办法帮助他们所有人,我暗暗告诉自己。一旦达因获得权力,我也将获得权力。

我小心翼翼地往前走,确保自己的动作缓慢迟钝。直到我们终于走出贝尔金的宅邸,我才长长地舒了口气。

但事实证明,我高兴得太早了。我看到卡丹骑着一匹灰斑大马向我们奔来,后面跟着一匹供妇女骑的驯马,马上坐着一个女孩——妮卡茜娅。卡丹一进屋,那两个守卫就会问他关于我们的事,那样他就会发现事情不对劲儿。

要是他没有看见我,晚点儿再察觉事情不对劲儿就好了。

偷走王子的仆人会受到什么惩罚?我不知道。也许是一个诅咒,比如被变成一只渡鸦,被迫飞往北方,在冰宫里生活七七四十九年——或者更糟,根本没有诅咒。

我竭尽所能才没有惊慌失措,拔腿就逃。不过虽然我这样想,但是我根本跑不到树林里,更何况我还得拖着一个人。卡丹会骑马追上我们的。"别瞪着眼睛乱看了。"我对苏菲悄声说,语气比我预想的更加严厉。"看着你的脚。"

"别教训我。"她说,但她至少没有叫喊。我低着头,挽着她的胳膊向着树林走去。

借着眼角的余光,我看到卡丹从马鞍上跳下来,一头黑发随风飘扬。他看向我们这边,在原地站了一会儿。我吸了一口气,没有跑。

我不能跑。

没有马蹄声响起,没有人来抓我们,惩罚我们。令我大感欣慰的是,卡丹似乎只是看见两个仆人走向树林里,去捡木柴,去采集浆果,或者去干别的杂活儿。

我们越是走近树林边缘,我越是感到脚下的每一步都无比沉重。

一走进树林,苏菲便跪倒在地,转过头去望着贝尔金的宅邸。一声凄厉的哀号从她的喉咙深处冒出来。"不,"她摇着头说,"不不不不不。不,这不是真的。这一切都没有发生。"

我一把将她拉起来。"快走。"我说,"快走,否则我就把你丢在这里。你听懂我的话了吗?我会丢下你,卡丹王子会发现你,把你拖回去。"

我偷偷地往回瞥了一眼，我又看到了他。卡丹正牵着马向马厩走去。妮卡茜娅仍骑在马上，脑袋微微后仰，正因为他说的什么话而哈哈大笑。他的脸上也挂着笑容，但不是他平常那种冷笑。他看上去不再像故事书里邪恶的坏蛋了，而只是一个跟朋友在月光下散步的普通男孩。

苏菲跟跟跄跄地继续往前走。现在我们不会被抓住了，即便我们离他们这么近。

踏上树林那布满松针的地面，我就长长地吐了一口气。我督促着她不停地走，一直走到林中的那条小溪边。我逼迫她蹚水过河，尽管冰冷的河水和深深的淤泥降低了我们的速度。但是在这种情况下，任何能够隐藏我们的脚印的办法都值得去做。

最终，她跌坐在河岸上，抽抽噎噎地哭起来。我看着她，希望自己知道现在该怎么办。我希望自己心肠更软一些，更有同情心一些，而不是现在这样又恼火又担心，因为任何耽搁都有可能让我们被抓住。我强忍怒气，逼迫自己在河岸边一根被白蚁蛀坏的圆木上坐下来，让她哭个够。但几分钟过去了，她的眼泪仍流个不停，我只得起身走过去，坐在她旁边泥泞的草地上。

"我家离这里不远了。"我尽可能和颜悦色地说，"再走一会儿就到了。"

"闭嘴！"她叫道，抬起手来试图把我推开。

一阵挫败感袭上心头。我想冲她尖叫，我想抓住她的肩膀用力摇晃。但我只是咬住舌尖，握紧拳头，强压住心中的怒火。

"好吧，"我深吸了一口气，"我知道，这件事来得太快了。可我真的想帮你。我可以帮你离开精灵世界。就今晚。"

女孩又摇了摇头。"我不知道。"她说，"我不知道。我当时在参加'火人节'[1]，有个家伙说他有辆轻便马车，用于给一个富裕的怪人运送开

---

[1] 火人节（Burning Man Festival），每年在美国内华达州的黑岩沙漠举行的狂欢节，为期八天，以活动最后一天焚烧巨大的木质人偶而得名。

胃小吃,我便坐了上去。那个怪人住在一顶带空调的帐篷里。千万别拿任何东西,他告诉我,否则你就得为我效劳一千年……"

她的声音低了下去,但我明白她是怎样落入圈套的了。那个男人说的话听起来像是在开玩笑,她听了哈哈大笑,他也只是面带微笑地看着她。后来,她要么是吃了一个鲜虾酥,要么是拿了几件银器塞进口袋——反正结果都一样。

"没事了。"我只能这么说,"事情会好起来的。"

她转头看着我,脸上的表情仿佛第一次看到我。她看到我的穿着跟她一样,就像一个女仆,但我身上一定有什么地方不对劲儿。"你是谁?这是什么地方?这一切是怎么了?"

我问过她的名字,所以我也应该告诉她我的名字。"我叫茱德。我在这里长大。我的一个姐姐能够带你飞越周围的大海,到附近的人类城镇去。你在那里可以打电话叫人来接你,也可以找警察,他们会找到你的亲人。这一切就快结束了。"

苏菲听懂了我的话。"这是一种——发生什么事了?我记得一些东西,一些不可能的东西。我曾想要什么东西。不,我不可能想要……"

她的声音又低了下去,我不知道该说什么。我也猜不出她想说什么。

"拜托了,请你告诉我这不是真的。这一切要是真的,我肯定活不下去的。"她瞪大眼睛环顾周围的树林,仿佛只要能证明这片树林不是魔法,那其余的一切也就都不会是魔法。但这无疑是个愚蠢的想法,因为所有的森林都是魔法。

"来吧。"我说,她说的话让我觉得很不舒服,但这个时候仅仅是为了让她感觉好些就撒谎哄她也毫无意义。她曾经被困在精灵世界,她必须接受这个事实。而想要逃出精灵世界,不像是我有一艘小船,就可以载着她漂洋过海这么简单。我需要薇薇安的千里光骏马。"你能再走几步路吗?"她越早返回人类世界,一切也就越好。

走近马多克的庄园时,我才想起我的斗篷还塞在空空宫外面的柴堆里,不由得在心里又把自己骂了一顿。我领着苏菲来到马厩,让她坐在空围栏里。她一下子跌坐在了干草上。我想在她瞥见那头巨型蟾蜍的那一刻,她对我的最后一点儿信任也荡然无存了。

"我们到了,"我强颜欢笑,"我这就进去找我姐姐,你在这里等我。答应我。"

她惊恐地看着我。"我做不到。我没法面对这一切。"

"你必须做到。"我说,声音听起来比我预想的更严厉。我偷偷地进了屋,以最快的速度跑上楼,暗暗祈祷路上别遇上任何人。我猛地推开薇薇安的房门,根本顾不得敲门。

谢天谢地,薇薇安在屋里。她正趴在床上,用绿色墨水在一张页边上有红心、星星和笑脸的信纸上写信。听到我进来,她抬起头来,把头发捋到后面。"你这身衣服有点儿意思。"

"我干了一件大蠢事。"我气喘吁吁地说。

一听这话,薇薇安撑起身子,从床上下来站定。"出什么事了?"

"我偷了一个人类女孩——人类女仆——从贝尔金王子那里偷的,我需要你帮助我,在这件事败露之前将她送回凡间。"说话时,我再次意识到自己这样做多么可笑——多么冒险,多么愚蠢。我把苏菲偷走,贝尔金只需再另找一个愿意跟他做交易的人类。

但薇薇安并没有责骂我。"好,我先穿上鞋子。我还以为你要告诉我你杀了人呢。"

"你怎么会这样想?"我问道。

她吁了口气,同时四处找她的靴子。系鞋带时,她抬眼瞧着我。"茱德,你在马多克面前总是面带微笑,可我看到的只是露出的牙齿。"

我不确定该怎样回答。

她套上一件毛皮绲边的绿色长外套,外套上钉着盘花纽扣。"那女孩在哪儿?"

"在马厩里。"我说,"我会带你——"

薇薇安摇了摇头。"绝对不行。你必须脱掉这身衣服,换上一件裙子下楼去吃晚餐,而且一定要表现得一切正常。要是有人来盘问你,告诉他们你一直待在房间里。"

"没有人看见我!"我说。

薇薇安用怀疑的眼神看着我。"一个人都没有?你确定?"

我想起了卡丹,我们逃出来时他正骑马过来;还有那两个守卫,我向他们撒了谎。"也许。"我修正道,"但我保证没有人注意到什么异常。"倘若卡丹发现了什么异常,他决不会放我走。有这样的好机会整治我,他是绝对不会放过的。

"嗯,我刚才就是这样想的。"她举起手指修长的手,"茱德,这不安全。"

"我要去。"我坚持道,"那女孩叫苏菲,她真的吓坏——"

薇薇安哼了一声。"那还用说。"

"她不会跟你走。你看起来就像是他们中的一个。"也许,比起其他事,我更害怕自己失去勇气。我担心当肾上腺素渐渐消退时,我不得不面对自己所做的这些疯狂的事。但鉴于苏菲对我都起了疑心,我确信薇薇安的猫眼会让她彻底失去理智。"因为你确实是他们中的一个。"

"你反反复复地说,是怕我忘了吗?"薇薇安问道。

"我们必须走了。"我说,"我要去。我们没有时间争论了。"

"那好吧。"她说。我们一起走下楼梯,可是,当我们就要出门时,她抓住了我的肩膀。"你救不了我们的母亲,你知道的,她已经死了。"

我感觉脸上热辣辣的,仿佛挨了她一记耳光。

"不是这么——"

"难道不是吗?"她神色严峻地问道,"这不就是你正在做的吗?告诉我这个女孩不是妈妈的某种替身——某种感情上的替代品。"

"我想帮助苏菲。"我耸了耸肩,甩开她的手,"仅此而已。"

外面皓月当空,树叶闪着银光。薇薇安走出去采了一束千里光草。"好吧,那就去找这个苏菲吧。"

苏菲还在我让她待的地方。她弓着背跪在干草上,身子不住前后摇晃,口中喃喃自语。看到她还在这里,我顿时心中一宽,因为她没有逃走,我们不必在森林里找寻她的踪迹；因为贝尔金的宫殿里还没有人发现她的位置，赶来将她拖走。

"好了，"我假装欢快地说，"我们准备好了。"

"好。"她站起身来。她的脸上挂着泪痕，但现在暂时止住了哭。她看上去似乎还没从巨大的惊吓中缓过劲儿来。

"很快就没事了。"我又说了一遍，但她没有回答。她跟着我走出马厩，来到马厩后面的空地上。薇薇安在那里等着我们，旁边站着两匹瘦骨嶙峋的矮马，它们长着绿色的眼睛和蕾丝般的鬃毛。

苏菲看了看两匹矮马，然后看到了薇薇安。她开始往后退，一边退一边摇头。当我走近她时，她也向后躲开。

"不，不，不。"她说，"求你了，不。不要了。不。"

"只是一点点魔法。"薇薇安说。她的话听起来合情合理，但她仍是耳朵尖长着淡淡绒毛、两只眼睛在黑暗中闪着金光的精灵。"现在需要这一点点魔法送你回去，以后你就再也不会看到魔法了。你会回到凡间，那个充满阳光的世界，正常的世界。这是让你回到那里的唯一方法——飞回去。"

"不。"苏菲失声叫道。

"我们去附近的悬崖。"我说，"在那里你能看到灯光——也许还会有小船。等你看到目的地之后，你会感觉好很多的。"

"我们的时间可不多。"薇薇安提醒我，同时意味深长地瞅了我一眼。

"又不远。"我争辩道。我不知道还能怎么办。我能想到的唯一办法就是将苏菲打晕，或者让薇薇安蛊惑她，但这两种办法都很糟糕。

我们穿过树林向悬崖走去，那两匹千里光骏马跟在我们后面。苏菲没有畏缩不前。走这段路似乎让她平静了下来。她一边走，一边捡起路上那些光滑的石头，擦去上面的泥土，然后将石头放进自己的口袋里。

"你还记得你以前的生活吗？"我问她。

她点了点头，沉默了片刻，她转过来看着我，嘴里发出一阵古怪的、蛙鸣似的笑声。"我以前总希望世界上有魔法，"她说，"这是不是很好笑？

我希望复活节兔子[1]和圣诞老人都是真的。还有小叮当[2]，我还记得小叮当。可我现在不想了，再也不想了。"

"我懂你的感受。"我说。我真的懂她的感受。多年以来，我曾许下过很多愿望，但我心里最大的愿望是——这一切都不是真的。

在悬崖上可以看到大海，薇薇安骑上一匹马，让苏菲坐在她身前。我翻身上了另一匹马。苏菲回过头，用颤抖的目光望了树林一眼，然后又瞥了我一眼。她看上去似乎不害怕了。她似乎开始相信，最糟糕的东西已经被她抛在身后了。

"抓紧了。"薇薇安说。她的马在悬崖上一蹬，纵身跳入空中。我的马跟着也跳了下去。飞翔的狂喜顿时袭过了我的全身，这种熟悉的喜悦让我不由得咧嘴笑了。我们下方是白浪翻涌的大海，前方是灯光闪烁的凡间城镇，犹如一片散落着星星的神秘土地。我看向苏菲，希望给她一个令她放心的微笑。

但苏菲没有看我。她闭着眼睛。然后，就在我的注视之下，她突然身子歪向一边，放开矮马的鬃毛，让自己跌落了下去。薇薇安赶忙伸手抓她，但已经太迟了。她无声无息地穿过夜空，坠向黑暗的大海。

当她落入海中时，几乎听不到一点水声。

我一个字也说不出来。周围的一切仿佛都慢了下来。我想起苏菲皲裂的嘴唇，耳边再次响起她说过的话：拜托了，请你告诉我这不是真的。这一切要是真的，我肯定活不下去的。

我想起她装进口袋里的石头。

我一直都没有听她说话。我从来都不想听她说话，我一心只想拯救她。

而现在她死了，我就是凶手。

---

[1] 复活节兔子（Easter Bunny）是虚构的动物，小孩子们相信复活节这天会有一些兔子给他们送来复活节彩蛋。

[2] 小叮当（Tinker Bell）是童话剧《彼得·潘》中的一个小仙女。

第十八章

  我醒来时感觉头昏脑涨。我昨晚是哭着睡着的，现在眼睛又红又肿，脑袋里仿佛有一柄大锤在猛烈敲击。昨夜就像一个狂热可怕的梦魇。我竟然偷偷溜进贝尔金的宅邸，偷走了他的一个女仆，这简直是不可能的事。而更加不可能的是，她宁愿淹死，也不愿意带着精灵世界的记忆活着。我耸肩缩背地穿上上衣，给自己倒了一杯茴香茶。那博恩出现到我的门前。

  "打扰了，"他微微躬了躬身，"茱德必须马上去——"

  塔特挥手让他走开。"她现在不方便见任何人。等她穿好衣服，我会送她下去。"

  "达因王子在楼下马多克将军的书房里等她。他命令我立刻带茱德去见他，不管她现在穿的什么。他说万不得已我可以抱着她去。"那博恩似乎十分恼恨自己不得不这样说，但很显然我们谁也不能违抗达因王子这位王储的命令。

  我感到阵阵寒意和恐惧袭上心头，胃也不禁抽搐。我为什么没想到达因王子会借由他的间谍发现我所做的事？我在天鹅绒上衣上擦了擦手。尽管接到了"立即下楼"的命令，我仍是在穿上裤子和靴子后才动身。没有人能阻止我。我的确还很脆弱，可我会尽量保持尊严。

  达因王子站在窗前，身后是马多克的书桌。他背对着我，我的目光不由自主地落在了他腰间的宝剑上，那柄剑从他那厚羊毛斗篷下露了出来。我进来时，他并没有转身。

  "我做错了事。"我说。我很庆幸他没有转身，这样我就不用和他有目光交流，承认错误也会多少容易些。"我会悔改，用什么方法都——"

他转过身来，一脸压抑着的怒气。我突然发现他跟卡丹长得有多么相像。他在马多克的书桌上重重一拍，震得桌上的东西不住晃动。"难道我没有招募你为我效劳，赐予你极大的恩惠吗？难道我没有答应你将来在我的宫廷里给你留个位置吗？可是——可是，你却用我教给你的东西来威胁我的计划。"

我低头看着地板。他有权对我做任何事。任何事。就连马多克也不能阻止——马多克也不会试图阻止他。我不仅没有服从他，而且还闯了大祸。我帮助了一个凡间女孩——我的行为就像个凡人。

我咬着下嘴唇，以免自己哀求他的宽恕。我不允许自己说出求饶的话。

"那个男孩虽然侥幸没有受重伤，但要是用别的刀——一把更长的刀——那就会是致命的。别以为我不知道你本打算杀了他。"

我猛地抬起头来，惊讶得忘了掩饰自己的表情。我们对望了几秒钟，气氛变得颇为尴尬。我看着他那双银灰色的眼睛，注意到他眉头皱起，形成几道深深的、不悦的皱纹。我专心致志地观察他的表情，差一点儿就泄露了自己的另一项罪行，而那项罪行比他发现的这项甚至更大。

"怎么了？"他质问道，"难道你没想过事情败露后该怎么办吗？"

"他当时想蛊惑我，让我从高塔上跳下去。"我说。

"这么说他知道你不能被蛊惑了？那就更糟了。"他绕过书桌向我走来，"你是我的工具，茱德·杜尔特。只有我让你出击，你才能出击。不然的话，管住自己的手。听明白了吗？"

"没有。"我脱口而出。他的要求太荒谬了。"难道我只能任由他伤害我吗？"

倘若他知道了我做过的所有事，那他一定会比现在更加愤怒。

达因王子将一把匕首用力扔到马多克的书桌上。"捡起来。"他说，我顿时感到魔咒的力量笼罩了全身。我抓住了刀柄，仿佛有一团迷雾包围了我，对自己即将做的事懵懵不清。

"等一会儿，我会叫你用这柄匕首刺穿你的手掌。你要记起你的骨头在哪里，血管在哪里。我要你刺穿你的手掌，但尽量造成最小的伤害。"

他的声音很柔和，令我昏昏欲睡，但我的心跳仍然加快了。

尽管心中极不情愿，我还是不由自主地将锋利的刀尖对准了手掌。我将刀尖轻轻地抵住手上的皮肤。我准备好了。

我恨他，但我准备好了。我恨他，也恨我自己。

"好了。"他说。我身上的魔咒解除了。我后退了半步。我又恢复了自控力，尽管手里仍拿着匕首，可他刚才要让我——

"别让我失望。"达因王子说。

我顿时意识到自己并没有得到他的赦免。他解除我身上的魔咒，并不是想放过我。他完全可以再次蛊惑我，但他不会，因为他想让我心甘情愿地刺穿自己的手掌。他想要我证明自己的忠诚，用我的鲜血证明。我犹豫了——我当然要犹豫。这太荒谬、太恶心了。这不是人们表现忠诚的方式，这是完全的胡扯。

"茱德？"他问道。我不知道他到底是期望我通过这个测试呢，还是想让我就此失败。我想到了躺在海底的苏菲，想到了她装满石头的口袋。我想到了瓦莱里安让我从高塔上跳下去时脸上满足的表情。我想到了卡丹确信我不敢反对他时的眼神。

我曾尝试战胜他们，可我失败了。

要是我不再担心死亡、痛苦，以及所有的一切，那我会变成什么？要是我不再尝试融入他们呢？

我能变得令人恐惧，而不是感到恐惧。

我死死地盯着达因王子，猛地将匕首插入了手掌。疼痛犹如潮水汹涌而来，一浪高过一浪，仿佛永远也不会减轻。我的喉咙里发出一声闷哼。我也许不该受到这么严厉的惩罚，但我的确应该受到惩罚。

达因的脸上现出迷茫的神色。他退了一步，仿佛我做了什么令他震惊的事，而不仅仅是执行了他的命令。然后他清了清嗓子。"不要显露你的剑术。"他说，"不要泄露你能抵御魔咒的秘密。不要暴露你的任何能力。通过假装软弱来展示你的力量。这就是我对你的要求。"

"好的。"我吸了口气，将匕首拔了出来。鲜血立刻喷涌而出，流到了马多克的书桌上，比我想象的更多。我突然感到有些眩晕。

"把血擦掉。"他说。他紧咬着牙关。不论他刚才是因为什么而感到吃惊，但这一刻他心中的惊讶似乎都已经消失了，取而代之是另外一种感觉。

手边没有什么东西可以用来擦去书桌上的血，于是我用自己上衣的衣摆擦了桌子。

"现在把你的手给我。"他说。我很不情愿地把手伸到他面前，他只是轻轻地托住我的手，从口袋里掏出一块绿布将我的伤口裹起来。我试着活动了一下手指，但钻心般的剧痛几乎让我晕过去。这块临时绷带已经变成了暗红色。"我走后，你立刻去厨房，在伤口上敷上一些苔藓。"

我点了点头。我不确定自己现在能否将想法转化成语言。我担心自己用不了多久就会站不住了，但我将膝盖顶在一起，注视着马多克书桌上的那道凹痕。那是匕首的刀尖刚刚凿出来的，里面沾了一点鲜艳的红色，不过颜色正在渐渐消退。

突然，书房门被推开了，我和达因都是一惊。达因王子放开我的手，我赶忙将手插进口袋里，剧烈的疼痛几乎让我晕过去。奥里安娜站在门口，双手托着木盘，上面放着一个冒热气的罐子，还有三只陶土杯。她穿着浅绿色的居家裙，颜色近似未成熟的柿子。"达因王子，"她姿态优美地鞠了一躬，"仆人说您在单独接见茱德，我跟他们说他们一定是弄错了。您的加冕礼即将临近，毫无疑问，您的时间一定非常宝贵，可别让一个傻丫头占用您太多时间。您给予她的恩宠太多了，这么多的宠爱也许会让她不堪重负的。"

"也许吧。"他咬着牙冲她笑了笑，"我耽搁得太久了。"

"在您离开之前，请喝杯茶吧。"她将托盘放在马多克的书桌上，"我们可以一起喝几杯茶，聊上几句。要是茱德做了什么冒犯了您……"

"失陪了。"他的语气听起来不太友善，"您提醒了我自己的职责所在，我必须立刻行动起来。"

他从奥里安娜身边过去，回头扫了我一眼，随即离开。我不知道自己有没有通过刚才的测试。但不管怎样，他都不会像以前那样信任我了。我亲手摧毁了那份信任。

不过，我也不像以前那样信任他了。

"谢谢你。"我对奥里安娜说。我浑身上下抖个不停。

这一次，她没有责备我。她什么也没说，只是双手轻轻扶住我的肩头。我靠在她身上，碾碎的马鞭草的味道飘到了我的鼻端。我闭上眼睛，贪婪地吸着这种熟悉的味道。我什么也不管了。我现在只想获得安慰——不论是谁的。

我今天不想去上学了。我浑身颤抖着回到房间，进屋后就爬到了床上。塔特抚摸着我的头发，仿佛我是一只睡眼蒙眬的猫。过了一会儿，她又回去继续整理我的裙子。我的新礼服预定今天晚些时候送来，加冕礼将在明天举行。达因加冕为至尊王，将开启整整一个月的狂欢，从月圆到月缺再到月圆。

我的手剧痛难当，无法忍受再在上面敷上苔藓。我把手轻轻地放到胸口，伤口处一跳一跳地搏动，令人晕厥的剧痛伴着脉搏不断袭来，仿佛里面还有一颗心在怦怦乱跳。我只能静静地躺在那里，等待疼痛消退。我头脑眩晕，思绪散乱。

在外面的某个地方，遍布辽阔的精灵世界的各个宫廷的统治者、所有的贵族、淑女和王侯正在陆续到达，来向新的至尊王致敬。有些是黑夜宫廷，有些是光明宫廷，有些是自由宫廷，还有些是野蛮宫廷。还有至尊王的属国，以及跟至尊王达成了停战协定的宫廷——不论这些停战协定多么脆弱。就连欧拉女王的深海宫廷也将出席加冕礼。所有宫廷将会向新的至尊王宣誓，立誓忠诚接受他的裁决，以换取他的智慧和保护；立誓必要时保卫他，为他复仇。然后，所有前来观礼的贵宾都会在随后的狂欢中纵情享乐，以此表达对至尊王的敬意。

我也应该跟他们一起狂欢。整整一个月的跳舞、宴会、狂饮、猜谜和决斗。

为此，我每一件最好的裙子都必须被掸去尘土，熨平，翻新。塔特找来松塔的鳞片，在那些磨旧了的袖子边缘缝上精美的袖口，在裙子那些小裂缝绣上树叶和石榴。有一条裂缝上她竟然绣了一只活蹦乱跳的狐狸。她还给我缝了几十双舞鞋，因为按理我将在狂欢会上尽情跳舞，那样每天晚上都有可能会跳坏一双鞋。

至少洛基会跟我共舞。我全神贯注地回想他那双琥珀色眼睛，想要以此来忘记手上的疼痛。

当塔特还在房间里走来走去时，我闭上了眼睛，坠入了一种奇怪的、时断时续的睡眠。我醒来时已经是深夜。我浑身汗津津的，不过也感到了一种古怪的平静，眼泪、恐慌和疼痛都已莫名其妙地平息了，伤口处的疼痛也变成了一种麻木的搏动。

塔特已经走了。薇薇安坐在我的床尾，月光照在她的猫眼上，反射出淡淡的黄绿色光芒。

"我来过几次，看你好一些没有。"她说，"当然了，每次看着都不好。"

我一只手撑着，挣扎着坐起身来。"对不起——因为我让你做的事。我不该……那会让你很危险。"

"我是你姐姐，"她说，"你不必为我自己做的决定而感到内疚。"

苏菲掉进海里之后，我和薇薇安都跳进海里，花了好长时间尖声呼唤她；我们还潜到黑沉沉的水下，试图找到她的踪迹，直到我们的嗓子都喊哑了，直到黎明。

"还是对不起。"我说。

"'还是对不起'！"她厉声重复道，"那是我自己想帮忙。我也想帮助那女孩。"

"可我们没能帮上她。"我哽咽道。

薇薇安耸了耸肩。我忽然想起，尽管她是我姐姐，但令人费解的是，我们在很多方面都想法不同。"你做了一件很勇敢的事。高兴点儿。并不是每个人都能勇敢。我就一直都不勇敢。"

"比如说，你不敢告诉希瑟事情的真相？"

她冲我扮了个鬼脸，随即面露微笑，显然感激我提起了一件不那么悲惨的事情——不过，这样一来，我们两人的思绪都从一个死去的凡人女孩转到了她喜欢的、同时也是凡人的女孩身上。"几天前我们一起躺在床上，"薇薇安说，"她忽然伸手抚摸我的耳朵。我以为她要问我为什么我的耳朵是这个样子的，好让我开始吐露心中的秘密。但她只是告诉我，她觉得我耳朵的整形整得很漂亮。你知道有些凡人会将自己的耳朵割开再缝好，只为了让他们的耳朵变成尖耳朵吗？"

对此我并不感到惊讶，我理解他们对那种耳朵的渴望。我觉得自己一直都渴望得到那样的耳朵，那样精致的、长着绒毛的尖耳朵。

但我没有说出我的心里话：无论是谁，只要摸一摸薇薇安的耳朵，就会知道那样的耳朵是大自然的杰作，而不是人为的雕饰。希瑟不是在骗她，就是在骗自己。

"我不想让她怕我。"薇薇安说。

我想起了苏菲，可能薇薇安也正想着她，想着她那装满石头的口袋。苏菲已经长眠于海底了。也许，对于发生在自己身上的一切，尽管她竭力装出一副若其事的样子，但内心却完全不像外表那般轻松。

这时，楼下忽然传来塔琳的声音。"我们的裙子来了！快来看啊！"

薇薇安从床上滑下去，笑眯眯地看着我。"至少我们经历了一次冒险。现在我们要去经历下一次冒险了。"

我让她先走，因为我需要戴上手套，遮住手上的绷带，然后才能下楼。我紧贴手心放上一颗纽扣，以免手心受到直接的压力，同时希望它别太显眼了。

裙子铺在大客厅里的沙发和椅子上面。马多克正在耐心地听奥里安娜欣喜若狂地赞美这些裙子是多么的完美。她的舞裙跟她眼睛的颜色一模一样，都是粉的。尽管此时她的眼睛已经兴奋得变成了红色。她的舞裙看上去仿佛是用许多巨大的花瓣做成的，层层叠叠铺展开来，形成长长的裙裾。塔琳的裙子面料华丽非常，披风和衬胸的剪裁完美无瑕。旁边铺着欧克的一身可爱的小套装，再过去是马多克的紧身上衣和披风，两件衣服都隐隐透着他最喜欢的暗红色，那是表面刚刚凝结的血液的颜色。薇薇安举起她的那件银灰色裙子，裙边镶着细碎的花边。她冲我笑了笑。

我看见我的裙子放在屋子对面。我走过去将裙子拿起来，塔琳发出一声惊呼。

"那不是你预订的款式。"她不满地说，好像我故意欺骗了她。

没错，我手里的裙子的确不是布兰当初给我画的纸样上的那种款式。现在我手上拿的是一件完全不同的风格的裙子，让我想起了洛基母亲的衣橱里挂着的那些夸张而惊艳的裙子。这是一件渐变色的舞裙，颜色从上到下由浅至深：从领口处的白色，到淡淡的蓝色，再到裙摆处最深的靛蓝。裙子上绣着树木的剪影，就像暮色降临时森林的影子。裁缝还缝上了许多小小的水晶珠子，用它们来代表星星。

这件裙子太完美了，我做梦也想不到世上会有这么漂亮的裙子，有那么一会儿，我只是呆呆地凝视着它，脑海中除了它以外什么也没有。

"我——我认为这不是我的。"我说，"塔琳说得对。它跟纸样完全不同。"

"不过它还是很漂亮。"奥里安娜说，语音中颇有安慰之意，仿佛我会不高兴似的，"而且裙子上还别着你的名字。"

我很庆幸没有人让我将它退回去。我不知道裁缝为什么会给我做这样一件裙子，但只要我能穿进去，我就穿它了。

马多克扬起眉毛。"我们穿上这些衣服是为了彰显我们的身份。"当他从我身边经过，准备离开客厅时，他揉了揉我的头发。这一刻，我几乎产生了错觉：我们之间并没有横着一条鲜血飞溅的河流。

奥里安娜拍了一下手。"姑娘们，到这里来一下。我有话说。"

我们三个在她旁边的长沙发上坐下来，满心疑惑地等着听她说话。

"明天，你们将会置身于其他宫廷的上流人士中间。你们一直处于马多克的保护之下，但大多数出席典礼的空境人并不知道这一点。你们要切记，不能让自己受到引诱，跟他们达成任何可能会对你们不利的交易，或者许下类似的承诺。而且，特别要注意不能侮辱别人，否则就有可能让至尊王有理由怠慢你们。别干傻事，别让任何人控制你们。"

"我们从没干过傻事。"塔琳说，这是一句不折不扣的谎言。

奥里安娜脸现痛苦之色。"我本来不愿意让你们去参加狂欢的，可马多克明确表示要你们参加。所以，记住我的忠告。时刻当心，这根本不会耽误你们获得乐趣。"

我早该料到——更多的告诫，又一场说教。既然她不相信我们会在狂欢会上举止得当，那她当然也不相信我们会在加冕礼上规规矩矩。我们站起来准备解散，她用她那冰冷的嘴唇轮流亲吻我们的脸颊。最后才轮到我。

"不要渴望超越自己的身份。"她对我柔声说。此时薇薇安和塔琳已经走出去了。

一时间，我想不出她为什么要这样说。然后我明白了她的意思，我感到无比惊骇：经过昨天下午的事，她以为我是达因王子的情人。

"我没有。"我脱口而出。当然，卡丹要说看到了，肯定会觉得我得到的任何东西都超越了我的身份。

她拉过我的手，一脸的同情。"我只是想到了你的将来。"奥里安娜说，声音仍然很柔和，"那些接近王座的人很少能真正跟别人亲近。一个凡间女孩能够拥有的盟友甚至更少。"

我点了点头，仿佛听从了她这个睿智的忠告。既然她不相信我，那最简单的办法就是敷衍她。我想这样的敷衍总好过告诉她事实——达因选择了我，是让我加入他的间谍团队。

我的表情中不知泄露了什么，让她一把抓住了我的双手。当她捏住我的伤口时，我疼得咧了咧嘴。"在我成为马多克的妻子之前，我是至尊王的情人。相信我，茱德，至尊王的情人可不是好当的。你总是会处于危险之中，总是会充当人质。"

我目瞪口呆地望着她，因为她这番话太让我震惊了。我从没想过她在跟我们一起生活之前，过的是怎样的生活。突然间，奥里安娜对我们的担心有了一种不同的意义，她曾习惯于一套完全不同的游戏规则。一时间，我感觉脚下的地板仿佛都倾斜了。我不了解站在我面前的这个女人，不知道她在来这座宅邸之前承受过怎样的痛苦，甚至不知道她究竟是怎样成为马多克妻子的。她当初爱他吗？还是她只是谋得了一场明智的婚姻，以获得他的保护？

"我不知道这事儿。"我说。

"我从没给至尊王生过孩子。"她告诉我，"但他的另一个情人差一点儿就生了。她死后，有传言说是至尊王的一个王子毒死了她，为了阻止她的孩子跟他竞争王位。"奥里安娜浅粉色的眼睛注视着我。我知道她说的是利芮厄普。"你不必相信我。因为除此之外还有许多传言，都跟这个一样可怕。权力集中之地，必然会有接连不断的权力争夺。至尊宫廷里不是在忙着服食毒药，就是在忙着积聚戾气。你不会适应至尊宫廷的生活的。"

"你凭什么这样想？"我问道，她的话跟马多克拒绝我当骑士时说的差不多，让我感到很恼火。"也许我会很适应呢？"

她的手指再次拂过我的脸，将我的头发往后捋了捋。这本该是个温柔的动作，但她此时做出来却含有一种评估的意味。"马多克一定非常爱你母亲，"她说，"他非常喜欢你们三个姑娘。如果我是他，我早就把你们送走了。"

这一点我毫不怀疑。

"如果你不顾我的警告跟达因王子相好，如果你怀上了他的孩子，那你一定要首先告诉我。在此之前，千万不要告诉任何人。我要你以你亡故的母亲发誓。"她抬起手放到我的背上，我感觉到了她指甲的触碰，身子不由得缩了缩。"千万不要告诉任何人。听明白了吗？"

"我答应你。"我答道，遵守这个誓言应该没有什么难度。为了让我的话听起来更有分量，让她相信我是认真的，我补充道，"真的。我答应你。"

她放开了我。"你可以走了。好好休息，茱德。等你起来，我们就得赶快准备出席加冕礼了，就不会有什么时间可以休息了。"

我向她行了屈膝礼，随即离开了。

塔琳在大厅里等着我。她坐在一张雕着盘蛇的长凳上，两只脚前后晃荡着。我反手关上门，她抬眼看我。"她跟你说什么了？"

我摇了摇头，试图甩掉脑海中的混乱。"你知道她曾是至尊王的情人吗？"

塔琳的眉毛扬了起来。她哼了一声，似乎很开心。"不知道。她就告诉你这个？"

"还有很多事。"我想起了洛基的母亲和那颗金橡子里的鸣鸟。我还想起了埃尔德雷德，想起他坐在王座上，脑袋被王冠压得垂下来的样子。我很难想象他竟然也有情人，而且还不止一个。不，他一定是有很多情人，所以才会有那么多孩子，这么多的子嗣对于精灵来说是很罕见的。不过也有可能只是我在这方面想象力不够。

"嗬！"塔琳一声轻呼，看来她在这方面想象力也不太够。她皱着眉想了一会儿，然后似乎想起了她为什么在等我。她问，"你知道贝尔金王子来这里干什么吗？"

"他来了？"我吃惊得差点儿跳起身来，"来这里？来这座房子？"

她点了点头。"他跟马多克一起来的。他们在书房里待了好几个钟头。"

我心下暗想：他们是在达因王子离开之后多久来的呢？但愿间隔时间久一些，那样达因王子就不会无意中听到女仆丢失的事了。我的手一动，伤口处就会突突地跳，不过我很高兴手还能动，但这不代表我已经准备好面对更多的惩罚。

不过，刚才马多克看见我拎着那件裙子时似乎并不生气。他看上去很正常，甚至有点儿高兴。也许他们商量的是别的事情。

"有点儿奇怪。"我对塔琳说。达因王子禁止我谈论做间谍的事，所以我也无法告诉她苏菲的事。

加冕礼转眼即至。我希望它快点儿来，扫除其余的一切。

晚上，我穿戴整齐地躺在床上休息，等着幽灵来找我。我已经连续两个晚上逃课了——前天晚上去参加洛基的聚会，昨天晚上在海里搜寻苏菲。今天他来的时候一定会很生气。

我将这个想法从脑子里驱除出去，将注意力集中到休息上。吸气，呼气。

刚来精灵世界时，我总是睡不安稳。你也许会认为我是做了噩梦，可我不记得自己常常做噩梦。事实上，我无法平静下来休息。整个晚上和上午，我会在床上翻来覆去，直到傍晚才会最终坠入一种伴随着头疼的昏睡状态，但那时候其他精灵却该起床了。睡不着的时候，我渐渐养成了一些习惯：我会在房子里的各个走廊里四处游荡，就像一个无法安静下来的幽灵；我会用拇指匆匆翻看古书；我会心不在焉地在狐入鹅群棋的棋盘上随意移动棋子；我会在厨房里烤干酪；我会呆呆地看着马多克那顶浸透了鲜血的风帽，仿佛上面那些潮汐般的纹路里隐藏着宇宙秘密的答案。那时有个名叫内尔·尤瑟的淘气精灵在这里工作，他会找到我，将我领回房间。他曾告诉我，就算我睡不着，我也应该闭上眼睛静静地躺在床上。那样，即便我的脑子无法休息，至少我的身体能得到休息。

我正这样躺着，忽然听到阳台上传来一阵响动。我翻了个身，满以为会看到幽灵。我正要嘲笑他毕竟还是弄出了声音，忽然意识到把门弄得嘎吱作响的那个人根本不是幽灵。来人是瓦莱里安，他手里拿着长弯刀，脸上挂着狰狞的笑容。

"你要……"我慌忙坐起来，"你来这里干什么？"

我发现自己在悄声低语，仿佛我害怕他被发现。

你是我的工具，莱德·杜尔特。只有我让你出击，你才能出击。不然的话，管住自己的手。

至少达因王子没有蛊惑我服从这些命令。

"我为什么不能来？"瓦莱里安问道，同时走近了几步。他身上混合着水晶兰和燃烧的毛发的味道，脸颊上沾着淡淡的金粉。我不知道他之前去了哪里，但我认为他此刻脑子一定不清醒。

"因为这是我家。"我答道。我在等着幽灵来训练我，所以在靴子里藏了一把小刀，后腰上还绑着一把，但想到达因的命令，想到自己不能再让他失望，我没有伸手去拿刀。瓦莱里安竟然在这里，在我的房间里，我不由得感到一阵迷惑。

他走到我床边。他握刀子的姿势还挺像模像样，但我看得出来，他并不擅长运用它。他根本不是什么将军的儿子。"这儿根本不是你的家！"他对我说，气得声音都颤抖起来。

"如果是卡丹唆使你来的，那你真的应该重新考虑一下你们的关系。"我最终说。我现在感到有些害怕。不过，不可思议的是，我的声音竟然没有颤抖，"因为如果我现在大声尖叫，走廊里的守卫就会赶过来。他们会来的。他们有又长又尖的宝剑。你的朋友会让你送了命的。"

通过假装软弱来显示你的力量。

他似乎没有听懂我的话。他的眼圈通红，眼神狂乱，目光完全没有聚焦在我身上。"我告诉他，你刺了我一刀，你知道他是怎么说的吗？他说那是我活该。"

不可能，一定是瓦莱里安误解了卡丹的意思。他只是在嘲笑瓦莱里安对我放松了警惕。

"那你以为他会说什么？"我问他，试图掩饰自己的惊讶，"不知道你注意到没有，那家伙是个十足的蠢货。"

如果说瓦莱里安刚才还不确定自己是否想砍我一刀，那他现在确定了。他纵身一跃，挥刀向我扑来，我赶忙滚开，顺势下床站起身来，他的刀砍进了床垫里。他抽回弯刀，床垫里的鹅毛顿时冲天而起，像雪花一样在空中飞舞。他手忙脚乱地爬起身来,我抽出了小刀。

不要显露你的剑术。不要泄露你能抵御魔咒的秘密。不要暴露你的任何能力。

达因王子不知道的是,我真正的技能在于让别人更加恼火。

瓦莱里安再次向我冲来。他怒火中烧,狂性大发,势若疯虎,挥刀也毫无章法可言,但他毕竟是个空境人,天生身高臂长,又像猫一样灵活。我的心怦怦乱跳。我应该尖声呼救,我应该呼喊卫兵。

我张开嘴巴,他向我猛扑过来。我一下失去了平衡,本该喊出的尖叫变成了一声喘息。肩头刚刚着地,我就顺势滚了到一边。他冲到我面前,我飞起一脚,踢中了他拿刀的手。反应之快,动作之准,连我自己也颇感意外。他的弯刀脱手飞出,一阵叮当声中,弯刀在地板上滚到远处。

"好了。"我说,仿佛在试图让我们两个平静下来,"停下。"

可他并没有罢手。即便我手里握着匕首,即便我避开了他的两次进攻而且踢飞了他的弯刀,即便我曾刺过他一刀,他还是再次掐住了我的喉咙。他的手指死死地掐住我的脖子,我想起了上次他将那个烂精灵果按进我嘴里,稀烂的果肉顶开牙齿的感觉。我想起那个烂精灵果的果汁和糨糊一般的果肉呛死我之际,它所产生的可怕的狂喜偷偷地笼罩了我,彻底剥夺了我的感知力,使我对所有的一切都漠不关心,即便当时自己就要死了。他当时就想看着我死,想看着我大口喘气,拼命挣扎,就像我现在这样。我直视着他的眼睛,他的眼神和当时一模一样。

你什么都不是。你几乎不存在。你活着的目的就是在毫无意义地痛苦地死去之前,制造更多同类。

但他把我看错了。我要让我这蜉蝣一般短暂的一生具有不同寻常意义。

我不会再怕他,我也不会再怕达因王子的责难了。既然我无法做到比他们更好,那我就要比他们更坏,坏得令人发指。

尽管瓦莱里安的手指紧紧地压着我的气管,我的视野边缘也开始发黑,我还是事先确认了一下攻击部位。我提起小刀,猛地刺入他的胸膛——这一刀正中他的心脏。

瓦莱里安从我身上翻身倒地，喉间咕咕作响。我深深地吸了一口气，坐起身来。他挣扎着想站起来，但身子晃了晃，随即跪倒在地。我头晕目眩地看着他，只见我的匕首插进他的胸口，直没至柄。鲜血从他穿的红色天鹅绒紧身衣里渐渐渗出来，将他的衣服染成了更深的暗红色。

他抬手伸向小刀，似乎要将小刀拔出来。

"别拔。"我脱口而出，因为那样只会让他立时毙命。我随手抓起地上的一样东西，那是我丢弃的一件衬裙，可以用来止血。他身子一歪，倒向一边。他嘿嘿冷笑了两声，但几乎已经睁不开眼睛了。

"这是你逼我——"我开口道。

"我诅咒你。"瓦莱里安低声说，"我诅咒你。我诅咒你三次。既然你杀了我，我诅咒你的双手永远沾着血污。诅咒你只有死亡相伴。诅咒你——"他突然剧烈地咳嗽起来。咳嗽停止后，他就一动不动了。他的眼睛还像刚才那样，半睁半闭，但眼里的光芒已经消失了。

听到这样恶毒的诅咒，我那只受伤的手猛地抬起来捂住了嘴巴，仿佛要阻止自己尖叫。可我并没有尖叫。刚才我一直都没有尖叫，更何况现在已经没有什么可叫的了。

时间一分一秒地过去，我只是呆呆地坐在瓦莱里安旁边，看着他的脸因为死亡而逐渐变得苍白，看着他的嘴唇渐渐变灰。他死后的样子跟凡人并没有多大区别，我估计他若是知道了这一点，必定会羞愤难当。不过要不是因为我，他也许会活上一千年。

我的手疼得比以往任何时候都要厉害，刚才在搏斗中，我的手一定是撞到了什么上面。

我转头四顾，忽然在屋子那边的镜子里看见了自己的倒影：一个人类女孩，头发蓬乱，目光焦灼，脚边积了一摊血。

幽灵就要来了。他会知道该如何处理这具尸体，他以前一定杀过人。但达因王子已经对我很生气了，瓦莱里安的父亲是达因圈子里一个很受欢迎的官员，而我已经刺伤过他的宝贝儿子。在加冕礼前夜，再让达因知道我杀了瓦莱里安绝不是一个明智的选择。所以我最不能告诉的人就是影子会的成员。

我必须自己将尸体藏起来。

我扫视了一圈房间，希望得到一点灵感，可我想不出屋里有什么地方能够用来藏尸体，只有一个地方勉强可以临时隐藏起他的尸身——那就是我的床下。我将那件衬裙铺在瓦莱里安的尸身旁边，然后将他滚到衬裙上。他的身体尚有余温。我感到有点儿恶心，但对此毫不理会，只是将他拖到床边，先是手脚并用地将他推到床下，再将露在外面的裙子全部塞进去。

地板上只留下了一团血污。我端过便盆旁边的水罐，在木地板上洒了些水，又在自己脸上拍了些水。擦完地上和脸上的血迹，我没有受伤的手不住地颤抖。我跌坐在地板上，双手插进头发里。

我感觉不好。

我感觉很不好。

我感觉非常不好。

不过，当幽灵来到我的阳台上时，他不能看出我有什么异常。这最重要。

第十九章

夜里，幽灵教我怎样爬到王座大厅一个岩石的上方，上次我和塔琳曾爬到过那个岩石上。我们一直爬到王座大厅上方的橡子上，然后趴在那些沉重的木梁上面。这些木梁被一圈圈地盘起来，中间用树根格栅相连，那些树根有的状如笼子，有的状如阳台，有的看上去则很像绷索。在我们下方，加冕礼的准备工作正在有条不紊地进行。蓝色天鹅绒桌布，银色桌布，以及缀着穗带的金色桌布被一一铺开，每张桌布上都装饰着绿石楠家族的标志——一棵开满鲜花、长着棘刺的露根绿树。

"你认为达因王子成为至尊王之后，事态会转好吗？"我问他。

幽灵给了我一个含糊的微笑，接着悲哀地摇了摇头。"一切保持原样，"他说，"而且只会更稳定。"

我不知道他这话是什么意思，但这是一个"足够精灵"的答案，我想自己不可能从他那里得到更多信息。我想起瓦莱里安的尸体还藏在我床下。精灵的尸体不会像人类那样腐烂，他们的尸体会长满地衣，结出蘑菇。我还听说过，有些战场会变成青青的山岗。我希望自己回家后发现他已经变成了一堆肥料，不过我觉得自己不会有这样的好运。

我不该想到瓦莱里安的尸体，我应该想到瓦莱里安他这个人。除了担心被抓到，我应该担心的事还有很多。

我们在树根和木梁上面走过，悄无声息地在一群群穿着制服的仆人头上跳来跳去，没有引起任何人的注意。我转头看向幽灵，仔细观察他那平静的面孔，观察他每一次熟练的落脚。我尽量模仿他，同时也注意不让我的伤手接触任何东西。他似乎注意到了这一点，不过他没有问我。也许他已经知道了是为什么。

"好了，就在这里等着。"他说，我们停在了一根沉重的木梁上。

"等什么？"我问道。

"我得到消息，有个信使要从贝尔金的庄园到这里来，他会装扮成至尊王的仆人。"他说，"我们必须在他进入王宫前杀死他。"

幽灵这话说得不动声色，我心下暗暗好奇，不知道他为达因工作了多长时间，达因有没有让他将匕首刺入手掌？这种测试是针对所有人呢？还是专门针对人类？

"这个信使打算刺杀达因王子吗？"我问道。

"不要多管闲事。"他说。

在我们下方，仆人们正在做棉花糖，每串棉花糖都像一座高高的、水晶般的尖塔。宴会桌上，涂了销魂粉的苹果摆成金字塔的形状，数量之多，足以让半个宫廷神魂飘荡。

我想起卡丹有一次嘴上沾着金粉的样子。"你确定信使会从这边来吗？"

"我确定。"幽灵简短地答道。

于是我们就开始等待。时间一点点地过去，几个小时过去了，那人一直没有出现。在此期间，我尽量保持耐心，不让自己烦躁不安，只是偶尔稍稍活动一下手脚，以防肌肉僵硬。这是训练的一部分——除了走"猫步"之外，也许这是幽灵认为的最重要的部分。他曾反复教导我，作为一个间谍，最重要的工作就是等待。他说，等待时，最困难的事就是不让自己胡思乱想。他似乎是对的。趴在高高的房梁上，看着下面的仆人来来去去，我的脑子里不禁思绪飘飞，我想到了加冕礼，想起了苏菲，想起了上次离开空空宫时卡丹曾骑马向我奔来，想起了瓦莱里安临死前脸上僵住的笑容。

我将自己的思绪硬生生地拽回现在。突然，我注意到下方的地面上有个家伙在飞奔。那家伙长着一条长长的、无毛的尾巴，奔跑之时，长尾巴拖在尘土里。一时间，我以为他是厨房里的仆人。可是，他肩上扛着的袋子太脏了，而且他身上的制服也有一点不对劲儿。他的穿着不像是贝尔金的仆人，跟其他的王宫仆役也不太一样。

我转头瞅了一眼幽灵。

"很好，"他说，"现在射击吧。"

我拉开弓弩，将它架在胳膊上保持平衡。我的手心里渗出了汗水。我在一座充斥着杀戮气息的房子里长大，我接受过杀戮的训练，我主要的童年记忆就是杀戮，而且我今晚刚刚杀了一个人。尽管如此，有那么一瞬间，我还是无法确定自己究竟敢不敢下手。

你不是杀戮者。

我吸了一口气，放开了弩箭。弓弩的后坐力让我的胳膊抽搐了一下。只见那家伙扑倒在地，一只胳膊像连枷一样甩起来，打翻了旁边的一堆涂着金粉的苹果，苹果纷纷滚到了尘土里。我将身子贴到一丛浓密的树根上，用学到的方法将自己隐藏起来。仆人们高声尖叫，四处张望，寻找袭击者。

幽灵躲在我旁边，嘴角露出一丝笑容。"这是你第一次吗？"他问我。看到我一脸的茫然，他重新问道："你以前杀过人吗？"

诅咒你只有死亡相伴。

我摇了摇头，可我不相信自己能将这个谎言说得那么令人信服。

"第一次杀人，有的人会呕吐，或者痛哭流涕。"他说，显然很高兴我没有，"你不必为自己没有杀过人而感到羞愧。"

"我感觉很好。"我深吸一口气，在弓弩里重新装上一支弩箭。

我感到的是一种紧张的、浸润着肾上腺素的雀跃。我似乎超越了某种界限。以前，我从来都不知道自己能够走多远。现在，我相信自己有了答案。只要前方还有路，我就会一直走下去。

也许我会走得太远。

他扬起双眉。"你很擅长干这事。你有很不错的射击技术，还有一个适应暴力的胃。"

我感到很惊讶。幽灵并不经常赞美他人。

我已经发誓要比我的对手更坏了。一个晚上连杀两人，标志着我的大幅堕落，我应该为此感到自豪。马多克对我的看法真是大错特错了。

"大多数上流阶层的孩子都没有你这样的耐心，"幽灵说，"而且他们不习惯弄脏自己的手。"

由于瓦莱里安的诅咒还鲜活地印在我的脑海中，我不知道该如何回应这句话。也许当初眼睁睁地看着自己的父母被人杀害，我的身体内就有什么东西破碎了。也许我那混乱的生活将我变成了一个善于制造混乱的人。可我的心中却有另一个声音在发问：会不会是因为我是在马多克那充满血腥与杀戮的家庭中长大的？我变成今天这样，究竟是因为他对我的父母的杀戮，还是因为他成了我的父亲？

我诅咒你的双手永远沾着血污。

幽灵伸手抓住我的手腕，我正要用力挣脱他的手，他指着我的指甲底部灰白的半月形说："说到手，我能从你手指上的色素沉着看出你一直在做什么。看看这些淡淡的蓝色。我还能从你的汗味里闻出来，你一直在服食毒药。"

我咽了口唾沫，然后，由于没有理由否认，我就点了点头。

"为什么？"他问道。我能看出，他这样问并不是想引我说出原因，然后好好教训我一顿。他只是出于好奇。这正是我喜欢他的地方。

我不确定该如何解释这事。"作为人类，也就意味着我不得不更努力。"

幽灵紧盯着我的脸。"你上了别人的当了。其实在很多方面，很多凡人都超过了空境人。不然你以为我们偷他们做什么？"

我愣了一下，这才意识到他是认真的。"那么我也可以……？"但话说到一半就说不下去了。

他哼了一声。"超过我？别想好事了。"

"我不是想说要超过你。"我申辩道，但他只是咧嘴一笑。我低头看去，那具尸体还躺在那里，旁边围了几个骑士。只要他们开始移动尸体，我们也会跟着移动。"我只是需要有能力打败我的敌人。仅此而已。"

他脸现惊讶之色。"你有很多敌人？"我确定他想象我置身于上流阶层的孩子中间，周围都是有着柔软的手掌和天鹅绒裙子的姑娘。他最多能想到的也只可能是一点点残酷、一点点藐视，以及一点点怠慢。

"不太多。"我说，随即想起了在洛基家的树篱迷宫里，卡丹借着火把的亮光向我投来的那种懒洋洋的、饱含仇恨的目光。"但他们来自上流阶层。"

最终，那些骑士将尸体抬走了，再也没有人搜寻我们了，于是幽灵领着我再次走过那些树根。我们悄悄地穿过走廊，直到他走得足够接近，能够窃取那个信使口袋里的文件。然而，走近那个信使时，我忽然意识到了一件事，顿时感觉周身冰凉，仿佛全身的血液都冻住了。虽然这个信使进行了伪装，但是我看出这家伙是个女人。她的尾巴是假的，但她那个萝卜似的大鼻子却货真价实——她是马多克的间谍。

幽灵将窃取的字条塞进衣服里，直到我们走到外面的树林，才取出字条展开来借着月光看。尽管他脸上毫无表情，但他将字条捏得很紧。字条不住抖动，沙沙作响。

"上面写了什么？"我问道。

他将字条转向我，只见上面潦草地写着六个字：杀死送信之人。

"这是什么意思？"我问道，心中感到一阵恶心。

幽灵摇了摇头。"这意味着贝尔金给我们设了个局。来吧，我们得走了。"

他拉着我躲进阴影里，我们一起偷偷溜走了。我没有告诉幽灵，我认为那个信使是在为马多克工作。相反，我想要自己解开这个谜。可我知道的线索太少了。

可能杀害了利芮厄普的凶手想对加冕礼做什么，马多克跟这一切又有什么关系？有没有这样的可能：他的这个间谍一直都是个双重间谍，同时为他和贝尔金效劳？如果是这样，是不是意味着她也在从我的家里窃取信息？

"有人设置了这个局，以此来转移我们的注意力。"幽灵说，"明天要提高警惕。"

幽灵没有给我更多具体的指示，甚至没有禁止我服用微量毒药。他也没有要求我改变做事方式。天刚刚亮，他就将我送回家，让我能睡上一会儿。我们即将分别时，我真想停下来祈求他的怜悯。我干了一件可怕的事，我想说，帮我处理一具尸体。帮帮我。

我们都会有愚蠢的想法，但并不代表我们应该把它们付诸实践。

我将瓦莱里安埋在马厩附近，专门选择了远离小牧场的地方，这样就连马多克那些最嗜肉的尖牙马也不会将他挖出来，啃他的骨头。

掩埋一具尸体并不容易，尤其是你不能让你的家人发现。我必须将瓦莱里安滚到阳台上，然后将他扔到下面的灌木丛里。接下来，尽管只有一只手能使得上力气，我还得将他拖到远离宅邸的地方。等到我将他拖到沾满露珠的草地上，找到一个适合的埋藏位置时，我已经筋疲力尽、大汗淋漓了。在渐渐变亮的天空下，刚睡醒的鸟儿彼此呼唤着。

有那么一会儿，我想做的只是躺下来休息。可我还得挖掘。

这天下午我就被叫了起来。我困得眼睛都睁不开，脑子里浑浑噩噩，只是模模糊糊地记得有人给我化妆，编辫子，给我穿上紧身胸衣，拉紧胸衣背后的带子。马多克则在一只耳朵的边缘戴了三只金耳环，每根手指上都戴上长长的金甲套。奥里安娜站在他身边，看上去宛如一朵盛开的玫瑰。她脖子上戴着一条粗加工的绿宝石项链，项链很大，大得几乎像一件铠甲。

在我的房间里，我解开手上的绷带。伤口没有结痂，而是又粘又湿，高高肿起，看上去比我预料的更糟糕。我最终接受了达因的建议，从厨房里弄来苔藓。我清洗了伤口，敷上苔藓，然后连同我上次临时使用的那个纽扣与伤口一起重新包扎起来。我本来不打算戴着手套去参加加冕礼，可我没有别的选择。我从抽屉里翻出一双深蓝色丝绸手套，将手套戴到手上。

我想象着今晚洛基会牵着我的手，带着我绕着整个灵境丘跳舞。若是他捏住我受伤的手，我希望自己不要退缩。我决不能让他猜到我对瓦莱里安做了什么。不论他多么喜欢我，他也不会喜欢亲吻一个将他朋友埋到地下的人。

我和两个姐姐在走廊里擦身而过，此时我们正在四处奔走，寻找我们需要的东西。薇薇安在我的首饰匣里翻了一通，但没有找到合适的首饰足以配得上她那件独一无二的、幽灵般的裙子。

"你竟然要跟我们一起去！"我说，"马多克一定会惊呆的。"

我戴上一条项链，以遮住瓦莱里安在我脖子上掐出的瘀青。薇薇安跪到地上，想要解开一团缠在一起的耳环，我心中一阵恐慌，生怕她会往我床下看，看到那些我还没来得及清洗的血污。我心下惶恐，几乎没有注意到她的微笑。

"我喜欢看着每个人都快快乐乐的。"她说，"而且我想跟睿雅公主聊聊天，看看这么多精灵宫廷的统治者齐聚一堂的壮观场面。但最主要的是，我想见见塔琳的那位神秘的追求者，看看他提出求婚后，马多克会有什么反应。"

"你能猜到那人是谁吗？"我问道。发生了这么多事，我几乎忘记了还有这么个人。

"完全猜不到。你呢？"她找到了她要的东西——一对彩光闪烁的灰色角闪石耳坠，那是塔琳送给我的十六岁生日礼物。这对耳坠是由一个地精工匠打造的，塔琳用了三个吻才换来它们。

闲来无事时，我也曾反复思量谁会向她求婚。我想起卡丹曾将她拉到一边，还惹得她哭泣。我想起瓦莱里安曾色迷迷地看着她。我想起自己曾用贝尔金捉弄她，她用胳膊肘狠狠地撞了我一下，但我可以肯定那人不会是贝尔金。我忽然感到一阵眩晕，只想闭上眼睛躺在床上。求求你,上帝,求你千万不要是他们中的一个。让他是我们不认识的一个好人。

我提醒自己她说过这样的话:我想你会喜欢他的。

我转向薇薇安,正准备开始就塔琳可能的追求者列一个更靠谱的名单,马多克走进屋来,手里拿着一柄细长的银鞘宝剑。

"薇薇安,"他微微点了点头,"能让我跟茱德单独说几句话吗?"

"当然了,爸爸。"她答道,话音里加了一点恶毒的重音,同时也摘下了我的耳环。

他有点难为情地清了清嗓子,将那柄银剑递给我。剑柄上的护手和配重球虽然都没有装饰,但造型优雅,整个剑身上蚀刻着一道隐约可见的藤蔓图案。"我希望你今晚佩戴这柄剑,就当一个礼物。"

我轻呼了一声。这真是一柄非常、非常、非常漂亮的宝剑。

"你一直都训练得很刻苦,我知道这柄剑应该属于你。铸剑者叫它'暗黑剑',不过,你完全可以给它起一个你喜欢的名字,或者根本不叫它任何名字。据说它会给它的主人带来好运,不过人人都说宝剑会给主人带来好运,对不对?这多少可以说是一柄祖传宝剑。"

奥里安娜的话再次在我耳边响起:马多克一定非常爱你母亲。他非常喜欢你们三个姑娘。"可是欧克呢?"我脱口而出,"要是他想要它呢?"

马多克冲我微微一笑。"那你想要吗?"

"想要。"我情不自禁地说。当我抽出宝剑时,感觉它仿佛是为我量身定做的。我握剑在手,手感堪称完美,"是的,我当然想要。"

"很好,因为你才有权拥有这柄剑——这是你的父亲贾斯汀·杜尔特为我铸造的,也是他给剑起了名字。这是你的祖传宝剑。"

霎时间,我的呼吸停止了。我从没听过马多克提到我父亲的名字。我们从不谈论他杀害了我的父母这件事,我们总是小心翼翼地绕过这个话题。

当然,我们也从不谈及他们活着的时候。

"我父亲造了这柄剑,"我小心翼翼地说,"我父亲来过精灵世界?"

"是的，他在这里待了几年。我这儿只有他很少的几件东西。我找到了两件，一件给你，一件给塔琳。"马多克脸现痛苦之色，"他在这里遇见了你母亲。然后他们一起逃跑，回到了凡间。"

我颤抖着吸了一口气，鼓起勇气问了一个自己一直想问却从不敢问的问题："他们是什么样的人？"话一出口，我不由得瑟缩了一下。我甚至不知道自己是否真的想让他告诉我。有时候我只想恨我母亲；要是我能恨她，那我爱马多克就不会感觉这样糟糕。

可是她仍是我母亲。只有一件事我能真正生她的气，那就是她已经不在了，但这不是她的错。

马多克在我梳妆台前的羊脚矮凳上坐下，伸直他那条受过伤的腿，看上去简直像是要给我讲睡前故事。"你母亲，她很聪明，也很年轻。我把她带到精灵世界之后，有一次她一连好几个星期都在喝酒跳舞。每一次的狂欢会上，她都是万众瞩目的中心。

"我不能总陪着她。当时东方有一场战争，一个拥有辽阔国土的安西里国王不愿意臣服至尊王。可是，当我在她身边的时候，她的快乐深深地感染了我。她身上有种特别的东西，能够让她周围的每一个人都产生美妙的感觉，觉得仿佛没有什么是不可能的。我当初认为那是因为她生命有限，但我现在觉得自己那时的想法并不正确。生命有限不是真正的原因，也许是因为她的胆量。她似乎从没被什么吓倒过，魔法不能，什么东西都不能。"

我原以为他听了我的问题一定会生气，但他显然没有生气。正相反，他的声音饱含深情，大出我的意料。我在床前的长凳上坐下来，用我新得到的银剑撑着地板。

"你的父亲是个很有趣的人。你一定以为我不认识他，但他来过我的房子很多次——我说的是我原来的房子，被他们烧掉的那个。我们在花园里喝蜂蜜酒，我们三个人一起。他告诉我他喜欢宝剑，从小就喜欢。大概就在你这个年纪，他说服他的父母，允许他在后院里建造了他的第一个熔炉。他没有上大学，而是找到一位铸剑名家拜师学艺。通过他的老师，他结识了一位博物馆馆长助理。刚刚认识几个小时，那位助理——那是个女人——就带他偷偷溜进博物馆，允许他近距离观看馆藏的古剑，增进他铸剑的手艺。后来他听说有些宝剑只有精灵才能铸造，于是就来到了我们的世界。"

马多克停顿了一下。"他来这里时就已经是位铸剑大师了，离开时铸剑技艺更上一层楼。可他总是忍不住吹嘘怎样偷听我们的秘密，怎样偷到他的新娘……最终消息传到了贝尔金的耳朵里，然后他告诉了我。"

要是我父亲真的认识马多克，那他应该很清楚马多克的为人，我父亲不至于傻到四处吹嘘自己拐走了马多克的妻子。不过，我曾站在凡间的街道上，感觉那里距精灵国是那么遥远。也许对于我父亲来说，过了那么多年之后，他在精灵世界的岁月就像一个遥远的梦。

"我算不上什么好人，"马多克说，"可我对不起你，我曾发誓，我要以我能力范围内最好的方式待你。"

我起身走过去，把戴着手套的手放到他脸上。他脸色十分灰暗，闭上了眼睛。我无法原谅他，可我也无法恨他。我们这样待了好一会儿，然后他抬眼望着我，拉起我那只没有受伤的手，亲吻我的手背，他的嘴唇贴在手套上。

"过了今天，一切都会不一样了。"他说，"我在马车里等你。"

他离开了。我跌坐在地，双手捧住脸，心乱如麻。但我最终站起身来，将我的新宝剑系到腰上。它的手感冰凉而坚实，沉甸甸的，犹如一个承诺。

第二十章

我走出房子,看见欧克穿着绿色的新衣服,正在马车前面蹦蹦跳跳。见我出来,他立刻跑过来让我抱,可我还没来得及把他抱起来,他又跑去爱抚那几匹马。他是精灵的孩子,自然有精灵孩子的古怪。

塔琳穿着她那件绣着繁复花纹的裙子,看上去很美。薇薇安穿着紫罗兰色的裙子,面料泛着柔和的银灰色光泽,衬得她光彩照人。裙子上还巧妙地绣着一行身形灵动的飞蛾,仿佛正从她一边肩头飞起,飞过她的前胸,最后在她的纤腰一侧聚拢。我忽然意识到,薇薇安穿华贵衣服的时候太少见了。她的头发高高盘起,耳环在她那长着淡淡绒毛的耳朵上闪闪发亮,她的眼睛在半明半暗的光线下闪着微光,跟马多克的眼睛一模一样。这一次,我不禁面露微笑。我伸出那只没有受伤的手,握住塔琳的手,塔琳在我手上用力捏了一下。我们相视一笑,仿佛有什么我们俩心照不宣的秘密。

马车上放着一大篮子食物,不知道是谁想得这样周到,我们整整一天都没有好好吃顿饭。我摘下一只手套,吃了两个圆面包,它们极其松软,似乎直接在我的舌头上融化了。面包中间有一团蜜渍葡萄干,甜得我不禁热泪盈眶。马多克递给我一块厚厚的干酪和一块带血鹿肉,鹿肉上面撒了一层杜松子和胡椒。我们匆匆吃完了东西。

马多克带着那顶红色风帽,帽子插在他胸前的衣兜里,有一半露在外面。我想那对于他来说是一种勋章,他喜欢在正式场合佩戴。

我们都漫不经心地聊着天。我不知道他们心里在想什么。我突然意识到自己不得不在仪式之后的庆典上跳舞。一想到要跳舞我就怕得要命,因为我完全没有好好练习过,只是在学校的舞蹈课上跟塔琳搭伴学过一点儿，而且我在课上的表现简直令我颜面尽失。

我想到幽灵、蟑螂和炸弹，他们都在努力保卫达因，破坏贝尔金谋划的任何不利于达因的计划。我希望自己知道该做什么，该怎样帮助他们。

杀死送信之人。

我将目光转向马多克。他正喝着加香葡萄酒，怡然自得，完全没有注意到——或者完全不关心——自己失去了一个间谍。

我的心跳加快。我时刻牢记不能在裙子上擦手，以免手上的食物弄脏了裙子。最后，奥里安娜捞出几张浸在玫瑰薄荷水里的手绢给我们擦手。欧克不想擦手，跳起来就跑，于是奥里安娜就起身去抓他。马车里跑不开，但出人意料的是，欧克竟然跑了好一会儿才被抓到，在此过程中踩到了所有人的脚。

我一直在心不在焉地胡思乱想，就连我们径直穿过那堵石墙进入王宫的时候，我也没有绷紧身子。马车停下时，我们都不由自主地身子向前一倾，我这才注意到我们已经到达了目的地。一个男仆拉开马车门。整个庭院里充满了欢声笑语，点着的蜡烛不计其数，让人恍若置身于一片蜡烛森林，熔化的蜡油堆积出的形状犹如树木上被白蚁啃食出的空洞。蜡烛放置在四处延伸的树枝上，烛火随着下方裙摆旋转产生的气流不停晃动。庭院周围的墙壁上也排列着一排排哨兵似的蜡烛，岩石上同样密密匝匝地插满了蜡烛，将整个山腹照得灯火通明。

"准备好了吗？"塔琳悄声对我说。

"准备好了。"我紧张得都有点喘不上气来了。

我们从马车里下来。奥里安娜手里拿着一条短短的银链子，链子另一头拴在欧克的手腕上。我一开始看见的时候不禁吃了一惊，但转念一想，这也不失为一个好主意。但这样欧克可不干了，他一屁股坐到地上，大声哀号以示抗议。他耍赖的样子就像一只猫。

薇薇安环顾四周，眼神颇为警惕。"我们是不是该去最后觐见至尊王一次？"她问马多克。

马多克微微摇了摇头。"不用。等到需要我们宣誓效忠的时候，自然会有人叫我们去。在此之前，我必须站在达因王子身边。在钟声响起，瓦尔·莫伦宣布典礼正式开始之前，你们可以去好好玩一玩。典礼开始后，到王座大厅来见证加冕礼。你们必须待在典礼台附近，这样我的骑士队才能够照看你们。"

我转向奥里安娜，以为她又要对我们说教一番，告诫我们不要惹麻烦，甚至再次告诫我不要乱跑，要待在王室成员附近。可她正忙着哄欧克从地上起来，别挡着别人的路，根本没空搭理我们。

"我们去玩吧。"薇薇安拉起我和塔琳就走，我们一起跑进了人群里，不一会儿就被人群淹没了。

精灵宫里挤满了来自各地的使团。相互没有结盟的野蛮精灵，大臣和国王，都混在一起。来自深海王国的塞尔基人聚在一起，正在用自己的语言交谈，他们的皮肤像披肩一样从肩头垂下来。我发现白蚁宫廷的罗本王也在这里。据说为了夺取王位，他竟然杀死了自己的情人。他站在长长的搁板桌附近，即便是在如此拥挤的庭院里，他周围仍有一圈空间，仿佛没有人胆敢靠他太近。他满头银发，一身黑衣，后腰上悬着一柄极弯的宝剑。特别不协调的是，他旁边站着一个绿皮肤的皮克西女孩。女孩穿着珍珠色吊带裙，脚上是一双系了很多根鞋带的靴子，显然是凡间的衣服。女孩两边各站着一个身穿罗本王家族制服的骑士，其中一个女骑士有着一头鲜红的头发，头发编起来盘在头上，仿佛戴了一顶王冠，她正是杜尔加。她给我们讲过这种王冠状的发型。

周围还有很多人，有一些还是我在叙事诗里听过的人物：比如来自新阿瓦隆[1]的鲁·西尔弗，传说她的小岛是从加利福尼亚海岸上挖出去的，她此刻正在跟被流放的沃尔德王的儿子赛弗林交谈。赛弗林可能会跟新的至尊王结盟，或者也有可能加入罗本王的宫廷。他旁边站着一个

---

[1] 阿瓦隆（Avalon），凯尔特族传说中的西方极乐岛，据说亚瑟王死后尸体即被移往该岛。

红头发的人类男孩,男孩跟我年纪相仿,我不由得停住脚步,仔细打量起他来。他是赛弗林的仆人吗?他被蛊惑了吗?仅仅从他环顾四周的眼神中,我无法得出结论。他发现我正盯着他看,就冲我咧嘴一笑。

我赶忙转过身去。

这时,那些塞尔基人走了起来,我发现他们中间有一个特殊的人。那是一个女孩,灰色皮肤,蓝色嘴唇,头发垂在眼窝凹陷的脸两侧。尽管如此,我还是认出了她——那是苏菲。据说深海的人鱼会留下淹死的水手,可我从不相信这样的故事。当苏菲的嘴巴翕动时,我看见了她嘴里尖利的牙齿,不禁感到一阵战栗。

我脚步踉跄地去追薇薇安和塔琳。当我回头望去时,我并没有再看见苏菲——我不知道刚才是不是幻觉。

我们悄悄地经过一个马头人和一个虎头人。每个人都在纵声大笑,疯狂舞动。当我经过一个戴着地精面具的人时,他揭起面具,冲我眨了眨眼。是蟑螂。

"我听说昨晚的事了。干得很好。"他说,"现在,睁大眼睛,留意异常情况。要是贝尔金打算对达因不利,他一定会在典礼开始之前行动。"

"我会的。"我说。我暂时撇下薇薇安和塔琳,跟他待了一会儿。毕竟,在这样庞大的人群中,跟同伴失散片刻再正常不过了。

"很好。我来这里是为了亲眼看到达因王子戴上王冠。"他将手伸进他那件颜色酷似落叶的棕色夹克,从里面拿出一个银色细颈瓶,噗的一声拔开瓶塞,仰脖喝了一大口,"还要看看那些上流人物怎样寻欢作乐、大出洋相。"

他用一只长着尖爪的灰绿色手将细颈瓶递给我。即便瓶子还在他手里,我也能闻到瓶里那东西的味道,相当浓烈刺鼻,还带着一点沼泽的气息。我摇了摇头,说:"不用了。"

"好吧。"他哈哈笑道,然后拉下了面具。

他闪身钻入人群,转眼就不见了。我站在当地,不禁咧嘴笑了。仅仅看到他，就让我的心中充满了归属感：我终于属于这个地方了。的确，他跟幽灵还有炸弹并不是我的朋友，但他们对我似乎还算喜欢，所以我也不想对他们太挑剔。我跟他们同是达因王子的间谍，我们还有帮助达因王子获得王冠的共同目标。

"你去哪儿了？"薇薇安问道，一把抓住了我的胳膊，"你是不是也像欧克那样需要一条链子？来吧，我们去跳舞。"

我跟着她们在人群中挤来挤去地往前走。周围的音乐声让人不由得步履轻快。据说精灵的音乐对人来说是无法抗拒的，但这话并不全对。真正无法抗拒的是，一旦你跳起舞来，只要音乐还在继续，你就不可能停下来。音乐会一直继续，整晚都不会停歇，舞蹈也一支接着一支。中间没有片刻能让人喘歇的机会。我们会沉浸到音乐中。随着音乐的起伏翩翩起舞，是一种令人兴奋的感觉。当然，薇薇安是个精灵，她随时都可以停下来。她也能将我们从舞蹈中拉出来，因此跟她一起跳舞基本上是安全的。

我并不是说薇薇安总能记住做安全的事。但老实说，关于这一点，最不适合评判他人的人就是我。

我们姐妹三人拉着手加入了圈舞，一边跳，一边笑。舞曲听得我热血沸腾，血液在血管里奔流。踩着明快的节奏，随着悦耳的和声，圈舞散开了，不知怎的我抓住了洛基的手，他带着我头晕目眩地旋转起来。

"你太漂亮了，"他说，"就像冬天的夜晚。"

他的狐狸眼睛笑眯眯地俯视着我，黄褐色卷发围绕着他那尖尖的耳朵，他耳垂上戴着一只金耳环，耳环不住晃荡，在烛光下光亮如镜。他也很漂亮，他浑身上下都散发着一种惊人的、奇异的美。

"很高兴你喜欢这件裙子。"我好不容易才找出一句话。

"告诉我，你能爱我吗？"他的问题听起来似乎有些突兀。

"当然。"我咯咯笑道，不确定该怎样回答。这个问题问得太过古怪唐突，我一时间不知道应该作何反应。我爱杀害我父母的凶手，所以我想我能爱任何人。我愿意爱他。

"我想知道,"他说,"你愿意为我做到什么程度?"

"我不明白你的意思。"我答道。现在我面前这个眼神冰冷、说话像打哑谜的洛基不是原来的洛基。原来的洛基是那个站在屋顶上柔情无限地跟我说话的洛基,是那个在走廊里嘻嘻哈哈地追逐我的洛基。我不太确定现在这个洛基到底是谁,他已经让我有些心慌了。

"你会为我背弃誓言吗?"他笑眯眯地瞅着我,仿佛在开玩笑。

"什么誓言?"我问道。他领着我绕着他旋转,我的皮鞋鞋尖在压实的泥土上旋转起来。远远地,一个笛手吹起了风笛。

"任何誓言。"他轻松地说,尽管他问的问题并不轻松。

"我想这要看情况。"我说,因为真正的答案——明明白白地回答"不会"——是谁也不会想听到的。

"你是否深爱着我,深爱得足以放弃我?"他问道。我确信自己此刻的表情一定满是震惊之色。他俯过身来,"难道这不是一个爱的考验吗?"

"我——我不知道。"我说。他绕着弯子说这番话,最终一定会有什么事情要宣布:要么爱我,要么不爱我。

"你是否深爱着我,深爱得足以为我痛哭?"他靠在我的脖子上喃喃地说。我能感受到他的呼吸,让我不禁汗毛倒竖,浑身颤抖,心中既是渴望,又是难受,感觉很是古怪。

"你是说如果你受伤了吗?"

"我是说如果我伤害了你。"

我忽然感觉浑身的皮肤一阵刺痛。但我至少知道该怎样回答。"如果你伤害我,我不会哭。我同样也会伤害你。"

此时我们正飞快地舞动着,我感觉他的脚步踉跄了一下。"我确信你会——"

他戛然而止,回头望了一眼。我觉得脑子昏沉沉的,脸上一阵阵发烧。我害怕他接下来会说的话。

"是时候交换舞伴了。"一个声音在我旁边响起,我转头一看,原来是那个最坏的坏蛋——卡丹。"噢，"他对洛基说，"我是不是说了你的台词？"

卡丹的语气听起来不怎么友好。我将洛基的这番话在脑子里琢磨了几遍，心中十分不安。

洛基将我让给这位精灵国最小的王子，出于对王子的尊重，这是理所当然的。借着眼角的余光，我看见塔琳正注视着我们。她站在狂欢的人群中间，一副失魂落魄的样子，众多精灵挤在她周围，带着他们的舞伴眼花缭乱地旋转着。不知道卡丹来骚扰我之前有没有去骚扰她。

卡丹牵起我受伤的那只手。他穿着黑色礼服，戴着黑色皮质手套，手指的热度甚至透过我的丝绸手套传到了我的指尖上。他的紧身上衣上覆盖着渡鸦的羽毛，靴子前端装着尖得过头的金属鞋尖。两只鞋尖让我意识到，一旦我们跳起舞来，卡丹可以多么容易地狠狠踢中我。他头戴一顶用树枝状金属编成的王冠，王冠微微歪向一边。他两边颧骨上各涂着几道深银色涂料，还画着黑色的眼线。他左眼眼尾的眼线有点晕开了，大概是他忘了眼睛上画着眼线，用什么东西擦了眼睛。

"你想怎样？"我好不容易才说出这句话。我还在想着洛基，脑子里还因为他刚才说出的话和没有说出的话而感到阵阵眩晕。"放马过来吧。侮辱我吧。"

卡丹眉毛一扬。"我并不听从凡人的命令。"他说，脸上挂着他惯有的、戏谑的笑容。

"那你是打算说什么好话了？我可不信。精灵无法撒谎。"我想让自己生气，但我此刻的真实感受却是感激。我的脸不再像火一样红，眼睛也不再刺痛。我已经准备好战斗了，这种感觉比刚才那种困惑和慌乱好得多。尽管我确信解救我绝对不是卡丹的意图，但他的确帮了我一个大忙，带着我迅速离开了洛基。

他的手滑到了我的髋部，我眯起眼睛看着他。

"你真的恨我，对吧？"他问道，脸上的笑容更欢畅了。

"几乎跟你恨我一样多。"我答道。我想起那张写满我名字的纸，想起他醉醺醺地躺在树篱迷宫里望着我的样子。他现在就是用那副样子看着我。

他放开了我的手。"下次吵架再见。"说完向我鞠了一躬,我感觉这无疑是对我的嘲弄。

我望着他摇摇晃晃地绕过一对对舞者,消失在人群中,不确定该如何理解他这番话的意思。

钟声敲响,加冕典礼正式开始。音乐家们停下了正在演奏的小提琴和竖琴,整个灵境丘寂然无声。过了良久,人们才找好自己的位置。至尊宫廷的上流阶层都聚集在典礼台周围,我的家人也将到这里集合。奥里安娜站在马多克最得力的一个骑士旁边,但看样子似乎不想待在那里。欧克手上的链子已经解下来了,他正骑在塔琳的肩上。塔琳在跟洛基悄声说着什么,而洛基则笑吟吟地听着。

我停下了脚步。人群在我周围涌动,但我稳稳地站在原地,仿佛脚下生了根——我看到塔琳俯过身去,将洛基一缕散开的头发掖到他耳后。

这个小小的动作包含了太多的含义。我想说服自己这没什么,但经过刚才那番奇怪的谈话之后,我做不到。塔琳有个情人,他将在今晚向她求婚。而且她知道我和洛基是……不管我们是什么了。

你是否深爱着我,深爱得足以放弃我?难道这不是一个爱的考验吗?

薇薇安从人群中走出来,眼睛闪闪发亮,头发垂在脸颊两侧。她将欧克搂进怀里,一边摇晃他的身子,一边不停地转圈,直到他们俩一齐跌坐在地上。我应该过去找他们,可我没有动弹。

我现在还没办法面对塔琳。我不知道该如何理解眼前的一切。

我在人群后面,看着王室成员相继登上典礼台。至尊王坐在树枝编成的王座上,头上戴着沉甸甸的至尊王冠,皱纹深陷的脸上只有一双警觉的、猫头鹰似的黄铜色眼睛显示着生命的活力。在他旁边，达因王子坐在木凳上，身上穿了一件白袍，手脚赤裸地露在外面。王座后面站着其他王室成员——贝尔金、埃乐温、睿雅和卡莉亚。达因王子的母亲塔妮也一并出席，她穿着一身金光闪闪的礼服。只有一个王室成员缺席，那就是卡丹。

至尊王埃尔德雷德站起身来，整个场地顿时寂然无声。"我已经统治了太长时间了，今天我会离开你们。"他的声音在山腹中回荡。他很少以这种口气发表演说，尤其是面对如此众多的臣民。他开口的瞬间，我立刻被他声音的力量和他本人的虚弱震撼了。"当我第一次感觉到希望之国的召唤时，我相信那种感觉终将消逝。但是，我现在再也无法抵御它了。今天，我将不再是你们的国王，我将成为一个流浪者。"

尽管来此观礼的每个人一定都知道，老国王卸任、新国王登基正是他们聚集在此的目的，但我周围的人群中仍哭声四起。一只光精灵伏在一个羊头福卡精灵的皮毛里低声啜泣起来。

宫廷诗人兼内政大臣瓦尔·莫伦从典礼台边走过来。他弓腰曲背，身材瘦削，长长的头发上沾满了草棍，肩膀上蹲着一只老乌鸦。他吃力地拄着一根光滑的拐杖，拐杖的顶部冒出了几颗嫩芽，仿佛它还活着。传说他年轻时被从凡间诱惑到埃尔德雷德的身边，不知道现在他侍奉的国王就要离开了，他将来在精灵国还有什么可做的。

"我们不愿意让您走，我的大人。"他说。这句话从他嘴里说出来，很能引起一种特别的、苦乐参半的共鸣。

埃尔德雷德捧起双手，王座上的树枝颤抖了片刻，随即开始生长。一根根绿色的嫩芽从树枝上生发出来，呈螺旋形向着空中伸展，嫩枝上渐渐展开一片片新叶，开出一个个花蕾，花蕾纷纷绽放。大厅顶上的树根开始缓缓蠕动，接着像藤蔓一样伸展开去，很快就爬满了山丘底部。空气中飘荡着一股香味，仿佛一阵夏日的微风徐徐吹来，让人联想到浓郁香甜的苹果。"另外一个人将接替我的位置。我请求你们，释放我吧。"

聚集在大厅里的空境人突然异口同声地说起话来，倒是吓了我一跳。

"我们释放你。"他们的话音在大厅里久久回荡。

至尊王解开身上沉重的王袍,王袍从他肩上滑落下来,堆在地上,王袍上的珠宝挤在一起,仿佛是一层珠光宝气的硬壳。他挺直身子,似乎散发着一种令人生畏的急切。作为精灵国的至尊王,埃尔德雷德的统治时间长得超出了很多空境人的记忆。在我看来,他似乎一直都是这么老迈。然而,这么多年的时间,似乎也随着作为王权象征之一的王袍一起掉落了。

"您要让谁来接替您,成为我们的至尊王?"瓦尔·莫伦问道。

"我的第三个儿子,达因。"埃尔德雷德说,"到前面来,孩子。"

达因王子从那张简陋的木凳上站起来,由他的母亲帮他脱下身上的白袍,让他赤身裸体地站在埃尔德雷德面前。我眨了眨眼。精灵世界里有些精灵喜欢赤身裸体,我已经见怪不惊了,可我从没见过王室成员光着身子。达因赤身站在其余穿着华丽服装的王室成员旁边,看起来精致得不堪一击。

不知道他冷不冷。我想起自己受伤的手,我希望他觉得冷。

"你会接受吗?"瓦尔·莫伦问道。他肩上那只老乌鸦忽然张开翅膀拍打起来。不知道这是不是典礼的一部分。

"我会承担起至尊王冠的责任和荣誉,"达因庄严地答道。此时此刻,他裸露的身体变成了某种别的东西,某种权力的标志,"我会接受。"

"安西里宫廷,黑夜之主,上来给你们的王子施涂圣油。"瓦尔·莫伦说。

一个身躯庞大的沼泽怪笨重地走向高出地面的典礼台。她身上覆盖着厚厚的金毛,两只胳膊极长,垂手走路的话就会拖在地上。她看上去非常强壮,足以将达因王子折成两段。她腰上系着一条碎皮裙,手上握着一个类似墨水瓶的东西。

她在达因的左胳膊上涂上正在凝结的鲜血,涂成细长的螺旋形状,然后一直涂到了他的肚子上,再沿着他的左腿往下涂。达因的身体没有瑟缩。涂完后,她退后两步,对着她这可怖的作品欣赏了片刻,然后向埃尔德雷德微一躬身。

"西里宫廷，暮光族人，上来给你们的王子施涂圣油。"瓦尔·莫伦说。

一个身材娇小的男孩走上典礼台，他身上裹着一件桦树皮似的斗篷，一头乱发根根竖起，背上长着一对浅绿色翅膀。他在达因的另一侧身子上涂上一道又长又宽的黄色花粉，看上去仿佛涂了黄油。

"野蛮精灵，羞涩族人，上来给你们的王子施涂圣油。"瓦尔·莫伦说。

这次上台的是一个淘气精灵，穿着一身做工细致的套装，手里捧着一把稀泥。他将稀泥抹在了达因王子的胸口正中，就在心脏上方。

我终于在人群中发现了卡丹，他脚步踉跄，手里拿着一个羊皮酒囊。他似乎已将自己喝了个烂醉。我想起他脸上的银色涂料，想起他的手曾滑到我的髋部上，我猜我刚才看到他时，他就已经喝得迷迷糊糊了。在至尊宫廷数百年以来最重要的时刻，他竟然没有跟其他王室成员站在一起，我忽然感到一种巨大的、恶毒的满足感。

他会惹上大麻烦的。

"谁会给他穿上衣服？"瓦尔·莫伦问道。达因的三个姐妹和他的母亲轮流过去，给他送去白色皮袍、皮质短裤、金项链，以及羊皮靴。他看上去就像是故事书里的国王，将会施行智慧而公正的统治。我想到藏身橡上的幽灵和戴着面具的蟑螂，此刻一定正满脸自豪地凝视着达因。我也宣誓效忠于他，所以此时我也感到了些许同样的自豪。

可我无法忘记他对我说的话：*你是我的工具，茱德·杜尔特。*

我用那只受伤的手摸了摸银剑的剑柄，那是我父亲铸造的宝剑。今晚过后，我将成为至尊王的间谍，他宫廷内的一个真正的成员。我将向他的敌人撒谎，若是谎言不奏效，我会以更恶劣的手段达到目的。要是他对我不满，呃，那么，我也会想办法敷衍过去。

瓦尔·莫伦提起拐杖在地上重重一点，沉闷的巨响在大厅里久久回荡，就连我的牙齿都感到了空气的震动。"谁将为他加冕？"

埃尔德雷德一脸自豪的神色，他那双骨节粗大的手里捧着闪闪发光的王冠，仿佛太阳的光辉直接从王冠里发射出来。"我来。"

不知不觉中，典礼台周围的守卫正在悄悄地变换着队形，也许在准备护送埃尔德雷德离场。相比典礼开始的时候，靠近人群的骑士更多了。

至尊王说话了。"来吧，达因。在我面前跪下。"

王储在他的父亲和人群面前俯下身来。

我将目光转向塔琳，她依然跟洛基站在一起。奥里安娜用一只胳膊搂住欧克，仿佛在保护他，马多克的一名将领弯腰跟她说了什么。然后朝门口方向做了个手势。奥里安娜对薇薇安说了几句话，随即朝着门口走去，塔琳和洛基跟在她后面。我咬紧牙关，开始挤过人群，朝他们走去。我不想像卡丹那样出丑，没有出现在自己应该的位置上。

瓦尔·莫伦的声音打断了我的思路。"你们，精灵国的子民们，你们会接受达因王子做你们的至尊王吗？"

人群中爆发出尖细的啁啾声和响亮的吼声："我们会。"

我将目光转向典礼台周围的骑士。如果没有马多克的阻挠，我已经是他们中的一员了。可我仔细一看，发现那都是些熟悉的面孔。他们是马多克手下最好的将领，是他最忠诚的战士。

他们没有穿马多克家族的制服。在他们那身闪闪发亮的铠甲外面，穿着绿石楠家族的制服。也许马多克只是小心谨慎，将他最好的属下安排在最关键的位置上。但我突然想到，那个被我杀死的间谍，那个捎带那条嘲弄信息的间谍，同样也是他的属下。

奥里安娜、欧克和我的两个姐姐都已经不见人影。就在典礼台的守卫变得更加密集之前，他们被马多克的一名将领护送出了灵境丘。

我有一个计划，可以确保我们未来无虞。

我需要找到蟑螂。我需要找到幽灵。我需要告诉他们，这里有什么地方不对劲儿。

老练的战略家总是会等待正确的时机。

我挤过三个地精，一个巨怪，以及一个寂静族人。一个矮人冲我咆哼了一声，可我对他毫不理睬。加冕典礼结束在即，我看见高脚杯和大酒杯里纷纷被斟满了酒。

典礼台上，贝尔金向前一步，离开了其他王子和公主。有那么一会儿，我以为这是典礼的一部分。但他突然从身上抽出一柄又细又长的剑，我认出那是他跟卡丹比剑时所用的剑。我停下了脚步。

"大哥。"达因王子警告道。

"我不会接受你。"贝尔金说，"我要跟你决斗，争夺至尊王冠。"我看见典礼台周围的骑士纷纷拔剑出鞘。但埃尔德雷德，以及王座平台上其余的人——瓦尔·莫伦、塔妮、埃乐温和睿雅——都没有带武器。只有卡莉亚从她的紧身胸衣里拿出一把小刀，但那把刀太小了，根本没有什么用处。

我想拔出我的剑，但大家都挤作一团，我根本无法动手。

"贝尔金，"埃尔德雷德面色严峻地说，"孩子，至尊宫廷不能像那些低级宫廷一样，我们在王位更替时从没流过血。不要跟你的弟弟决斗，否则，即便是你赢了，我也不会将王冠戴到你的头上，因为你不配戴上它。不要在整个精灵世界面前使自己蒙羞。"

"这只是我和达因之间的事，"贝尔金说，对他父亲的话充耳不闻。"现在没有什么至尊王了。只有我和他，还有一顶王冠。"

"我不需要跟你战斗，"达因指了指那些站在典礼台周围等待命令的骑士。马多克也在那些骑士中间，可我站得不够近，看不到更多情况。"你甚至不配和我比试。"

"那你就为这话后悔去吧！"贝尔金说着上前两步，一剑刺了出去。他甚至没有看他出剑的方向，但剑刃划开了埃乐温的喉咙。有人尖叫起来，接着所有人都尖叫起来。有那么一刻，埃乐温喉头的伤口只是皮肤上的一小块红印，然后鲜血喷了出来，仿佛一道红色喷泉。她脚步蹒跚地向前走了几步，忽然跪倒在地，双手撑在地上，金色的衣服和闪闪发光的宝石浸在了鲜红的血液里。

剑光一闪，对于贝尔金几乎只是一个若无其事的动作。

埃尔德雷德举起一只手。他想施展刚才的魔法,让树根生长,让王座上的树枝再次开花缠绕,以此困住贝尔金。但他放弃了他的王冠,他的法力也随之而去。因此王座上那些新长出来的花蕾反而枯黄凋谢了。

瓦尔·莫伦肩上的老乌鸦忽然振翅飞起,嘎嘎地叫着飞向从山腹的屋顶上垂下来的那些树根。

"卫兵。"达因威严地叫道,满以为他的命令会得到服从。然而,没有一个骑士走向典礼台。相反,他们整齐划一地转身背对王室成员,手中的武器面向四周的人群。这一行为表示了,他们允许贝尔金发动政变。

但我不相信这是马多克的计划。达因是他的朋友,达因曾跟他一起并肩作战,一旦达因成为至尊王,一定不会亏待马多克的。

人群涌动起来,裹挟着我前进。每个人都在移动,有的在挤向那可怕的场面,而有的则在试图逃离。我看见白蚁宫廷的那位满头银发的罗本王正在艰难地挤向典礼台,但他手下的骑士拦住了他。我的家人都已经离开了。我游目四顾,寻找卡丹的影子,但他也消失在了人群中。

一切都发生得太快了。此刻卡莉亚已经赶到了她父亲身边,手里握着她的那把小刀,尽管小刀的长度几乎不足以做武器,但她仍是勇敢地握着小刀。塔妮伏在埃乐温的身上,竭力用她的裙摆堵住从埃乐温喉头不断涌出的鲜血。

"你们现在有什么话说吗,父亲?"贝尔金厉声问道,"兄弟?"

两支弩箭从阴影中飞出,砰砰两声射进了贝尔金的胁下。他踉踉跄跄地往前走了几步。他的紧身上衣破了一个口子,下面闪出一丝金属的亮光——铠甲。我扫视着橡子寻找幽灵。

毫无疑问,跟幽灵一样,我也是达因王子的间谍。我有责任去拯救达因。我再次向前挤去。在我的脑海中,我能看见一个未来的幻象,就像我在告诉自己一个故事。故事清晰明朗,跟四周嘈杂的环境形成了鲜明的对比。无论如何,我得尽快赶到达因王子身边,保护他免受贝尔金的伤害,直到他手下那些忠诚的卫兵赶来。我会英勇无畏地站在叛国者与新国王之间。我会成为英雄。

但马多克比我快了一步。

霎时间,我感到如释重负。马多克手下的将领也许能被收买,但他绝不会被——

突然,马多克一剑刺进了达因的胸膛。这一剑劲道之大,剑刃透胸而过,剑尖从达因的后背冒了出来。马多克用力将剑往上一推,剑刃切断了达因的肋骨,直达他的心脏。

我停下脚步,任由人群流动。我一动不动地站在那里,仿佛变成了石头。

我看见了伤口处的白骨,还有湿润的红色肌肉。达因王子,这位几乎已经登基的至尊王,此刻倒在了那堆结着珠宝硬壳的红色王袍上,胸口喷出的鲜血消失在了那堆乱糟糟的珠宝之中。

"叛徒。"埃尔德雷德低声说,但他的声音被这里的空间放大了,这两个字听起来仿佛响彻了整个大厅。

马多克停了下来。他咬紧牙关,仿佛在履行一项冷酷的职责。现在他戴着那顶红色风帽,之前我还看到它露在他的口袋外面,再之前,我曾在玻璃柜外仔细审视过它。今天晚上,马多克会将它浸在新鲜的血液里,风帽上面会出现新的潮汐状纹路。可我不相信他这是奉命行事。

他一定是跟贝尔金结了盟,误导了达因的间谍。他将自己手下的骑士安排在适当的位置上,将王室成员孤立起来,阻止别人前来帮助他们。他怂恿贝尔金在一个谁也料想不到的时刻发动攻击。他甚至想到,只有在至尊王冠没有戴在任何人的头上时发起行动,才不会触发王冠上附着的死亡诅咒。以我对他的了解,我确信是他策划了这场政变。

马多克背叛了埃尔德雷德。达因死了,他的死带走了我的所有希望和计划。

加冕礼期间,很多事情都有可能发生。

贝尔金志得意满,那副样子简直不堪入目。"把王冠给我。"

埃尔德雷德让手里的王冠掉在地上,王冠在地上滚了几圈。"你自己捡吧,如果你如此渴望得到它的话。"

卡莉亚发出一声可怕的哀号。睿雅惊恐地瞪着人群。瓦尔·莫伦站在埃尔德雷德身边,他那张狭长的诗人的脸上毫无血色。四周骑士环绕,典礼台看上去如同一个可怕的舞台,上面的所有演员注定要扮演他们的角色,走向血腥的结局。

马多克的手上沾满了鲜血,仿佛戴了一双红手套。我看着他的手,无法将自己的目光从他的手上移开。

贝尔金举起至尊王冠,王冠上的金色橡树叶在烛光的映照下闪闪发光。"您在王位上赖得太久了,父亲。您已经变得软弱可欺。您放任那些叛国者统治他们的小封地,任由那些低级宫廷随意行使权力,那些野蛮精灵更是为所欲为。达因跟您一样,只是个躲在阴谋诡计后面的懦夫。可我与你们不同,我不害怕流血和杀戮。"

埃尔德雷德没有说话,也没有向王冠或武器移动。他只是在等待。

贝尔金命令一个骑士将塔妮带到他面前。一个穿着铠甲的女红帽精灵走上典礼台,抓住塔妮。塔妮拼命挣扎,晃动脑袋,头上那对黑色长角刺进了女骑士的肩膀。但这根本毫无用处,周围有太多的骑士。又有两个骑士走上来,塔妮再也无法挣扎了。

贝尔金走近他的父亲。"宣布我成为至尊王,将王冠戴到我头上,然后你就可以离开这个地方。你会获得自由,不会受到伤害。我也会保护我的妹妹们,你的妻子也会活下去。否则我会杀了塔妮,就在这里杀了她,当着所有人的面,我要让他们知道,这完全是你造成的。"

我将目光转向马多克,他站在台阶上,正在跟他的一个将领低声说话。那是一个巨怪,他曾来我家吃过饭,当时还把欧克逗得咯咯大笑,我也笑了。但现在我的双手却在颤抖,我浑身上下都在颤抖。

"贝尔金,我的长子,不论你让谁血溅当场,你都永远无法统治精灵国。"埃尔德雷德说,"你配不上至尊王冠。"

我闭上眼睛,想起了奥里安娜对我说的话:"至尊王的情人可不是好当的。你总是会处于危险之中,总是会充当人质。"

塔妮优雅地走向死亡。她一动不动地站在原地。她气度高贵，镇定自若，仿佛她已经迈进了叙事诗的国度。她的手指交叉在一起。当骑士——就是那个肩膀受伤的女骑士——一剑挥出，残忍地砍掉她的头颅时，她没有发出一点声音。塔妮高贵的头颅掉在地上，一直滚到达因的尸身旁。

我感到自己的脸孔湿润了，仿佛天上下起了雨。

很多空境人喜欢谋杀，更多的空境人喜欢壮观场面。人们被一种令人眩晕的疯狂攫住了，甚至如饥似渴地盼着更多的屠杀上演。我担心这次他们也许会满足得过了头。这时，两个骑士抓住了埃尔德雷德。

"我不会再问你了。"贝尔金说。

但埃尔德雷德只是放声大笑。当贝尔金的利剑刺穿他的身体时，他仍在笑。他没有像别人一样倒下，从他的伤口处喷出的也不是鲜血，而是不计其数的红色飞蛾。顷刻间，至尊王的身体就消失不见了。成千上万只飞蛾在空中形成一团巨大的红云，飞快地旋转着上升，无数柔软的翅膀不停飞舞，犹如刮起了一阵龙卷风。

然而，不管这是什么魔法，它都没有持续下去。渐渐地，那些飞蛾开始纷纷坠落，直到洒满了整个典礼台，飞蛾的尸体犹如一片片枯叶。埃尔德雷德死了，尽管这似乎绝无可能。

王座平台上布满了尸体和鲜血。瓦尔·莫伦跪在地上。

"妹妹们，"贝尔金大步走向她们。他声音中的傲慢不见了，取而代之的是一种伪装出来的温柔。他听起来就像正在噩梦之中，但他却拒绝醒来，"你们哪位会给我加冕呢？给我加冕就能活命。"

我想起马多克在杀害我母亲之前，曾命令她不要逃跑。

卡莉亚上前两步，丢下了她的小刀。她穿着金色衬胸，蓝色裙子，披散的头发上戴着浆果花冠。

"我会给你加冕。"她说，"血已经流得够多了。我会加冕你为至尊王，但你的恶行会永远玷污你的统治。"

决不就像永远，我想，但随即心下暗暗恼火：我为什么会想起卡丹说过的话，尤其是现在？对于她的屈服，我心中竟有几分喜悦，尽管贝尔金是个可怕的坏蛋，尽管他登基后必定会实施恐怖的统治。但至少这一切要结束了。

一支弩箭从阴影中激射而出——跟上一支弩箭的飞行轨迹完全不同。弩箭射中了卡莉亚的胸膛。她的眼睛瞪大，两只手在心脏上方不住颤动，仿佛她的伤口很不体面，她需要将它遮起来一般。接着，她双眼向上一翻，一下跌倒在地，嘴里甚至没有发出一声叹息。但贝尔金却失望地叫了起来。马多克指着屋顶向他的手下下达命令。一小队人从队伍中间分出来，向着楼上冲去。几个守卫抽出宝剑，扇动着浅绿色翅膀飞到空中。

他杀了她。幽灵杀了她。

我盲目地向着典礼台挤去，身边的一个恶灵大声号叫着，要求看到更多的鲜血。我不知道自己到了典礼台后该做什么。

睿雅捡起妹妹的小刀，握住刀的手不断颤抖。她身上的蓝色裙子让她看起来就像一只小鸟，还没有起飞就被抓住了。在精灵世界里，她是薇薇安唯一的、真正的朋友。

"你真要跟我战斗吗，妹妹？"贝尔金说，"你没有剑，也没有铠甲。好了，已经太迟了。"

"是太迟了！"她将小刀举起来，一刀刺进了耳朵正下方的部位。

"不要！"我大声叫道，但我的声音淹没在了人们的嘈杂声中，淹没在了贝尔金的惊呼声中。我再也无法忍受看到更多的死亡了，于是我闭上了眼睛。我感到有什么沉重的、毛茸茸的东西在挤我，可我一直没有睁开眼睛。贝尔金开始喊人去找卡丹，将卡丹带来见他，我的眼睛不由自主地一下子睁开了。可我没有看到卡丹，只有睿雅倒在地上的尸体和更多的恐怖。

长着翅膀的弩手瞄准了幽灵藏身的那根橡子。片刻之后，幽灵掉到了下面的人群中。我屏住呼吸，生怕他被射中了。但他翻了个身，站起来，飞快地奔上了楼梯，几个守卫在他后面紧追不舍。

他是逃不掉的。追他的人太多了，而且楼梯上挤满了人，根本无路可逃。我想去帮他，我想跑到他身边，可我被人群围住了。我什么也做不了。我谁也救不了。

贝尔金转向那位宫廷诗人，指着他说："你会给我加冕的。说出加冕礼颂词吧。"

"我不能给你加冕。"瓦尔·莫伦说，"我不是你的亲属，跟至尊王冠没有亲缘关系。"

"你会的。"贝尔金说。

"好吧，我的殿下。"宫廷诗人声音颤抖地答道。他结结巴巴地念诵起加冕颂词，山腹里渐渐安静下来。可是，当他问人群是否接受贝尔金为新的至尊王时，没有人答话。那顶金色橡树叶王冠在贝尔金手里，而不是在他头上。

贝尔金的目光掠过人群，尽管我知道他不会在我身上停留，我仍不由自主地缩起身子。他的声音如雷鸣般响起："宣誓向我效忠。"

我们没有宣誓。君主们没有屈膝下跪，上流精灵们默不作声，野蛮精灵们则在观望权衡。我看见飞蛾宫廷——最南边的安西里宫廷——的安妮女王向她的大臣们做了个手势，她冷笑着转过身去。

"你们是来向至尊王宣誓的。"贝尔金吼道，"现在我是至尊王了。"说完举起王冠戴到头上。但很快，他惨叫一声，抬手将王冠打落在地。只见他的额头上出现了一道烫伤的伤痕，是王冠形状的红色印记。

"我们来这里，并不是向至尊王宣誓，而是向至尊王冠宣誓。"有人叫道。那是白蚁宫廷的罗本王，他已经挤到了典礼台周围的骑士面前。尽管他和贝尔金之间只有十几个骑士挡着，罗本王看上去却似乎并不特别担心。"你还有三天时间想办法将至尊王冠戴到你的脑袋上，你这个杀害血亲的凶手。三天之后我会离开这里，我之前的宣誓取消，我的权力不再受限，而且永远不会认为你是至尊王。我觉得这里这样想的人肯定不止我一个。"

他说这番话时，人群中响起一阵阵轻微的笑声和低语声。大厅里仍然挤满了各种各样的精灵：闪闪发亮的西里人和凶神恶煞的安西里人，很少离开领地内山岗、河流和坟丘的野蛮精灵，地精、女巫、皮克西精灵和福卡精灵。一夜之间，几乎所有的王室成员都被杀了，而他们亲眼看见了这一切。倘若没有一位新的至尊王来震慑他们，不知道会有多少新的战争在他们之间爆发，也不知道有谁会乐意迎来那种局面。

光精灵们在空中熠熠发亮，空气中弥漫着鲜血的腥臭。我忽然意识到，狂欢还会继续，一切都会继续。

可我不确定自己能否继续活下去。

THE CRUEL PRINCE

第二卷

清空你的内心，清空你的俗梦，
长风已经觉醒，树叶正在飞旋，
我们面颊苍白，我们头发披散，
我们胸膛起伏，我们眼睛明亮，
我们臂膀挥舞，我们嘴唇张开；
倘若希神的目光，瞥见我们的疾驰，
我们就来到他与他手中的功业之间，
我们就来到他与他心中的希望之间。

——《希神宴客》
（威廉·巴特勒·叶芝）

第二十一章

我又变成了小孩，藏身于宴会桌下面，狂欢在我头顶上方飞速旋转着。

我手按胸口，心怦怦地跳得很快。我没法思考。我没法思考。我没法思考。

我的裙子上沾上了血，点点血迹渗入了天蓝色的衣料。

我原以为自己不会被死亡吓倒，可是——今天的死亡太多了。多得令人难堪，多得荒谬可笑。我的脑子里不停地回想着达因王子胸前的伤口，埃乐温的喉头喷出的鲜血，以及至尊王死去之前拒绝为贝尔金加冕的情景。回想着可怜的塔妮、卡莉亚和睿雅，她们被迫认识到，对于贝尔金而言，至尊王冠比她们的生命更重要。

我想到了马多克，这么多年来，他一直是达因的"左膀右臂"。精灵们也许不能直截了当地撒谎，但马多克每次大笑，每次亲密地拍打别人的后背，每次热情地跟别人碰杯，都是谎言。今晚，马多克煞有介事地让我们都打扮得漂漂亮亮的，还给我一柄漂亮的宝剑让我佩戴，仿佛我们真的是去参加一场有趣的聚会。

我早知道他是怎样的人。我试图告诉自己，我见过他的那顶红色风帽上凝结的血液。要是我允许自己忘记这些事，那简直比自欺欺人还要愚蠢。

唯一能带给我些许安慰的是，在这场屠杀开始之前，马多克手下的骑士已经带领我的家人离开了，至少他们不必目睹这场惨剧。不过，要是他们隔得不够远，他们也有可能听到这里濒死的惨叫。但是至少欧克不必像我这样长大，目睹过太多的鲜血，仿佛死亡是我与生俱来的诅咒。

我静静地坐在那里，直到心跳慢下来。我需要离开灵境丘。这次的狂欢会变得更加疯狂，因为王座上没有新的至尊王，狂欢的人们没有任何顾忌，可以肆无忌惮地纵情享乐。但是对一个凡人来说，现在可不是参加狂欢会的好时机。

我曾跟幽灵一起从王座大厅上方向下俯视，我回忆当时看到的建筑布局，试图想起这座城堡各个出口的位置。

其实我可以找到一个守卫，告诉他我是马多克的家人，让他带我去见马多克。可我不想去找守卫，更不想见到马多克，尤其是他现在满身是血地站在贝尔金旁边。刚才的惨剧彻头彻尾地恐怖，我不想掩饰自己对他们的厌恶。

还有一条出路。我可以从桌子下面爬过去，从台阶上走到战略室附近的岩石上。我应该可以从那里直接爬过去，去城堡里秘密地道的入口。我可以从那里离开，不必担心会被骑士或守卫发现。想到这里，我不由得兴奋起来，心中充满了行动的渴望。可是，这个计划并不完美。我固然能够离开王宫，可我却无处可去。

以后的事以后再想。本能告诉我。

好吧，半个计划也不错。

我手脚并用地往前爬去，已经顾不上管我的新裙子会弄脏了，宝剑的剑鞘拖在压实的泥土里，手上伤口揪心地疼痛。我听见头顶上方的音乐声。我还听见了别的声音——也许是骨头折断的声音、抽泣声、哀号声。我对这些都置之不理。

突然，桌布被掀了起来，我的眼睛还没完全适应明亮的烛光，一个戴着面具的家伙就抓住了我的胳膊。我蜷身在桌子下面爬行，要抽剑迎战并非易事，于是我赶忙伸手去抓紧身胸衣里的小刀。我正要举刀刺出，突然认出了那双可笑的、鞋尖尖得过头的鞋子。

竟然是卡丹！世上仅存的可以合法地加冕贝尔金的人，绿石楠家族仅存的后裔之一。精灵世界的每一个人一定都在找他，可他却在这里，戴着一张薄薄的银狐半脸面具四处晃荡，醉醺醺地冲我眨眼，脚下晃晃悠悠。我简直要纵声大笑。想想我的运气，竟然是我发现了他！

"你是凡人。"他对我说。他的另一只手里拿着一个空酒杯，心不在焉地将杯口冲下，仿佛完全忘了自己应该正立着拿它，"你在这里可不安全。特别是你拿着小刀到处乱走，见人就刺。"

"我不安全？"先不说他这话有多荒谬，我简直完全想不出他为何要装出一副关心我的样子。因为一直以来，他都是我面对的最大威胁，他什么时候考虑过我安不安全？我告诉自己，他现在一定处于震惊和痛苦之中，所以他的言行可能有些反常。我很难相信世上还有什么人是他真正在乎的，而且那人的死会让他感到悲痛。此刻，他看上去似乎连自己都不在乎了。

"快到桌子下面来，趁你还没被别人发现。"

"躲在桌子下面藏猫猫吗？趴在尘土里？啊，这当然是你的作风，但对我来说太低贱了。"他声音颤抖地笑起来，似乎以为我会跟着他笑。

但我没有。我握紧拳头，照着他的肚子就是一拳，正好打在最吃痛的部位。他摇摇晃晃地跪了下来，手里的酒杯掉在地上，发出一声空洞的响声。"噢！"他叫了一声，我用力将他拖到桌子下面。

"我们要离开这里，而且不能让人发现。"我对他说，"我们从桌子下面爬到那边的石阶上，然后去城堡上层的大厅。别跟我说什么在地上爬让你有失尊严。反正你醉得连站都站不稳了。"

我听见他哼了一声。"如果你坚持的话。"他说。黑暗中看不到他的表情，不过即便这里不黑，我也看不到他面具下的表情。

我们在桌子下面向前爬去，头顶上方传来祝酒歌的声音，空气中飘荡着尖叫声和低语声，轻柔的舞步声犹如雨点一般在我们周围回荡。想到刚才的屠杀，想到卡丹近在咫尺，想到刺杀他不用承担任何后果，我的心不由得怦怦乱跳。我全神贯注地听着他在我身后窸窸窣窣地爬行。大厅里的一切都散发着压实的泥土味，溅出的红酒味，以及血腥味。我感到自己的思绪转着圈飞走了，不由得浑身颤抖起来。我用力咬住嘴唇，借助疼痛感来集中精神。

我必须保持勇气。现在不能失去勇气，不能在卡丹面前失去勇气。

尤其是正有一个计划开始在我的脑海中成形，这个计划需要这个最后的王子。

我回头看了一眼卡丹，他停住不爬了。他正坐在地上看着自己的手，看着手上的戒指。"他鄙视我。"他轻声说，仿佛在跟什么人聊天。他似乎忘了自己身在何方。

"贝尔金？"我问道，因为我想起了在空空宫里看到的情景。

"我父亲。"卡丹叹了口气，"我以前不太了解其他人，我的哥哥姐姐。是不是很好笑？达因——他不想让我待在王宫里，所以就把我赶了出去。"

我没有吭声，因为我不知道该说什么。不过看到他这样让我有些不安，好像他也有感情似的。

片刻之后，他似乎回过神来，眼睛紧盯着我，在黑暗中闪闪发亮。"现在他们全都死了。多亏了马多克，我们尊敬的将军。他们根本不该信任他的。不过，你母亲早就发现了这一点，对不对？"

我眯起眼睛说："接着爬。"

他翘起嘴角答道："你先走。"

我们从一张桌子下面爬到另一张桌子下面，尽可能地靠近台阶。卡丹将桌布掀起来，一只手伸向我，这个殷勤的举动，就像是他打算拉起一个一直在跟他幽会的情人。也许卡丹会说他这样做是为了防止旁观者起疑心，但我们都清楚他这是在嘲弄我。于是我自己站了起来，没有碰他的手一下。

现在最重要的事情是尽快离开王座大厅——在狂欢会变得更血腥之前。再在这里待下去，说不定就会有某个神智失常的家伙断定我是一个可以任意摆弄的玩物，或者是卡丹被某个拒绝绿石楠家族登基的疯子开膛破肚。

我迈步走向那些台阶，可卡丹拦住了我。"不能就这样去。你父亲手下的骑士会认出你的。"

"可他们要找的人不是我。"我提醒他。

他皱了皱眉，尽管他的面具挡住了他的上半边脸，我仍能从嘴唇看出他的情绪变化。"要是他们看见了你，他们可能会细看是谁跟你在一起。"

他是对的，尽管承认这一点让我很恼火。"但凡他们对我有一点儿了解，他们就会知道我决不会跟你在一起。"这话听起来有些荒谬，因为我现在就站在他身边，可我还是觉得说了舒服一些。我叹了口气，解下我的辫子，双手插进头发里不住揉搓，直到头发乱糟糟地垂到脸上。

"你看起来……"他的话音低了下去，他眨了几下眼睛，似乎没法把这句话说完。我想是头发的伪装效果大出他的意料。

"等我一下。"我说完便一头扎进了人群中。我并不愿意冒这个险，但将我的脸遮起来毕竟要更安全一些。我看见一个戴着黑色天鹅绒面具的女水妖，她正从一根长钎子上吃一颗小小的麻雀心脏。我假装无意地走到她后，割断面具的带子，在面具落地之前接住了它。她转过身来，看面具掉在哪里，但我已经走开了。很快她就会放弃寻找面具，开始吃桌上其他的美味佳肴——至少我希望是这样。毕竟那只是一个面具。

我回来的时候，卡丹正在给自己灌下更多的葡萄酒。他目光灼灼地凝视着我，我完全不知道他在看什么，甚至不知道他看我做什么。一条细细的绿色液体顺着他的脸颊流下来。他伸手去拿那个沉重的银酒罐，似乎还要给自己倒上一杯。

"走吧。"我抓住他戴着手套的手。

我们正要踏上出厅的台阶，三个骑士忽然走过来拦住我们的去路。"去别处玩吧。"一个骑士对我们说，"这条路通向王宫，一般人禁止通行。"

我感觉到身旁的卡丹身子绷紧了。他就是个白痴，相比于安不安全，他更在意被人叫作"一般人"，更可悲的是，他此刻彻底把自己豁出去了。我拽了拽他的胳膊。"我们会听从您的吩咐。"我向那个骑士保证，同时试图拉着卡丹走开，趁他还没有干出会让我们俩都追悔莫及的蠢事。

可是卡丹根本没有理我。"你对我们的看法大错特错了。"

闭嘴。闭嘴。闭嘴。

"至尊王贝尔金是与我们这位女士有关的人的朋友。"卡丹说，脸上挂着浅浅的、轻松的微笑。他说的是贵族的语言，语速慢吞吞的，说话时四肢放松，仿佛他认为眼前的一切都属于他。即便他醉成这个样子，他的话仍然令人信服，"你也许听说过西北方的葛丽腾女王，贝尔金向她询问那位失踪王子的下落。他在等着回信呢。"

"我觉得你没有证据能证明此事。"一个骑士问道。

"看看这个。"卡丹伸出手，摊开手掌，只见他的手心里躺着一枚闪闪发光的皇家戒指。我不知道他是什么时候将它从手指上摘下来的，我也没想到他的手会这么灵巧，更别说在他喝醉的时候了。"他们给我这枚戒指用作证明，以便你们给我们放行。"

看到这枚戒指，骑士退开了。

卡丹的脸上现出一种惹人讨厌的、过于迷人的微笑，他抓住我的胳膊，拖着我从那几个骑士身边走了过去。尽管我将牙齿咬得咯咯直响，我只能让他拉着我走。我们能走到台阶这里，完全归功于他。

"那个凡人又是怎么回事？"一个守卫喊道。卡丹转过身来。

"噢，好吧，你们真的要问得这么详细吗？我给自己留下一点狂欢会的乐子不行吗？"卡丹说。骑士们听了都傻笑起来。

我拼命忍住才没有将他打倒在地，但他无疑很会说话。根据那些支配精灵舌头的复杂规则，他说的每一个字都是真实的，但前提是你只专注于词语的字面意思。如果不仔细推敲的话，贝尔金就是马多克的朋友，我与马多克也确实有关系，所以我就是那位"女士"。那些骑士也许听说过葛丽腾女王，因为她的名气确实不小。贝尔金也一定在等关于失踪王子的回信，绝对是迫不及待地盼着回信。而且谁也不能否认，卡丹的戒指就是用来证明他的王室身份的。

至于他想从狂欢会留下的"乐子"，可以是任何东西。

卡丹很聪明，但不是一种正面意义上的聪明。这种聪明跟我自己撒谎的嗜好太接近了，让我略感不安。但不管怎样，我们自由了。在我们身后，本该是庆贺新至尊王登基的庆祝会还在继续：有的人在高声尖叫，有的人在大吃大喝，有的人在无穷无尽的舞曲中飞速旋转。沿着台阶往上走时，我回头望了一眼，看到了一片由无数身体、翅膀、墨滴般的眼睛和尖利牙齿组成的海洋。

我哆嗦了一下。

我们一起走上台阶。他抓着我的胳膊，领着我往前走，仿佛他是我的主人。他用手里的钥匙打开一扇扇门。他现在可以做任何想做的事。可是，我们刚刚走进王宫上层那个空荡荡的大厅，我就立刻转过身来，用我的小刀抵住了他的下巴。

"茱德？"他背靠着墙，小心地说出我的名字，仿佛是刻意避免发音含糊。我觉得自己以前都没听过他叫我的名字。

"吃惊吗？"我问道，脸上露出狰狞的笑容。精灵世界地位最高的男孩，同时也是我多年以来的敌人，终于落入了我的手中。此刻的感觉甚至比我的预想还要好上一百倍，"你不应该吃惊的。"

第二十二章

我手上微微用力,刀尖略微扎进他的皮肤,让他感受到一点刺痛。他的黑眼睛直视着我,目光从没如此炽热。"为什么?"他问道。

我很少感到这样一种胜利的快感。我不得不集中注意力,阻止这种快感冲昏我的大脑,天啊,它简直比烈酒的劲道还要强烈。"因为你的运气太差了,而我的运气又太好了。照我说的做,那样我会推迟享受伤害你的乐趣。"

"你打算再来一点王室的鲜血吗?"他冷笑道,身子动了动,似乎要躲开我的小刀。我的手跟着动了动,小刀仍然顶着他的咽喉。他继续说:"觉得自己被落在这场屠杀之外了吗?"

"你喝醉了。"我说。

"噢,没错。"他将脑袋靠在身后的石墙上,闭上了眼睛。附近的火把将他的黑发映照成了古铜色,"你真以为我会让你一路押着我,将我带到马多克面前吗?就好像我是什么低贱的——"

我握住小刀的手加了力道。他吸了口气,硬生生打住话头。"当然,"他自嘲地干笑了两声,"我的家人被杀害的时候,我却醉得不省人事,没有什么比这更低贱的了。"

"住嘴。"我喝道,将同情心抛到一边。他对我又何曾有丝毫同情?"快走。"

"不然呢?"他问道,仍然没有睁开眼睛,"你不会动手捅我的。"

"你最后一次见到你亲爱的朋友瓦莱里安是什么时候?"我轻声说,"反正不是今天,尽管他的缺席实在有辱你的脸面。难道你不觉得奇怪吗?"

他的眼睛睁开了。他一脸的惊异,仿佛是我刚刚将他拍醒。"我是觉得奇怪。他在哪儿？"

"在马多克的马厩附近长青苔呢。我杀了他，然后挖了坑将他埋了。所以别把我的威胁当玩笑。不管听起来多么不可思议，你现在是整个精灵世界最重要的人物。谁拥有你，谁就有了权力。而我想要的，就是权力。"

"我想你这么做总有你的道理。"他仔细端详着我的脸，但他的脸上没有流露出任何感情，"我以前根本不知道你能做什么。"

我装出一副镇定自若的样子，不让他看出他的话在我心里造成了多大的震动。我手里握着小刀，本来应该觉得自己握有生杀大权的，可是看到他一脸的平静，我感到光有这把小刀还不够。我一心想着伤害他，也许只是为了说服自己，他能够被吓倒。可他刚刚失去了所有的家人，我不应该这样想的。

但我不禁又想到，只要我表现出一点儿同情或软弱，他就会抓住它们大肆利用。

"该走了。"我厉声说，"走到第一扇门前。进屋后走向橱柜，那里面有条通道。"

"好吧。很好。"他恼火地说，抬手想要推开我的小刀。

我紧紧地握着它，刀刃割破了他的手指。他咒骂了一声，将那根流血的手指放进嘴里。"你这是干什么？"

"好玩啊。"我答道，然后慢慢地、小心翼翼地将小刀移开他的咽喉。我的嘴角翘了起来，但同时，我用这样的方式掩饰自己的表情，让我的脸冷酷无情。突然，我意识到自己在模仿谁，谁的脸将我吓成这样，以至于我想要一张那样的脸。

那是卡丹的脸。

我的心在胸腔里突突乱跳，不禁感到一阵恶心。

我用另一只手推着他往前走，他问道："你至少应该告诉我，我们这是要去哪儿吧？"

"不行。快走。"我低吼道，这完全是我自己的声音了。

难以置信的是，他竟然照做了。他摇摇晃晃地穿过走廊。当我们来到那条隐秘的通道前时,他只是回头面色古怪地瞥了我一眼,然后就爬了进去。也许他醉得比我想的还要厉害。

但没关系,他很快就会清醒过来的。

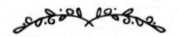

到达影子会的巢穴后,我做的第一件事就是撕开我身上那件已经变得肮脏不堪的裙子,用布条将卡丹绑到椅子上。然后我摘下了我俩脸上的面具。他任我摆布,脸上神情古怪。这里没有别人,我也不知道什么时候会有人回来。

但这并不重要,没有他们,我也一样能把事情做好。毕竟我已经做到这一步了。刚才卡丹发现我的时候,我就知道,唯有控制了他,我才能多多少少控制我的命运。

我想起我对达因立下的誓言,包括那个我从没说出口的愿望:我要变得令人恐惧,而不是感到恐惧。要是达因不打算给我权力,那我就自己获取权力。

由于加入影子会时间不长,我并不知道它的秘密。我在各个房间里四处巡视,打开一扇扇沉重的木门,打开一个个橱柜,寻找有用的东西。我发现了一个储藏室,里面不仅有很多干酪和香肠,还有大量毒药。我还发现了一间练功房,地板上撒着锯末,墙上挂着武器,屋子中央立着一个新做的木头人,脸上画着蹩脚的、令人不安的笑容。后面的房间里支着四张简易床,床边放着几个大杯子和几件废弃不用的衣服,我没有碰这里的任何东西。地图室里有一张书桌,那是达因的书桌,抽屉里塞满了卷轴、钢笔和封蜡。

想起今晚发生的这场惨绝人寰的屠杀,我几乎要崩溃了。达因王子死了,再也活不过来了。他的父母和姐妹也死了。

我回到大屋,将卡丹连同椅子一起拖到达因的书房里。我将他靠在门上,以便我能随时监视他。我从练功房的墙上取下手持弩和几支弩箭。

我上好弩箭，拉上扳机，将弩放在一旁，然后在达因的椅子上坐下来，双手托着下巴休息。

"你能告诉我这里到底是什么地方吗？既然我已经遂了你的心愿，让你把我绑起来了。"我真想狠狠打卡丹一顿，将他那副自鸣得意的劲儿从他脸上打掉。可我真那样做的话，他就会知道，我对他有多么惧怕。

"这是达因王子手下间谍会面的地方。"我告诉他。我需要集中精神。卡丹现在什么都不是，他只是一个工具，一个筹码。

他死死地盯住我，神情既惊骇，又古怪。"你怎么会知道这里？你中了什么邪，为什么带我来这里？"

"我在想下一步该怎么做。"我承认道。

"要是他的某个间谍回来了呢？"他问道，似乎酒醒了一些，开始真正关心起自己的处境来，"一旦他发现你在他们的巢穴里，那他就会……"

看到我脸上得意的笑容，他的声音低了下去，最终变成了无比震惊的沉默。我看得出来，他终于意识到我是间谍中的一员，我属于这里。

卡丹保持着沉默。

终于——我终于让他感到畏惧了。

我开始仔细检查达因王子的书桌，若是放在以前，我肯定不敢这样做。桌上摆着几张字迹潦草的字条，还有一些更正式的字条——重新抄写的，或者仔细手写的。还有信件，包括马多克写来的几封无关痛痒的信。我也不知道自己在寻找什么。我只是以最快的速度扫视每一样东西，想要找到什么东西，让我能知道达因为什么会遭到背叛。

在我的成长过程中，我一直认为至尊王和达因王子是无可置疑的统治者。我一直相信马多克对他们忠心耿耿，而且我对他们也很忠心。我知道马多克残忍嗜血，他想要更多的征服，更多的战争，更多的战斗。我早就知道这一点。我原本以为，作为一名将军，渴望战争是他职位的一部分，而至尊王要做的就是保持对他的控制。马多克过去常常谈论荣誉、义务和责任，并以这个名义抚养我和塔琳。既然如此，他为了自己坚持的信仰，而愿意接受其带来的不快就似乎合乎逻辑了。

以前，我以为马多克根本不喜欢贝尔金。

我想起被我射杀的那个信使，想起她携带的那张字条上的内容：杀死送信之人。那是一张包含错误指示的字条，其目的只是让达因的间谍忙于追着自己的尾巴转，而贝尔金和马多克则在没有人留意的地方——就在大庭广众之下——密谋发动攻击。

"你以前知道吗？"我问卡丹，"你以前知道贝尔金打算做什么吗？是不是因为你知道了什么，才在典礼现场故意远离你的家人？"

他忽然纵声大笑。"你要是这么认为，那你想我刚才为什么没有径直奔向贝尔金亲切的怀抱呢？"

"那就告诉我。"我说。

"我不知道。"他说，"那你知道吗？毕竟马多克是你父亲。"

我从达因的书桌里拿出一长条封蜡，蜡的一端是烧焦后的黑色。"我说什么有关系吗？我能说谎。"

"不管怎样，告诉我。"卡丹打了个哈欠。

我真想扇他一巴掌。

"我也不知道。"我承认道。我没有看他，只是盯着桌上的那堆字条，字条上柔软的蜡印，上面盖着印章。"我本该知道的。"

我的目光突然转向卡丹。我走到他面前蹲下，开始撸他手上的戒指。他挣扎着想要反抗，但他被牢牢地绑在椅子上。我将戒指从他手指上猛地拽了下来。

我讨厌待在他身边的感觉。当我触到他的皮肤时，我竟然感到一阵恐慌，真是荒谬。

"我只是借用一下你这愚蠢的戒指。"我说。戒指上的图样完美地嵌进了字条上的蜡印。王子和公主们的戒指一定都是一样的，根本分辨不出来区别。我抽出一张白纸开始写信。

"这里是不是没有什么喝的？"卡丹问道，"接下来不管发生什么，我估计那对我来说都不会特别舒服，所以我情愿让自己保持喝醉的状态。"

"你以为我会在意你舒不舒服？"我沉下脸来，反唇相讥。

突然，一阵脚步声传来，我噌地一下从书桌边站起来。紧接着，一阵玻璃破碎声从大屋传来。我将卡丹的戒指塞进自己的紧身胸衣，它沉甸甸地顶着我的胸口。我快步走进大屋，只见蟑螂已经将一排罐子从书架上推了下来，还踢破了一个橱柜。石地板上洒满了碎玻璃和原本装在罐子里的液体，还有曼德拉草、蛇根马兜铃和飞燕草。幽灵抓着蟑螂的胳膊，阻止他继续砸东西。幽灵腿上有一道鲜血涔涔而下，他移动起来动作有些僵硬，他一定是在刚刚逃跑的时候受的伤。

"嘿。"我说。

看到我在这里，他们俩都脸现惊讶之色。等到看到门口椅子上绑着的卡丹，他们更惊讶了。

"此刻你不是应该在跟你父亲一起庆祝吗？"幽灵说，语气十分刻薄，我不由得退了一步。以前，他堪称是沉着冷静的代言人，虽然有时候并不自然。但现在，他们俩看上去似乎都不冷静。"炸弹还没回来，为了将我救出贝尔金的地牢，他们俩差一点儿就送了命，结果却发现你在这里扬扬得意。"

"不是那样的！"我坚定地说，"假如我早知道会发生什么，假如我站在马多克一边，那我来这里一定会带上一队骑士，你们进门时就已经被抓住了。我决不会独自一人来这里，还一路拖着一个囚犯，而且这个人正是我父亲非常渴望抓到的。"

"别伤了和气，你们两个。我们现在都有点儿乱。"蟑螂看着他摔碎的一地东西。他摇了摇头，然后将注意力转到了卡丹身上。他走到卡丹面前，仔细打量。蟑螂黑色的嘴唇紧绷着，仿佛在考虑着什么。他回头看我，显然我的行动给他留下了深刻的印象。"不过我们中间似乎有一个头脑还算清醒。"

"你好啊。"卡丹扬起眉毛，注视着蟑螂，仿佛他们正要坐下来喝茶。

先是在桌子下面爬行，后来又被抓住绑起来，卡丹身上的衣服看上去相当凌乱，他那根可耻的尾巴从他那件白色的细麻衬衫下面露了出来。那尾巴细细的，上面光秃秃的几乎没有一根毛，只有尾巴尖上有一丛黑毛。我看着他的尾巴，那条尾巴颤动着反复卷起，前后晃动，背叛了他那貌似冷静的脸，泄露了他心中的疑虑和恐惧。

我现在明白他为什么总把尾巴藏起来了。

"我们应该杀了他。"幽灵说。他无精打采地垂着双肩，棕色头发软塌塌地搭在额头上，"王室成员里就剩下他能给贝尔金加冕了。没了卡丹，绿石楠家族将永远失去王位，我们也算为达因报仇了。"

卡丹猛吸了一口气，然后慢慢地吐出来。"我还是愿意活着。"

"我们不再为达因工作了。"蟑螂提醒幽灵，他那长长的、镰刀似的绿鼻子喷出气，"达因死了，再也没法操心王位和王冠的事了。我们可以将卡丹王子卖给贝尔金，交换我们想要的东西，然后就远走高飞。我们可以去那些低级宫廷，或者到自由散居的空境人中间去。我们会在那里找到生活的乐趣，还有金子。你也可以跟我们一起去，茱德。"

这个提议很诱人。把一切都留在这里，远走高飞，在一个除了幽灵和蟑螂以外，谁也不认识我的地方重新开始。

"我不想要贝尔金的钱。"幽灵往地上吐了口唾沫，"除此之外，这个小王子对我们毫无用处。他太年轻，而且太软弱了。我们杀了他吧，不是为了达因，而是为了整个精灵世界。"

"太年轻，太软弱，太卑鄙。"我补充道。

"等一下。"卡丹说。我曾经想象过很多次卡丹害怕的样子，但实际情况超出了我的想象。看着他呼吸急促，在我仔细绑缚的绳结下面用力挣扎，我感到很开心。"等一下！我可以把我知道的告诉你们，什么都告诉你们，关于贝尔金的任何事，你们想知道的任何事。要是你们想要金子或珠宝，我可以给你们弄来。我知道贝尔金的藏宝库在哪里。我还有王宫里很多房间的钥匙。我对你们来说很有用处。"

只有在我的梦里，卡丹才是这个样子：弱小，可怜，哀求。

"你知道你哥哥谋反的计划吗？"幽灵问道。他离开倚靠的墙壁，一瘸一拐地走过来。

卡丹摇了摇头。"我只知道贝尔金鄙视达因，我也鄙视他。他是个卑鄙的家伙。可我不知道贝尔金已经说服马多克相信这一点了。"

"卑鄙的家伙！你这话是什么意思？"我愤怒地问道，尽管我手上的伤口还没有愈合，但达因的死洗刷了我对他的憎恨。

卡丹眼神复杂。"达因毒死了他自己的孩子，在孩子还没出生的时候。他千方百计讨好我们的父亲，直到父亲只信任他，对别人谁都不信。问问他们——达因的间谍，他们一定知道达因是如何让埃尔德雷德相信埃乐温在密谋造反，让他相信贝尔金是个傻瓜。是达因一手策划，将我赶出了王宫，除了我的大哥，禁止任何人收留我。达因甚至给埃尔德雷德的酒里下毒，让他变得疲惫不堪，疾病缠身——至尊王冠上的诅咒无法阻止这一点——最终说服埃尔德雷德退位。"

"不可能！"我想到了利芮厄普，想到了那张短笺，想到了贝尔金想要知道是谁得到了那种毒药。但埃尔德雷德中的不可能是红脸菇的毒。

"问问你的朋友，"卡丹冲蟑螂和幽灵扬了扬头。"正是他们中的一个弄到了毒药，毒死了那个孩子和他的母亲。"

我摇了摇头，但幽灵没有看我的眼睛。"达因为什么要那样做？"

"因为孩子的母亲也是埃尔德雷德的情人，他害怕埃尔德雷德会发现他们的私情，然后把他排除在继承人候选之外。"卡丹看上去似乎很高兴，因为他的话真的让我吃了一惊。而且，从蟑螂和幽灵的表情看，他们也很吃惊。他们现在看卡丹的样子，就好像他还有价值似的。"即便是精灵世界的至尊王，也不愿意他的儿子跟他的情人私通。"

对于至尊宫廷的腐败和下流，我本不该感到震惊。这一点我心知肚明，就像我知道马多克能够对他爱的人做出可怕的事情一样，就像我知道达因绝不是什么好人。他逼迫我刺穿自己的手掌。他招揽我只是因为我有利用价值。

精灵也许很漂亮，但它的美如同一头金色雄鹿的尸体，皮毛下面爬满了蛆虫，薄薄的皮肤随时都会炸裂开来。

血腥味让我感到恶心。血腥味沾在我的裙子上，我的手指上，我的鼻子里。我要怎么做才能比空境人恶劣呢？

将卡丹王子卖给贝尔金。我在脑子里反复考虑这个想法。贝尔金会欠我一个人情。他会让我成为至尊宫廷的一员，而这正是我一直以来梦寐以求的。他会给我要求的任何东西，给我达因承诺给我的所有东西，甚至更多：土地，封号，在我额头上点一颗爱情痣（那样无论是谁见到我，都会疯狂地爱上我），以及一柄每一次挥舞都会发出魔力的剑。

然而这些东西似乎都不再像以前那样宝贵了。这些东西没有一样是真正的权力。真正的权力无法被给予，也无法被夺走。

我试着想象了一下贝尔金当上至尊王，椋鸟圈将其他势力圈子都吞并之后，精灵国会变成什么样子。我想起他那些面颊凹陷的仆人；想起他怂恿卡丹杀死那个男仆，仅仅是为了训练；想起他一边假仁假义地标榜自己多么爱家人，一边命令人鞭打卡丹。

不，我看不出自己为什么要为贝尔金效劳。

"卡丹王子是我的囚犯。"我提醒蟑螂和幽灵，然后开始在屋子里来回踱步。我擅长的东西并不多，可我发现自己擅长间谍工作。我才刚刚当了几天间谍，还不打算放弃这份工作，"必须由我来决定怎样处置他。"

蟑螂和幽灵对望了一眼。

"不然我们之间就会起内讧。"我说，因为他们不是我的朋友，我需要时刻记住这一点。"我能接近马多克，甚至能接近贝尔金。在我们中间，只有我能为我们谋取最大的利益。"

"茱德，别乱来。"被绑在椅子上的卡丹警告我，但我已经不惧任何人的警告了，更别说是他。

一时间，屋里的气氛十分紧张，但蟑螂忽然咧开嘴笑起来。"不会的，丫头，我们之间不会内讧的。要是你有了一个计划，那我很高兴。说真的，我并不怎么擅长制订计划，除非是想办法将一颗宝石从它漂亮的底座上抠出来。这个小工子是你偷来的。你要是知道怎么玩，那这就是完全属于你的游戏。"

幽灵皱起眉头，但没有反驳。

我现在必须做的，就是将这些谜团的碎片拼凑成一个完整的故事。

马多克为什么要支持贝尔金？贝尔金既残酷，又善变，这两点都不是一个好君主应有的品质。即便马多克相信贝尔金将给他梦寐以求的战争，他也完全可以通过别的方法达到这个目的。

我又想起了自己在贝尔金书桌上发现的那张短笺，妮卡茜娅的母亲写给他：我知道你探问的红脸菇的来源。为什么过了这么长时间，贝尔金才想要达因谋杀利芮厄普的证据？若是他有了证据，为什么没有将证据交给埃尔德雷德？不然就是他已经给了，但埃尔德雷德没有相信，或毫不介意。要不然就是证据证明凶手另有其人。

"利芮厄普是什么时候被毒死的？"我问道。

"七年之前，在一个暴风雨频繁的月份。"幽灵说，嘴角抽搐了一下，"达因告诉我，有人告诉了他一个关于那个孩子的预言。你问这件事，只是出于好奇，还是这件事很重要？"

"什么预言？"我问道。

他摇了摇头，仿佛不想回忆这件事，但他还是回答了。"倘若那男孩生下来，达因王子就永远也当不上至尊王。"

这是个非常典型的精灵预言——预言警告你会失去什么，但绝不会承诺你任何东西。那孩子虽然死了，但达因王子也永远当不上至尊王了。

我才不会成为像达因那样的傻瓜，把自己对未来的谋划建立在这种虚无缥缈的谜语上。

"所以是真的，"蟑螂低声说，"是你杀的她。"幽灵的眉头皱得更深了。我第一次想到，他们可能不知道彼此的任务。

他们俩的表情都不太自然。不知道蟑螂会不会去完成这样的任务，也不知道蟑螂知道了这件事是幽灵做的意味着什么。现在看着幽灵，我不知道自己看见了什么。

"我要回家去。"我说，"我要假装自己在狂欢中迷了路。回家之后，我应该能弄清卡丹对他们有什么价值。我明天会回这里，跟你们两个和炸弹——如果她回来了的话——一起讨论具体细节。给我一天时间，让我看看能做什么。在此之前，你们要发誓不做出任何决定。"

"要是炸弹比我们聪明的话,她一定已经藏起来了。"蟑螂说。他指了指地上的一个橱柜,幽灵一言不发地走过去取出一个瓶子,将它放在那张破旧的木桌上。"我们怎么知道你不会背叛我们?即便你现在认为自己跟我们是一伙的,但当你回到马多克的堡垒之后,你也可能会变卦。"

我若有所思地看着蟑螂和幽灵。"我将卡丹留给你们,这意味着我信任你们。我保证不背叛你们,但你们也要保证,等我回来的时候,卡丹会在这里。"

卡丹如释重负,因为不论他接下来会面对怎样的命运,我们都将延迟到明天再做决定。不过,也许他只是看到了桌上的那个瓶子。

"你也许能够扶持一位新国王。"幽灵说,"那很有诱惑力。你甚至能让贝尔金对你父亲更加感恩戴德。"

"他不是我父亲。"我厉声说,"就算我决定加入马多克的阵营,只要你能得到酬劳,那就没什么关系,对不对?"

"我想是的。"幽灵很不情愿地说,"可是,要是你带着马多克或者别人来这里,我们会杀了卡丹。然后还会杀了你。明白吗?"

我点了点头。若是没有达因王子的精灵符,他们可能已经强迫我服从他们的意志了。当然,达因王子的精灵符在他死后还管不管用,我一点也不知道,而且我也不敢去弄清楚。

"如果你超过你所要求的一天时间还没有回来,我们就会杀死卡丹,减少我们的损失。"幽灵继续说,"囚犯就像布拉斯李子,保存时间越长,价值就越低,最后还会坏掉。一个白天外加一个晚上。别迟到了。"

卡丹的身子瑟缩了一下,他试图吸引我的目光,但我没有理他。

"我同意。"我说。我不是傻瓜,在这样的时刻,我无法信任任何人。"但你们也必须发誓,等我明天独自回来的时候,卡丹会在这里,而且完好无损。"

他们也不是傻瓜,所以他们也发了誓。

第二十三章

我不知道自己回家时会发现什么景象。我穿过树林往家走去，这原本就是一段很长的路程，可是这个时候，我还必须尽量远离来参加加冕礼的其他精灵的营地，所以回家的路就更长了。我的裙子肮脏不堪，裙边破破烂烂，双腿又痛又冷。我到家的时候，马多克的庄园看起来跟平常没什么两样，我对它就像对我自己的脚步一样熟悉。

我想起自己衣橱里挂着的裙子，还有那些舞鞋，都在等着我穿着它们去跳舞。我想起自己原以为会拥有的那个未来，以及另一个如深渊一般在我面前张开大口的未来。

在门厅里，我看见很多骑士在马多克的客厅里进进出出，比平常更多。仆人们来回奔走，递送酒杯、墨水瓶和地图。几乎没有人有工夫看我一眼。

门厅那头响起一声惊呼，是薇薇安的声音。她和奥里安娜在客厅里。薇薇安跑过来，伸开双臂搂住了我。

"我本打算杀了他的。"她说，"我本打算杀了他的，要是他那愚蠢的计划伤害到你的话。"

我意识到自己没有受到感动。我抬手抚摸她的头发，手指落到了她的肩上。"我没事。"我说，"我只是被人群挤到别处去了。我很好。一切都很好。"

当然，一切一点儿都不好，但没有人试图反驳我。"其他人在哪儿？"

"欧克在睡觉。"奥里安娜说，"塔琳在马多克的书房外面。她待会儿就来。"

听到这话，薇薇安变了脸色，但我不知道该如何解读这种变化。

我上楼回房，洗去脸上的涂料和脚上的泥土。薇薇安跟着我进来，坐在凳子上看着我。阳光从窗户外面倾泻进来,将她那猫眼一般的眼睛照成了明亮的金色。我拿起梳子,梳理我缠结的头发。我换上一身深色的衣服:深蓝色高领窄袖长袍,漆皮黑靴,以及一副新手套。我系上一条更结实的腰带,在腰带上系上暗黑剑,将卡丹那枚王室戒指偷偷放进口袋里。

我环顾自己的房间,看着我的那些书、毛绒玩具,以及我收集的那些毒药,一时间恍若梦中。那本《爱丽丝仙境奇遇》和《爱丽丝镜中奇缘》合辑放在我的床头柜上。一阵新的恐慌掠过我的全身。我侥幸抓到了精灵世界那位失踪的王子,此时此刻我应该想办法让手里的人质发挥出最大的利用价值。可是在这里,在我童年的家里,我想大声嘲笑自己的狂妄自大:你以为自己是谁呀?

"你的脖子怎么了?"薇薇安皱起眉头问道,"你的左手又是怎么回事?"

我忘了自己应该小心地隐藏这些伤口了。"没什么,都已经过去了。他为什么要那样做?"

"你是说马多克为什么要帮贝尔金吗?"她压低嗓音说,"我不知道。这是政治。他并不在乎谋杀,他也不在乎他造成了睿雅公主的死。他什么不在乎,茱德。他从来都不在乎。"

"马多克不可能希望贝尔金统治精灵国。"我说。倘若贝尔金成为至尊王,那么,在今后的几百年里,他会影响精灵世界和凡间之间的接触。要流多少血,流谁的血,没人知道。整个精灵世界都会变得像空空宫。

这时候,我听见塔琳的声音从楼梯下面传上来。"洛基已经在里面跟马多克待了很久了。他根本不知道卡丹藏在哪里。"

薇薇安的身子顿时僵住了。她注视着我的脸说:"茱德——"声音小得几不可闻。

"马多克也许只是想吓吓他。"奥里安娜说,"你知道现在一切都乱套了,马多克这时候没有心思给你准备婚礼。"

薇薇安还没来得及说什么,也没来得及阻止我,我就已经冲到了房间外面。

我想起自己在比武大会上浴血奋战并激怒卡丹之后，洛基对我说过的话：因为你就像一个还没有展开的故事，我想看看你今后会怎么做。在这个故事展开的时候，我希望我能够参与其中。他说想看看我会怎么做时，他的意思是不是想弄清楚，要是他伤了我的心，我会怎么做？

要是我无法发现一个足够有趣的故事，我就会去创造一个。

当我问卡丹他是否认为我配不上洛基时，他当时说的话又在我耳边响起。噢，不，他得意地笑道，我认为你们俩是绝配。还有他在加冕礼上说的话：是时候交换舞伴了。噢，我是不是说了你的台词？

他早就知道。他一定笑死了。他们一定都笑死了。

"我想我现在知道你的情人是谁了。"我冲着塔琳喊道。

塔琳仰头看着我，脸色煞白。我缓缓地、沉着地走下楼梯。

不知道洛基跟他的朋友们一起笑话我的时候，她有没有跟着他们一起笑。

我想起我们谈论洛基时，她那古怪的眼神和紧张的声音，对于我和洛基在马厩做了什么，在他的房子里又做了什么，她所表现出来的关心。霎时间，这一切都有了可怕的含义。我感到背叛的利剑刺中了我的心。

我抽出了暗夜剑。

"我向你挑战。"我对塔琳说，"我要跟你决斗。为了我的荣誉，因为它被无情地背叛了。"

塔琳瞪大了双眼。"我本想告诉你的。"她说，"有好多次我想告诉你，可是不行。洛基说要是我能忍住不说，这就是一个爱的考验。"

我想起他在狂欢会上对我说的话：你是否深爱着我，深得足以放弃我？难道这不是一个爱的考验吗？

我想她通过了考验，而我失败了。

"这么说他向你求婚了？"我说，"在王室成员被屠杀的时候。这可真浪漫啊！"

奥里安娜轻呼一声，也许她害怕马多克会听见我的话，也许马多克会反对我给这件事下的定义。塔琳的脸色也有些苍白。我想由于她们都没有亲眼看见那场惨绝人寰的政变，所以她们会相信马多克的说辞。一个人想要颠倒是非，也不是非撒谎不可。

我紧紧握住暗夜剑的剑柄。"我们从凡间回来后的第二天，卡丹跟你说了什么让你哭了？"我想起了我推他的时候，我的手陷进了他的衬衫里，他的背撞到了树上。还有后来塔琳如何否认那件事跟我有关，如何不愿告诉我究竟发生了什么。

有好一会儿，塔琳没有回答。看她脸上的表情，我知道她不想告诉我真相。

"跟这事有关，对不对？他早就知道了。他们全都知道。"我想起妮卡茜娅坐在洛基的餐桌旁，有那么一刻似乎将我当作了知己。他把一切都毁了。那就是他的爱好——毁灭东西。

我当时以为她说的是卡丹。

"卡丹说都是因为我，他才把尘土踢到你的食物上面。"塔琳说，语气软了下来，"洛基欺骗了他们，他们以为是你把他从妮卡茜娅身边夺走了，所以他们才会惩罚你。卡丹说你是在代我受过，要是你知道真正的原因，你就会屈服。可我不能告诉你实情。"

有好一会儿，我只是呆呆地站在原地，费力理解她的话。然后我将剑扔到我们之间，它当啷一声掉在地上。"把它捡起来。"我对她说。

塔琳摇了摇头。"我不想跟你打。"

"你确定？"我站在她面前，正对着她，距离近得令人恼火。我能感觉到，她是多么渴望抓住我的肩膀用力将我推开。我曾亲吻洛基，还和他在同一张床上醒来，一定激起了她的怨恨。"你嘴上说不想跟我打，但是我想你很会乐意打我。反正我知道我很想打你。"

壁炉上方高高地挂着一柄剑，剑尖挑着一幅丝绸旗帜，上面绣着马多克的新月形纹章。我踩着附近的一张椅子，爬到炉台上，将那柄剑从钩子上摘下来。我可以用这柄剑。

我跳下来走到她面前，将剑尖指向她的心脏。

"我已经很久不练剑了。"她说。

"可我不是。"我往前走了一步，"但你可以用那柄更好的剑，而且你可以先出招。这很公平，已经公平得过分了。"

塔琳怔怔地瞧了我好一会儿，然后俯身拾起暗黑剑。她退后几步，拔剑出鞘。

屋子那边，奥里安娜一声惊呼，站起身来。但她没有走过来，没有阻止我们。

我生命中的太多东西已经千疮百孔，我根本不知道该如何去修补。但我知道该如何战斗。

"别犯傻了！"薇薇安从阳台上喊道。我没有分心去注意她，因为我正聚精会神地盯着塔琳的脚步。马多克同时教我们两个剑术，我们都学得很好。

她一剑挥出。

我举剑挡格，当的一声，双剑相交。金属的撞击声像钟声一样在房间里久久回荡。"欺骗我是不是很好玩？你是不是喜欢在某方面超过我的感觉？他跟我调情，亲吻我，同时一直向你保证他会娶你，你是不是喜欢这样？"

"不是！"她有些吃力地避开了我的第一波攻击，她的身体还记得学过的剑术。她咬牙切齿地说，"我不想骗你，可我不像你，我想融入这里。公然反抗他们只会让一切变得更糟。你在反抗卡丹王子之前从不问我的意见——也许我们之间的敌对状态是由他挑起的，而且是因为我，但让这种敌对状态继续下去的却是你！你根本不在乎这会给我们带来什么后果！我必须让洛基看到，我跟你不一样！"

周围已经有几个仆人过来观战了。

我对他们毫不理会，还有胳膊的酸痛（因为仅仅在一天之前，我还徒手挖了一个坟墓），以及手心对穿的伤口。我的剑锋划破了她的裙子，差一点儿就割破了她的皮肤。她双眼圆睁，脚步踉跄，不停地后退。

我们交手了几个回合。她气息粗重，显然不习惯这样步步紧逼的打法，不过她并没有退缩。

我挥剑猛击她的剑刃，让她疲于招架，无暇还击。"那么这就是你对我的报复？"小时候我们也会打架，不过用的都是树枝。后来，我们还采用过拉扯头发、叫喊比赛，以及互不理睬这些较量方式——可我们从没这样打过架，用真正的剑打斗。

"塔琳！茱德！"薇薇安喊道，一边从旋转楼梯上下来，"快住手！不然只好由我来阻止你们了！"

"你憎恨空境人。"塔琳双眼冒火，转动着手里的宝剑，使出漂亮的一击，"你从来都不在乎洛基，对于你来说，他只是你从卡丹身边夺走的一样东西。"

我脚下踉跄，她趁势挺剑进击，突破了我的防守。但她的剑尖刚刚刺到我的胁下，我就立马转身，躲开了这一击。

她继续说："你以为我很软弱是吧？"

"你就是很软弱。"我对她说，"你又软弱，又可悲，我——"

"我是一面镜子，"她叫道，"我是一面你不想面对的镜子！"

我再次挥剑砍向塔琳，将整个身体的力量都压在了这一击上。我怒不可遏，有太多的事让我愤怒。我恨自己如此愚蠢。我恨自己被人欺骗。我的脑子里燃起了熊熊怒火，将其他念头尽数烧成了灰烬。

只见剑光一闪，我的剑在空中划过一道弧线，砍向她的胁下。

"我说了，住手！"薇薇安叫道，声音中仿佛蕴含着微光闪烁的魔咒之网，"现在，住手！"

塔琳似乎突然泄了气，双臂放松，剑从突然松弛的手里软软地垂下来。她的脸上挂着迷离的笑容，仿佛在听遥远的音乐。我试图停住这用尽力道的一击，但已经太迟了。于是我放开手里的剑，巨大的冲力带着它飞过屋子，砰的一声砸进了书架，将一个公羊的头骨砸落在地。我难以保持重心，向前一冲，扑倒在地。

我惊骇地转头望着薇薇安。"你不能这样阻止我们！"这几个字脱口而出，抢在了那些更重要的词句之前——要不是她，我可能已经把塔琳砍成两截了。

薇薇安看上去跟我一样震惊。"你戴着什么护身符吗？我刚才亲眼看着你换的衣服,你身上根本没有任何能抵御魔法的东西!"

是达因的精灵符,它在他死后依然有效。

我的膝盖隐隐生疼,手掌上的伤口突突乱跳,胁下被暗黑剑刮破的地方阵阵刺痛。薇薇安阻止了我们的打斗,让我火冒三丈。她还试图对我们施展魔法,更让我怒不可遏。我从地上爬起来。我气喘如牛,额头上汗珠密布,四肢不住颤抖。

一双手从后面抓住了我。又有三个仆人冲过来,挡在我们中间,抓住我的胳膊。两个仆人抓住塔琳,将她从我身边拉开。薇薇安在塔琳脸上吹了口气,她结结巴巴地说起了话,恢复了意识。

这时我看见马多克站在客厅外面,身边围了一群将领和骑士。还有洛基。

我心里一沉。

"你们两个到底是怎么回事?"马多克吼道,我从没见过他发这么大的火,"难道今天死的人还不够多吗?"

这话听上去有些假惺惺的,因为他正是这么多死亡的始作俑者。

"你们两个去游戏室等我。"他说。此刻,我的脑海里只是他站在典礼台上,用剑刺穿达因王子的胸腔。我不敢看马多克的眼睛。我浑身抖得如同筛糠。我想尖叫。我想冲上去打他。我感觉自己又变成了一个小孩,一个无助的小孩,置身于一座充满死亡的房子。

我想做点什么,可我什么也没做。

他转向那博恩。"你跟着她们。确保她们不会再动手打起来。"

我跟着那博恩走进游戏室。我坐在地板上,双手捧住脸,手上沾满了泪水。趁塔琳没有发现,我赶忙在衣服上把手擦干。

我和塔琳至少等了一个小时。我们之间一句话也没有,互相谁也不理谁。她抽噎了一会儿,然后擦了擦鼻子,但没有哭。

为了打起精神，我开始回想卡丹被绑在椅子上的样子。然后我想起他透过垂在脸上的黑头发抬眼看我的样子，想起他醉醺醺地微笑时的嘴唇，可我没有感到一丝安慰。

我感到精疲力竭，感觉自己一败涂地。

我恨塔琳。我恨马多克。我恨洛基。我恨卡丹。我恨所有人。我恨透了他们。

"他给你什么了？"我问塔琳，我实在厌烦了沉默，"马多克给我的是爸爸铸造的宝剑，就是你刚才使的那柄。他说也给了你一样东西。"

她沉默了良久，就在我以为她不会回答的时候，她说："一套刀具，餐桌上用的，据说能切断骨头。你那柄剑更好，它还有名字。"

"你可以给你的牛排小刀起个名字，比如肉肉大哥，或者软骨克星。"我说。她轻轻喷了下鼻息，听起来似乎在憋笑。

此后我们又陷入了沉默。

马多克终于来了。他人未进门，影子就先映了进来，犹如一张地毯在地板上铺展开来。他将合上鞘的暗黑剑扔到我面前，在一张椅腿形如鸟爪的长沙发上坐下。长沙发一阵嘎吱作响，仿佛不习惯如此巨大的重量。那博恩向马多克点点头，随即走出了屋子。

"塔琳，回头我会跟你谈洛基的事。"马多克说。

"你伤害他了吗？"她问道，声音里的哭腔几乎无法掩饰。我不怀好意地想，她是不是故意装给马多克看的。

他哼了一声，仿佛也有同样的怀疑。"他向我提亲，请求我将你嫁给他时，告诉我说，尽管如我所知，空境人是十分善变的，他仍然愿意娶你为妻——这就是说，我想，你将发现他不会特别专一。他当时没有说他跟茱德的事，但我刚才问他的时候，他跟我说，'凡人的感情太脆弱了，谁也忍不住会玩弄一下那种感情。'他告诉我，你，塔琳，已经向他证明，你可以成为我们这样的人。我不知道为了证明这一点，你都做了什么，但不论你做了什么，那大概就是你和你妹妹之间发生冲突的根源。"

塔琳的裙摆堆在她的身子四周。她看起来很平静，尽管她身上被划了一道浅浅的道子，裙子也被削去了一截。她看上去就像上流阶层的淑女，如果你不一味地盯着她那圆圆的耳缘看的话。当我静下心来考虑这一点时，我无法责怪洛基选择她。我太暴力了。而且几周以来，我一直在给自己下毒。我是个杀戮者、骗子、间谍。

我终于明白洛基为什么会选择塔琳了。可我现在却只希望塔琳选择我。

"那您对他说了什么？"塔琳问道。

"我说我从不认为自己善变。"马多克说，"我觉得他配不上你们两个。"

塔琳的两只手在身侧缓缓地握成了拳头，但除此之外没有任何迹象表明她生气了。她已经掌握了如何保持高贵的平静，这是我所没有的气度。当我接受马多克指导的时候，她的老师一直是奥里安娜。"那您是不允许我嫁给他吗？"

"不会有好结果的。"马多克说，"但我不会站在你的幸福前面挡你的路。我甚至不会站在你为自己选择的不幸前面挽救你。"

塔琳没有说话，但她缓缓地舒了一口气，表明她如释重负。

"去吧。"马多克对她说，"别再跟你的妹妹打斗了。不论你跟洛基一起怎样快乐，你都应该对你的家人保持忠诚。"

我不知道他这话是什么意思，他说的忠诚又是什么意思。我本以为他对达因忠诚，我以为他曾宣誓效忠达因。

"可是她——"塔琳刚说到这里，马多克就举起手打断了她，他手上那些弯曲的黑色指甲颇具威慑作用。

"那难道不是挑战吗？她有没有将剑塞到你手里之后再出手？难道你真以为你妹妹没有一丁点儿荣誉感，会在你手无寸铁时，直接把你大卸八块？"

塔琳扬起下巴，一脸怒色。"我本不想跟她打的。"

"那今后也别跟她打。"马多克说，"如果你不打算赢，那打斗没有任何意义。你可以走了。让我跟你妹妹单独谈谈。"

塔琳站起来走到门口。当她的手放到沉重的铜门闩上时，她回过身来，仿佛还有什么话要说。不论我们在马多克来这里之前展露出来的是怎样的情谊，现在都已经荡然无存了。我从她脸上的表情可以看出，她希望马多克惩罚我，但她自己也知道他不会。

"您应该问问茱德，卡丹在哪里。"她眯起眼睛说，"我最后一次看见他的时候，他在跟她跳舞。"

她说完就昂然出门，留下我跟马多克单独待在屋里，我一颗心怦怦乱跳，口袋里的那枚皇家戒指仿佛热得发烫。她不知道我抓走了卡丹。她临走前这样射我一支"回马箭"只是故意使坏，想让我惹上麻烦。要是她真的知道，我不相信她会这样说。

"我们谈谈你今晚的行为吧。"马多克说，上身往前倾了倾。

"还是谈谈您今晚的行为吧。"我答道。

他叹了口气，抬起手搓了搓脸。"你当时在那儿，对不对？我曾想办法把你们都送出去，那你们就不必看到那样的场面了。"

"我本以为您爱达因王子，为他效忠。"我说，"我本以为你们是朋友。"

"我们是朋友，"马多克说，"我也永远不会像爱他一样去爱贝尔金。但除此以外，还有别人有权要求我的忠诚。"

我想到我已经了解的那些零碎的片段，想到我回家来要得到的答案。贝尔金究竟给了马多克什么，或者承诺了他什么，以至于能够说服他反对达因？

"'别人'是谁？"我气愤地问道，"又有什么值得牺牲这么多人？"

"够了！"马多克低吼道，"你还不属于我的战争顾问委员会。时机成熟的时候，我会告诉你这些事背后的一切。在那之前，你只需确信，尽管出了一些乱子，但我的计划仍然在按部就班地进行。我现在需要的是那个小王子。你要是知道卡丹在哪里，带我们找到他，我会向贝尔金要求给你丰厚的回报。你可以在他的宫廷里获得地位，你可以嫁给任何你喜欢的人，或者处决任何你不喜欢的人。"

我吃惊地看着他。"您以为我会将洛基从塔琳身边夺走吗？"

他耸了耸肩。"你刚才那样子像是要把塔琳的脑袋砍下来。她背叛了你，我不知道你认为什么样的惩罚合适。"

有那么一会儿，我们只是彼此对望着。他就是个心狠手辣的魔鬼，因此，如果我想干一件十恶不赦的事，他不会评判我，或者说至少不会将它看得有多重。

"要是你想听听我的意见，"他慢条斯理地说，"爱是不会有好结果的，爱只会给人带来痛苦。我至少知道这一点。我爱你，我也爱塔琳，但我并不认为她适合洛基。"

"那我适合吗？"我情不自禁地想到，马多克会伤害他爱的人。他爱我母亲，他爱达因王子。他出于对我们的爱而给予我们保护，可是他对我们的爱可能还不及他对我母亲和达因王子的爱。

"我认为洛基不适合你。"他标志性地露齿一笑，"如果你姐姐刚才说的话是真的，你知道卡丹王子在哪里的话，把他交给我。他是个纨绔子弟，剑术平庸。他也很迷人，某种程度上来说也很聪明，但他不值得保护。"

太年轻，太软弱，太卑鄙。

我又想到了马多克跟贝尔金一起策划的政变，我想知道本来应该是怎样发展的。先杀死那两个最年长的、最有影响力的王室子女，那时至尊王一定会心软，将王冠戴到有军队支持的贝尔金王子头上。也许埃尔德雷德并不情愿，但受到生命威胁，他会给贝尔金加冕。要是他誓死不从，贝尔金会强迫他，然后贝尔金会把所有人都杀掉。

所有人，只有卡丹除外。这盘棋几乎清除了所有的玩家。

这不是马多克预想的策略。我清楚记得他给我上过的战略课：计划的每一步行动都应该指向胜利。

然而，没有谁的计划能够囊括所有的变化。

"我还以为您要教训我不要在家里动刀动枪呢。"我试图转移话题，不再谈论卡丹的下落。我已经得到了自己给影子会承诺过的东西——一个开价。现在必须决定该如何应对这个开价。

"难道你非要我告诉你，要是你的剑命中了塔琳的身体，你伤害了塔琳，你会一辈子都会为此后悔吗？我教给过你很多东西，但我认为这是我能教给你的最好的一课。"马多克直视着我的眼睛。他说的是我母亲，他说的是杀害我的母亲让他后悔了。

对此我无话可说。

"可惜你没有将怒火发泄到更值得发泄的人身上。一般在这样的时刻,伤害别人的空境人都会消失得无影无踪。"他意味深长地看了我一眼。

他是在暗示我杀死洛基吗?要是他知道我已经杀了一个上流精灵,不知道会作何反应。要是我给他看瓦莱里安的尸体呢?不用想也知道,他会说:"祝贺你。"

"你夜里睡得怎样?"我问他。这是个无聊的问题,我之所以还要问,只是因为他让我看到了,我跟他身上那些我所鄙视的一切是多么相近。

他皱起眉头注视着我,仿佛在估量我这算是哪种问题。我想象自己在他眼里,一定是个闷闷不乐地坐在这里评判他的姑娘。"有人擅长吹笛子或画画,有人擅长经营爱情。"他最终说,"我的天赋是发动战争。唯一让我睡不着的事就是否认自己有这种天赋。"

我缓缓地点了点头。

他站起身来。"想想我说的话,然后想想你的天赋在什么地方。"

我们俩都知道这话是什么意思。我们俩都知道我擅长什么,我究竟是什么人——我刚刚拿着剑在楼下追打我的姐姐。

但如何利用这种天赋,才是真正的问题所在。

我走出游戏室,发现贝尔金带着他的随从来了。几个骑士站在门厅里待命,身上穿着贝尔金的制服,坎肩上绣着贝尔金的纹章——三只大笑的乌鸦。我从他们身边悄悄走过,往楼上走去,剑拖在身后。我太累了,什么也做不了了。

我有些饿了,但我感觉心里难受至极,现在根本吃不下去东西。这就是心碎的感觉吗?我不知道自己是不是因为洛基而难过,现在的感觉就像是在加冕礼刚开始那时候的感觉。可是,如果我能让时光倒流,为什么不回到我杀死瓦莱里安之前,为什么不回到我的父母还活着的时候,为什么不一直回到一切最开始的时候?

外面有人敲门,我还没来得及做出回应,门就开了。薇薇安端着一个木盘子走进来,盘子上放着三明治,还有一个琥珀色的玻璃瓶。

"我是个傻瓜。我是个白痴。"我说,"我承认。你不用再说我了。"

"我还以为你会为那个魔咒的事骂我一顿呢。"她说,"你知道,就是刚才你们俩打架的时候。"

"你不该对自己的妹妹施魔法。"我拔下瓶塞,喝了一口水。我现在才发现自己有多渴。我抱着瓶子,一口气几乎喝光了整瓶水。

"你也不该想将自己的姐姐砍成两段。"她身子往后一靠,靠在我那些破旧的毛绒玩具上。她随手捡起那条玩具蛇,用手指弹了弹它分叉的舌头,"我原以为这一切——剑术啊,骑士身份啊——我原以为这些只是个游戏。"

我还记得我和塔琳屈服于精灵世界,开始想办法生活得快乐一些的时候,薇薇安是多么生气。那时候我们会戴上花冠,往空中射箭,吃糖渍堇菜,头枕着圆木睡觉。那时我们是小孩。小孩能够整天欢笑,还能在晚上哭着入睡。但看着手里握着一柄剑,和那柄杀死我们父母的剑几乎一模一样的剑,还认为那是个玩具的我,薇薇安只能认为我是个冷酷无情的人。

"可这不是游戏。"我最终说。

"看来不是。"薇薇安说,用玩具蛇缠住了玩具猫。

"她有没有跟你说起过他?"我问道,爬到床上挨着她躺下。躺下来感觉可真好啊!也许有点儿太好了,我顿时感觉睡意蒙眬。

"我以前并不知道塔琳跟洛基好上了。"薇薇安说。她故意把话说这么清楚,大概是怕我怀疑她骗我,"可我现在不想说他。忘了洛基吧。我们离开精灵世界,今晚就离开。"

我猛地坐起身来。"你说什么?"

看到我反应这么激烈,她哈哈大笑起来。她的笑声听起来如此正常,跟最近两天发生的翻天覆地的变故完全不合拍。"我就知道,你听了会大吃一惊的。你看啊,不管这里接下来会发生什么,都绝对不会是好事。贝尔金是个混蛋。而且还是个蠢货。你真该听听回家路上爸爸是怎么骂他的。我们现在就走吧。"

"塔琳呢?"我问道。

"我问过她了,但我现在不想告诉你她是否同意。我想要你为了自己回答这个问题。茱德,听我说。我知道你心里藏着秘密,有什么东西让你非常困扰。你瘦了,脸色也比以前更苍白了,眼睛里还有种古怪的光芒。"

"我没事。"我说。

"撒谎。"她说,但语气并不强烈,"我知道你被困在精灵世界里是因为我,我知道你一生中遇到的所有糟糕事也都是因为我。虽然你从来没有说过,但我知道你是为了照顾我的感受。你不得不将自己变成别的东西,而且你做到了。有时候我看着你,我甚至都不清楚你还知不知道怎样做人类。"

我不知道该怎样理解她这番话——它既是赞美,也是侮辱。但这番话有一种预言的味道。

"你比我更适应这里。"薇薇安说,"但我敢说这让你失去了某些东西。"

我不愿意想象自己可能拥有另一种生活,没有魔法的生活。在那种生活中,我会上一所常规的学校,学习常规的知识。我有活着的父亲和母亲,我的大姐是个怪人。我不会这么愤怒,我的双手也不会被血迹玷污。此刻我正想象着那种生活,我有一种奇怪的感觉,浑身紧绷,胃里翻江倒海。

那种感觉是恐慌。

狼来攻击那个茱德时,她瞬间就会被吃得精光——而狼总是会来的。想到自己会如此不堪一击,我就惊恐不安。但看看现在的自己,我已经快要将自己变成那样一匹狼了。不论那个茱德拥有什么至关重要的东西,不论她身上的哪个部分没有破碎，我身上的却破碎了，一切都无法复原了。薇薇安说得对，为了成为现在这个样子，我失去了某种东西。可我不知道那是什么东西。我也不知道自己还能不能把它找回来。我甚至不知道自己还想不想要它。

但我也许可以尝试一下。

"我们在凡间会做什么？"我问她。

薇薇安的脸上露出了笑容。她将装着三明治的盘子推给我。"看电影，参观各个城市，学开车。就像那些不住在宫廷里，也不玩政治的空境人一样。我们可以想怎么生活就怎么生活。我们可以住在阁楼上，也可以住在树上。想怎么样就怎么样。"

"跟希瑟一起吗？"我拿起三明治咬了一大口，里面有切碎的羊肉和腌渍的蒲公英叶。我的肚子咕咕地叫起来。

"希望如此。"她说，"也许你还能帮我给她解释这一切。"

我第一次意识到，不论她的本意是否如此，她都不是提议我们逃离精灵世界，去凡间做回人类，而是让我们像野蛮精灵一样在凡人中间生活。我们会从别人的杯子里偷奶油，从他们的口袋里偷硬币。我们不会安顿下来，做无聊的工作。至少她不会那样。

不知道希瑟会如何看待这种生活。

一旦卡丹王子被贝尔金发现，之后又会怎样呢？即便我弄清了贝尔金那些信件的秘密，我仍然得不到什么好处。影子会会解散，塔琳会结婚，薇薇安会离开。我可以跟她一起走。我可以试着弄清自己到底失去了什么东西，然后试着重新开始。

我想起蟑螂的提议，跟他们一起去另一个宫廷，在精灵世界里重新开始。这两条路都像是放弃，但不然又能怎样呢？我原想一回到家，我就会想出一个计划，但直到现在我仍然毫无头绪。

"我不能今晚就离开。"我犹豫道。

薇薇安叹了口气，一手按住胸口。"你要认真考虑一下吗？"

"还有一些事情需要我去完成。给我一天时间。"我一直在为了同一样东西反复讨价还价——时间。但一天之内我会跟影子会做个了结，也会安排好卡丹的命运。不管是哪种方式，一切都会有个结局。我会从精灵世界夺取我能获得的报酬。要是在这一天的时间内我仍想不出一个计划，那一切就太迟了，今后也不必制订什么计划了。"在你那永恒不朽、无休无止的生命中，一天时间又算得了什么呢？"

"一天决定还是一天打包？"

我又咬了一口三明治。"都是。"

薇薇安翻了个白眼。"一定要记住，凡间的生活跟这里不一样。"她走到门口又说："你不必像在这里这样生活。"

我听见薇薇安走进走廊的脚步声。我又咬了一口三明治，嚼了几下就吞进肚里，可我没有尝出任何味道。

要是我现在的样子就是我本来的样子呢？要是别的东西都变了，只有我没变呢？

我将卡丹的皇家戒指从口袋里掏出来托在掌心。我不应该拿这枚戒指的。凡人的手不该拿着它，即使只是为了观察也不应该。但我还是这样做了。戒指的金色里蕴含着富丽的深红色，边缘因为常年佩戴而磨得很光滑。印章的凹槽里嵌着一点蜡，我试着用指甲将它抠出来。我心下暗暗好奇，不知道这枚戒指在外面能值多少钱。

我还没来得及阻止自己，就将戒指套到了手指上。

第二十四章

　　第二天下午醒来时，我发现自己的嘴里还残留着毒药的味道。昨晚我蜷在暗黑剑的剑鞘旁睡着了，连衣服都没有脱。

　　虽说心里真的很不情愿，我还是走到塔琳门前敲了门。在这个世界再次翻天覆地之前，我必须对她说点儿什么，我必须修复我们之间的关系。可是屋里没人答应，我转动门把手推门进去，发现里面空无一人。

　　我径直来到奥里安娜的房间，希望她知道塔琳去哪儿了。透过敞开的房门，我看到奥里安娜正站在阳台上，望着外面的森林和远处的面具湖。她的一头白发被风吹得在脑后乱舞，犹如一面白色旗帜，身上那件薄薄的裙子也被风吹得鼓了起来。

　　"你在做什么？"我问道，同时走进屋去。

　　她转过身来，看上去似乎很惊讶。好吧，她可能是有点儿惊讶。我好像以前从来没有主动来找过她。"我们族的人以前有翅膀，"她的声音中透着明显的渴望，"尽管我从没有过一对翅膀，但有时我会感到自己缺少它们。"

　　不知道她想象如果自己长着翅膀，是否也会想象自己飞上了高高的天空，远离这一切。

　　"你看到塔琳了吗？"我问道。奥里安娜的床柱上盘绕着藤蔓，绿色的茎干苍翠欲滴。一簇簇蓝色花朵从帐顶上垂下来，将她的床变成了一个花香四溢的凉亭。床上到处都爬满了植物，很难想象马多克躺在这里会觉得舒服。

　　"她去她未婚夫家了，他们明天会去至尊王贝尔金的府邸。贝尔金要设宴款待你父亲和其他宫廷的统治者。你也得参加。到时候你们两个彼此应该和气一点。"

我甚至都不敢想象,穿着礼服置身于贝尔金的府邸,周围的空气中飘荡着浓郁的精灵果的气味,同时还要假装贝尔金不是个丧尽天良的凶手,那该是一种多么可怕、多么扭曲的感觉。

"欧克也要去吗?"我问道,随即第一次真正感到遗憾和心痛。要是我离开了,我就没法看着欧克长大了。

奥里安娜两手握在一起,走到梳妆台前。梳妆台上挂着她的首饰——天然水晶珠项链上挂着玛瑙吊坠,镶着月长石的颈链,深绿色鸡血石项链,蛋白石耳坠。这个耳坠在阳光下像火焰一样明亮。旁边的银托盘上,放着一对星形红宝石耳环,还有一颗金橡子。

金橡子,跟我在洛基母亲的那条裙子口袋里发现的那颗一模一样。利芮厄普,洛基的母亲。我想起她那些浮华艳丽的裙子,那个积满尘土的房间;想起那颗金橡子如何打开,露出里面的小金鸟。

"我一直都跟马多克说,欧克还太小,这样的宴会对他来说太无聊了,但马多克坚持让他出席。到时候你可以坐在他旁边,逗他玩。"

我想起利芮厄普的故事,想起奥里安娜在认为我跟达因王子走得太近时给我讲的那个故事。想起奥里安娜在成为马多克的妻子之前,是至尊王埃尔德雷德的一个情人。我想到她当初为什么需要仓促成婚,她的心里藏着什么秘密。

我想起自己在贝尔金的书桌上发现的那张字条,字条上面是达因的笔迹,上面是一首短诗,写给一位有着"日出般的头发"和"星光点亮的眼睛"的女士。我想起那只小金鸟说的话:"我最亲爱的朋友,这是利芮厄普最后的话。我将三只金鸟散布出去,希望其中一只能来到你手里。我中毒太深,任何解药都已无力回天,因此,要是你听到这番话,我留给你的只是我秘密的负担和我心中最后的愿望。保护他。带着他远走高飞,远离至尊宫廷的危险。保证他的安全,永远不要告诉他我的真实遭遇。"

我又想到了马多克说的计划,想到了达因、奥里安娜和马多克三人。

我想起奥里安娜最初来到我们家的情景。她来了之后没多久，欧克就出生了。这个孩子太过体弱，所以有好几个月的时间我们都不能去看他。我想到当欧克接近我们的时候，奥里安娜如何急切地保护他。但原因也许不是我一直以为的那个。

就像我一直以为利芮厄普想让她的朋友带走的孩子是洛基一样。但还有一种可能：要是她怀着的孩子没有跟她一起死去呢？

我觉得自己快要喘不过气来了，仿佛要将心中的话说出来，非得先跟肺里残留的空气搏斗一番不可。尽管我对自己想说的话也不太确定，但我知道那是一个合理的结论。"欧克不是马多克的孩子，对不对？或者说，至少跟我一样不是马多克的孩子。"

倘若那男孩生下来，达因王子就永远也当不上至尊王。

奥里安娜伸手捂住了我的嘴，她闻起来犹如雪后的空气。"别说。"她凑到我面前，用颤抖的声音说，"再也别说这种话了。要是你爱欧克，别再这样说了。"

我将她的手推开。"达因王子是他父亲，利芮厄普是他母亲。欧克是马多克支持贝尔金的原因，也是他想让达因死的原因。现在，欧克是获取至尊王冠的'钥匙'。"

她瞪大双眼，冰凉的手握住我的手。她从没这样奇怪过，就像童话故事里的生灵，像鬼魂一样苍白。"你怎么可能知道？你怎么可能知道这件事，人类孩子？"

我本以为现在卡丹王子是整个精灵世界最有价值的人。我完全没想到事情会是这样。

我快步走过去关上房门，接着又关上了阳台门。她一直看着我，没有表示反对。"他现在在哪里？"我问她。

"欧克吗？跟他的保姆在一起。"她悄声说，将我拉向角落里的那张小沙发，沙发的锦缎织着蛇形图案，上面铺着毛皮。"我们长话短说。"

"首先，告诉我七年前发生了什么。"

奥里安娜深深地吸了口气。"你也许会认为，我当初会嫉妒利芮厄普，因为我们都是埃尔德雷德的情人,但我没有。我爱她,她总是开心地大笑,你不可能不爱她——即便洛基破坏了你和塔琳之间的关系,但洛基是利芮厄普的儿子,因为她,我还是不能讨厌他。"

我不知道对洛基来说,看到自己的母亲成为至尊王的情人是种什么感觉。我的心情非常纠结:我既同情他的生活可能会痛苦不堪,同时又希望他就是生活得苦不堪言。

"我和利芮厄普是知心的朋友,"奥里安娜说,"她刚开始跟达因王子私通时,就告诉了我这个秘密。对于男女之事,她从来都没有严肃对待过。我想,她深爱着洛基的父亲,达因和埃尔德雷德只是她排解寂寞的消遣。你知道,我们精灵并不太担心怀孕,精灵的血液很稀薄,很难受孕生子。我想她无论如何也想不到,在她生下洛基后仅仅过了十年,她就会再次怀上孩子。精灵通常要过几百年才会生一个孩子,有些则永远也不会怀上孩子。"

我点了点头。这就是为什么他们需要人类作为配偶,尽管他们不愿承认这一点。没有人类来强化他们的血统,精灵就会彻底灭绝,尽管他们的生命无穷无尽。

"红脸菇中毒是一种很可怕的死法。"奥里安娜伸手按住喉咙,"你会逐渐丧失活动能力,四肢不停颤抖,直到再也不能动弹。但你的神志仍然清醒,直到身体里每一个器官都停止工作,就像停止的发条。想象一下那会有多可怕,想象一下你觉得自己还能动弹,想象一下你竭力移动自己的身体……等到她将这个消息送到我手里的时候,她已经死了。我切开……"她的声音颤抖起来。我知道她接下来会说什么。她一定是切开了利芮厄普的肚子,将孩子挖了出来。我无法想象,端庄娴雅的奥里安娜会做出这样一件既残忍又勇敢的事情——将刀尖刺进自己最好朋友的肚子,找到正确的部位,然后切开,将一个婴儿从子宫里挖出来,将他湿淋淋地抱到自己胸前。可是除了她,还有谁能做这件事?

"你救了他。"我说,因为要是她不想说这些的话,她本可以不告诉我的。

"我用利芮厄普的橡子给他起了名,"她继续说,声音低得犹如耳语,"我的小金橡树[1]。"

我曾渴望相信,为达因效劳是一种荣誉,他是一个值得追随的主人。这就是太过渴望的后果:你在吞掉它之前,往往会忘记检查它有没有腐烂。"你是不是早知道毒死利芮厄普的就是达因?"

奥里安娜摇了摇头。"有好长时间都不知道。凶手可能是埃尔德雷德的另一个情人,或者是贝尔金——有谣传说他是主谋。我甚至怀疑是不是埃尔德雷德派人干的,因为利芮厄普跟他的儿子搞在了一起。但后来马多克发现是达因弄到了红脸菇。他告诉我欧克绝不能靠近达因。他当时怒气冲天,我从没见过他发那么大的火,真是太可怕了。"

不难看出,马多克为什么会对达因生那么大的气。因为他是马多克——这个马多克曾一度以为他自己的妻子和孩子都死了,这个马多克爱欧克,这个马多克曾一遍又一遍地提醒我们,家人比什么都重要。

"这么说,你嫁给马多克是因为他能保护你?"我问道。我只是模模糊糊地记得他曾追求过奥里安娜,然后他们就宣誓结了婚,而且有个孩子快要降生了。也许我当时认为那不太正常。那时候,那件事在我看来是件坏事,因为我和塔琳都担心那个小宝宝会让马多克厌倦我们,将我们丢在某个地方,在我们身边放上一袋金子,在我们的裙子上别上几句谜语。毕竟坏事总不会爽约。

奥里安娜从阳台玻璃门向外望去,凝视着在风中摇曳的树木。"我和马多克达成了谅解,我们之间并不互相隐瞒。"

我不知道这话是什么意思,但听起来它有利于这桩冷淡而慎重的婚姻。

"所以马多克到底有什么打算?"我问她,"我觉得他没打算让贝尔金长期霸占着王位。放着这样明摆着的一步好棋不走,在我看来,他会认为那简直是一种违反战略的犯罪。"

---

[1] "欧克"是英文 Oak 的音译,该词的本意是"橡树"。

"你这话是什么意思？"她看上去的确听糊涂了。他们之间并不互相隐瞒，真是瞎扯！

"他会让欧克登上王位。"我告诉她，仿佛这是显而易见的。我不知道马多克打算怎样去做——何时去做——但我确信他一定会这样做。

"欧克。"她说，"不，不，不。茱德，不会的。他只是个孩子。"

带着他远走高飞，远离至尊宫廷的危险。这是利芮厄普留下的信息。奥里安娜听过这个信息。

我记得多年以前，马多克在餐桌上给我们讲过，王位会在权力变更期间不堪一击。不论他当初预计贝尔金会有怎么样的结果——现在我怀疑他不仅打算害死达因，还打算害死贝尔金。至尊王的加冕礼延后，只剩下三个王室成员了，他看到了摆在他面前的机会——要是欧克成为至尊王，那他就会成为摄政王，在欧克成年之前统治精灵世界。

欧克成年之后呢？谁知道那时会发生什么？要是马多克能控制欧克，那他就有可能永远统治精灵世界。

"我曾经也只是个孩子。"我对她说，"那时候马多克没有特别关心我能做什么，所以我认为现在他也不会太担心欧克。"

我并不是想说我认为他不爱欧克。他当然爱他，他也爱我。但他就是那样的人，他不可能改变自己的天性。

奥里安娜紧紧抓住我的手，指甲都陷进了我的肉里。"你不明白。年幼的国王都活不长久，何况欧克是个孱弱的孩子。他来到这个世界的时候太小了，没有哪个宫廷的国王或女王会向他鞠躬的。他无法承受那样的重担，你必须阻止这件事。"

一旦马多克大权在握，而且不受任何限制，他会怎么做呢？一旦我的弟弟登上王位，我又会怎么做呢？我能让他登上王位。我手里握着一张王牌，因为就算贝尔金不会加冕欧克，但是我保证卡丹会。我可以让我的弟弟成为至尊王，而我则成为公主。那样，所有的权力对我来说就会唾手可得，我要做的只是伸手去取。

关于野心，有一点很古怪：你可以像得感冒一样得到它，但一旦得到，要摆脱它却不大容易。曾几何时，只要自己能受封骑士，能摆脱卡丹和他的朋友的纠缠，我就会心满意足。我想要的只是在精灵世界里找到属于自己的位置，除此以外别无他求。

而现在我想知道，亲手推选下一届至尊王会是一种怎样的滋味。

我想起鲜血流下典礼台的石座，流到压实的泥土地面上的情景。鲜血漫过了至尊王冠的底边，当贝尔金拾起王冠时，他的双手都被鲜血染红了。我想象着那顶王冠戴在欧克头上的样子，不由得身子瑟缩了一下。

我还记得自己被欧克蛊惑时是什么感觉。我不停地抽自己耳光，直到将自己的脸打得又红又肿，火辣辣的疼。第二天早晨，我的脸上起了一片瘀青，后来整整过了一星期才消散。这就是小孩子用他的权力干出的事。

"是什么让你认为我能阻止这件事呢？"我严肃地问道。

奥里安娜仍然抓着我的手。"你说过我错怪你了，你决不会伤害欧克。告诉我，你能够为他做任何事吗？我们还有机会阻止这件事吗？"

假如我能回到自己说决不会伤害欧克的时候，我会告诉她，我不是个怪物。可是，成为一个怪物，也许正是我的使命。"也许吧。"我对她说，但这根本算不上一个回答。

出门的时候，我看见了欧克。他正在外面的花园里采毛地黄。他一边采花，一边开心地笑着，阳光将他的棕色头发照成了金色。当保姆向他走去时，他却飞快地跑开了。

我猜他甚至不知道那些花是有毒的。

第二十五章

回到影子会的巢穴，还没进门，我就听到了一阵笑声。我本以为回来会看到卡丹还是我离开时的样子，畏缩，安静，也许甚至比以前更痛苦。可我看到的却是，他双手被松开，正坐在那张大桌子旁玩牌，跟他一起玩的是蟑螂、幽灵，还有炸弹。桌子中央堆着一堆珠宝，还有一大罐酒，桌子下面摆着两个空瓶子，绿色的玻璃反映着烛光。

"茱德，"炸弹开心地喊道，"快坐下！我们也给你发牌。"

看到她安然无恙，我心里很宽慰。但除此之外，这个生动的场面一无是处。

卡丹冲我咧嘴一笑，仿佛我们是一生的挚友。我忘了他能施展出多大的魅力——而这一点是多么的危险。

"你们在干什么？"我爆发了，"他应该被绑起来的。他是我们的囚犯。"

"别担心。他能上哪儿去？"蟑螂问道，"难道你真以为他能从我们三个的眼皮底下逃走吗？"

"我不介意你们把我的一只手绑起来。"卡丹插嘴道，"但要是你们把我两只手都绑上了，那你们就只好把酒直接倒进我嘴里了。"

"他告诉我们老国王的那些真正的美酒储藏在什么地方，"炸弹说，将她的头发往脑后捋了捋，"更别提埃乐温一个藏珠宝的地方了。他料想在这样的混乱中，没有人会注意到那些珠宝有没有被人偷走，而且我们动手之前，它们确实没有被偷走。蟑螂从没干过这么轻松的工作。"

我真想大骂他们一顿。他们不该喜欢他的——不过，他们为什么不能喜欢他呢？他是王子，而且对他们礼敬有加，何况他还是达因的弟弟。而且他还是空境人，跟他们一样。

"反正一切都乱套了，"卡丹说，"那还不如找点儿乐子。你说呢，茱德？"

我深深地吸了一口气。要是他削弱了我在这里的地位，将我变成一个外人，那我就永远也无法让影子会去实施我的计划了，虽然我脑子里的计划暂时还混乱不清。我一时还想不出该怎样做，但我最不希望看到的就是卡丹将事情搞得更糟。

"他给了你们什么好处？"我问道，仿佛我们在玩笑似的。是的，我这是在赌。也许卡丹根本没有给他们好处。

我紧张得屏住了呼吸，但是尽力遮掩。我不能让他们知道，卡丹让我觉得自己多么渺小。

幽灵罕见地笑了笑。"主要是金子。还有权力、职位。"

"还有很多他现在没得到的东西。"炸弹说。

"我本来就以为我们是朋友。"卡丹淡淡地说。

"我要把他带到后面去。"我说，一只手放到他的椅背上，一副"此人归我所有"的架势。趁他还没能在他们面前压过我，我需要将他弄出这间屋子。我需要马上将他弄走。

"去后面做什么？"蟑螂问道。

"他是我抓来的囚犯。"我提醒他们，随即蹲下来开始解开将卡丹的腿绑在椅子上的布条。他一定是这样直着身子坐着睡的觉，如果他能睡着的话。但他看起来并不疲惫。他笑着俯视我，仿佛我蹲在地上是在向他行礼。

我想将他的笑容从他脸上抹去，但我也许做不到。也许他会一直这样笑着，直到走进坟墓。

"我们就不能待在这里吗？"卡丹问我，"这里有酒。"

蟑螂促狭一笑。"有什么事吗，小王子？你和茱德总是处不好吗？"

卡丹脸上的笑容消失了，取而代之的似乎是一种担忧。很好。

我将他领进达因的办公室，我想自己刚刚已经将它占为己有了。绑了这么长时间，他的腿有些僵硬，脚下也有些踉跄，不过也可能是刚才喝酒了的缘故。其他人没有一个阻止我带走他。我关上门，上了锁。

"坐下。"我指着一张椅子说。

他照做了。

我绕到书桌另一边坐下。

我突然想到,要是我杀了他,我就再也不用想到他了。要是我杀了他,也就不必再有要不要杀他的想法了。

可是,要是没有他,就没有更稳妥的途径让欧克登上王位。我可能只能依靠马多克想办法迫使贝尔金给欧克加冕。要是没有卡丹,我就没有牌可打。没有计划,没有办法帮助我弟弟。什么都没有。

但说不准那也是值得的。

那张弩就在我原来放的地方,我将它拿出来,拉上扳机,将它对着卡丹。他倒抽了一口凉气,声音听起来有些颤抖。

"你要放箭射死我吗?"他眨巴着眼睛问道,"现在?"

我的手指抚摸着扳机。我很冷静,冷静得出奇。将恐惧置于志向、家人和爱之上,这不能说是个优点,但让我感觉很好。我感觉自己很强大。

"我知道你为什么想杀我。"他说,仿佛通过观察我的脸色,明白我终于下定了决心,"我希望你别那样想。"

"那你就不该总是得意扬扬地冲着我笑——你觉得此时此地,我还会忍受你的嘲笑吗?你还确信你比我强吗?"我的声音有点颤抖,也甚至因此更加恨他。我每天严加训练,就是为了成为一个危险人物,可是当他落到我手里,毫无还手之力时,感到恐惧的人仍然是我。

对他的恐惧已经成了我的习惯。但是现在我可以一箭射中他的心脏,终结这个习惯。

他举起双手表示反对,细长的手指张开来。他那枚皇家戒指在我手里。"我只是紧张,"他说,"我紧张的时候总是笑。我自己也没办法。"

我完全没料到他会这样说。我把手里的弓弩放低了一些。

他不停地往下说,仿佛不想给我太多时间思考。"你现在的样子太吓人了。我的家人几乎全都死了,但他们从来都不太爱我,所以我不想加入他们。昨天一整夜,我都在担心你会怎么处置我,我很清楚什么是我罪有应得的,所以我也有理由紧张。"他跟我说这些话,仿佛我们是朋友,而不是敌人。但这毕竟也有效果,我放松了一点儿。但我立马回神过来,不由得心中一阵恐慌,差一点儿就直接松手射死了他。

"我会告诉你你想知道的任何事。"他说,"任何事。"

"没有文字游戏?"我问道。这是个巨大的诱惑。塔琳告诉我的一切仍在我的耳边回响,不断提醒着我,我知道得太少了。

他将一只手放在心脏上方。"我发誓。"

"要是我还是会射死你呢?"

"你也许会。"他脸上的肌肉抽搐了一下,"可我想让你保证你不会。"

"我的保证没有多大价值。"我提醒他。

"你总是这样说。"他扬起眉毛,"我跟你说,这一点儿都不让人感到安慰。"

我出乎意料地大笑起来,手里的弓弩不住晃动。我察觉到卡丹的目光正紧紧盯住弓弩,所以我故意缓缓地将弓弩放到书桌上。"你告诉我想知道的任何事——不许有丝毫隐瞒——我就不会杀了你。"

"我怎样做,才能让你不将我交给贝尔金和马多克呢?"他扬起一道眉毛。我还不习惯他这样把全部注意力都放在我身上。我的心跳忍不住加速了。

我瞪他一眼。"你还是好好想想怎么活下去吧。"

他耸了耸肩。"你想知道什么?"

"我发现了一张纸,上面写着我的名字。"我说,"一遍又一遍,只有我的名字。"

他身子瑟缩了一下,但没有说话。

"嗯?"我提示他。

"这算不上是一个问题。"他抱怨道,仿佛被激怒了,"问我点儿别的问题,我会给你答案。"

"你耍这种'告诉我想知道的任何事'的花招耍得挺好啊!"我把手放到弓弩上,不过没有将它拿起来。

他叹了口气。"随便问点儿别的。比如说我的尾巴,你难道不想看看吗?"他扬起双眉。

我见过他的尾巴,可我不打算告诉他。"你想让我问你别的东西?好吧。塔琳是在什么时候开始跟洛基搞在一起的?"

他愉快地笑了起来。这似乎不是他刻意回避的话题。真可恶!"噢,我刚才还在好奇,你什么时候会问到这事。大概几个月以前,他全都告诉我们了——如何向她的窗户扔石子,如何给她留字条约她去树林里见面,如何在月光下向她求爱。他要我们替他保守秘密,将这事搞得就像个恶作剧。我认为,一开始他这样做只是为了引起妮卡茜娅的嫉妒。可后来……"

"他怎么知道哪间是她的房间?"我皱眉问道。

他的笑容更欢畅了。"也许他并不知道,也许你们两个无论是谁,都可以让他完成他的第一次凡人征服。不过我觉得他的最终目标是拥有你们两个。"

我一点儿也不喜欢这个答案。"那你呢?"

他瞥了我一眼,神情颇为古怪。"洛基还没引诱过我,要是你问的是这个的话。他如果真那样做的话,我会认为那是对我的侮辱。"

"我不是这个意思。你和妮卡茜娅本来……"我不知道该怎样措辞。"在一起"不是一个恰当的词,不足以用来描述一个以毁灭别人为乐、邪恶而美丽的组合。

"是的,洛基将她从我身边夺走了。"卡丹咬紧了牙关,脸上毫无笑意。很明显,他并不愿意说这件事,"我不知道洛基夺走她,是为了引起他某个情人的嫉妒,还是为了让我生气,还是仅仅因为妮卡茜娅的高贵地位。我也不知道自己究竟哪点不如洛基,会让妮卡茜娅抛弃我而选择他……我刚才承诺我会坦诚地回答你的问题,这下你相信了吧?"

卡丹也会伤心,我根本无法想象。我点了点头。"你爱她吗?"

"这算是哪门子问题?"他抱怨道。

我耸了耸肩。"我想知道。"

"好吧。"他答道。他的目光落到桌上,落到我放在那里的那只手上。

我忽然意识到我把指甲咬得都露出嫩肉了。"我爱她。"

"你为什么想让我死？"我问道，因为我想提醒我们两个人，让他回答尴尬的问题是他应得的惩罚中最轻的。我们是敌人，不论他讲多少笑话，或者看上去多么友善，都改变不了这个事实。有魅力的人确实有魅力，但他们拥有的也只有魅力而已。

他长长地吐了一口气，双手捧住脸，几乎没有对我的弓弩给予足够的注意。"你是说女水妖那次吗？当时你在水里弄出那么大动静，还向它们扔东西，它们其实是非常懒惰的动物，但可能那个时候你真的惹恼了它们，所以它们会真想咬你一口。我也许是个彻头彻尾的坏人，但我也有一个优点——我从没想过杀人。我当时的确是想吓吓你，可我从没想过让你死。我从没想过让任何人死。"

我想起了那条河，想起那只女水妖向我和塔琳游来，卡丹一直等到它停下来，然后才离开。我看着他，看着他脸上残留的银色痕迹，看着他那乌黑的眼睛。我突然想起，上次我快要被精灵果呛死时，是他将瓦莱里安从我身上拉开的。

我从没想过让任何人死。

我回想起他跟贝尔金在空空宫书房里比剑的样子，想起他那混乱的剑法。我原以为他是故意那么干的，目的是激怒他哥哥。现在，我第一次想到，他可能本来就不太喜欢击剑，他从来都没有学得特别好。假如我们曾在一起比剑，我一定已经击败他了。我想到自己付出了那么多，就是为了有资格成为他的对手，但也许一直以来我根本不是在跟卡丹战斗，也许我是一直在跟自己的影子战斗。

"瓦莱里安攻击过我两次，试图杀死我。第一次是在那座塔楼里，第二次是在我家，在我的房间里。"

卡丹抬起头，整个身子都僵住了。"我原以为，你说你杀了他是说你跟踪他，然后……"他的声音低了下去，然后又说，"只有傻瓜才会闯进将军的房子。"

我拉下衬衫的衣领，以便他能看见瓦莱里安在我脖子上掐出的伤痕。

"我肩膀上还有伤,是他将我摁在地板上时弄的。现在你相信了吗?"

他将手伸向我,仿佛要来抚摸一下我脖子上的伤痕。我拿起弓弩,他立马改了主意,将手缩了回去。"瓦莱里安喜欢痛苦,"他说,"任何人的痛苦,甚至是我的。我早知道他想伤害你。"他住了口,似乎为了真切地听到自己的声音。"而且他也确实伤害到了你。我本以为他会就此满足的。"

不知道跟瓦莱里安做朋友是什么滋味。我从没想过这一点,但听起来似乎跟做他的敌人没有多大区别。

"这么说瓦莱里安想伤害我,并不是什么大事?"我问道,"只要他不打算杀了我就行?"

"你得承认,活着毕竟更好。"卡丹答道,那种戏谑的腔调又回来了。

我两手撑在桌上。"那告诉我,你为什么恨我。说清楚。"

他细长的手指滑过达因书桌的桌面。"你真的想听实话?"

"我手上拿着弓弩,之所以没有射你,是因为你刚才保证会老老实实回答我的问题。你觉得呢?"

"好吧。"他恶狠狠地盯着我,"我恨你是因为你的父亲爱你,即便你只是他那不忠的妻子跟别人生的人类臭丫头,而我的父亲却从不关心我,哪怕我是精灵世界的王子。我恨你是因为你从没有哥哥打你。我恨你是因为洛基在将妮卡茜娅从我身边夺走之后,又利用你和你姐姐让她哭泣。而且,在上次的比武大会之后,贝尔金动不动就拿你来羞辱我,嘲笑我连你这么个凡人都打不过。"

我原以为贝尔金根本不知道我是谁。

我们隔着桌子瞪着对方。卡丹懒洋洋地坐在椅子上,浑身上下无一不是那个邪恶残酷的王子。不知道他此刻是不是盼着被我一箭射死。

"就这些吗?"我问道,"太荒谬了!你不可能会嫉妒我。你不用忍受跟杀害你父母的凶手一起生活的痛苦。你不必逼迫自己活在愤怒中,因为一旦你不那样做,你随时都有可能掉进无尽的深渊。"我猛然住口,自己竟然会跟他说这些话。

我曾说过我不会被蛊惑,可我却让他骗得向他敞开心扉。

这时，卡丹戏谑的表情变成了那种我更熟悉的冷笑。"噢，是吗？我不知道什么是愤怒？我不知道什么是恐惧？你以为只有你一个人在为了活命而摇尾乞怜？"

"这就是你恨我的原因？"我问道，"就因为这个？没有别的理由？"

好一会儿，我以为他不打算理睬我了，可我随即意识到，他之所以不回答，是因为他无法撒谎，而他又不想跟我说实话。

"嗯？"我再次拿起弓弩，看来我需要重新申明我的支配地位。"告诉我！"

他靠进椅子里，闭上了眼睛。"我恨你，最主要的是因为我常常想你，每时每刻都在想你。这很恶心，可我管不住自己。"

我惊得一句话也说不出来。

"也许你终究会射死我。"他用指节修长的手捂住了脸。

"你在耍我。"我说。我不会相信他。我不会相信这种愚蠢的把戏，他以为我是个傻瓜，会被他的美貌冲昏头脑。倘若我是那种傻瓜，那我在精灵世界里一天也活不了。我站起来，准备跟他做个了结。

弓弩在近距离无法发挥威力，于是我拔出了我的匕首。

我绕过桌子走向他，他没有抬眼看我。我用刀尖顶住他的下巴，就像之前在王宫大厅里那样。我扳过他的脸冲向我。他的目光移到了我的脸上，表情极不情愿。

他脸上的恐惧和羞耻看上去太真实了。突然间，我不确定自己该不该相信。

我俯下身去，近得足以亲吻他。他的眼睛大睁，脸上的表情混合着恐慌和渴望。征服别人，真是一种令人飘飘然的感觉，何况是征服卡丹。我从没想过他居然也会有感情。

"你真的很想要我，"我说，距离近得足以感受到他急促地呼出的热气，"可你憎恨这一点？"我改变匕首的角度，将它顶住他的脖子，他似乎没有我预想的那样惊慌。

可是，当我凑过去亲吻他的嘴唇时，他却惊慌失措了。

第二十六章

我没有多少跟男孩接吻的经验，只有洛基。而在他之前，谁也没有。但亲吻卡丹跟亲吻洛基的感觉简直有天壤之别，现在我的感觉犹如冒险在刀尖上行走，被肾上腺素的闪电击中，就像你从海边游出去太远，再也无法游回去，四周空荡荡的，只有冰冷黑暗的海水没过你的头顶。

卡丹的嘴唇惊人的柔软，我们的嘴唇接触之后良久，他都像一尊雕像一般一动不动。他的眼睛闭着，长长的睫毛落在我的脸上。我浑身颤抖，就像有人从你的坟墓上面走过，而你正躺在下面时应该有的样子。然后他抬起双手，温柔地抚过我的胳膊。若非深知他的为人，我可以说他的触摸颇为虔诚；可我深知他的为人。他的手移动得很慢，因为他正竭力阻止自己这样做。他不想这样。他不想让自己想这样。

他尝起来有一种酸葡萄酒的味道。

我感觉到他屈服并放弃的瞬间，他将我拉近，全然不顾匕首的威胁。他用力地亲吻我，仿佛要将我一口吞下。他的手指陷进我的头发里，我们的嘴紧贴在了一起，牙齿相碰，舌头交缠。被欲望击中的感觉就像是肚子被人踢了一脚。这场接吻像是打架一样，看我们谁会先投降。

就在这时，恐惧攫住了我。我竟然因为他对自己欲望的深恶痛绝而感到狂喜，这算是哪门子的疯狂报复？而且，更糟的是，我喜欢这种感觉。我喜欢跟他接吻时感觉到的一切——熟悉的恐惧的战栗，这是对他的惩罚，这是他想要我的证据。

我手里的匕首已经没用了。我将它扔到书桌上，刀尖插进了书桌里。听到这声音，他吓了一跳，向后退开了一些。他嘴唇粉红，眼睛乌黑，目光转到那柄匕首上。他突然大笑起来。

我后退两步。我想嘲笑他，揭露他的弱点，同时隐藏我内心的想法，可我觉得自己的脸色可能会暴露太多东西。

"你有没有想象过这样？"我问道，发现自己的声音十分刻薄。我稍感宽慰。

"没有。"他淡淡地答道。

"告诉我。"我说。

他懊恼地摇了摇头。"除非你真的捅我一刀，否则我是不会说的。不过就算你真的捅我，我也不会说。"

我坐到达因的书桌上，给我们之间保留出距离。我感觉身上绷得太紧了，突然间，这间屋子对我们两人似乎太小了。

"我有一个提议。"卡丹说，"我不想白白将王冠戴到贝尔金头上。你可以为你自己要任何想要的东西，为影子会要任何他们想要的东西，但也要为我要点东西。让他给我一片远离这里的土地。告诉他，远离他之后，我会非常乐意放弃有关王冠的任何责任。他也再不用考虑我了。他可以随便生个什么臭孩子做他的继承人，将至尊王冠传给他。又或者他的孩子会割开他的喉咙，开创一个新的家族传统。我不在乎。"

我不得不承认，他这番话令我颇受震动。尽管他在椅子上绑了大半夜，也许还醉得不轻，他还是想出了一个相当体面的交易。

"起来。"我对他说。

"你不担心我会逃跑？"他问道，随即将双腿伸展开来，一双尖头靴子在烛光下闪着光。我心下暗想，是不是应该将这双靴子没收，因为它们有可能会被用作武器。然后我又想起他的剑术是多么糟糕，也就不那么担心了。

"我们接吻之后，我已经被你迷得神魂颠倒，不能自拔了。"我尽量把话说得讽刺一些，"我只想让你开心。只要你再吻我一下，我会同意你提的任何条件。尽管从这里逃走吧，我肯定不会在你背后放弩射你。"

他眨了几下眼睛。"听见你这么毫不遮掩地撒谎，真是有点儿令人不安。"

"那就让我告诉你事实。你是不会逃走的,因为你已经无处可去了。"

我走到门边,打开锁,拉开门朝外望去。炸弹正躺在卧室的简易床上。蟑螂冲我扬了扬眉毛。幽灵坐在椅子上,已经醉得人事不知。不过,当我和卡丹进去时,他身子抖了几下,醒了过来。我觉得自己似乎羞得浑身通红,我只希望自己看上去不是那样。

"你审问完小王子了?"蟑螂问道。

我点了点头。"我想我知道该怎么做了。"

幽灵凝视我良久,然后说:"那我们是要把他卖掉呢,还是买什么东西回来?还是将他的内脏挖出来,让他的血溅到天花板上?"

"我要去散散步,"我说,"呼吸一点新鲜空气。"

蟑螂叹了口气。

"我只是需要整理一下思路,"我说,"然后我会给你们解释的。"

"会吗?"幽灵盯着我问道。不知他是否在想,承诺从我的嘴里说出来是多么容易。我在消费自己的承诺,如同消费魔法变出的金子,而那些金子注定会在收银箱里变回枯叶。

"我跟马多克谈过,为了换取卡丹,他会给我想要的任何东西。金子、魔法、荣誉,任何东西。他已经给我敲定了交易的第一部分,而我甚至没有承认我知道这位失踪的王子的下落。"

听我提到马多克,幽灵撇了撇嘴,但没有说什么。

"那我们该怎样漫天要价呢?"蟑螂问道,"我就喜欢干这种事。"

"我正在考虑交易的细节,"我说,"你们需要告诉我你们想要什么。写下来,具体一些——比如多少金子,或者别的什么东西。"

蟑螂咕哝了一声,但似乎不打算反驳。他用爪子般的手打了个手势,示意卡丹回到大桌旁。卡丹扶着墙,脚步踉跄地走到桌边。我将屋里所有尖锐的物品都检查了一遍,确保它们待在我原来放置的地方,然后就朝门口走去。走到门边时,我回头望去,只见卡丹的双手正在灵巧地切牌,但他那双乌黑发亮的眼睛却注视着我。

我来到面具湖边，坐在一块悬在水面上方的黑色岩石上。夕阳将天空照得一片火红，树梢仿佛着了火。

我坐了很久，呆呆地望着水波轻轻地拍打湖岸。我不时深吸一口气，等待我的头脑冷静下来。我听见头顶上方传来婉转的鸟鸣声，鸟儿们正彼此呼唤着归巢过夜。抬眼望去，只见树上那些空空的节孔里亮起了灯光，那是光精灵们醒来了。

贝尔金不能成为至尊王。只要我还活着，我就要阻止他登上王位。他生性残忍，痛恨凡人。一旦登上王位，他会是个可怕的统治者。目前，精灵世界有规则规定我们如何跟人类世界打交道——但一旦贝尔金掌权，这些规则很有可能被随意改变。如果不再需要任何交易就可以从凡间偷走凡人呢？如果可以在任何时候带走任何人呢？以前出现过这种情况，而且这种情况在某些地方依然存在。至尊王的能力足以改变两个世界之间的现状，他也有可能会支持那些残暴的安西里宫廷，播撒持续千年的冲突和恐怖。

那么，要是我将卡丹交给马多克呢？

他会让欧克戴上王冠，然后作为一个专制残忍的摄政王把持朝政。他会向那些拒绝效忠至尊王的宫廷发起战争。他会让欧克在杀戮中长大，变成另一个马多克，或者是变成一个更善于隐藏其残酷本性的人，比如说达因。不过，欧克登基总要好过贝尔金登基。而且他顾及我，从而会跟影子会达成一个公平的交易。那我呢？——到时候我又该怎么做呢？

也许，我可以跟薇薇安一起离开。

或者通过这个交易成为一名骑士。我可以留下来保护欧克，帮助他抗衡马多克的铁腕。当然，我能打败马多克的概率微乎其微。

要是我将马多克排除在外呢？影子会得不到他们想要的金子，我们也无法跟任何人达成交易，而且必须想办法以别的某种方式将至尊王冠戴到欧克头上。然后呢？马多克仍会成为摄政王。我无法阻止。欧克也仍会听命于他，仍会是他的傀儡，仍会处于危险之中。

除非——除非以某种方式加冕欧克，之后将他从精灵世界带走，做流亡的至尊王。一旦欧克长大成人，准备就绪，他将借助绿石楠王冠的魔力，归来重新掌权。诚然，在欧克回来之前，马多克在精灵世界里仍拥有一定的权威，但他无法将欧克变得像他那样嗜血和好战。而且手上没有至尊王，他这个摄政王就无法拥有绝对的权威。如果欧克在人类世界里长大成人，那当他返回精灵世界之后，他至少会对他成长的地方和在那里的人们保有一点儿同情。

十年，要是我能让欧克远离精灵世界十年，他就能成长为他应该成为的人。

当然，到时候他也许不得不通过战斗才能夺回他的王位。某人——也许是马多克，也许是贝尔金，甚至可能是其他小国的国王或女王——会像只蜘蛛一样蹲踞在王位上，设法巩固自己的权力。

我望着黑沉沉的湖水。要是有办法能让王位一直空置，等着欧克长大成人，其间没有马多克发动的战争，也没有什么摄政王就好了。

我站起身来。我已经做出了决定。不论结果如何，毕竟我现在知道自己该怎么做了。马多克绝不会赞成这个战略，这不是他喜欢的那种战略。他喜欢的战略是可以通过很多种方式获胜。而我的战略只有一种获胜方式：孤注一掷。

我站在那里，忽然看到水中竟然出现了自己的倒影。我定睛一看，这才意识到那不可能是自己的影子。面具湖绝不会照出你自己的脸。我爬近一些。天空中一轮满月，月华如水，亮得足以让我看清湖水中的人影，那是我的母亲。她比我记忆中的样子更年轻。她一边笑，一边喊着某个我看不见的人。

穿越时间，她正指着我。当她开口说话时，我能看懂出她的唇语。看哪！一个人类女孩！她看上去似乎很开心。

然后马多克来到她身边，伸出胳膊揽住她的腰。他看起来并不比现在年轻,但他的脸上有一种我从未见过的明朗。他在向我挥手。

对他们来说,我是个陌生人。

快跑!我想大声呼喊。可是,当然,现在已经太迟了。

我进屋时,炸弹抬眼看我。她正坐在木桌旁称量某种灰色粉末,旁边放着几个塞着软木塞的拉丝玻璃球。她一头壮观的白发用一根脏兮兮的绳子扎了起来,鼻子上还有一道污迹。

"其他人在后面,"她说,"跟小王子在一起,他们想睡一会儿。"

我叹了口气,在桌旁坐下来。我一直憋着劲儿要给他们解释一番,但现在这股劲儿却无处发泄。"有什么吃的吗?"

她向我咧嘴一笑,又装好一个玻璃球,小心翼翼地将它放到她脚边的篮子里。"幽灵顺手弄来了黑面包和黄油。我们把香肠吃了,酒也喝光了,但应该还有一些干酪。"

我在橱柜里翻了一阵,拿出食物,机械地吃了起来。我给自己倒了一杯提神醒脑的苦茴香茶。喝了几口茶,我的心情平复了一些。我看着她做炸弹。她一边干活,一边吹着跑调的口哨。口哨声听起来有些奇怪。大多数空境人都很有音乐天赋,但正因为不完美,我才更爱她的小曲,听起来似乎更开心、更简单、更轻松。

"等这一切都结束了,你会去哪儿?"我问她。

她扫了我一眼,一脸的困惑。"你为什么认为我会去别的地方?"

我皱起眉头,看着快要见底的茶杯。"因为达因已经不在了。我是说,幽灵和蟑螂不是打算离开吗?难道你不跟他们一起走吗?"

炸弹耸了耸她那窄窄的双肩,指着篮子边的她赤裸地露在外的脚趾说:"看到这些脚趾了吗?"

我点了点头。

"它们不擅长旅行。"她说,"我要待在这里,跟你在一起。你有计划了，对吧？"

我心中一阵慌乱，一时不知说什么好。我张开嘴，却结结巴巴地什么也说不出来。她哈哈大笑，"卡丹说你已经有计划了。他说要是你先前只是想做个交易，那你一定早就做成了。要是你先前打算出卖我们，那你现在也已经做到了。"

"可是，呃，"我说，然后我的思路就断了。我想到了另一件事——他当时不该把宝都押在我身上，"其他人是怎么想的？"

她继续给那些玻璃球装炸药。"他们从没说过，但我们都不喜欢贝尔金。要是你有了一个计划，嗯，那对你来说自然是好事。如果你想要我们支持你，你也可以不用有那么多顾虑。"

我深吸了一口气，当即断定，要是我真打算实行我的计划，我需要他们的支持。"你觉得偷一顶王冠怎样？就在精灵世界的那些国王和女王面前？"

她咧开嘴，嘴角翘了起来。"只要告诉我去炸什么就行。"

二十分钟之后，我点亮一截蜡烛，向后面的卧室走去。正如炸弹所说，卡丹摊开四肢躺在一张简易床上，帅得令人迷醉。他洗了脸，脱下了身上的夹克，将外套折起来垫在脑袋下面当枕头。我在他的胳膊上戳了一下，他立刻醒过来，抬起一只手，仿佛要挡住我的攻击。

"嘘——"我悄声说，"别吵醒他们。我需要跟你谈谈。"

"走开。你刚才说过，只要我回答你的问题就不会杀我，我已经照你的话做了。"他现在不像几个钟头前亲吻我时那副苦受欲望折磨的样子。他听起来睡意蒙眬、傲慢无礼，而且恼羞成怒。

"我打算给你一个比你性命更好的开价。"我说，"来吧。"

他站起来，抓起衣服搭在肩上，跟着我走进达因的书房。一进屋，他就靠在门框上。他的眼睛似乎都要睁不开了，头发睡得乱蓬蓬的。只是看着他，我就觉得浑身发热，羞愧难当。"你确定带我来这里只是为了谈谈？"

事实证明，一旦你亲吻了某个人，你就随时随地都有可能再次亲吻他，不管第一次的亲吻在现在看来是个多么可怕的念头。"我带你来这里，是为了跟你做个交易。"

他双眉一扬。"有意思。"

"如果你将来不用藏在偏远的地方呢？如果有人可以替代贝尔金登上王位呢？"显然，他没想到我会说出这样的话。他那漫不经心、妄自尊大的神色消失了。

"的确有这么个人，"他缓缓说道，"那个人就是我。只不过我会成为一个可怕的国王，而我讨厌自己变成那样。而且，贝尔金也不太可能给我加冕。我们俩的关系从来都不怎么好。"

"你好像住在他家里啊。"我双臂交叉抱在胸前，试图以这种防御性的姿势，阻止贝尔金惩罚他的画面进入我的脑海。我现在不能有任何怜悯之心。

卡丹微微仰头，透过乌黑浓密的睫毛注视着我。"也许住在一起正是我们关系不好的原因。"

"我也不喜欢你。"我提醒他。

"你已经说过了。"他懒洋洋地冲我一笑，"不是我，也不是贝尔金，那会是谁？"

"我弟弟，欧克。"我告诉他，"我不会告诉你这是怎么回事，但他有真正的王室血统。和你一样，他能戴至尊王冠。"

卡丹皱起眉头。"你确定？"

我点了点头。尽管在他满足我的要求之前，我并不乐意告诉他这件事，但就算他知道了这个秘密，他也没法拿它来做什么。我决不会将他卖给贝尔金。那么除了马多克，这个秘密不值得告诉任何人，而马多克已经知道了。

"马多克会成为摄政王。"卡丹说。

我摇了摇头。"这就是我需要你帮忙的地方。我想让你将欧克加冕为至尊王,然后我要将他送到凡间。让他有机会做个孩子。让他有机会将来成为一位好国王。"

"欧克的选择可能跟你想的不一样,"卡丹说,"比如说,他可能更喜欢马多克,而不是你。"

"我一直都是个被偷来的孩子。"我对他说,"不过,我之所以在异国他乡长大,还有一个原因。比起你知道的这个原因,那个原因孤独、可怕得多。薇薇安会照顾他的。如果你同意我的计划,我会给你任何要的东西,甚至更多。但我需要你的一样东西——一个誓言。我要你宣誓效忠我。"

突然,他爆发出一阵惊讶的大笑,跟我之前将匕首扔到书桌上时他的笑声一样。"你想让我置于你的控制之下?自愿这样做?"

"你以为我在开玩笑,但我是认真的,而且再认真不过了。"我把手交叉在胸前,偷偷地拧着自己的胳膊,以免脸上肌肉抽动,暴露内心的紧张。我需要表现得完全镇定,完全自信。我的心跳得飞快。现在的感觉就像是小时候跟马多克下棋时——我预见到再有几步就能赢得胜利,于是忘记了应该小心谨慎,然后他出其不意地下出一步怪棋,让我大吃一惊。我提醒自己要呼吸均匀,集中精神。

"我们在同一条船上,"卡丹说,"你要我的誓言有什么用?"

我深吸一口气。"我需要确信你不会背叛我。你手里拿着至尊王冠时太危险了。要是你最终将它戴到你哥哥头上呢?或者是你自己想要戴上它呢?"

他将我的话仔细思量了一番。"我告诉你我想要什么——我现在居住的那个庄园。我要你把它给我,包括里面的每一样东西,每一个人。空空宫。我要的就是它。"

我点了点头。"成交。"

"我要所有皇家地窖里的每一瓶酒,不论它们多么古老,多么稀有。"

"都是你的。"我说。

"我要蟑螂教我偷东西。"他说。

我吃了一惊，一时间不知该如何回答。他在开玩笑吗？但是看来不像。"为什么？"我最终问道。

"可能会有用。"他说，"而且我觉得他人不错。"

"好吧，"我怀疑地说，"我会想办法搞定这事。"

"你真的认为你能实现这么多承诺吗？"他若有所思地看了我一眼。

"我可以。我也已经向你承诺了。我保证我们会打败贝尔金。我们会得到精灵世界的至尊王冠。"我告诉他。在我必须得对做出的承诺负责之前，我还能承诺多少东西？我希望越少越好。

卡丹倒在达因的椅子里。从书桌后面的那个代表权威的位置，他冷静地凝视着我。我胃里一阵搅动，可我对它置之不理。我能做到。我能做到。我屏住了呼吸。

"我可以效忠你一年零一天。"他说。

"这还不够长，"我坚持道，"我没法——"

他哼了一声。"我确信到那时你弟弟已经加冕，而且离开了，否则我们就一定是输了。到那个时候，不管你现在开出怎样的条件，我对你效不效忠已经不重要了。这是我能给你的最佳条件，你就算再怎么威胁我，也不会得到比这更好的条件了。"

至少，这给我争取了时间。我呼出憋在胸中的气。"好吧，成交。"

卡丹穿过房间向我走来，我不知道他打算做什么。要是他吻我的话，我担心自己会被我们第一次亲吻时那种饥渴、屈辱和急迫的感觉毁灭。可是，他在我面前跪下，我脑子里一片空白。他拉住我的手，微凉的手指握住了我的手。"好吧，"他不耐烦地说，听起来一点儿也不像一个仆从正要向他的女主人宣誓。"茱德·杜尔特，黏土的女儿，我发誓效忠于你。我会充当你的左右手，我会充当你的盾牌，我会按照你的意志行事。但我的效忠只能持续一年零一天……一分钟也不能多。"

"你果然改进了这个誓言。"我说，可我的声音听起来很不自然。甚至在他宣誓的时候，我就莫名地感觉他占了上风，莫名地感觉控制局面的人是他。

他动作优美地站起身来,放开了我的手。"那现在做什么?"

"回去睡觉。"我对他说,"待会儿我会叫醒你,跟你说明我们具体该怎么做。"

"遵命。"卡丹说,嘴角露出嘲讽的笑容。然后他就去了卧室,估计一下子就倒在了床上。我琢磨了一番他的奇怪之处:他睡在粗布床单上,接连几天穿着同一身衣服,吃着面包和干酪,却一句怨言也没有。就好像他更喜欢这个间谍和刺客的巢穴,而不是他自己有着豪华大床的房间。

第二十七章

西里宫廷和安西里宫廷的国王，以及前来出席加冕礼的野蛮精灵，都在因斯麦尔岛最东边的角落宿营。他们的帐篷有的是用杂色布做成的，有的是薄纱，有的是丝绸。走近他们的营地，就能看见一处处篝火的火光，闻到空气中飘荡着的蜂蜜酒和炖肉的香味。

卡丹站在我身边，一身黑衣，黑发梳向脑后，脸洗得很干净。他看上去既苍白，又疲惫，尽管我尽可能让他多睡了一会儿。

卡丹向我宣誓之后，我没有叫醒幽灵和蟑螂，而是跟炸弹讲了差不多一个小时的战略，她也赞同卡丹可能会发挥作用。炸弹还给卡丹拿来一身换洗衣服。现在我们来到其他精灵的营地，是想找到一位国王，他或她支持除贝尔金之外的另一位统治者。如果我的计划成功，我就需要找到一个在宴会上支持新国王的人，这个人最好还要有强大的力量。这样才能在事态发生偏差的时候，阻止宴会恶化成另一场屠杀。

不出意外的话，我需要在宴会上制造大量的混乱，以确保我能带着欧克安全离开那里。要做到这一点，仅凭炸弹的那些玻璃球还不够。我必须开出怎样的价码才能交换到我想要的东西，我现在还不太确定。我已经耗尽了自己的承诺，现在我要开始消费至尊王冠的承诺了。

我深深地吸了口气。一旦我站在精灵世界的贵族面前，宣布自己反对贝尔金的立场，就再也没有办法回头了。我再也不能躲到被子下面，再也不能逃跑了。一旦迈出这一步，直到欧克登上王位，我都不能离开精灵世界。

明天下午，招待宴会就要开始了，那时我必须前往空空宫，那时我的各个计划将要么合一联动，要么分崩离析。

只有一个办法能让欧克掌管精灵世界——我必须留下来。我必须利用马多克和影子会教给我的知识和技能，一路操纵，甚至杀戮，为我弟弟铺平继位的道路。我之前说过需要十年时间，但也许七年就够了。七年时间并不太长。在这七年里，我要继续服食毒药，尽量减少睡眠，保持高度警惕。再过七年，也许精灵世界会是一个更安全、更美好的地方。到那时，我会在这里赢得我的位置。

洛基曾指责我在玩一个游戏，他将我玩的游戏叫作"大游戏"。那时我并非像他说的那样，但今时不同往日，我现在玩的才是真正的"大游戏"。这也许是我从洛基身上学到的东西。他曾将我编织进一个故事，现在我打算为别人编织一个故事。

"这么说我要坐在这里向你提供信息，"卡丹靠在一棵山核桃树上说，"而你要去迷住那些王室成员？这听起来完全是搞反了。"

我盯着他答道："我可以很迷人。我以前不是把你迷住了吗？"

他翻了翻白眼。"你可别指望别人跟我一样有这种堕落的品位。"

"我要给你下达命令了，"我对他说，"可以吗？"

他腮上的肌肉抽搐了一下。我确信对一个精灵世界的王子来说，接受被人控制并不是什么小事，但他点了点头。

于是我说："我命令你待在这里等我，直到我准备好离开这片森林。你随时都有可能遇到危险，你也可能会等上一整天。你在等待的过程中，我禁止你发出任何声音和信号，将其他人吸引过来。要是你遇到危险，或者一天过后我还没有回来，我命令你返回影子会的巢穴。在到达那里之前，你要将自己隐藏好。"

"还不算太坏。"他对我说，设法保留了一点傲慢的皇家气派。

这让我很恼火。

"好了，"我说，"告诉我安妮女王的情况，把你知道的都告诉我。"

我知道的是，她比任何精灵贵族都更早离开加冕礼。这要么意味着她厌恶贝尔金当至尊王，要么是她根本就厌恶至尊王。我必须搞清楚她厌恶的究竟是哪一个。

"飞蛾宫廷是一个杂乱无章却尊重传统的安西里宫廷。安妮女王思想务实，行事直截了当，崇尚原始力量。我还听说她一旦厌倦了她的情人就会将他吃掉。"他扬起了眉毛。

我情不自禁地笑了。想来也怪，世上那么多人，我偏偏跟卡丹搅在一起。更怪的是，他竟会这样轻松自在地跟我说话，就像跟妮卡茜娅或洛基说话一样。

"那她为什么要离开加冕礼呢？"我问道，"听起来她跟贝尔金简直是天生一对。"

"她没有继承人，"他说，"也没有希望怀上孩子。我觉得她不喜欢看到那样浪费掉整个家族。而且，贝尔金把他们都杀了，结果仍然没有得到王冠，我估计她对这里没什么好印象。"

"嗯。"我吸了一口气。

他忽然伸手抓住我的手腕，手上的热气传到我的皮肤上。"小心点儿。"他说，随即笑了笑，"我在这里坐上一整天，只是为了等你去被别人杀掉，那感觉一定很无聊。"

"那我死前最后想到的一定会是你的抱怨。"我告诉他，然后便径直向着安妮女王的安西里营地走去。

安妮女王的营地里没有生火，他们的帐篷用一种粗糙的布料做成，布料微微泛绿，是沼泽的颜色。营地最外面的哨兵是一个巨怪和一个地精。巨怪穿着铠甲，铠甲上涂着暗红色涂料，看起来酷似凝结的血液。

"呃，你好，"我说，忽然意识到自己需要临时编个说辞，"我是个信使。我需要拜见女王。"

巨怪低头瞅着我，看到面前站着一个人类，他显然很惊讶。

"谁这么大胆，竟敢派这样一个美味的信使来我们的宫廷？"我想他也许是在奉承我，不过也很难说。

"是至尊王贝尔金。"我撒了个谎。我想假借他的名字应该是获准进去的最快方法。

巨怪脸上露出笑容，但那并不是友好的笑容。"没有王冠的国王是什么东西？这是个谜语，但我们都知道它的答案——根本不是国王。"

另一个哨兵听了哈哈大笑。"我们不会让你进去的,小不点儿。回去跟你的主人说,安妮女王不承认他是至尊王,尽管她欣赏他那天创造的壮观场面。不论他邀请多少次,不论他连同消息送来的贿赂多么诱人,她都不会跟他一起用餐。"

"这不是你该考虑的问题。"我说。

"很好,那就跟我们一起待上一会儿。我敢说你的骨头嚼碎后味道一定很好。"这个巨怪满口尖牙,但这句威胁却说得很委婉。我知道他不是认真的,否则他就不会说这么多废话,而是直接一口将我吞了。

但我还是退了回去。前来出席加冕礼的宾客都需要遵守做客之道,但精灵的做客之道繁复无比,我永远也无法确定他们的规则能不能保护我。

卡丹王子还在那片林间空地上等我,他躺在草地上,仿佛一直在数星星。

他不解地望着我,我摇了摇头,一屁股坐到草地上。

"我甚至没能跟她说上话。"我说。

他转向我,月光照在他的脸上,他那尖尖的颧骨和耳朵更明显了。"那你一定犯了错误。"

我真想咬他一口,但他是对的。我把事情搞砸了。我应该更正式、更自信,确信自己有资格见到一位君主,就像我平时表现的那样。我将准备说给她的话练习了一遍,但没有准备该如何见到她。这个部分看起来很容易,但是现在看来并非如此。

我躺在他旁边,望着满天繁星。要是我有时间,我就能绘制一张星象图,在星轨之间推算我的运气。"好吧。如果你是我,你会去见谁?"

"罗本王和沃尔德王的儿子赛弗林。"他把脸凑到我面前。

我冲他皱了皱眉。"可他们不属于至尊宫廷。他们甚至没有向至尊王冠宣誓。"

"没错。"卡丹说,伸出一根手指勾勒我的耳朵轮廓。那是一条圆柔的曲线,我意识到了这一点。我抖了一下,感到一阵强烈的羞耻感,仿佛有一根灼热的铁钉扎进了我的心里。我闭上眼睛拼命抵抗这种感觉。

他说着，就把手拿开了。"所以参与一个可能被称作'谋反'的计划时，他们的损失更少，得到的反而会更多。据说赛弗林非常宠爱一个凡人骑士，而且他还有一个凡人情人，所以他会跟你谈。他父亲曾经被流放过，所以承认他的宫廷本身就对他有一定意义。

"至于罗本王，传说都把他描绘成一个悲剧人物。他原本是个西里骑士，在一个安西里宫廷里被当作仆人折磨了几十年，最终成了那个宫廷的统治者。对于这样的人，我不知道你能给他什么好处。但他的宫廷势力强大，要是你能说服他支持欧克，那就连贝尔金也会感到紧张。除此之外，我知道罗本王有一个很宠爱的情人，尽管她出身低贱，但你尽量不要惹恼她。"

我想起我和卡丹离开加冕礼时，卡丹曾一边醉醺醺地跟我说话，一边领着我从那些守卫面前走过。他熟悉这些人，熟悉他们的习俗。只有傻瓜才会不听他的建议，不管他提供建议的时候听起来多么傲慢。我站起身，希望脸上没有残留着刚才羞愧的潮红。卡丹坐起身来，好像还有话要说。

"我知道你要说什么，"我边说边往营地那边走，"别找死，别让你等得无聊。"

我决定先去找沃尔德王的儿子赛弗林，试试我的运气。他的营地很小，一如他的领地——罗本王白蚁宫廷外面的一片森林，实际上既不属于西里，也不属于安西里。

他的帐篷用一种厚重的布料做成，涂着银色和绿色的涂料。帐篷旁边燃着一堆篝火，火烧得很旺，几个骑士围坐在火堆四周。他们都没有穿铠甲——只穿着厚重的皮袍和皮靴。一个骑士正手忙脚乱地摆弄着一个三角支架，想将一个水壶吊在篝火上烧水。一个红头发的人类男孩正在跟一个骑士低声交谈，就是加冕礼上跟赛弗林站在一起、发现我盯着他看的那个男孩。过了片刻，男孩和骑士都大笑起来。没有人注意我。

我走到火堆旁。"请原谅我的打扰。"我说，不知道作为一个皇家信使，这样说是不是太客气了。不过，除了继续往下说之外，我别无选择，"我有一条消息带给沃尔德王的儿子。新的至尊王希望跟他达成一个协议。"

"噢,真的?"那男孩说。竟然是他先说话,这让我很惊讶。

"是的,凡人。"我居高临下地答道,一副道貌岸然的样子。可是,别大惊小怪的,贝尔金的仆人绝对会这样跟他说话。

他翻了翻白眼,站起来跟另一位骑士低声说了句什么。隔了一会儿,我才意识到那位骑士就是赛弗林。他长着一头黄如秋叶的头发,眼睛绿如苔藓,两只角从额头后面生出来,弯到耳朵上方。我惊讶地想,他竟然跟他的扈从一起坐在篝火旁,但我及时回过神来,想起应该向他鞠躬。

我向他鞠了一躬,说:"我必须跟您单独谈谈。"

"哦?"他怀疑地问道。我没有回答,他的双眉扬了起来。"当然可以,"他说,"这边请。"

"您应该教训她一顿。"那男孩在我们身后喊道,"说真的,被蛊惑了的人类仆人真让人恶心。"

赛弗林没有回答他。

我跟在他后面进了帐篷。没有人跟着我们进来,但走进帐篷,我发现里面有几个女人穿着礼服坐在垫子上,还有一个笛手在演奏。他们旁边坐着一个女骑士,她的剑横放在怀里。剑刃十分漂亮,我不由得注目凝视。

赛弗林领着我来到一张矮桌旁,矮桌周围摆着几个有绒毛装饰的矮凳,桌上摆着酒水点心——一个有着角状把手的银水壶,一大盘葡萄和杏,一盘浇了蜂蜜的小糕点。他示意我坐下。我坐下后,他在另一张矮凳上坐下来。

"随便吃点东西。"他说,听起来更像是邀请,而不是命令。

我不管他的邀请,开门见山地说:"我想邀请您见证一场加冕礼,但贝尔金不是将要接受加冕的人。"

他并没有大吃一惊,只是有点儿怀疑。"这么说你不是他的信使?"

"我是下一任至尊王的信使。"我从口袋里掏出卡丹的皇家戒指,证明自己跟王室有关联,而不是在凭空捏造谎言,"贝尔金不会是下一任至尊王。"

"我明白了。"他淡淡地说,但他的目光被我的戒指吸引了。

"我向您保证,只要您帮助我们,您宫廷的统治地位将会得到承认。您和您的族人不仅不会面临被新至尊王征服的危险,而且我们还会跟你们结盟。"话没说完,一阵惧意忽然袭上心头,我觉得喉头发紧,最后几个字几乎没能说出来。我一开始并没有预想到要是他拒绝帮我,他就有可能把我出卖给贝尔金。若是那样,事情就会变得困难得多。

我能控制很多事,可我控制不了这件事。

赛弗林一脸木然,看不出任何意向。"我不打算问你代表谁,因为那会是对你的侮辱。但只有一种可能,你代表的是小王子卡丹。关于他,我听说了很多事。可我不是帮助你们的理想人选,尽管你的开价非常诱人。因为一来我的宫廷无足轻重,二来我是一个叛国者的儿子,我的信誉可能没有什么分量。"

"您会去参加贝尔金的招待宴会吧?我需要您做的只是在关键时刻帮助我们。"他被诱惑了,他自己也承认了。也许他需要的只是被进一步说服。"不论您听说的卡丹王子是什么样子,他当国王总比他哥哥当好。"

至少在这一点上,我没有说谎。

赛弗林往帐篷边上望去,仿佛想看看是不是有谁在偷听我的话。"只要还有别的盟友,我就会帮助你。我这么说,不仅是为我自己考虑,也是为你们考虑。"他站起身来,"祝愿你和卡丹王子安好。要是你们需要我,我会尽力而为。"

我站起身来,再次向他鞠了一躬。"您真是太慷慨了。"

当我离开他的帐篷时,我感到脑子一阵眩晕。一方面,我做到了。我设法跟精灵世界的一位统治者说上话了,而且没有表现得像个傻瓜。我甚至差不多说服他依照我的计划行事了。可我仍需要一位君主——一位更有影响力的君主——支持我的计划。

罗本王的白蚁宫廷的营地是这里最大的营地,也是我一直避而远之的。罗本王残忍嗜血,臭名昭著,他的两顶王冠都是通过战斗赢得的,所以他没有理由反对贝尔金血流成河的政变。尽管如此，罗本王似乎跟飞蛾宫廷的安妮女王看法相似，认为没有王冠的贝尔金根本无足轻重。

也许他也不会见贝尔金的信使。而且考虑到他营地的庞大规模，我甚至想象不出，我得经过多少守卫才能见到他。

但也许我能偷偷溜进去。毕竟，附近有这么多空境人，多一个少一个又有什么分别呢？

我捡了一大捆掉落的树枝，装作是给火堆添柴的人，然后便低着头向白蚁营地走去。营地周围有骑士站岗，但我经过的时候，他们根本没有注意我。

我的计划竟然轻而易举就获得了成功，我不禁感到一阵眩晕。小时候跟马多克玩九子棋时，有时候棋下到一半，马多克临时有事，不得不中途离开，棋盘就原样放在那里。在等着他回来的时候，我会夜以继日地想象我的招数和他的反击。可是，当我们回来继续下时，那已经不是我们当初下的那盘棋了。我常犯的错误是不能准确预测他的反击招数。我是想出了一个了不起的战略，但那战略只是针对我自己，而不是针对我所置身的棋局。

走进白蚁营地时，我心里就是这种感觉。我现在就是在跟马多克下一盘棋，尽管我能想出计划和行动方案，但倘若我不能准确猜出他的，我同样会一败涂地。

我将那捆树枝丢到一个火堆旁。一个满口黑牙的蓝皮肤女人瞅了我一眼，然后转过头去，继续跟一个羊脚男人聊天。我拍了拍衣服上粘着的树皮，径直走向那个最大的帐篷。我放轻脚步，尽量让自己的步伐平稳自如。我借着阴影，爬到了帐篷边缘下面。

帐篷里面点着灯笼，灯笼里燃着绿色的炼金术火焰，将帐篷里的一切都映照成了一种病态的颜色。不过，除此之外，帐篷内部陈设豪华，地毯层层叠叠。帐篷里摆着几张沉重的木桌椅，还有一张床，上面铺着皮毛和锦被，锦被上绣着石榴图案。

但令我吃惊的是，桌上摆着几纸盒食物。加冕礼上，跟罗本王站在一起的那个绿皮肤皮克西精灵正在用筷子挑起面条送到口中。罗本王坐在她旁边,正小心翼翼地掰着幸运饼[1]。

"纸条上说什么?"那女孩问道,"比如'跟往常一样,你告诉你的女友这趟旅行会充满乐趣,结果却是一趟血腥之旅',你觉得怎样?"

"上面说'你的鞋子今天会让你开心'。"他干巴巴地告诉她,然后将那张小纸条递过去给她检查。

她低头瞅了瞅他的皮靴。罗本王耸了耸肩,嘴角现出一丝笑意。

突然,我被粗鲁地拖了出来。我滚了一圈,仰躺在帐篷外面的地上,一个女骑士站在我身旁俯视着我,她已经将宝剑抽了出来。只能怪我自己大意轻敌。我本该继续移动,想办法藏到帐篷里面。我不该停下来偷听别人谈话,不管谈话的内容多么令人震惊。

"起来。"那骑士说。原来是杜尔加。但看她脸上的表情,她没有认出我。

我爬起身来。她押着我走进帐篷,在我腿上踢了一脚,我倒在了地毯上。幸亏地毯又厚又软。我趴在地毯上,她用靴子顶住我的后腰,仿佛我是一头被杀死的猎物。

"我抓到了一个奸细,"她郑重宣布,"要我割下她的脑袋吗?"

我可以翻过来抓住她的足踝,让她失去平衡,那我就有足够的时间爬起来。要是我扭转她的膝盖,然后爬起来就跑,我就有可能跑掉。再不济,我也能爬起来,抓过什么武器跟她搏斗。

但我来这里是为了见罗本王,现在我见到他了。所以我静静地趴在地上,任由杜尔加处置。

罗本王绕过桌子走过来,俯下身来打量我。白色的头发从他的脸庞周围垂下来,一双银色眼睛冷冷地注视着我。"你属于谁的宫廷?"

"至尊王的宫廷。"我说,"真正的至尊王埃尔德雷德,他被他的

---

[1] 幸运饼是一种多层的小甜饼,内藏一纸条,印有祝人交好运的幽默词句、谚语、套语等。

儿子杀害了。"

"我不知道该不该相信你。"他说。我吃了一惊,不仅因为他话说得委婉,还因为他猜测我在撒谎。"来吧,坐下来吃点儿东西。我想听听你还有什么可说的。杜尔加,你可以走了。"

"你还打算给她东西吃?"杜尔加愠怒地问道。

罗本王没有回答她。经过片刻沉默的冷却,她似乎想起了自己的身份。她鞠了一躬,走了出去。

我走向那张桌子。那个皮克西女孩用她那墨水滴似的黑眼睛注视着我,那双眼睛跟塔特的眼睛很像。她伸手去拿蛋卷,我注意到她手指上那个额外的关节。"过来一起吃吧,"她说,"蛋卷有很多,不过我放了很多辣芥末酱。"

罗本王注视着我,等着看我的反应。

"凡间的食物。"我说,希望自己的语气不偏不倚。

"我们跟凡人比邻而居,不是吗?"他问道。

"我认为她可不仅仅是住在他们旁边。"那女孩看着我表示反对。

"请原谅。"他说,然后继续等着看我的反应。看来他们的确希望我吃点儿东西,于是我就拿起一根筷子,扎起一个饺子放进嘴里。"味道不错。"我称赞道。

那女孩开始继续吃面条。

罗本王冲她做了个手势。"这是凯伊。既然你偷偷进入我的营地,那我想你应该知道我是谁。那么,我该怎么称呼你呢?"

我还不习惯这样小心谨慎的礼貌对待——他对我礼数周到,没有直接问我的真实姓名。"茱德。"我说,因为姓名对凡人没有魔力,"我来见您,是因为我能让贝尔金以外的另一个人登上王位,但我需要您的帮助。"

"是一个比贝尔金好的人,还是随便一个人?"他问道。

我皱起眉头,不确定该如何回答。"那个人没有当众杀害他的家人,难道这还不比贝尔金好吗?"

那个名叫凯伊的女孩鼻子里哼了一声。

罗本王低头凝视了片刻他放在桌面上的手，然后又抬起头看着我。他面色严峻，我猜不出他心中有何感想。"贝尔金不是外交家，但也许他能学习。他显然野心勃勃，而且发动了一场残忍的政变。并不是每个人都能忍受那样的场面。"

"我几乎是根本就忍不了。"凯伊说。

"但事实上他也仅仅完成了政变。"我提醒他们，"听您在加冕礼上说的话，我认为您并不喜欢他。"

罗本王的一边嘴角翘了起来，不过幅度微小，几乎难以察觉。"我不喜欢他。我认为他是个懦夫，他好像只是因为一时不忿才杀了他的父亲和妹妹。他躲在他的军队后面，让他的将军结果了至尊王选定的继承人，完全暴露了他的软弱，而这种软弱无疑会被人利用。"

一股寒意顺着我的后背蹿上来，我突然有了一种不祥的预感。"我需要有人见证这场加冕礼，这人要有足够强大的权力，由此使他的见证至关重要。这人就是您。加冕礼会在贝尔金的招待宴会上举行，就在明天傍晚。如果您决定只是袖手旁观，并向新的至尊王宣誓——"

"我不想冒犯你，"凯伊插话道，"你跟这一切又有什么关系？你为什么要关心谁登上王位？"

"因为这里是我生活的地方。"我说，"这里是我成长的地方，虽然有一半的时间我都痛恨这里，但这里依然是我的家。"

罗本王缓缓地点了点头。"你不打算告诉我这个新王的人选是谁，也不打算告诉我你将如何让他戴上王冠吗？"

"不会。"我说。

"我可以让杜尔加折磨你，直到你乞求我，告诉我你的秘密。"他这话说得很温和，似乎只是在陈述另一个事实，但这让我想起他的名声是多么可怕。不论他请我吃了多少的食物，或是对我多么礼貌，我都不该忘记我在跟谁打交道，因为什么打交道。

"您若是那样做，不就成了贝尔金那样的懦夫吗？"我说，尽量表现得像在影子会里那样自信，像跟卡丹打交道时那样自信。我不能让罗本王看出我害怕了，或者至少不让他看出我有多害怕。

我们审视着对方，凯伊时而看看我，时而看看罗本王。过了良久，罗本王终于长长地舒了口气。"也许是个更差劲的懦夫。很好，茱德，封王者。我们会跟你赌一把。只要你将至尊王冠戴到贝尔金之外的另一个人头上，我们就会帮你保住他的王冠。"他顿了顿，又说，"但你也要为我做点事。"

我紧张地等着他的下文。

他那长长的手指指尖顶在一起。"有一天，我会请你的国王帮个忙。"

"您想要我同意一件事，可我甚至不能知道那是什么事？"我脱口而出。

他那冷峻的面庞神色稍稍缓和。"现在我们完全理解对方了。"

我点了点头。我能有什么选择？"一件价值相当的事，"我事先声明，"而且要在我们的能力范围内。"

"这真是一次极其有趣的会面。"罗本王说，脸上竟然露出了一丝神秘的笑容。

我起身准备离开时，凯伊那墨水滴眼睛冲我眨了眨。"祝你好运，凡人。"

我离开营地，径直向着卡丹走去，凯伊的话仿佛一直在我身后回荡。

第二十八章

我们回去的时候,幽灵已经起床了。而且他还出去了一趟,带回来不少苹果、鹿肉干和黄油,还有几十瓶酒。他还搬回来几件家具,我认出它们都是王宫里的物件。罩着绣花丝绸套子的长沙发,几个缎子靠垫,一块闪闪发亮的蛛丝沙发罩,还有一套玉髓茶具。

我们进来时,他坐在长沙发上,抬眼看着我们,看上去既紧张又疲惫。估计他心里很痛苦,只不过他的痛苦跟一般人的痛苦不一样。"怎么样?你许诺过给我金子的。"

"要是我能许诺你复仇呢?"我问道,再次意识到我所肩负的重量。

他跟炸弹交换了一个眼色。"看来她真有计划。"

炸弹抓了个垫子坐下来。"一个秘密——秘密比计划好得多。"

我拿起一个苹果,走到大桌旁边,撑起身子坐到桌上。"我们要直接走进贝尔金的招待宴会,将他的王国从他眼皮底下偷走。这样报仇怎么样?"

大胆,这就是我需要的。就像我是这个地方的主宰,就像我是将军的女儿,就像我真能做成这事。

幽灵的嘴角翘了起来。他从橱柜里拿出四只银杯,将它们放在我面前。"来一杯吗?"

我摇了摇头,看着他将杯子倒满。他回到长沙发上,但只坐在沙发边缘,仿佛他待会儿就得跳起来。他喝了一大口酒。

"你提到过,达因那个未出世的孩子被杀死了。"我说。

幽灵点了点头。"当卡丹提到利芮厄普,你得知我参与其中时,我看见了你当时的脸色。"

"那让我很吃惊，"我实话实说，"我曾希望达因跟别人不一样。"

卡丹鼻子里哼了一声，端起那只放在我面前的银杯，就像那是给他倒的。

"谋杀是件残忍的事，"幽灵说，"我相信达因会跟任何精灵世界的王子一样，成为一位公正的至尊王。但我的父亲是凡人，他不会认为达因是好人。他也不会认为我是好人。你在间谍这条道路上走得太远之前，你最好先考虑一下你还想不想做个好人。"

他也许是对的，可我现在没时间考虑这种事。"你不知道，"我告诉他，"利芮厄普的孩子活下来了。"

他转头看着炸弹，显然大为震惊。"这就是那个秘密？"

炸弹点点头，脸上有些洋洋自得。"这就是那个计划。"

幽灵对她凝视良久，然后转头看着我。"我不想找什么新职位了。我想待在这里，为下一任至尊王效劳。所以，是的，我们去偷那个王国吧。"

"我们不必做好人。"我对幽灵说，"但我们要尽量公正。像任何精灵世界的王子一样公正。"

幽灵的脸上露出了笑容。

"也许还要公正一些。"我瞥了一眼卡丹。

幽灵点点头。"我喜欢那样。"

然后他就去叫醒蟑螂。我不得不将整件事再解释一遍。当我讲到贝尔金的招待宴会这部分，讲到我认为到时候会发生什么事时，蟑螂不停打断我，我几乎一句完整的话也说不完。我说完后，他从橱柜里拿出一卷羊皮纸和一支钢笔，在上面记下什么时刻谁应该出现在什么地方，以便这个计划能够得以落实。

"你这是在重新计划我的计划。"我说。

"只是一点改动。"他舔了舔笔尖，继续写起来，"你考虑过马多克的感受吗？他不会喜欢这个计划的。"

我当然考虑过马多克的感受，否则我是不会做这些事的。我会直接将卡丹这个王冠的"活钥匙"交给他。

"我知道。"我盯着玻璃酒瓶里的剩酒说。当我挽着卡丹的胳膊走进贝尔金的招待宴会时,马多克马上就会知道我在玩一个我自己主导的游戏。当他发现我打算欺骗他,让他做不成摄政王时,他一定会怒不可遏。

当他怒不可遏的时候,他会变得极其残忍。

"你有合适的衣服穿吗?"蟑螂问道。看到我脸上惊讶的表情,他举起双手。"你在玩政治。去参加贝尔金的招待宴会,你和卡丹需要打扮得气度不凡,一切都需要恰如其分。"

我们又仔细检查了一遍我们的计划,卡丹帮我们绘制出空空宫的地图。我尽量不去过分注意他那从纸上划过的纤长手指,不去理睬他目光落在我身上时产生的战栗。黎明之前,我喝了三杯茶,独自出发去见招待宴会之前必须见的最后一个人——薇薇安。

黎明时分,我回到了我的房子——马多克的房子。我提醒自己,这里从来没有真正属于我,今晚之后也再不会属于我了。当我走上旋转楼梯,从我长大的那些房间中穿过,我感觉自己就像一个影子。在我的卧室里,我找出一个挎包,在里面装上毒药、小刀和一件礼服,以及几件蟑螂会认为奢华适度的珠宝。我将毛绒玩具留在了床上,还留下了那些轻便舞鞋、书,以及我最喜欢的那些小玩意儿。就像走出我的第一种生活那样,我走出了我的第二种生活——带走的东西太少,未来的不确定性却太大。

然后我走到薇薇安门前,轻轻地敲了敲门。过了片刻,她睡眼蒙眬地给我开了门。

"噢,很好。"她咕哝道,接着打了个哈欠,"你收拾好了。"然后她看到了我的脸,摇了摇头。"别告诉我你不会跟我一起走。"

"计划有变。"我将挎包放到地上。我压低了声音。我在这里没有需要躲藏的理由,但躲藏已经成了我的习惯,"你听我说就好了。"

"你失踪了。"她说,"我一直在等你,在爸爸面前假装一切都好。我很担心你。"

"我知道。"我说。

她怔怔地瞧着我,仿佛在考虑要不要给我一巴掌。"我一直都担心你死了。"

"我这不是活得好好的吗?"我抓住她的胳膊,将她拉近一些,小声告诉她,"但我不得不告诉你一件事,一件我知道你不会喜欢的事——我一直在给达因王子当间谍。他在我身上施了精灵符,所以我在他死掉之前什么也不能说。"

她那眉尖优美的眉毛扬了起来。"当间谍?具体做什么?"

"潜伏、四处打探消息,甚至杀人。我只想告诉你,我干得很好。"

"好吧。"她说。她早知道我有事瞒着她,但看她脸上的表情,我想如果不是我告诉她,她再过一百万年也猜不出来。

我继续往下说:"我发现马多克准备发动政变,这件事会牵涉到欧克。"我又解释了一遍利芮厄普、奥里安娜和达因之间的关系。这件事我已经讲了好几遍,所以这次可以轻车熟路地只讲必要的部分,不仅能迅速把事情讲完,而且还能讲得令人信服。"马多克打算让欧克当至尊王,他自己当摄政王。我不知道他是不是一直都有这个计划,可我确信这是他现在的计划。"

"这就是你不跟我回人类世界的原因?"

"我想让你带欧克走,而不是带我走。"我对她说,"让他远离这一切,直到他长大,大到不需要摄政王。我会留在这里,确保他回来时有所依傍。"

薇薇安双手支在后腰上,这个姿势让我想起了妈妈。"你究竟打算怎样做这件事?"

"把这部分交给我。"我说,此时我真心希望她不是那么了解我。为了分散她的注意力,我向她解释了贝尔金的招待宴会,解释了影子会将怎样帮助我获得至尊王冠,解释了我想让她帮欧克为加冕礼做好准备。"不论是谁控制了至尊王,那他就控制了整个王国。"我说,"要是马多克当上摄政王,你也清楚精灵世界就会战火连绵。"

"那就让我把话说明白:你想要我带着欧克远离精灵世界,远离他认识的每一个人,还要教他怎样做个好国王?"她干笑了两声,"我们的母亲曾经偷走过一个精灵小孩——就是我。你知道后来发生了什么。你怎么阻止马多克和贝尔金追捕欧克,就算他逃到天涯海角?"

"我们会派人去保护他,保护你们所有人——至于余下的事,我有个计划。马多克不会跟踪你们的。"跟薇薇安在一起,我从来都觉得自己是个小妹妹,一个傻乎乎的小妹妹,随时都有可能在她面前跌倒。

"也许我不想当保姆。"薇薇安说,"也许我会将他丢在加油站,或者忘在学校里。也许我会教他可怕的诡计。也许他会因为这一切而责怪我。"

"那你来告诉我怎么做,给我一个解决问题的办法。你以为这一切是我想要的吗?"我知道这话听起来像是在恳求她,可我就是忍不住。

我们彼此对望着,气氛紧张。然后她重重地坐到一张椅子里,脑袋靠在垫子上。"我该怎么跟希瑟解释这一切?"

"我觉得你无法告诉她真相的事情中,欧克是最不会令她震惊的。"我说,"而且欧克只需要在凡间待几年的时间,你可是长生不死的。顺便提一句,你还有很多更令希瑟震惊的事必须告诉她,而长生不死只是其中之一。"

她直直地看着我,灼热的目光仿佛能烤焦我的头发。"你要向我保证,这样做能救欧克的命。"

"我保证。"我对她说。

"你还要向我保证,这样做不会要了你的命。"

我点了点头。"我保证。"

"骗子。"她说,"你就是个无耻的骗子,我恨这一点,我恨这件事。"

"是的,"我说,"我知道。"至少她没说恨我。

我往屋外走去,经过塔琳的卧室,她的房门开着。她穿着一条常春藤色的裙子,针脚是落叶图案。

我屏住了呼吸。我本不打算见她的。

我们彼此凝视了良久。她注意到我肩上挎着包,还穿着我们上次打架时的那身衣服。

她关上了门,将我留给了我的命运。

第二十九章

我之前从没走过空空宫的正门。我以前总是穿着仆人的衣服，从厨房偷偷溜进去。现在我站在那两扇光滑的木门前面，大门两侧各支着一盏大玻璃灯，灯里关着光精灵，它们正在拼命地转圈飞行。玻璃灯照亮了门上雕着的一张巨大的、表情狰狞的脸，鼻子上穿着门环。

卡丹伸手去拉门环，门上那双眼睛忽然睁开了。不过由于我是在精灵世界长大的，所以见此情景，我并没有惊声尖叫。

"我的王子。"那张脸说。

"我的大门。"卡丹答道，脸上露出愉快的笑容，真真切切地传达了他对那张脸的亲切和熟悉。真是难以相信，我竟会看到他将他那招人讨厌的魅力用于作恶之外的事。

"热烈欢迎。"那张脸说罢，大门自动打开，露出贝尔金的一个精灵仆人。那仆人张口结舌地瞪着卡丹——精灵世界失踪的王子。"其他客人在那边。"他终于说出一句话。

卡丹坚定地让我挽住他的胳膊，大步走进门去，我赶忙跟上他的脚步，心中涌过一股暖流。我必须对自己诚实，百分之百诚实，否则就会付出难以承受的惨重代价。尽管这不符合我明智的判断，尽管卡丹是个可怕的坏蛋这一事实不容置疑，但他也是我的乐趣。

也许我应该庆幸这种乐趣很快就会结束了。

但现在，他这副轻佻的样子太让我担心了。卡丹穿的是达因的衣服，是从王宫的衣橱里偷来的，蟑螂让一个欠他赌债的巧手棕精灵给衣服改了改。卡丹一身深浅不一的乳白色衣服，看上去很有皇家气派。他穿着宽松衬衫，套着马甲，还穿着外套，脖子上系着领巾，下身穿着马裤，脚上穿着加冕礼时穿的那双银色尖头靴，左耳戴着一颗璀璨夺目的蓝宝石。他今晚就应该打扮得极具皇家气派。我帮着挑选了这身衣服，所以看着他气宇轩昂的样子，我不可能无动于衷。

而我穿着深绿色礼服，戴着两只樱桃状耳环，口袋里装着利芮厄普的金橡子，腰上系着我父亲的宝剑。我贴身藏了好几把小刀，可我还是感觉不够。

我们穿过大厅，每个人的目光都聚集在我们身上。精灵世界的贵族和淑女，其他宫廷的国王和女王，深海女王派来的使者，贝尔金，还有我的家人。欧克跟奥里安娜和马多克站在一起。我望向罗本王，他的一头白发在人群中很显眼，但他没有做出任何回应，表示出我们曾见过面。他的脸仍然神情木然，如同一副面具。

我只能信任他会履行我们的交易，可我不喜欢他这副心计深重的样子。在我的成长过程中，我认为战略就是找到别人的弱点并加以利用，我对此了解透彻。可是，让别人喜欢自己，获得别人的帮助与支持，却并非我所长。

我的目光从摆着点心的桌子转向那些精致的礼服，再转向一个蹲在一根骨头上的地精国王。然后，我看到了至尊王那顶沾满血腥的王冠。它放在我们头顶上方的壁架上，下面垫着垫子。远远望上去，它闪着邪恶的光芒。

见此情景，我的脑海里不由得浮现出计划分崩离析的景象。想到要在大庭广众之下夺过至尊王冠，我不由得心生惧意。不过，要是在整个空空宫里搜寻它，同样会让我不寒而栗。

我看见贝尔金跟一个女人交谈了几句，之后就从她身边走开。我不认识那个女人。她穿着海草织成的礼服，戴着珍珠项链，黑发上戴着一顶缀满珍珠的王冠，看着就像是罩了一个网。我花了点儿时间才猜出她是谁——欧拉女王，妮卡茜娅的母亲。贝尔金从她身边离开，特意穿过大厅向我们走来。

卡丹看到了贝尔金正朝这边走过来，他却忙着带我转向那些果酒。

一瓶瓶、一壶壶的果酒——有浅绿色的，金黄色的，还有深紫红色的，犹如心头血的颜色。它们散发着玫瑰花、蒲公英，以及碾碎的草药和黑醋栗的味道。单单这些气味就几乎已经让我开始感到头晕了。

"弟弟。"贝尔金对卡丹说。他穿着银黑相间的衣服，天鹅绒紧身上衣上面绣满了王冠和飞鸟图案，看起来像铠甲一样沉重。他头上戴着一顶小小的银色王冠，跟他眼睛的颜色十分相称。虽然不是至尊王冠，但那也确实是一顶王冠。"我一直在到处找你。"

"噢。"卡丹答道，脸上露出邪恶的笑容，让他看上去像个坏人——我一直都觉得他就是个坏人。"事实证明，我终于能派上用场了。多可怕的惊喜！"

贝尔金王子满脸狞笑地看着他，活像一头鲨鱼，仿佛他们俩根本不用动手，单凭笑容就能一决雌雄。他现在一定想对卡丹厉声痛骂，打得他跪地求饶，对自己唯命是从，但自从贝尔金一一杀害了他的其他家人之后，他一定学到了一个教训：完成加冕礼需要一个愿意合作的伙伴。

现在，卡丹的出现足以让人们确信，贝尔金很快就会被加冕为至尊王。所以倘若贝尔金召唤守卫，或者意图控制住卡丹，这一假象就会烟消云散。

"还有你，"贝尔金将目光转向我，眼里闪着恶毒的仇恨，"你跟这事有什么关系？走开。"

"茱德。"马多克大步走到贝尔金王子身边，贝尔金似乎突然意识到，我跟这事说不准还真有些关系。

马多克看上去只是有些不太高兴，但并没有提起警觉。他一定认为我是个傻瓜，我找到这个失踪的王子只是希望他拍拍我的头以示嘉许，同时心里还一定在暗骂自己没有把事情说清楚——他想让我把卡丹给他，而不是带到贝尔金面前。我向他露出一个我能做出的最天真烂漫的笑容，就像一个女孩以为自己已经解决了所有人的问题。

当他如此接近目标，好不容易才让欧克和至尊王冠共处一室，让精灵世界的贵族和淑女们齐聚一堂的时候，前妻生的野种却突然跳出来，将最有可能给欧克戴上至尊王冠的那个人，交给了自己的竞争对手，就像在一个他费尽千辛万苦才修好的机械装置里面扔了一把扳手，把一切搞得一团糟。

这时候，你的心情该是多么沮丧啊，马克多！

然而，当他注视卡丹时，他眼中透着一股估量的意味。他在调整计划。

他伸出一只手，重重地按住我的肩头。"原来是你找到了他。"他转向贝尔金。"我希望你会奖赏我的女儿。她一定是费了一番唇舌才说服他来这里的。"

卡丹神色古怪地看了马多克一眼。我想起他说过，马多克对我这么好，而埃尔德雷德对他却几乎不闻不问，让他心里很不平衡。但看他现在的神色，不知道他看到我们，一位红帽精灵将军和一个人类女孩"父女情深"，心里是否只是觉得这个场面很古怪。

"我会给她想要的一切，只多不少。"贝尔金豪放地保证。我看到马多克皱起眉头，赶忙冲他嫣然一笑，随即倒了两杯酒——一杯浅色，一杯深色。我小心翼翼地端起两杯酒，一滴也没有洒出来。

我没有将酒递给卡丹，而是将两杯都端到马多克面前让他挑选。他笑眯眯地接过酒色犹如心头血的那杯。我端起另一杯。

"为了精灵世界的未来。"我跟马多克碰了碰杯，两只玻璃杯发出铃铛一般的声音。我们一饮而尽。我立即感受到了酒的效果——轻飘飘的感觉，仿佛我的身子已经飘到了空中。我甚至一眼都不想看卡丹。要是他认为我连一小杯酒都应付不了，那他一定会嘲笑我的。

卡丹给自己倒了一杯，仰头一饮而尽。

"拿着这瓶酒。"贝尔金说，"尽管狮子大开口，我已经准备要非常慷慨了。说说你喜欢什么——什么都行。"

"我们不着急，对吧？"卡丹懒洋洋地说。

贝尔金恶狠狠地瞪着他，就像一只猛禽死死盯住它的猎物。"我觉得每个人都希望事情有个了结。"

"话虽如此，"卡丹拿起那瓶酒，对着瓶口喝了一大口，"可我们有一个晚上的时间呢。"

"你说了算。"贝尔金声音短促地说，话音中显然暗含着"但这只是暂时的"的意思。

我看到卡丹脸上的肌肉抽搐了一下。贝尔金一定是正在考虑，要是卡丹再拖延的话，要用什么手段惩罚他。这让贝尔金说每一个字都那么咬牙切齿。

相比之下，马多克却在估判形势，大概在考虑他能给卡丹开出什么价码。他冲我笑了笑，又喝了一大口酒，那是真正的笑容——标志性的露齿而笑，放松的笑。我能看出，他认为卡丹比贝尔金更容易操纵。

我突然确信无疑，要是我们离开这个大厅，贝尔金转眼之间就会发现马多克把剑插进了他的胸口。

"宴会之后，我会告诉你我想要的条件。"卡丹说，"但在那之前，我要好好享受这个派对。"

"我的耐心是有限的。"贝尔金低声道。

"那就学着再耐心一点。"卡丹微一躬身，便领着我离开了贝尔金和马多克。

我将酒杯留在一大盘麻雀心旁边，这些麻雀心穿在细长的银扦子上。我跟卡丹一起曲曲折折地穿过人群。

妮卡茜娅拦住了我们。她穿着古铜色的连衣裙，将她蔚蓝色的头发衬托得闪闪发亮。

"你去哪儿了？"妮卡茜娅问道，同时瞥了一眼我们挽在一起的胳膊。她皱起她那精致的鼻子，但她的话音里透着恐慌。她在故作镇定，和我们一样。

她一定以为卡丹已经死了，或者遭遇了更可怕的状况。她一定有很多问题想问卡丹，但当着我的面，她不便开口。

"茱德把我抓走囚禁了起来，"他说，我按下想要重重踩他一脚的冲动，"她把绳子绑得特别特别紧。"

听了这话，妮卡茜娅不知道自己该不该笑。我几乎有点儿同情她了。

"还好你终于逃脱了她的束缚。"妮卡茜娅最终说。

他双眉一挑。"我有吗?"他用一种貌似谦逊、实则傲慢的态度问道,仿佛她表现得不如他期望的那么聪明。

"难道你非得这样吗?——即便是现在。"她问道,看样子是决定将小心谨慎抛弃到风里。她伸手去挽他的胳膊。

卡丹的脸色忽然变得十分柔和,那是我完全不习惯看到的。"妮卡茜娅,"他挣脱了她的手,"今晚离我远一点。这是为你好。"

看到他身上竟然还有这样的善意,我心中隐隐一痛,仿佛被什么东西刺了一下。我不想看到他这样。

妮卡茜娅看了我一眼,显然不明白为什么他这个声明不适用于我。但这时卡丹已经带着我从她身边走开了。我看见塔琳在房间那边,站在洛基身边。看到我跟谁在一起,她的眼睛睁大了。她的脸上是一种奇异的神色,看上去很像憎恨。

她得到了洛基,而我却跟一位王子在一起。

这样评判并不公平。仅凭一个眼神,我无法断定她正在这样想。

"第一阶段完成了。"我说,目光从塔琳身上移开。我悄声对卡丹说:"我们到了这里,进了房子,目前还没有被绑起来。"

"是啊。"他说,"蟑螂管这个部分叫作'小菜一碟'。"

正如我向他说明的那样,这个计划大致上有五个阶段:第一,进来;第二,让其他人都进来;第三,得到至尊王冠;第四,将王冠戴到欧克头上;第五,出去。

我将胳膊抽出来。"别单独去任何地方。"我提醒他。

卡丹冲我抿嘴一笑,像个被遗弃的孩子,然后点了点头。

我朝着奥里安娜和欧克走去,他们在房间另一边。我看见赛弗林中断谈话,朝着贝尔金走去。我的嘴唇上冒出了汗珠,腋下也被汗水打湿了。我身上的肌肉绷紧了。

倘若赛弗林说了什么不利于我们的话,我将不得不放弃这个计划的所有阶段——除了"出去"这一部分。

看到我走近，奥里安娜双眉扬起，两只手放到欧克瘦弱的肩膀上。欧克向我伸出双手。我想将他抱起来搂进怀里。我想问他，薇薇安有没有跟他解释会发生什么事。我想告诉他一切都会没事的。但奥里安娜抓住他的手指，将他的手指压在她的手指之间。

"那是怎么回事？"奥里安娜问道，朝卡丹点了点头。

我顺着她的目光望去，然后告诉她："那是你要的东西。"不知道怎么回事，贝尔金将卡丹拉进了他跟赛弗林的谈话。贝尔金说了句什么，卡丹哈哈大笑，看上去跟我以前所见的他一样傲慢自在。这样的场面似曾相识——倘若你总是生活在恐惧中，身后总是有危险如影随形，那你就不难装出一副若无其事的样子，远离更多的危险。我懂得这一点，可我万万没有想到，卡丹也懂得这一点。贝尔金一手搭在卡丹肩上，我想他的指甲一定掐进了卡丹的脖子。"这不会很容易。希望你能理解，会需要付出一点代价——"

"我会承受代价的。"她赶忙说。

"谁也不知道会是什么代价。"我低声说，希望没有人注意到我严厉的语气，"我们都得承受自己的那份。"

喝了那杯酒，我的皮肤上出现了一团团红晕，嘴里残留着一种金属的味道。快到实施第二阶段的时间了。我环顾四周，在人群中搜寻薇薇安，但她在房间那边。现在没时间跟她说话了。

我朝欧克微笑了一下，希望他能从中看到鼓励。我其实常常好奇，是不是因为过去的经历，我才会变成现在这个样子？是不是过去的经历将我变成了一个怪物？如果真是这样，我会将他变成一个怪物吗？

薇薇安不会，我告诉自己。她的任务是帮助他成为一个好人，而我的任务是用尽一切手段，为他铺平成为一个好国王的道路。我深吸一口气，径直穿过大门，来到外面的走廊里。我经过了两个骑士，转过弯，走出他们的视线。我深吸了几口气，拉开窗户的插销。

我满怀希望地等了一会儿。要是蟑螂和幽灵这时爬进来，我就能告诉他们至尊王冠的位置。我没有看到他们，但听见宴会厅的大门打开了，接着听见马多克命令两个骑士下去休息。我向那边走了几步，好让他能看见我。他特意向我走来。"茱德。我看见你到这边来了。"

"我需要新鲜空气。"我说，这表明了我现在是多么紧张。我已经回答了他还没有问出的问题。

但他摆了摆手，示意我不必解释。"你找到卡丹王子之后应该先来找我的，那样我们在谈判中才能占据有利的位置。"

"我想过你会这么说。"我对他说。

"现在重要的是，我需要跟他单独谈谈。我希望你能进去将他带到这里来，这样我们就能好好谈谈，我们三个一起。"

我从窗边走开，来到走廊中间。幽灵和蟑螂很快就会出现在这里，我不想马多克看见他们。"是关于欧克吗？"我问道。

正如我希望的那样，马多克跟着我离开了窗边。他皱起眉头问道："你知道了？"

"知道您正计划由自己来统治精灵国吗？"我问道，"我猜出来的。"

他看着我的样子仿佛我是个陌生人。不过，一直以来，我也从来没有觉得自己不是个陌生人。这么多年来，我们第一次都撕下了面具。

"可是你却将卡丹王子带到这里，带给贝尔金。"他说，"还是给我？是这样吗？我们现在要讨价还价吗？"

"必须是你们中的一个吗？"我说。

他脸现怒色。"难道你宁愿根本没有至尊王？要是至尊王冠的威严被毁，精灵世界就会爆发战争。不过我告诉你，一旦战争爆发，我会赢得战争。所以不论用哪种方法，我都会得到至尊王冠，而茱德，你只会从中受益。你没有理由反对我。你可以成为骑士，你可以拥有你梦寐以求的所有东西。"他向我走近一步。我们已经处于对方的攻击范围了。

"您刚才说，'我会得到至尊王冠。'是您，"我提醒他，一只手移向剑柄，"您没有提到欧克的名字。他只是一个实现目标的跳板，而那个目标就是权力——您的权力。"

"茱德——"他话没说完，我就打断了他。

"我会跟您做个交易。只要您向我发誓,从今往后绝不动欧克一个指头,那我就帮您。答应我,一旦他长大成人,您就会立刻辞去摄政王的职务。您会放弃所有已经积累的权力,而且心甘情愿。"

马多克的嘴角抽搐了一下,双手握紧。我知道他爱欧克,他也爱我,而且我也确信他爱我母亲——以他自己的方式爱她。可他本性难移。我知道他不会答应我。

我抽出剑,他也抽出他的剑,金属的摩擦声在走廊里听起来格外响亮。我听见远处的笑声,但在走廊这里,只有我们两个人。

我的手心满是汗水。现在我有一种命中注定的感觉,仿佛一直以来我为之努力奋斗的目标,我毕生的使命,就是为了迎接这一刻的到来。

"你没法打败我。"马多克说着,站成了战斗姿势。

"我已经打败您了。"我说。

"你的力量并不真实。"马多克在他的剑刃上轻轻一弹,鼓励我向他走近,仿佛现在只是平时剑术练习中的一个回合,"在这里,在贝尔金的城堡,你能指望利用一个失踪的王子做什么?我会把你打倒,将他从你手里夺走。你本可以得到你想要的一切,但是现在你什么都没有了。"

"噢,是的,我本想告诉您我的整个计划。但是现在您已经将我直接赶进了我的计划。"我抿了下嘴唇,"我们别再拖延了。这部分的计划就是我们决战。"

"至少你不是个懦夫。"他冲向我,力气之大,虽然我挡住了他这一击,我仍被撞倒在地。我就地打滚,翻身站起,可我不禁颤抖起来。他从没这样跟我战斗过——全力以赴。这场决战不会有斯斯文文的剑招交手。

他是至尊王的将军。我早知道他比我武艺高强,可我不知道强多少。

我朝窗户瞥了一眼,试图骗得他转移视线。我无法比他强大,不过我也不需要比他强大。我只需站稳脚跟,再坚持一会儿。我挥剑击出,希望能出其不意。他挺剑还击。我闪身躲避,转身就是一剑,但他早料到我会有此一招。他举剑猛砍,我只得举剑招架。当的一声,双剑相交,我只觉得胳膊一阵酸麻,跟跟跄跄地不住倒退,情状颇为狼狈。他的剑招势猛力沉,几剑相交之后,我的胳膊已疼痛难当。

一切都发生得太快了。

我用他教给我的一套剑术连环攻击,然后又用了几招幽灵教我的剑术。我佯装向左闪避,却突然挺剑直刺,这一招用得巧妙,顿时在马多克胁下划出了一道口子,这让我俩都大为惊讶。他挺剑向我刺来。我跃向一边,但他一肘挥出,正中我面门。我仰天倒下,鼻血喷涌而出,霎时间满嘴都是血。

我感到一阵头晕,挣扎着爬起身来。

我吓坏了——不管我如何竭力掩饰。我刚才太狂妄了。我试图拖延时间,但他只需一剑就能将我劈成两半。

"投降吧。"他用剑尖指着我的喉咙,"你已经尽力了。我会原谅你,茱德,我们返回宴会,你说服卡丹照我说的做。一切都会照应有的模样发展。"

我往石头地砖上啐了一口血。

他握剑的胳膊微微颤抖。

"还是您投降吧。"我说。

他纵声大笑,仿佛我跟他开了个天大的玩笑。然后他的笑容突然停滞,脸上浮现出痛苦的神色。

"您现在一定感觉身上不太对劲儿。"我对他说。

他拿剑的手略往下垂。他惊讶地看着我,似乎突然明白过来。"你做了什么?"

"我给您下了毒。别担心,只是很小的剂量,刚刚够用。您不会死的。"

"是那两杯酒?"他说,"可你怎么知道我会选哪杯?"

"我不知道。"我说,心想尽管他此时一定怒不可遏,但他至少会对这个答案感到满意。这是他最喜欢的策略。"我给两杯都下了毒。"

"你一定会后悔的。"他说。现在他腿应该也开始发颤了,因为我感觉自己的腿在微微颤抖。不过,我已经习惯服食毒药了。

我把剑插回剑鞘,同时深深望进他的眼睛。"父亲,我现在的样子,都拜您所赐。我终于成了您的女儿。"

马多克再次举起剑,仿佛要发动最后一次攻击。但他的剑从手里掉了下来,他随即也跌倒在地,无力地躺在了石地板上。

几分钟过去,幽灵和蟑螂终于从窗户爬了进来。他们发现我坐在马多克身边,累得甚至没有移动他的身体。

蟑螂默默地递给我一张手帕。我接过手帕,开始擦拭脸上的血污。

"该到第三阶段了。"幽灵说。

第三十章

我回到宴会厅时,每个人都已在长桌旁坐了下来。我径直走到贝尔金身边,行了个正式的屈膝礼。

"殿下,"我压低声音说,"马多克让我告诉您,他有事耽搁了,请您不用等他。您不用担心,只是达因的几个间谍。等他抓住他们,或者将他们杀死后,会立刻派人向您报告。"

贝尔金凝视着我,嘴唇微微翘起,眼睛眯成了一条缝。他一定注意到了我鼻孔和牙齿上的血渍,我没法彻底把它们擦掉,他一定也注意到了我没法完全擦去的汗渍。此时此刻,马多克在卡丹原来的房间里沉睡,据我估算,他至少需要一个小时才能醒来。我现在甚至有种感觉:若是贝尔金看得再仔细些,他就能在我脸上看出,事情出了变故。

"你比我想象的能干。"贝尔金将一只手轻轻放到我肩上。他似乎忘了自己刚才看到我跟卡丹一起进来时是多么的愤怒,而且似乎希望我也忘了这一点。"继续努力,你会得到回报的。你想要像我们这样生活吗?你想成为我们当中的一员吗?"

精灵世界的至尊王能够给我这样的东西吗?他能让我不再是人类,让我长生不死吗?

我想起瓦莱里安试图蛊惑我从塔楼上跳下去时所说的话。*生为凡人,就像生为死人。*

看到我脸上的表情,贝尔金面露微笑,确信自己已经探明了我心中隐秘的渴望。

事实上,我走向座位时,心情非常复杂。我应该感到得意才对,可实际上我却感到很难过。尽管我在计谋上战胜了马多克,可我并没有像自己期望的那样满足,尤其是想到我的计划之所以能成功,主要是因为他做梦也想不到我会背叛他。也许再过几年,这个计划的成功会证明我的背叛是值得的,但在那之前,我可能会一直为此事耿耿于怀,不得安生。

精灵世界的未来将取决于我手中一个漫长的游戏,我要将它玩得完美。

我看见薇薇安坐在妮卡茜娅和赛弗林之间,我冲她笑了笑。作为回应,她给了我一个苦笑。

罗本王斜眼瞧着我。在他身旁,那个绿皮肤皮克西女孩在他耳边悄声说着什么,而他则不停摇头。宴会桌另一头,洛基在亲吻塔琳的手。欧拉女王好奇地打量着我。这里只有三个凡人——塔琳,我,以及跟赛弗林一起来的那个红发男孩——从她注视我的眼神看,欧拉也许在想我们就像是几只老鼠在一群猫的集会上。

宴会桌上方吊着一座用薄云母做成的枝形吊灯,里面关着一些小小的光精灵,给整个大厅增添一点暖色光。那些光精灵时不时地会飞上几下,让灯光下的阴影不住跳动。

"茱德。"洛基伸手抓住了我的胳膊,我吓了一跳。他眯起他的狐狸眼睛,似乎觉得很有意思,"我承认,看到卡丹挽着你到处炫耀,我有一点点嫉妒。"

我退后一步。"我没时间开这种无聊的玩笑。"

"我喜欢过你,你知道的。"他说,"我现在也仍然喜欢你。"

我瞬间的想法是,我现在冲过去给他一拳会怎么样。

"走开,洛基。"我对他说。

他的笑容回来了。"你最令我着迷的地方,就是你绝不会做我以为你会做的事。"

我挣脱他的手,径直走向宴会桌,脚下有点儿踉跄。

"你来了。"我在卡丹旁边的座位上坐下,"你今晚过得怎样?我整晚都在跟人聊天,但是你知道我们在聊什么吗?啊,全都关于一个话题——刽子手会怎么样用棍挑着我的脑袋示众。"

我坐下时双手不住颤抖。我告诉自己这只是毒药的作用。我口干舌燥，根本没心思回怼卡丹。仆人们轮流过来上菜——浇着光泽诱人的黑醋栗果酱的烤鹅、牡蛎、炖羔羊肉、橡子蛋糕，以及填满玫瑰果的一整条鱼。仆人往酒杯里倒上酒，酒色深绿，上面漂着几片金箔。我看着那些金箔沉到玻璃杯底部，闪闪发光。

"我有没有告诉你，你今晚看起来丑极了？"卡丹靠在雕工精细的椅背上问我，话音中的热情差点将这句话变成了一种赞美。

"没有。"我答道。我很高兴他惹恼我，让我找回理智，回到现实中来。"那现在告诉我。"

"我不。"他说，然后皱起眉头，"茱德。"我也许永远也无法习惯我的名字从他的嘴里说出来。他的眉毛皱到了一起，"你下巴上有道瘀青。"

我喝了一大口水。"我没事。"我对他说。

时间不多了。

贝尔金端着酒杯站了起来。

我将所坐的椅子向后一推，确保爆炸时自己处于站立姿势。一时间，周围的所有地方都在发出巨大的响声，仿佛整个大厅都倾斜了。人们惊声尖叫，水晶高脚杯纷纷掉在地上摔得粉碎。

混乱中，一支黑色弩箭从阴暗的角落里飞出来，射进了卡丹前面的木桌里。

贝尔金站起身来。"小心！"他叫道，"有刺客！"几个骑士赶过来，冲向蟑螂。蟑螂从暗处跳出来，再次发射弩箭。

又一支弩箭射向卡丹，卡丹假装吓得无法动弹，就像我们练习过的那样。蟑螂给卡丹解释过，向他射击时，他保持静止不动要安全得多，因为这样蟑螂更容易避过他。

可我们漏掉了一个因素——贝尔金。他将卡丹从椅子上推出去，让卡丹滚到地板上，随即扑到卡丹身上，用自己的身体挡住了卡丹。我瞪大眼睛看着他们，突然意识到我对他们的关系了解得太少了。不过，没错，贝尔金的注意力的确被分散了。他没有注意到幽灵爬上了放着王冠的壁架，他派骑士去捉拿蟑螂，而让炸弹有机会闩住出厅的大门。

但他的做法也提醒了卡丹为什么不能支持这个计划。

我一直以为卡丹恨贝尔金，因为这个哥哥几乎杀害了他的所有家人。可我忘了，贝尔金也是他的家人。当达因暗地里算计他，他的父亲将他赶出王宫时，是贝尔金收留了他，将他抚养成人。贝尔金是他在世间仅存的亲人。

尽管我确定贝尔金会是一个可怕的国王，他会伤害卡丹和其他许多人——我也同样确信，他会给卡丹权力，容忍卡丹行事残忍，因为他显然比卡丹更残忍。

将至尊王冠戴到贝尔金头上，对于卡丹来说是个相对安全的赌注，因为总比信任我，或者信任什么未来长大的欧克要安全得多。好在卡丹已宣誓效忠于我，我只需小心谨慎，防止他想办法敷衍我的命令。

我目前的位置有点落后，穿过人群比我预想的更难，所以我没能及时到达之前告诉幽灵的预定地点。我抬头望向那个壁架，他在那里，正从阴影里现身。他将至尊王冠扔了下来，但不是扔给我。幽灵将至尊王冠扔给了我的孪生姐姐。王冠落到了塔琳脚下。

薇薇安抓住了欧克的手。罗本王正从人群中往外挤。

塔琳捡起了至尊王冠。

"把它给薇薇安。"我冲她喊道。幽灵意识到了自己的错误，他抽出弓弩瞄准塔琳，可他没办法抽手射击。塔琳看了我一眼——眼神冰冷，而且充满背叛。

卡丹挣扎着爬起来。贝尔金已经站起身来，正穿过房间走向塔琳。

"孩子，要是你不把那东西给我，我会将你劈成两半。"贝尔金对塔琳说，"我会成为至尊王。等我当上至尊王，我会惩罚所有给我带来烦恼的人。"

塔琳拿着王冠，看看贝尔金，看看薇薇安，又看看我。然后她看向所有的贵族和淑女，他们都目不转睛地看着她。

"把我的王冠给我。"贝尔金快步走向她。

罗本王挡住了贝尔金的去路。他伸手按在了贝尔金的胸膛上。"等一下。"他没有把剑拿在手上,但我看见他的外套下面有几柄匕首在闪光。

贝尔金想要将罗本王的手推开,但他没有成功。幽灵的弓弩瞄准了贝尔金,大厅里的每只眼睛都目不转睛地看着贝尔金。欧拉女王在几步之外的地方站着。

空气中弥漫着暴力的气息。

我走向塔琳,挡在她前面。

要是贝尔金此刻抽出武器,放弃外交谈判,只是一味进攻,那这间大厅也许转眼之间就要血流成河。会有人为他而战,也会有人跟他交战。现在,人们对至尊王冠的誓言都无关紧要了,亲眼看见贝尔金亲手杀害了自己的家人,每个人都不会觉得安全。他将精灵世界的贵族请到这里来,就是为了赢得他们的支持。不过现在他应该也看得出来,更多的杀戮不太可能达到这个目的。

而且,幽灵可以在他走到塔琳跟前之前射杀他。他的衣服里面没有铠甲。不管他那件紧身上衣的刺绣多密多厚,只要弩箭射中他的心脏,他也会一命呜呼。

"她只是个凡间女孩。"贝尔金说。

"这是一场美妙的宴会,贝尔金,埃尔德雷德的儿子。"欧拉女王说,"但遗憾的是,在此之前一直没有什么娱乐。那就用这件事来找点儿乐子吧。毕竟至尊王冠在这里很安全,对吗?这里只有你和你的弟弟能戴上它。让这女孩自己选择将它交给谁吧。倘若你们两个都不愿意给对方加冕的话,谁拿到王冠又有什么关系呢?"

我吃了一惊。我原以为欧拉女王是贝尔金的盟友,但转念一想,也许妮卡茜娅跟卡丹的友谊让她更倾向于支持卡丹。或者,也许她谁都不支持,只是想削弱陆地的力量,好让大海的权力变得更加强大。

"真是荒谬。"贝尔金说,"刚才的爆炸还没让你们娱乐够吗?"

"那当然激起了我的兴致。"罗本王说,"你似乎还把你的将军弄丢了。你的统治甚至还没有正式开始,就已经混乱不堪了。"

我转向塔琳,双手握住了冰凉的至尊王冠。从近处看,它的做工十分精致。王冠上的橡树叶仿佛是活的,直接从黯淡的金子里面长出来,树叶的茎干彼此缠绕,精巧地编织在一起。

"请你放手。"我说。我们之间还有太多的恶意,太多的愤怒、背叛和嫉妒。

"你要做什么?"塔琳对我说。在她身后,洛基正看着我,眼里闪烁着奇异的亮光。我的故事变得更有趣了,我知道他对故事的热爱胜过一切。

"我能做到的最好的事。"我答道。

我用力抓住王冠,她紧拿着不放。僵持了许久,她忽然放开手,我拿着王冠踉跄后退。

薇薇安领着欧克,大着胆子靠近我。奥里安娜站在人群中,双手反复地握紧放开。她一定注意到了马多克的缺席,一定在琢磨我说过的代价究竟意味着什么。

"卡丹王子,"我说,"这是给你的。"

人群分开,让他可以走过来,他是这场大戏的另一个主角。他走过来,站到我和欧克旁边。

"停下!"贝尔金叫道,"立刻阻止他们!"他抽出剑,显然是对政治手段失去了兴趣。一时间,刀剑出鞘的声音响彻了整个大厅。我听见空气中飘荡着剑刃上魔法生效的嗡嗡声。

我伸手去拔暗黑剑,这时候,幽灵发射了一支弩箭。

贝尔金踉跄着不住后退。我听见整个大厅都是倒吸凉气的声音。射杀国王,即便他没有戴上王冠,都不是什么小事。接着,贝尔金的剑掉在了古老的地毯上,我这才看清他中箭的部位。

他的一只手被弩箭钉在了宴会桌上。弩箭看上去似乎是铁制成的。

"卡丹,"贝尔金喊道,"我了解你。我知道你宁愿让我来履行治理国家的困难职责,而你只需要享受权力。我知道你鄙视凡人、无赖和傻瓜。过来,以前我对你并不总是百依百顺,可你也不会希望真的惹恼我。把王冠给我拿来。"

我将欧克揽到身边,将至尊王冠放到他手上,让他能看见它,也是为了让他能习惯它。薇薇安将一只手放在他的背上以示鼓励。

"把王冠给我拿来,卡丹。"贝尔金说。

卡丹用一种冷静的、老谋深算的眼神注视着他的大哥。卡丹曾残忍地折磨过那么多生灵,将他们背上的翅膀撕裂,将他们扔进河里,将他们彻底赶出宫廷,他看着他们的时候就是现在这种眼神。"不,大哥,我不会把王冠给你的。我现在激怒你不只是对过去的报复,不过,我也会仅仅出于怨恨而这样做。"

欧克仰头看着我,寻求我的认可——面对众人的喧嚣叫嚷,他做得很好。我冲他点了点头,然后又笑了笑以示鼓励。

"给欧克演示一遍,"我对卡丹悄声说,"让他看看该怎么做。跪下。"

"他们会以为——"他刚说几个字,我就打断了他,"快点儿。"

卡丹跪了下来。人群渐渐安静下来,也纷纷把剑收了起来。他们全都放慢了动作。

"噢,这真是有趣。"罗本王低声说,"那孩子是谁?是谁的孩子?"说完跟安妮女王相视一笑——一个非常标准的安西里笑容。

"看见了吗?"卡丹对欧克说,然后做了个不耐烦的手势,"拿着王冠过来。"

我环顾了一圈这些精灵世界里举足轻重的人物,没有一张脸是友好的,他们都在警惕地等待。贝尔金怒发冲冠。欧克犹犹豫豫地向着卡丹走了一步,又走了一步。

"第四阶段。"卡丹对我悄声说,仍然相信我们是一头的。

我想到了在楼上沉睡的马多克,想到了他所有的杀戮梦想。我想到奥里安娜会被迫与欧克分开几年。我想到卡丹,想到他会怎样恨我。我想到将自己变成一个坏人意味着什么。"下一分钟,我命令你不许动。"我悄声说道。

卡丹立刻纹丝不动了。

"去吧,"薇薇安对欧克说,"就像我们练习过的那样。"

听到这话,欧克将至尊王冠戴到卡丹头上。"我加冕你为王。"欧克磕磕巴巴地说,细细的童声透着迟疑,"国王。精灵世界的至尊王。"他的目光转向薇薇安,又转向奥里安娜。他在等她们中的一个人告诉他,他做得很好,事情干完了。

人们倒吸了一口凉气。贝尔金发出一声狂怒的号叫。人群中响起笑声、怒吼声,以及愉快的感叹声。每个人都喜欢惊喜,空境人对惊喜的热爱几乎胜过一切。

卡丹注视着我,表情无助而愤慨。然后,我命令他静止不动的一分钟过了,他缓缓地站起来。在他脸上,我看到了我施加给他的一切的分量。他眼中闪烁着我熟悉的怒火,光芒犹如积蓄的火焰,燃烧的黑炭,甚至比任何火焰更加炙热。这一次是我罪有应得。我答应过他,过了今天,他就能离开至尊宫廷,离开至尊宫廷的所有阴谋诡计。我答应过他,他会远离这一切,获得自由。

我撒谎了。

并非是我不想让欧克当至尊王。我想。但是在他成为至尊王之前,在他学习统治精灵世界需要知道的一切时,只有一个办法确保王位为他准备无虞——那就是有人占据着王位。七年之后,卡丹可以退位,将王位传给欧克,然后去做他喜欢的任何事。但在那之前,他将不得不坐在王位上,维持至尊王冠的权力。

罗本王单膝跪地,正如他承诺的那样。"参见陛下。"他说。不知道和他约定的承诺需要我们付出怎样的代价,不知道他会要求什么。但既然他已经信守诺言,帮助我们加冕了新的至尊王,那将来他提出的任何条件,我们都会予以满足。

这时,大厅里喊声四起,从安妮女王到欧拉女王再到赛弗林,所有人都在高喊:"参见陛下。"大厅另一边,塔琳瞪大眼睛望着我,显然惊过了头。在她看来,我一定是疯了,竟然将自己鄙视的人送上王位,可我现在没法解释。我跟着其他人一起跪下来,她也跪了下来。

现在,我的所有承诺都到了兑现的时候。

一时间,卡丹只是环顾着大厅里的人群。他别无选择,他清楚这一点。"平身。"他说,于是我们站起身来。

我退后几步,隐入了人群之中。

卡丹命令仆人打扫地上的碎玻璃杯,拿出新的高脚杯,重新倒上酒。他说的祝酒词让所有的精灵绅士和淑女哈哈大笑。也许只有我注意到了,他将酒杯紧紧握在手中,紧到指节发白。

然而,当他将目光转向我,一双眼睛犹如两颗灼热的黑炭,我不由得吃了一惊。一时间,我感觉偌大的宴会厅里空空荡荡,只有我们两人。他再次举起酒杯,嘴角翘起,露出嘲讽的笑容。"为了茱德,她今晚给了我一个礼物。我将给她同样的回报。"

我周围的酒杯纷纷举起,我尽量不表露出明显的畏惧之色。接下来,大厅里回荡着酒杯撞击的叮当声,流淌着更多的玉液琼浆,回响着更多的欢声笑语。

炸弹用胳膊肘顶了我一下。"我们想好你的代号了。"她用嘴型对我说。我甚至没有看见她什么时候穿过大门进来的。

"什么?"我哑着嗓子问道。我感到从未有过的疲惫,然而,在从今以后的七年里,我将始终不能休息。

我以为她会说"骗子",她却咧开嘴,给了我一个狡黠、神秘的笑容。"还能是什么?女王。"

事实证明,我仍然不知道如何才能放声大笑。

尾 声

我推着手推车站在塔吉特商场中央,欧克和薇薇安在一旁挑选床单和午餐盒,我们还买了紧身牛仔裤和凉鞋。欧克环顾四周,看上去有点困惑,但同时也有点兴奋。他不停地拿起东西,看它们一会儿,然后又将它们放下。在糖果通道里,他往手推车里放上几根巧克力,几袋软心糖豆,几根棒棒糖,以及几块糖姜。薇薇安没有阻止他,于是我也没有。

看到欧克被施了魔法,头上的两支小角不见了,耳朵尖也没有了,跟我们的耳朵一样圆圆的,总感觉有些奇怪。看到他在玩具通道里试玩滑板车,背上背着一个猫头鹰形状的背包,感觉也很奇怪。

我本以为很难说服奥里安娜让欧克跟薇薇安一起离开,但在卡丹的加冕礼之后,她也同意让欧克远离至尊宫廷几年是最好的选择。贝尔金被囚禁在一座塔楼里。而马多克怒不可遏地醒来时,发现他夺取至尊王冠的时机已经过去了。

欧克骑着滑板车,飞快地滑过节日贺卡通道。希瑟问薇薇安:"他真是你弟弟?要是他是你儿子,你也可以实话告诉我。"

薇薇安开心地大笑起来。"我有一些秘密没告诉你,但欧克不是其中之一。"

薇薇安带着一个男孩出现在希瑟面前,说他必须跟她们一起生活,原因又解释得不明不白,希瑟没有表现出很欢迎的样子,但至少也没有将他们赶出去。她将自己的沙发床拉开,说在薇薇安找到工作、她们租得起更大的公寓之前,欧克可以睡在这张沙发床上。薇薇安表示赞同。

我知道薇薇安并不打算找一份普通工作,但她会过得很好。她会比很好还要好。假如换一种情境，考虑到我们的父母和我们的过去，我会不断鼓励薇薇安信任希瑟，告诉她真相。但是现在，要是薇薇安觉得有必要继续保守秘密，我也不会反对。

我们排着队等候付款，薇薇安用的是树叶变成的"钞票"。我又想到了那场中途变成加冕仪式的宴会，以及其带来的后果。模模糊糊地想起空境人一边吃吃喝喝，一边开玩笑的场景。想起每个人都对欧克的身份感到惊奇，而欧克当时似乎既愉快又惶恐。想起奥里安娜，她不知道是该祝贺我，还是该打我一耳光。想起了塔琳，她安静地站在洛基身边，陷入了沉思，却紧紧抓住了洛基的手。我也想起妮卡茜娅在卡丹的脸颊上久久的一吻。

我完成了这件事，现在必须承受这一切所带来的后果。

我撒了谎，我背叛了亲人，我获得了成功。如果有人能祝贺我就好了。

我们将买的东西放进希瑟汽车的后备厢。希瑟看着薇薇安，叹了口气，但是脸上的微笑却依然迷人。回到公寓，希瑟从冰箱里拿出她预先准备好的比萨面团，向薇薇安和欧克解释如何制作比萨。

"妈妈会来看我的，对吧？"欧克问道，他正在将巧克力和果汁软糖放到面团上。

我捏了一把他的胳膊。"她当然会来。想想看，你会跟薇薇安在这里学习。等你学会所有你需要知道的东西，你就可以回家了。"

"既然我现在都不知道要学什么，又怎会知道我将来学没学会呢？"他问道。

这个问题就像个谜语。"当你觉得回来是一个艰难的选择，而不是一个轻松的选择时，你就可以回来了。"我最终回答道。薇薇安往我们这边看过来，她好像听到了我们的谈话，脸上一副若有所思的表情。

我吃了一块欧克做的比萨，舔掉了手指上的巧克力。巧克力甜得我咧了咧嘴，可我并不介意。在我不得不独自飞回精灵世界之前，我只想跟他们一起多坐一会儿。

我下了千里光骏马，径直向着王宫走去。现在王宫里有几个房间是属于我的——一间巨大的客厅，一间卧室（有两扇带插销的房门），以及一间化妆间，里面有几个衣橱。衣橱里只挂着我从马多克庄园里拿过来的衣服，以及我在塔吉特购物中心买的几件衣服。

我将住在这里，离卡丹近一些，运用我对他的控制力确保事情进展顺利。影子会将在城堡下方发展壮大，同时充当至尊王的间谍和监护人。

他们将得到他们想要的金子，而且是直接从至尊王的手里领取。

我没有完成的事，或者说没有真正完成的事，就是跟卡丹好好谈谈。我只是下达了几个命令就离开了这里，他脸上那种熟悉的仇恨足以将我变成一个胆小鬼。可我终归还得跟他谈谈，而且还得尽快谈。推迟这件事没有一点儿好处。

尽管如此，当我走向皇家套间时，我仍然感觉心情沉重，腿上仿佛灌了铅。我敲了敲门，一个表情古板、金色胡须上编着鲜花的男仆出来应门，告诉我至尊王在王座大厅。

他果然在那里——懒洋洋地坐在至尊王座上，眼睛向外望。大厅里空荡荡的没有旁人。我穿过大厅走向王座，脚步声在大厅里久久回荡。

卡丹穿着马裤，套着马甲，马甲外面穿着一件长外套，肩部裁剪得刚刚合适，又在靠近腰部的地方迅速变窄，最后垂到大腿中部。衣服的布料是未经修剪的暗红色天鹅绒，翻领、肩饰和马甲则是乳白色的天鹅绒。整件衣服上还能看到金线缝制的针脚，跟衣服上的金纽扣和长筒靴上的金搭袢相配。他的脖子上戴着一圈灰白色的猫头鹰羽毛。

他的黑发垂在脸旁，形成卷曲的发绺。他脸上的阴影凸显了他那尖尖的颧骨，长长的睫毛，以及美得堪称残酷的脸庞。

霎时间，我的胸中涌起一阵惊恐：他看上去多像精灵世界的至尊王啊！

紧接着又是一阵惊恐袭来：我心中有一阵冲动，忍不住就要在他面前单膝跪下，渴望他用那戴着戒指的手摸一摸我的头。

我都干了些什么？长久以来，他是我最不信任的人，而我却将他扶上了王位。现在我必须跟他较量，比拼意志。因为他效忠于我的誓言并不足以对抗他的聪明诡计。

我究竟干了些什么？

不过我并没有停下脚步。我装出一副冷冰冰的表情。他的脸上露出笑容，但那张笑脸比任何的时候都要僵硬冰冷。"一年零一天。"他说道，"一眨眼就会过去。到那时你又会怎么做？"

我走近一些。"我希望能说服你一直当国王，直到欧克准备好回来。"

"也许我会尝到当国王的好处。"他冷静地说，"也许我会再也不想放弃王位。"

"我不这样认为。"我说，但我一直都知道有这种可能。我一直都知道，让他退位，也许比让他登基更困难。

我跟他有一个一年零一天的交易。我也只有一年零一天的时间跟他达成一个时限更长的交易。一分钟也不能多。

他的嘴咧得更大了，露出一口白森森的牙齿。"也许你是对的。我认为我不会是个好国王。我从来都不想当国王，当然也不想当个好国王。你让我做你的傀儡。好吧，茱德，马多克的女儿，我会做你的傀儡。你来统治。你来跟贝尔金、罗本王、深海王国的欧拉女王较量。你来当我的总管，履行我的职责，而我会喝我的酒，逗我的臣民发笑。我可以做一块摆在你弟弟前面的盾牌，可是，你别指望我会发挥任何用处。"

我完全没想到会是这样的结果，我本以为他会赤裸裸地威胁我。可我不禁隐隐觉得，这个结果更糟糕。

他从王座上站起来。"来吧，坐一下。"他的声音满含危险，充满威胁的意味。王座上，带刺的荆棘裹住了那些花朵盛放的枝条，几乎完全遮住了上面的花瓣。"这就是你一直想要的，对吗？你牺牲了一切，不就是为了坐上这个位置吗？来呀。它是你的了。"